Bangkok Tattoo

Bangkok Tattoo

John Burdett

Traducción de Montse Batista

Rocaeditorial

Título original: *Bangkok Tattoo*
© John Burdett, 2005

Primera edición: septiembre de 2005

© de la traducción: Montse Batista
© de esta edición: Roca Editorial de Libros, S.L.
Marquès de l'Argentera, 17. Pral. 1.ª
08003 Barcelona.
correo@rocaeditorial.com
www.rocaeditorial.com

Impreso por Industria Gráfica Domingo, S.A.
Industria, 1
Sant Joan Despí (Barcelona)

ISBN: 84-96284-83-2
Depósito legal: B. 29.526-2005

Para Sophia

Israelitas, cristianos y musulmanes profesan la inmortalidad, pero la veneración que tributan al primer siglo prueba que sólo creen en él, ya que destinan todos los demás, en número infinito, a premiarlo o a castigarlo. Más razonable me parece la rueda de ciertas religiones del Indostán...

JORGE LUIS BORGES,
El inmortal

¿Y si tal vez, a despecho de todas las «ideas modernas» y los prejuicios del gusto democrático, pudieran la victoria del *optimismo*, la *racionalidad* predominante desde entonces, el *utilitarismo* práctico y teórico, así como la misma democracia, de la que son contemporáneos —ser un síntoma de fuerza declinante, de vejez inminente, de fatiga fisiológica? [...] ¿qué significa— la moral? [...] se mueven en doble órbita todas las cosas: todo lo que nosotros llamamos ahora cultura, formación, civilización, tendrá que comparecer alguna vez ante el infalible juez Dionisio.

FRIEDRICH NIETZSCHE,
El nacimiento de la tragedia

The Old Man's Club

Capítulo 1

—*M*atar a los clientes no es bueno para el negocio. El tono de mi madre, Nong, refleja la decepción que todos sentimos cuando una de las empleadas más brillantes empieza a ir por mal camino. ¿No se puede hacer nada? ¿Tendremos que dejar escapar a la querida Chanya? La cuestión sólo la puede decidir Vikorn, el coronel de la policía, que posee la mayoría de las acciones del Old Man's Club y que viene de camino en su Bentley.

—No —coincido yo. Al igual que los de mi madre, mis ojos no pueden dejar de parpadear mientras miran hacia el otro extremo del bar vacío, hacia el taburete donde está el ligero vestido de Chanya (la seda justa para tapar los pezones y el culo), arrugado y chorreando. Bueno, el goteo era leve y más o menos ya ha dejado de chorrear (una mancha de color rojo ladrillo en el suelo que se vuelve negra al secarse), pero en más de una década como detective de la policía nunca he visto una prenda tan empapada de sangre. El sujetador de Chanya, que también está horriblemente salpicado, está en mitad de las escaleras, mientras que sus bragas —la otra prenda que llevaba— se hallan abandonadas en el suelo, frente a la habitación del piso de arriba donde ella se había refugiado con una pipa de opio, lo cual era una excentricidad incluso para una puta tailandesa.

—¿No dijo nada de nada? ¿Como «por qué», por ejemplo?

—No, ya te lo he dicho. Entró por la puerta como una exhalación, hecha un asco y con una pipa de opio en la mano, me fulminó con la mirada y dijo: «Me lo he cargado», se arrancó el vestido y desapareció escaleras arriba. Por suerte, en aquellos momentos sólo había un par de *farang* en el bar y las chicas estuvieron fantásticas. Se limitaron a decir: «Oh, Chanya es así a veces», y los condujeron amablemente hacia la salida. Yo tuve que quitarle importancia al asunto, claro, y cuando llegué a su habitación ella ya estaba colocada.

—¿Qué dijiste que dijo ella?

—Estaba flipando con el opio, totalmente delirante. Cuando empezó a hablarle al Buda, salí para llamaros a ti y al coronel. En ese punto no sabía si de verdad lo había matado o si había tomado *yaa baa* o algo así y estaba alucinando.

Pero se lo había cargado, ya lo creo. Me dirigí andando al hotel del *farang* que se encuentra tan sólo a un par de calles de Soi Cowboy, mostré mi identificación de la policía para que me dieran la llave de su habitación y allí estaba, un grande y musculoso *farang* norteamericano de poco más de treinta años, desnudo, sin pene y con un montón de sangre que provenía de una enorme herida de cuchillo que empezaba en su bajo vientre y terminaba poco antes de llegar al tórax. Chanya, una tailandesa fundamentalmente decente y ordenada, había colocado el pene en la mesita de noche. En el otro extremo de la mesita había una sola rosa en un tarro de plástico con agua.

No había más remedio que asegurar la habitación a efectos de la investigación forense, dejar un jugoso soborno para el recepcionista del hotel, que ahora está más o menos obligado a decir lo que yo le diga (es el procedimiento habitual a las órdenes de mi coronel Vikorn del Distrito 8), y esperar nuevas instrucciones. Vikorn, por supuesto, estaba de juerga en uno de sus clubes, probablemente rodeado de jóvenes desnudas que lo adoraban, o que sabían aparentarlo, y no estaba de humor para que lo arrastraran a la escena de un crimen, no lo convencí hasta que penetré lo suficiente en su borracha mollera y le expliqué que el asunto que tenía entre manos no era una investigación propiamente, sino que se trataba de esa otra tarea forense infinitamente más desafiante que con tanta ligereza se denomina «tapadera». Ni siquiera entonces dio muestras de querer moverse de donde estaba, hasta que comprendió que Chanya era la perpetradora, no la víctima.

—¿Dónde diablos consiguió el opio? —quiere saber mi madre—. No ha habido opio en Krung Thep desde que yo era una adolescente.

Por su mirada sé que está pensando con cariño en la guerra

del Vietnam, cuando ella misma era una chica del gremio en Bangkok y muchos de los soldados traían pequeñas bolas de opio de la zona de guerra (uno de los cuales era mi casi anónimo padre, de quien hablaré más adelante). Un hombre bajo los efectos del opio es prácticamente impotente —cosa que reduce mucho el desgaste natural del activo de una profesional— y no está muy dispuesto a discutir sobre el sistema de honorarios. Nong y sus colegas siempre mostraban un interés especial por cualquier militar norteamericano que susurrara que tenía un poco de opio en su hotel. Al ser unas budistas devotas, claro está, las chicas nunca utilizaban la droga ellas mismas, sino que animaban al cliente a que se colocara como un desaforado, tras lo cual le sacaban de la cartera los honorarios pactados, más una propina tirando a generosa que reflejara el riesgo inherente en la asociación con toxicómanos, más el dinero para el taxi. Después volvían al trabajo. Para Nong la integridad siempre ha sido un concepto importante, por ese motivo está tan disgustada por lo de Chanya.

Ambos sabemos que el coronel llega en su limusina, porque su maldita cortina musical, *La cabalgata de las Valkirias*, resuena del estéreo cuando se acerca su coche. Me dirijo a la entrada y observo mientras su chófer abre la puerta trasera y más o menos lo arranca del vehículo (una bonita cazadora deportiva de cachemir de Zegna, de color beis y un tanto arrugada, pantalones de Eddy Monetti de la Via Condotti en Roma y sus habituales gafas de sol Wayfarer).

El conductor se acerca a mí tambaleándose y con el brazo de Vikorn por encima del hombro.

—La jodida noche del jodido sábado —se queja el chófer al tiempo que me lanza una mirada iracunda, como si todo fuera culpa mía (en el Distrito 8 preferimos no investigar las noches del sábado, ni siquiera los delitos más importantes). El camino budista se puede parecer mucho al cristiano en el sentido de que con frecuencia te echan sobre los hombros el karma de los demás, salido de la nada.

—Ya lo sé —le digo al tiempo que me aparto para dejarlo pasar y Vikorn, que ahora lleva las gafas a la moda, colocadas sobre el nacimiento del pelo aunque ligeramente torcidas, también me fulmina con la mirada y con sus ojos vidriosos.

15

A lo largo de la pared trasera del club hay unos reservados pequeños con bancos acolchados, el conductor deja a Vikorn en uno de ellos mientras yo voy a buscar un poco de agua mineral a la nevera y se la doy a mi coronel, el cual vacía la botella de unos pocos tragos. Observo con alivio que la astucia de roedor vuelve a esos ojos sinceros que no parpadean. Le vuelvo a contar la historia, con unas cuantas exclamaciones centradas en el aspecto comercial por parte de mi madre («nos hace ganar más dinero en un mes que todas las otras chicas juntas»), y me doy cuenta de que ya tiene un plan para maximizar el radio de acción si las cosas se ponen difíciles.

Al cabo de diez minutos ya está casi sobrio, le dice al chófer que desaparezca con la limusina (no quiere que se sepa que está aquí) y me mira fijamente.

—Bueno, subamos a tomarle declaración. Trae un tampón y unas cuantas hojas de A4.

Encuentro el tampón que utilizamos para el sello de nuestro negocio (The Old Man's Club – Rods of Iron) y unas cuantas hojas de papel del fax que Nong instaló para nuestros pocos clientes extranjeros que no tienen correo electrónico (lo intentamos con hooker.com y otros nombres de dominio similares, pero ya no había ninguno disponible, incluido oldman.com y whore.org que, por supuesto, ya estaba siendo utilizado desde los albores del ciberespacio, de modo que tuvimos que conformarnos con ocroi.com). Lo sigo hacia el otro extremo del bar. Se queda observando el vestido de Chanya en el taburete y luego me mira de reojo.

—Versace.

—¿Auténtico o falso?

Lo levanto con cuidado, notando el peso de la sangre que ha absorbido.

—No está claro.

Gruñe de un modo muy parecido a como solía hacerlo Maigret, como si asimilara una pista demasiado sutil para mi comprensión y seguimos adelante escaleras arriba, pasando junto al sujetador sin hacer ningún comentario. En la puerta de la habitación recojo las bragas del suelo (casi no pesan y al parecer no tienen manchas de sangre; más que una prenda íntima propiamente dicha es un juguete sexual, mientras que la pieza

16

trasera no es más que un cordón que divide las dos nalgas. De momento las cuelgo de un cable eléctrico suelto). Chanya estaba demasiado colocada para cerrar la puerta y cuando entramos nos bendice con una sonrisa extasiada, de esa boca formidablemente hermosa, antes de volver al cielo de Buda al que haya escapado, sea cual sea.

Está estirada en la cama, completamente desnuda, con las piernas dobladas y las rodillas en jarras, sus pechos llenos y firmes apuntando al techo (un exquisito delfín azul salta por encima de su pezón izquierdo) y su larga cabellera brillando como una reciente pincelada de pintura negra en la almohada blanca. Se ha afeitado el vello púbico excepto por la finísima y afilagranada línea negra que parece conducir a su clítoris, tal vez a modo de indicación para los *farang* borrachos y torpes. La pipa de opio, un clásico de casi un metro de caña de bambú con la cazoleta a un tercio de la base del tubo, está a su lado. El coronel olisquea y sonríe; al igual que ocurre con mi madre, el aroma dulzón de la resina de adormidera quemada le trae agradables recuerdos, aunque en un orden de cosas radicalmente distinto (solía comerciar con él en Laos en la época dorada de los B52). La habitación es muy pequeña y apenas cabemos los tres cuando traigo dos sillas y coloco una a cada lado de la cama. La diosa del sexo que está entre nosotros empieza a roncar mientras Vikorn dicta la declaración de Chanya:

—El *farang* ya había estado bebiendo antes de entrar en mi club. Me llamó para que me acercara a su mesa y se ofreció a pagarme una bebida. Yo acepté una coca-cola mientras que él se tomaba…, esto…, veamos…, casi una botella entera de whisky. No tenía aspecto de que le sentara muy bien el alcohol y parecía confundido y desorientado. Cuando se ofreció a pagar mi tarifa en el bar y llevarme de vuelta a su hotel, le dije que estaba demasiado borracho, pero él insistió y mi *papasan*, un tal Sonchai Jitpleecheep, me pidió como favor especial que fuera con el *farang*, que era muy grande y musculoso y era probable que causara problemas si no lo hacía.

—Gracias —digo yo.

—Me pareció un hombre con muchos problemas y hablaba de las mujeres de una manera bastante insultante, sobre todo de las norteamericanas a las que llamaba «chochos». Creo

17

que quizá tuviera una relación que había ido muy mal y que lo
dejó con un fuerte resentimiento hacia todas las mujeres, aunque afirmaba que las asiáticas le gustaban porque eran mucho
más amables y dulces que las mujeres *farang*, y más femeni-
nas. Al llegar a su habitación le sugerí que tal vez estuviera demasiado borracho para hacer el amor y que sería mejor que yo
regresara a mi club. Incluso me ofrecí a devolverle la tarifa, pero se enfadó, dijo que podía follar toda la noche y me empujó
hacia dentro de la habitación. Me ordenó que me desnudara y
lo hice. Entonces ya estaba muy asustada porque había visto
un cuchillo grande… «¿Tenemos el arma del crimen?»

—De hecho es un cuchillo largo que parece militar, de acero macizo con una hoja de unos treinta centímetros. Lo he dejado en la habitación del hotel, de momento.

—Una enorme arma de tipo militar encima de una mesita
de noche. Empezó a decirme lo que haría con mi cuerpo si no
complacía sus deseos. Se desnudó y me arrojó a la cama, pero
por lo visto no podía tener una erección. Empezó a masturbar-
se para que se le pusiera dura y entonces me hizo dar la vuelta
y quedarme boca abajo. Fue entonces cuando me di cuenta de
que pretendía sodomizarme. Le rogué que no lo hiciera porque
yo nunca hago esa clase de cosas y porque su miembro era tan
grande que estaba segura de que me haría daño. Pero él insistió, sin utilizar condón ni ningún lubricante, y el dolor fue tan
grande que empecé a gritar. Él se enfadó mucho y agarró una
almohada para ahogar mis gritos, con lo cual se me fue la cabeza completamente porque estaba segura de que iba a matarme.
Por suerte pude coger el cuchillo que blandí a mi espalda mientras él todavía estaba dentro de mí. Parece ser que le corté el
pene por casualidad. Al principio se quedó ahí de pie, conmo-
cionado, incapaz de creer lo que había ocurrido. Se quedó mirando su pene que estaba en el suelo cerca de la cama (saltó de
mi interior y debió de caerse cuando él se irguió), profirió un
chillido salvaje y se arrojó encima de mí. Yo me había dado la
vuelta y por desgracia todavía sujetaba el cuchillo con las dos
manos en posición vertical, con lo que penetró en su bajo abdomen cuando cayó sobre mí. Sus forcejeos no hicieron más
que agrandar la herida. Hice lo que pude por salvarle la vida,
pero tardé un poco en quitármelo de encima porque pesaba

mucho. Estaba demasiado horrorizada para llamar a la policía, hasta que me di cuenta de que estaba muerto y entonces ya era demasiado tarde. Lo único que pude hacer para mostrar respeto fue recoger el pene y ponerlo en la mesita de noche. Mi vestido y mi sujetador estaban en la cama y quedaron empapados de sangre. Tuve que ponérmelos para poder salir de la habitación. Cuando regresé al bar, me despojé de la ropa y subí corriendo a los reservados, me tomé un potente tranquilizante y perdí el sentido.

»Esta declaración ha sido tomada por el coronel de policía Vikorn y el detective Jitpleecheep de la Real Policía Tailandesa, Distrito 8, en plena posesión de mis facultades. A mi leal saber y entender es cierta, y para dar testimonio de ello estampo al pie la huella dactilar de mi pulgar derecho.

Destapo el tampón, le paso el pulgar por la tinta y luego lo pongo en la parte inferior del papel. Vikorn, un profesional consumado, ha terminado hábilmente su informe sin necesidad de una segunda página.

—¿Me he dejado algo?

—No —respondo, impresionado. La declaración ha sido un magistral mosaico de varias historias habituales del gremio, ingeniosamente entrelazadas y con gran economía en el lenguaje. Y lo que aún es más sorprendente, en un policía que hace poco alarde de su erudición legal, ha sentado las bases para una defensa irrefutable a una acusación de asesinato o incluso de homicidio sin premeditación: ella únicamente hizo uso de la fuerza necesaria para salvar su vida, no asestó el golpe mortal, cuando se dio cuenta de la gravedad de la herida intentó salvarle la vida sin éxito y expresó respeto y pesar mediante el sensible hecho de colocar el miembro cercenado en una posición de honor. El clásico odio del *farang* muerto hacia el sexo opuesto, surgido a raíz de una amarga experiencia personal con sus propias compatriotas, explica su agresión y sus preferencias sexuales—. Creo que lo has cubierto todo.

—Bien. Dale una copia cuando se despierte y asegúrate de que se la aprende de memoria. Si quiere cambiar alguna cosa, dile que no puede hacerlo.

—¿Quieres visitar la escena del crimen?

—La verdad es que no. De todas formas no fue un crimen,

19

de modo que no predispongas a la justicia llamándolo así. La defensa propia no es ilegal, sobre todo cuando se trata de una mujer un sábado por la noche en Krung Thep.

—Aun así, creo que sería mejor que vinieras —le digo. Él lanza un gruñido de irritación, pero se pone de pie de todos modos y hace un brusco gesto con la barbilla en dirección a la calle.

Capítulo 2

*E*l recepcionista, que todavía irradia servilismo gracias a los cinco mil bahts que le di hace una hora, empieza a tartamudear al ver a Vikorn, que va camino de convertirse en emperador de estas *sois*. El coronel enciende su encanto de cinco mil kilovatios y hace una insinuación sobre el lucrativo futuro que les aguarda a los que saben mantener la boca cerrada en ocasiones como ésta (balbuceos en plan positivo por parte del recepcionista). Vuelvo a tomar la llave y subimos las escaleras.

Dentro de la habitación, el hedor que siempre acompaña a un despanzurramiento competente se ha intensificado desde mi primera visita. Pongo en marcha el aire acondicionado que sólo sirve para refrescar la fetidez, sin disminuir su intensidad. Veo que Vikorn se encoleriza conmigo por haberlo arrastrado hasta allí.

—Mira —le digo, y saco el pasaporte del *farang* muerto del cajón donde lo había encontrado antes. No soy un experto en nuestras prácticas de inmigración ocultas, pero la forma de su visado me inquieta. El pasaporte pertenece a un tal Mitch Turner.

También inquieta al coronel, porque empalidece al mirarlo.

—¿Por qué no lo mencionaste antes?

—Porque no sabía si era importante o no. No sabía lo que era. Sigo sin saberlo.

—Es un visado.

—Eso ya lo veo.

—Válido para dos años, con regreso múltiple incluido.

—¿Y?

—Nunca emiten visados por dos años. Nunca. Y menos con regreso múltiple. Excepto en ciertos casos.

—Lo que me imaginaba.

El visado ha incrementado nuestra sensación de tragedia, la violenta pérdida de una vida relativamente joven tan alejada de su hogar.

—¿De la CIA o del FBI?

—De la CIA. Dejamos entrar a unos doscientos tras el 11-S. Querían vigilar a los musulmanes del sur, en la frontera con Malasia. Son un coñazo porque no hablan tailandés, de manera que necesitan intérpretes. —Miraba el cadáver—. ¿Te imaginas un *farang* blanco de metro ochenta, excesivamente musculoso y con un intérprete, intentando ir de incógnito por Hat Yai un viernes por la noche entre nuestra gente baja y morena? ¡Maldición! Supongo que no podría haber sido cosa de Al Qaeda, ¿no?

—Pero ya tenemos una declaración de la autora, ¿no?

—Se la podría persuadir para que se retractara. ¿Esta noche no viste ninguna barba larga y negra?

¿Lo dice en serio? En ocasiones el supercerebro de mi coronel supera mis pobres facultades de comprensión.

—No veo de qué serviría eso, la verdad.

—¿Ah, no? Mira, éste es de la CIA, nos van a presionar desde arriba. Se me van a quedar los hombros llenos de pisadas, por no hablar de los tuyos. Querrán que sus propios médicos examinen a Chanya, en cuanto vean que no hay señales de abuso estamos jodidos. Podríamos perder a nuestra trabajadora más productiva... e incluso tener que cerrar el club una temporada.

—¿Y de qué serviría si hubiera sido cosa de Al Qaeda?

—Porque eso es exactamente lo que querrán creer. Allí prácticamente le están echando la culpa del tiempo que hace a Al Qaeda. Tú dices que es Al Qaeda y los tendrás comiendo de tu mano.

Intercambiamos una mirada. No, es inútil. Sencillamente no tiene el aspecto de una castración/asesinato terrorista. Así pues, ¿qué hacer con Chanya? No le examiné sus partes pudendas, pero, no sé por qué, uno duda que cualquier hombre se atreviera a abusar de ella. Extraoficialmente hablando, si se me permite, Chanya es fuerte como un carcayú e igual de feroz cuando se ve acorralada. Por su expresión, me doy cuenta de que Vikorn comparte mis dudas. Sea cual sea la verdad sobre lo que ha pasado esta noche en esta habitación, no es probable que coincida con su declaración, que todavía no ha leído. Ahora los dos estamos mirando el rostro del *farang*.

—Es un poco feo, incluso tratándose de un *farang*, ¿no crees?

Yo había pensado lo mismo, pero carezco de la intrépida expresión personal de mi coronel: un cuello anormalmente corto y casi tan ancho como su cabeza, ausencia de mentón y una boca pequeña y desagradable. ¿Quizá lo mató por motivos estéticos? La mirada de Vikorn se posa un momento en la rosa del tarro de plástico. Sé lo que está pensando.

—No acaba de encajar con su declaración, ¿verdad?

Vikorn vuelve la cabeza hacia un lado.

—No, pero déjala. La clave de los encubrimientos es dejar tranquilas las pruebas, hacer que la historia haga el trabajo. El truco está enteramente en la interpretación. —Un suspiro.

—Los cadáveres se deterioran muy deprisa en los trópicos —sugerí.

—Hay que incinerarlos lo antes posible por razones de salud pública.

—Habiéndole tomado declaración a la perpetradora y, por lo tanto, habiendo resuelto el caso, sin documentos que lo identifiquen…, tendremos que perder el pasaporte…

—Bien —dice Vikorn—. Lo dejaré en tus manos.

Ambos le concedemos a la víctima el honor de un vistazo adicional.

—Mira, han estirado el cable del teléfono, el aparato está en la esquina de la cama. ¿Una llamada de emergencia en el último minuto?

—Compruébalo con el telefonista del hotel.

—¿Y qué hago con eso? —Señalo con el dedo.

Como somos unos profesionales sofisticados, no nos hemos tomado demasiadas molestias con el arma asesina que está en medio de la cama, exactamente donde uno esperaría encontrarla si Chanya lo hubiera matado de la manera en que Vikorn dice que lo hizo. Lo interpreto como una señal de suerte y una prueba evidente de que el Buda ve con buenos ojos nuestros intentos, pero Vikorn se rasca la cabeza.

—Bueno, guárdala. Lo hizo ella, ¿no? De modo que sus hue-

23

llas van a estar por todas partes. ¿Qué podrían encontrar en el cuchillo aparte de la sangre de este tipo y las huellas de Chanya? Todo apunta a que su declaración es cierta. Se lo daremos como prueba corroborante. —Un suspiro—. Ella tendrá que desaparecer durante un tiempo. Puesto que fue en defensa propia no podemos detenerla. Dile que se cambie el peinado.

—¿Y si se opera la nariz?

—No exageremos, a ellos todos les parecemos iguales. —Una pausa—. Muy bien, volvamos al club. Será mejor que me cuentes qué ha pasado realmente esta noche, para que así pueda tomar precauciones.

Capítulo 3

*L*os estudiosos de mi primera crónica (un transexual hombre y tailandés mata a un marine norteamericano de color con unas cobras enloquecidas por las drogas, algo habitual en el Distrito 8) recordarán que el talento comercial de mi madre inventó el concepto del Old Man's Club como un modo de explotar las oportunidades comerciales ocultas de la viagra. La idea, que sigue llenándome de admiración filial, consistía en bombardear a todos los varones fogosos occidentales de más de cincuenta años (los ideales eran los más cabreados por las opciones que su utopía postindustrial les había dejado) con invitaciones electrónicas para follar a más no poder en un ambiente agradable confeccionado especialmente a la medida de los gustos de su generación. Fotografías de Elvis, Sinatra, Munro, The Mamas and the Papas, The Grateful Dead, incluso de los primeros Beatles, Rolling Stones y Cream todavía adornan nuestras paredes y la música parece surgir de nuestra máquina de discos falsa (cromo y azul medianoche con millones de estrellas brillantes). El sonido procede de un disco duro de audio Sony conectado a uno de los mejores equipos de música que se pueden comprar con dinero.

Mi madre vio la viagra como la solución al problema de gestión que ha acuciado la profesión desde el principio de los tiempos: ¿cómo predecir con exactitud la erección masculina? Según su plan comercial, un viejo se comería con los ojos a las chicas, elegiría a una que le gustara y luego la contrataría por teléfono desde su habitación de hotel donde se habría tragado la viagra. El medicamento tarda casi una hora exacta en alcanzar su máximo efecto, por lo que el problema logístico que al principio planteaba la naturaleza quedaba de este modo resuelto. Debería haberse podido utilizar un sencillo programa de ordenador para calcular casi minuto a minuto cuál de las chicas estaría ocupada (en pleno entusiasmo hablamos de un *software* para dirección de proyectos, aunque llegado el momento no se instaló). ¿Y sabéis qué? Funcionó a las mil maravillas salvo por un pequeño fallo que realmente ninguno de nosotros podría haber previsto, ni siquiera Nong.

Lo que no habíamos tenido en cuenta era que aquellos sexa-, septua-, octo- e incluso nonagenarios no eran ancianos del género sereno, humilde y decrépito al que estábamos acostumbrados en el mundo en vías de desarrollo. No señor, aquéllos eran antiguos rockeros, marchosos y drogotas, ex hippies veteranos de la Freak Steet de Katmandú, San Francisco (cuando allí había gente guapa), Marrakech, Goa antes de que se volviera convencional, Phuket cuando allí sólo se podía dormir en chozas en forma de «V» invertida: el mundo cuando era joven y el LSD crecía en los árboles junto a setas mágicas y un millar de variedades de marihuana. Esos chicos, escuálidos contemporáneos de Burroughs y Kerouak, Ginsberg, Kesey y Jagger (por no mencionar a Keith Richards), por decrépitos que pudieran parecer, en otro tiempo habían hecho la promesa tribal de no tomar nunca nada a pequeñas dosis. Se supone que uno sólo ha de tomarse media viagra para mejorar el rendimiento, pero ¿ellos hicieron caso? ¡Y un cuerno! Algunos se llegaron a tragar tres o cuatro. Sólo media docena de ellos sufrieron ataques al corazón, a pesar de las serias advertencias del frasco, y de ésos sólo expiraron tres (una época terrible en la que el Bentley de Vikorn tuvo que ser requisado como ambulancia a pesar de las protestas enriquecidas con improperios por parte de su irascible chófer, que dudaba que se pudieran hacer muchos méritos budistas salvando las vidas de unos vejestorios *farang*). Los otros declararon por igual que habían ido al cielo sin tener que morirse primero.

Bueno, ¿y qué tenía eso de malo? Os lo diré. Caballeros, tómense una viagra entera (o más) y ya se pueden despedir de su flacidez natural durante al menos ocho horas (olvídense de orinar en todo el día; se plantean preguntas sobre cómo llevar a cabo las tareas básicas con ese palo de escoba entre las piernas y muchos dicen haber sentido nostalgia de su miembro deshinchado; justicia poética: no puedes hacer otra cosa aparte de follar, tanto si quieres como si no).

Agotaron a las chicas, que empezaron a marcharse a montones. Mi madre había prometido plena satisfacción y odiaba defraudar a la gente, por lo que no nos quedó más remedio que recurrir a un sistema de turnos. Uno de esos viejos cachondos podía acabar con cinco o seis mujeres jóvenes y saludables antes de que los efectos del medicamento empezaran a desaparecer y le permitieran ser conducido de nuevo a su hotel en unas condiciones que podrían describirse sobre todo como catatonia extática (o extasiado rígor mortis). Los márgenes de beneficios se redujeron hasta hacerse casi inexistentes.

Había que hacer algo. En una reunión de urgencia de la junta directiva se acordó borrar lo de «satisfacción garantizada» del anuncio y atraer a un mercado más amplio, con preferencia por los jóvenes con exceso de trabajo que sufrían impotencia provocada por el estrés. Seguimos siendo el destino preferido de los juerguistas occidentales que cobran una pensión y al mismo tiempo empezamos a gozar de popularidad entre la clientela más tradicional (juerguistas occidentales que no cobran pensión, básicamente), pero habíamos perdido nuestro hueco en el mercado. Apenas nos diferenciábamos de todos los demás bares y, como ellos, sufríamos los bajones de temporada, por no mencionar la recesión de Occidente. De repente nos encontramos a la deriva en un mercado a la baja. Nong era la que más sufría puesto que el club era su orgullo y alegría, su creación y el vehículo para demostrarle al mundo que no era simplemente una prostituta (retirada) de éxito excepcional, sino también una mujer de negocios hecha y derecha del siglo XXI y de calidad internacional. Se volvió cada vez más religiosa, lo cual era raro en ella, meditaba en el *wat* local diariamente y le prometió al Buda reclinado de Wat Po dos mil huevos cocidos y una cabeza de cerdo si le salvaba el negocio. Hasta Vikorn quemó un poco de incienso y yo avancé más que nunca en mi meditación. Con semejante poder mental místico actuando en nuestro beneficio era inevitable un milagro.

Se llamaba Chanya y todavía me acuerdo del día en que entró en el bar a pedir trabajo. Hablaba un inglés fluido con un ligero acento de Texas (pero con el suficiente deje tailandés co-

27

mo para conferirle cierto exotismo) puesto que había pasado dos años en Estados Unidos hasta que la xenofobia que siguió al 11-S la obligó a volver a casa. Después del 11-S no era momento de andar viajando con un pasaporte falso en Norteamérica. Tenías que haberte criado en el negocio para reconocer su talento. Mi madre y yo lo vimos al instante, Vikorn tardó un poco más en darse cuenta. Al cabo de una semana estábamos cociendo huevos como locos y llevándolos, con la cabeza de cerdo asada, a Wat Po, donde los monjes se los comieron o se los dieron a los pobres. Deja que me explique.

Antes que nada, *farang*, por favor, deshazte de esas ideas infantiles que albergas sobre que nuestras chicas del gremio son oprimidas esclavas del sexo, víctimas de una cultura machista dominada por los hombres; hazme caso, tus medios de comunicación harían cualquier cosa para consolarte de tu desesperación postindustrial y hacerte creer que tu cultura es superior a la nuestra (¿bromeas? Yo he estado en Slough, Inglaterra, un sábado por la noche. Sé la clase de inválidos atomizados que sois).

Éstas son todas chicas del campo, fuertes como búfalos de agua y salvajes como cisnes, a las que les parece increíble la cantidad de dinero que pueden ganar proporcionándole a un *farang* educado, benévolo, rico, con sentimientos de culpabilidad y consciente de la necesidad de utilizar condón, exactamente el mismo servicio que de otra forma tendrían que proporcionar gratis y sin protección a unos rudos esposos borrachos y puteros en sus pueblos natales. Buen negocio, ¿no? Será mejor que te lo creas (no me mires así, *farang*, cuando en tu fuero interno sabes que el capitalismo nos convierte a todos en prostitutas). La mayoría de las chicas, al ser el único sostén de la familia y por lo tanto unas matriarcas, despachan toda la gama de asuntos familiares por mediación del teléfono móvil (normalmente en los aseos del personal mientras se ponen la ropa de trabajo), desde cuidar de los enfermos hasta contratar servicios de compra, desde reprimendas a los granujas hasta la cantidad de búfalos de agua en la que invertir este año, desde bodas a abortos, desde obligaciones religiosas a serias decisiones sobre a quién votar en las elecciones locales y nacionales.

Sin embargo, la química es como mínimo igual de importante para el sexo comercial como lo es para toda la variedad de las artes más domésticas, y es ahí donde empiezas a diferenciar entre el elenco secundario y las grandes estrellas. El secreto es éste: la típica superestrella es la que hace la química. Es una maestra tántrica en tanga, una hechicera del *topless*, una endemoniada bailarina con un atractivo perverso. Sabe cómo convertirse en un espejo que refleja las numerosas y variadas fantasías de los hombres a los que seduce. Adivina cuántos han acudido a mí para confiarme que por fin la han encontrado, a la mujer de sus sueños, a la chica que habían estado esperando durante media vida, ésa de la que están tan seguros, que se casarían con ella mañana mismo si accediera, la angelical Chanya. Respuesta: aproximadamente un cincuenta por ciento de sus clientes. Hasta hemos contratado a un gorila (conocido como el Monitor y que, al igual que yo, trabaja también como policía durante el día) para protegernos de los ataques de los desconsolados. En resumen, Chanya salvó nuestro negocio y no tenemos intención de abandonarla cuando más nos necesita. Todos los genios tienen su lado oscuro. En nuestra sociedad preatomizada la lealtad personal sigue siendo importante, motivo por el cual ni siquiera el astuto coronel Vikorn dudó en interrumpir su Sábado por la Noche en Bangkok (como dice la canción: «hace humilde al orgulloso... y a veces lo mata») cuando se dio cuenta de que nuestra superestrella corría peligro. He aquí lo que pasó realmente.

29

Lo vi en cuanto entró por la puerta. En este momento no tenemos *mamasan*, una situación lamentable que significa que yo, como socio comanditario, tengo que hacer las funciones de *papasan* a la espera de que mi exigente madre le dé el visto bueno a una sustituta (como todas las ex prostitutas les tiene un odio inveterado a las *mamasan* y nunca encuentra la perfecta, sospecho que manipula las cosas para seguir teniéndome como *papasan*).

Ya he descrito su rostro, que no mejoraba mucho cuando su espíritu lo habitaba. Era una basura con la ridícula arrogancia de un levantador de pesas. Todas las chicas eran de la misma opinión, por lo que se mantuvieron alejadas de él y lo dejaron solo en una mesa de la esquina, donde se puso aún más iracundo al observar que las chicas favorecían a hombres más viejos y menos musculosos que él. Era recatado con la bebida (cerveza Budweiser en lugar de whisky Mekong, pero no hay que envilecer las brillantes narraciones de Vikorn con detalles de poca monta). Me reventaba malgastar el talento de porcelana de Chanya con ese recipiente de barro cocido y en realidad sólo pretendía que ella lo convenciera con sus encantos para que se marchara de nuestro bar y se metiera en algún otro. Nos tenemos mucho cariño, Chanya y yo, y nos comprendemos el uno al otro. Me bastó con dirigirle una mirada furtiva para que entendiera lo que quería. Al menos (en este momento la narración requiere de una exactitud puntual) yo creo que fue mi mirada lo que hizo que se acercara a su mesa. Al cabo de un minuto más o menos la boca pequeña y desagradable de aquel tipo se estiraba para esbozar una sonrisa, si es que se le puede llamar sonrisa a eso; ella apoyaba perezosamente la mano en uno de sus sólidos muslos y cuando se inclinó para tomar un sorbo de lo que llaman bebida de mujeres (un Margarita con extra de tequila) él fijó la atención en sus pechos. Otro hombre orgulloso estaba en proceso de convertirse en humilde.

Era del tipo de hombres cuya libido precisaba una reservada intensidad antes de poder entrar en alerta máxima. Chanya se adaptó en un segundo y ya estaban hablando con complicidad (y de forma apasionada) con las cabezas casi pegadas. Para empeorar las cosas, Eric Clapton cantaba *Wonderful tonight* en la falsa máquina de discos. Esta canción irresistiblemente romántica ya fue el colmo. El levantador de pesas había encontrado el camino hasta el muslo más cercano de Chanya. Comprobé la hora en el reloj del fax. Apenas habían pasado cinco minutos y el Hombre de Hierro ya se había fundido, lo cual suponía un récord incluso para Chanya. Decidí echarle una mano volviendo a poner la canción de Clapton, ¿o simplemente tenía curiosidad por saber qué efecto tendría un bis? Unas lágrimas diminutas aparecieron en el rabillo de sus ojos anormalmente azules, tragó saliva y las palabras «Me siento tan solo» se hicieron reconocibles saliendo de aquella desagradable boca, incluso a una distancia de nueve metros, seguidas por un increíblemente inepto: «Tú también estás preciosa esta noche».

—Gracias —dice Chanya, y baja la mirada con modestia.

En aquel preciso momento entró el vendedor de rosas. Es de admirar el valor quijotesco de este hombre, y el de sus colegas: los vendedores de frutos secos y los niños que venden mecheros (todos los bares los toleran con la condición de que sean discretos y no se queden mucho rato). ¿Puede haber mayor optimismo que una vocación de toda la vida de intentar vender rosas a los puteros? Nunca le había visto vender ni una sola flor a este hombre de mediana edad, delgado como un alambre y con una mandíbula deformada por un tumor que por falta de dinero nunca puede hacerse extirpar. Tímidamente el Hombre de Hierro le hizo señas para que se acercara, le compró una sola rosa por la que pagó demasiado y se la dio a Chanya.

—Supongo que voy a pagar tu tarifa en el bar, ¿no?

Ella acepta la rosa, finge sorpresa mezclada con gratitud (todas las chicas saben hacer lo de la Humildad Oriental cuando quieren) y dijo:

—¿Sí? Como quieras.

Según el reloj del fax habían pasado exactamente siete minutos y ya estaba a punto de llevárselo al huerto. A modo de respuesta, él sacó un billete de quinientos bahts de su cartera y se lo dio. Ella juntó las palmas en un delicioso *wai* y a continuación se puso en pie para traerme la tarifa; así pude anotar lo que era, ahora me acuerdo, su segundo polvo de la velada. Al fin y al cabo era sábado por la noche y ella era Chanya. El cliente anterior había sido un joven que por lo visto no tenía mucho aguante, pues ella había tardado menos de cuarenta minutos en regresar de su hotel.

La única característica inusual en la transacción con el Hombre de Hierro fue que ella no me miró a los ojos cuando me dio el dinero y yo le extendí el resguardo. Nueve de cada diez veces me guiña el ojo o me sonríe precisamente en aquel momento, cuando está de espaldas al cliente. Al cabo de un minuto ya habían salido por la puerta. No se me ocurrió temer por su seguridad, al fin y al cabo era evidente que ya lo había amaestrado..., y era Chanya.

—Así es como fue de verdad y no puedo deciros nada más

31

—les explico a Vikorn y a mi madre, ya de vuelta en el club. Según el reloj del fax son las tres y media de la madrugada y ninguno de nosotros está de humor para dormir.

—¿No te miró a los ojos cuando te entregó la tarifa? Eso no es normal. La he visto, tú le gustas, siempre te mira a los ojos y te hace un guiño. Creo que siente algo por ti. —Mi madre se había dado cuenta de este detalle bastante femenino. Era evidente que Vikorn había vuelto a adoptar el estilo Maigret, en un plano de elevada estrategia que no está a nuestro alcance. Nong y yo esperamos su dictamen. Él se frota la mandíbula.

—Esta noche no podemos hacer nada más. Mañana haremos venir a un equipo forense para que saque fotos, aunque nada demasiado meticuloso. Sonchai arreglará la retirada del cuerpo y conseguirá la autorización para la incineración inmediata de…, bueno, ya encontraré a alguien. Perderá el pasaporte. Probablemente el *farang* fuera un ausente sin permiso de alguna pequeña y deprimente ciudad del sur donde se suponía que debía estar buscando a hombres con barba negra que llevaran camisetas de Bin Laden, de manera que lo más probable es que nadie sepa dónde está. Obviamente, ella obtuvo el opio de él, y la pipa también, por lo que da la impresión de que el hombre estuvo en Camboya. Parece ser que tampoco era del todo el imbécil levantador de pesas que pretendía ser. Al menos tenía la imaginación necesaria para probar un poco de resina de adormidera. Pueden pasar semanas antes de que le sigan el rastro hasta aquí, aunque supongo que al final vendrán a preguntar. No veo que sea un verdadero riesgo, siempre y cuando intentemos pasar desapercibidos y Chanya desaparezca durante cosa de un mes y se cambie de peinado. No quiero que la interroguen. No sabemos qué estuvo haciendo en Norteamérica. —Se volvió hacia Nong—. Será mejor que hables con ella, de mujer a mujer, averigua dónde tiene la cabeza. —Luego se vuelve hacia mí—. O tal vez tendrías que hacerlo tú, puesto que parece que os lleváis tan bien. Intenta pillarla de buen humor, no queremos que acabes castrado tú también.

Mi madre se ríe con educación de aquella broma de increíble mal gusto, al fin y al cabo él es el accionista principal. Salgo a la calle para llamarle un taxi, porque no quiere que vuelvan a ver su limusina en Soi Cowboy esta noche. Todos los bares están cerrados, pero ahora la calle está abarrotada de tenderetes de platos cocinados que siempre aparecen después del toque de queda de las dos de la madrugada para llenar la calle de aromas deliciosos y servir exclusivamente platos tailandeses a un millar de putas hambrientas que parlotean las unas con las otras contándose las historias de la noche. Es una escena tranquila que he llegado a amar a pesar de mis serias dudas religiosas en cuanto a trabajar en el gremio y ganar dinero con las mujeres de un modo que Buda prohíbe claramente. Hay veces que nuestros pecados son una obligación impuesta por el karma: el Buda nos frota la cara en ellos hasta que estamos tan hartos de nuestro error que preferiríamos morir antes que pasar por eso otra vez (pero si ése es el caso, ¿por qué me siento tan bien? ¿Por qué hay un humor festivo en toda la calle? ¿Han cambiado las reglas? ¿Acaso la monogamia es un experimento que salió mal, como el comunismo?).

Aunque parezca mentira, el dinero que gano con esto no me lo gasto. El contable de Vikorn ingresa mediante giro telegráfico mi modesto diez por ciento de los beneficios en el Thai Farmer's Bank cada trimestre y yo dejo que se acumule, prefiero vivir de mi salario de policía en mi tugurio junto al río, aunque a veces duermo en el club. Para ser sincero, he prometido a Buda que haré algo útil con el dinero cuando tenga la oportunidad. ¿Te parece patético, *farang*? A mí sí, pero no puedo hacer nada al respecto. Cuando intenté sacar un poco de dinero de la cuenta para comprarme un fantástico par de zapatos de Baker-Benje que estaban de oferta en el Emporium (sólo costaban quinientos dólares americanos), alguna fuerza mística me lo impidió.

Después de ayudar a mi coronel a meterse en el taxi, bajo paseando por la calle que ahora se encuentra completamente vacía de cualquier *farang*. Algunos de los tenderetes cuentan con luces eléctricas conectadas de manera ilegal a los cables ilegales que trepan por las paredes de nuestros edificios como negras enredaderas, pero la mayoría utiliza una luz de gas que produce un silbido y que hace que las camisas ardan con un brillo intenso. Veo muchos rostros hermosos y familiares entrar y salir de este claroscuro, todas las chicas están hambrientas tras su noche de trabajo. Entre los tenderetes de platos cocinados, los adivinos han montado sus presentaciones minimalistas: una mesa y dos sillas los adinerados, y un mantón en el suelo los demás.

Cada tirada de las cartas del Tarot hace que un corazón femenino dé un vuelco o se acongoje: ¿matrimonio, salud, dinero, un hijo y un viaje al extranjero con un *farang* prometedor? No ha cambiado nada desde que era un crío. Para crear un ambiente más festivo, un cantante ciego con micrófono entona un plañidero canto fúnebre tailandés con una mano en el hombro de su compañero, que lleva el altavoz sujeto con una correa mientras avanzan majestuosamente calle abajo. Echo un billete de cien bahts en la caja y luego, al acordarme de Chanya y de la necesidad de tener suerte, meto otro de mil.

Todo el mundo me conoce: «¿Cómo va el negocio, Sonchai?»; «Hola, Sonchai, ¿tienes trabajo para mí?»; «Papa Sonchai, mi querido *papasan*» (en un jocoso tono satírico); «¿Cuándo volverás a bailar para nosotras, detective?».

Me alegra mucho que Vikorn haya salvado a Chanya de esa burda e indiscriminada justicia que tienen en Norteamérica donde, si la extraditaran, nunca tendrían en cuenta su juventud y belleza, el estrés inherente a su profesión o la fealdad de la víctima. Tampoco podría comprar la indulgencia como se hace en nuestro sistema, mucho más flexible. Aunque el comentario sobre el hecho de no saber lo que estuvo haciendo en Norteamérica es un claro ejemplo de la visión superior de su mente, por no hablar de la paranoia, que constituye un riesgo profesional para un gánster de su talla. Yo, por ejemplo, nunca le he dado demasiada importancia al tiempo que estuvo allí, simplemente, ¿no trabajaba en un salón de masaje como todas las demás?

De repente experimento una dramática ralentización de mi pensamiento, una falta de energía tras una tensión prolongada. Estoy totalmente quemado, a punto de derrumbarme. Vuelvo andando lentamente al bar, subo las escaleras hasta el piso de arriba para echarme en una de las habitaciones. Pasan ocho minutos de las cinco de la mañana y las primeras señales del amanecer aparecen una a una en la noche: el canto de un muecín en una mezquita cercana, los primeros cantos de los pájaros, una cigarra insomne, nueva luz por el este.

Nosotros, los tailandeses, tenemos nuestra propia cura favorita para el agotamiento emocional. Nada de píldoras, alcohol, drogas o terapia, sencillamente nos vamos a la piltra. Parece simple, pero funciona. En realidad, encuesta tras encuesta hemos admitido que dormir es nuestro pasatiempo favorito (sabemos que al otro lado hay algo mejor).

No obstante, resultó que el caso de Mitch Turner me había perturbado con cierta profundidad, puesto que en sueños mi compañero muerto, mi hermano de alma, Pichai, viene a mí, o mejor dicho, le hago una visita. Está sentado en un círculo de monjes que meditan y que irradian unos resplandores color miel, y al principio no quiere que lo molesten. Yo insisto y poco a poco sale de su trance divino. «¿Quieres ayudarme?», le pregunto. «Busca a Don Buri», contesta Pichai, y luego vuelve con el grupo.

Me despierto profundamente desconcertado, puesto que la palabra «*buri*» quiere decir «cigarrillo» en tailandés. «Don», creo, quiere decir «señor» en español. Me temo que se trata de Pichai en su estado más gnómico. Supongo que tendré que recurrir a fuentes más convencionales. Aun así, el sueño continúa repitiéndose en mi cabeza a modo de pregunta: «¿Quién diablos es Don Buri?».

35

Capítulo 4

Cuando finalmente me levanto ya es media tarde y me siento culpable por desatender a Lek.

Lek es el nuevo cadete que el propio Vikorn me ha asignado. Lleva más de un mes entrenándose conmigo y yo intento tomarme en serio la responsabilidad. No obstante, Nong lo ve más que como un esclavo de la familia e insiste en que lo eduque en los aspectos más delicados del servicio doméstico. Tratando de encontrar un equilibrio y cediendo, sin embargo, al acoso de mi madre (hay razones por las que Lek necesita llevarse bien con ella), lo llamo al móvil y le digo que me recoja en el club.

Son las seis y media y la ciudad todavía está paralizada desde la hora punta. Lek y yo nos sentamos en el asiento trasero del taxi, cuyo conductor tiene la radio permanentemente sintonizada en el 97 de la FM o, tal como la llamamos nosotros, los de Bangkok, *Rod Tit FM* (la FM de los atascos). Por toda la ciudad, la gente aprisionada en los vehículos sin posibilidad de libertad condicional utiliza sus teléfonos móviles para participar en el programa de radio de Pisit. Esta tarde el tema es el escándalo de tres jóvenes policías que demostraron de forma concluyente que tres mujeres jóvenes se dedicaban a la prostitución cuando mantuvieron relaciones sexuales con ellos a cambio de dinero. «Con policías como éstos, ¿quién necesita delincuentes? Llamadme al *soon nung nung soon soon nung nung soon soon.*» Ahora entran a raudales las llamadas desde la total paralización del tráfico, la mayoría con un tono de hilaridad. Sin embargo, Lek, que tiene dieciocho años y sólo lleva tres meses fuera de la academia, arruga la nariz.

—¿Has hablado ya con tu madre? —Ha conseguido agachar la cabeza más que la mía de modo que su delicado rostro

36

está vuelto hacia mí como una flor y sus ojos color avellana irradian simpatía. En una sociedad feudal todo es feudal, que es lo mismo que decir personal. Yo no soy simplemente su supervisor, soy su amo y señor, su destino está en mis manos. Necesita que lo quiera.

—Dame tiempo —digo—, con las mujeres el humor lo es todo. Sobre todo tratándose de Nong.

—¿Vas a hablar con el coronel Vikorn?

—No lo sé. Sería lo más sensato. —Le digo al taxista que pare en la intersección de Soi 4 con Sukhumvit.

La historia de nuestra misión es la siguiente: una vez, no hace más de cinco o diez años, todas las *sois* laterales de Sukhumvit presumían de al menos un puesto que vendía saltamontes fritos, pero con el implacable e indiscriminado bombardeo de nuestra cultura por parte de la vuestra, *farang*, nos volvimos un tanto acomplejados con respecto a esta curiosa debilidad nuestra, con el resultado de que en Krung Thep nuestra cocina de insectos se vio relegada de todos modos a la clandestinidad. Sin embargo, y al mismo tiempo, la vanguardia *farang* cayó en la cuenta de este exotismo culinario debido al entusiasmo de los pretenciosos, de modo que ahora el único lugar donde puedes comprar saltamontes fritos es en Nana Plaza, que está dominada por los *farang*.

Llegamos a Nana en el preciso momento en el que los varios pabellones de caza, conocidos como bares de gogós, están metiendo la directa. «Quiero irme contigo, guapo», me grita una chica con una camiseta negra y sin mangas desde la valla de una de las cervecerías, pero la estrella de Lek brilla mucho más que la mía. Ni las chicas ni los *katoey* (transexuales para ti, *farang*) pueden quitarle los ojos de encima mientras nos abrimos paso a empujones por entre los poderosos cuerpos de raza blanca enfundados en sudadas camisetas y pantalones cortos, medio borrachos por las oportunidades sexuales más que por el alcohol, aunque todo el mundo le está dando a las botellas de cerveza helada. Esta tarde todos los aparatos de televisión, y debe de haber unos quinientos, tienen sintonizado un partido de tenis del Abierto de Francia entre nuestro Paradorn y alguien que trae sin cuidado a todo el mundo. No obstante, no hay comentarios, porque en los diez mil equipos de sonido retumba la habitual combinación de música pop tailandesa con Robbie Williams.

Por fin llegamos al extremo más alejado de la plaza en el que predominan los *katoey* a los que se les cae la baba al ver a Lek. Contraviniendo seriamente la autenticidad, el propietario del puesto que hay en la parte trasera de la plaza ha etiquetado sus variados productos en inglés: cucarachas de la madera, gusanos de seda, grillos topo, mezcla de hormigas, rana seca, gusanos del bambú, escorpiones y saltamontes. Compro un buen cargamento de saltamontes para mí y de cucarachas de la madera; gusanos de seda, mezcla de hormigas y ranas secas para mamá. Mientras el vendedor vierte las hormigas en un cucurucho de papel, Lek y yo dedicamos un momento a observar un ritual que es mucho más antiguo que el budismo. Unas jóvenes ataviadas con unos cortos vestidos de volantes —se trata de un bar donde la fantasía de la colegiala se invoca de manera intermitente e imprecisa— se hallan de pie una delante de la otra, en fila, con las piernas separadas, a la vez que la chica de delante dibuja unas elaboradas formas en el suelo con un largo falo de madera. Una vez convocado el dios de la suerte, la chica manda el falo deslizándose por el suelo entre los pies de las demás y luego da unos fuertes golpes en la puerta del club. Se endereza con aire de haber hecho bien el trabajo («si eso no atrae a los clientes no sé qué lo hará») y conduce a las chicas de vuelta al bar y al siglo xxi.

Al llegar al club me cercioro de que Lek lleve las bolsitas de insectos y se las dé a mi madre, que todavía no ha abierto el negocio (estaba esperando la cena). Nos sentamos todos en el bar para comer lo que, me imagino, es el desayuno, y durante veinte minutos reina el silencio, roto únicamente por los chasquidos de las patas y el chorrear de las tripas. Cuando termino de comer dejo a Lek con mi madre y subo las escaleras con el último paquete de saltamontes.

Chanya está despierta y hermosamente descansada tras su prolongada estadía en los brazos de Morfeo. Lleva puesta una camiseta enorme y nada más, y está sentada en la cama, en una posición de loto a medias, con la espalda apoyada en la pared. Le ofrezco el paquete abierto, ella coge delicadamente un saltamontes gordito y lo mastica. Me ofrece una sonrisa de camaradería, estropeada tan sólo por los restos de una pata peluda en la comisura de su boca, y por lo visto no sufre ningún efecto adverso por su juerga asesina, aparte de un asomo de nerviosismo en su mirada cuando le entrego su declaración (la ventaja de una cultura de la vergüenza en oposición a una de la culpabilidad es que no empiezas a sentirte mal hasta que la mierda no empieza a salpicar).

Ella la lee detenidamente y luego levanta la vista:

—¿La escribiste tú? Es tu letra.

—El coronel la dictó, yo me limité a tomar nota.

—¿El coronel Vikorn? Debe de ser un genio. Esto es exactamente lo que ocurrió.

—¿En serio?

—Es correcta hasta en el último detalle, excepto que bebió Budweiser en lugar de whisky Mekong.

—Un detalle sin importancia. No hace falta que nos molestemos en cambiarla. Llegado el caso corroboraré lo del Mekong. Al fin y al cabo era yo el que estaba detrás de la barra.

Esa sonrisa que funde el hierro:

—Entonces está bien.

Toso e intento no mirar su melena negra con demasiada tristeza.

—Sólo una cosa más. Tendrás que cortarte el pelo y desaparecer una temporada. Haz algo distinto, sé otra persona durante un par de meses…, hasta que hayamos tanteado el terreno.

Se encoge de hombros y sonríe:

—Está bien, lo que el coronel diga.

—Te traeremos de vuelta al trabajo en cuanto podamos. Tenemos que saber qué van a hacer los norteamericanos cuando descubran que este como se llame está muerto. Si se pondrán duros, si era muy valioso para ellos… ¿Entiendes el problema?

—Por supuesto. Probablemente me lo cortaré todo. Siempre he querido meditar en un convento. Tal vez haga un curso de meditación en algún sitio en el campo.

—Eso estaría bien —digo yo, aunque la idea de que pierda todo su pelo casi me hace saltar las lágrimas. Un silencio ligeramente incómodo—. Chanya, no tienes que explicármelo si no quieres, pero si cuando estuviste en Estados Unidos hiciste algo que crees que deberíamos saber…

Ella escudriña mi mirada. En la suya sólo veo inocencia.

—Trabajé, por supuesto. El dinero era fantástico, sobre todo en Las Vegas. Es un país maravilloso, aunque un poco insulso. Al cabo de un tiempo me aburrí. En cuanto tuve pasta suficiente para construir mi propia casa en Surin y para retirarme, regresé a casa. Sin embargo por motivos familiares necesité más dinero. Me quedé aquí porque eres un buen *papasan* y tu madre ha sido una buena jefa. Es divertido. Me gusta vuestro club.

La tentación de preguntarle qué pasó exactamente anoche es muy fuerte, pero mi disciplina profesional, aprendida a los pies de mi maestro Vikorn, me permite resistir. De todos modos fue un despanzurramiento de padre y muy señor mío. Incluso para una tailandesa su frialdad es un poco inusual, por no decir absolutamente terrorífica. Temo que mi sonrisa fue un poco alienada cuando la dejé sola con su declaración y el paquete de saltamontes. Ni siquiera le pregunté por el opio, puesto que oficialmente no existía. Me fijé en que se había deshecho de la pipa.

En el piso de abajo mi madre tiene a Lek limpiando los cristales. Compruebo la hora y conecto la radio al equipo de sonido para escuchar *Rod Tit FM*. En este momento la estarán escuchando todos los policías del Distrito 8, puesto que Pisit nos ha dicho que tiene una primicia sobre la eterna y bien conocida batalla entre nuestro querido coronel Vikorn y ese canalla del general Zinna, que acaba de salir indemne de un consejo de guerra en el que tuvo que explicar su presunta implicación en un caso de tráfico de heroína y morfina a gran escala. Su afirmación de que la policía, Vikorn en particular, le tendió una trampa fue aceptada de forma tácita por el tribunal.

Pisit empieza recordándonos que esta rivalidad relativa a las drogas entre el ejército y la policía no es nueva. Todos los tailandeses han oído hablar de ella y algunos todavía recuerdan el gran enfrentamiento que tuvo lugar en Chiang Mai en los años cincuenta cuando parecía estar a punto de estallar la guerra civil a raíz de una disputa entre los dos servicios, en relación con quién era exactamente el propietario de un cargamento masivo de opio que el Kuomintang (en connivencia con la CIA) había enviado en tren a Tailandia. El enfrentamiento duró tres días antes de que se llegara a un compromiso: el cargamento entero se arrojaría al mar. Según la leyenda, el vertido de las varias toneladas de opio fue organizado por el director de la policía, que lo arregló todo para que un barco lo interceptara. Ahora la perpetua batalla parece haber recaído en los hombros de Vikorn y Zinna. Lo que Pisit no nos contó de antemano es que hoy su fuente no es otra que el mismísimo Zinna:

PISIT   General Zinna, es un gran honor tenerle en este programa. Debe de estar aliviado y exhausto tras su terrible experiencia.
ZINNA   ¿Qué terrible experiencia?
PISIT   Me estaba refiriendo al consejo de guerra que limpió su nombre, general.
ZINNA   ¡Ah, eso! Cierto coronel de la policía me tendió una trampa, todo el mundo lo sabe.
PISIT   Pero, general, si eso es cierto es dinamita. ¿Existe alguna razón en particular por la que este coronel de policía, a quien no nombraremos, o cualquier otro policía, desee su ruina?
ZINNA   Es sencillo, tienen miedo de quedar al descubierto. Ahora mismo la policía dirige Tailandia. Fíjese en los informativos diarios, ¿qué encontramos? Encontramos noticias puras, lisas y llanas de corrupción policial por todo el país y en todos los estratos de la policía, pero no se está haciendo ni un carajo al respecto. ¿Por qué? Porque el propio Gobierno tiene miedo de la policía. La policía se ha convertido en el único poder de cohesión de nuestro país. Y a esto lo llaman democracia. Ese coronel de policía que ya hemos mencionado siempre está hablando de la democracia. Es todo una estrategia, por supuesto. Éste es el problema que tiene Occidente, que es superficial de una manera infantil. Crea un sistema que se parezca al suyo, no importa lo defectuoso y corrupto que sea, y te alabarán. Crea un sistema diferente e intentarán desautorizarte. Así pues, lo que los policías han creado de un modo tan ingenioso es un estado policial con aspecto de democracia. No es de extrañar que los *farang* nos quieran. Es exactamente el mismo sistema que el suyo.

PISIT   ¿Y la policía le tiene miedo al ejército porque es la única alternativa viable a ellos?

ZINNA   Desde luego. Y la única unidad con el poder suficiente para ponerlos al descubierto y sobrevivir.

PISIT   ¿Nada que ver con una rivalidad sobre fuentes de ingresos?

ZINNA   ¿Adónde quiere ir a parar?

PISIT   General, acaba de referirse a las noticias sobre corrupción policial. Yo diría que al menos un cincuenta por ciento de esas quejas están relacionadas con las drogas.

ZINNA   Por supuesto. Para que los policías dirijan el país tiene que haber motivación. Disfrazada de corrupción, claro está.

Pisit   ¿Y si el ejército volviera a dirigir el país?

ZINNA   Es una hipótesis muy provocadora.

PISIT   ¿Qué le gustaría hacerle al coronel de la policía que le tendió la trampa?

ZINNA   Eso es un asunto privado entre él y yo.

Lek, que es de los que no puede mantener la atención durante un periodo prolongado, ha intentado entenderlo, pero desconoce los antecedentes que hacen que la entrevista resulte comprensible.

—¿Te importaría decirme de qué iba todo esto?

Mi madre y yo intercambiamos una mirada.

—El coronel no ha vuelto a ser el mismo desde que murió su hijo Ravi —comenta Nong.

Lek, que sigue sin enterarse, vuelve hacia mí unos ojos como platos.

—El ejército mató a Ravi durante los disturbios de mayo del noventa y dos —le explico.

Capítulo 5

Suena el teléfono fijo. Es el equipo forense y están bastante nerviosos. Quieren que vaya al hotel donde murió Mitch Turner inmediatamente. Considero si llevarme a Lek, pero está cumpliendo con sus obligaciones profesionales, tal y como él las ve, congraciándose con mi madre (están hablando sobre las más delicadas cuestiones de la aplicación del rímel), de modo que me voy solo.

Cuando llego entiendo lo que quieren decir. En su celo le dieron la vuelta al cadáver y lo dejaron de esa manera. Ahora están todos observando el modo en que yo lo miro. No estoy seguro de si vomitar o simplemente rascarme la cabeza. Estoy demasiado atónito para hacer ninguna de las dos cosas. Mi mente retrocede a Chanya y a cómo estaba esta mañana: fría y radiante, alegre como unas pascuas. Sacudo la cabeza y levanto el receptor del teléfono del hotel y le digo al telefonista que me ponga con la comisaría, con Vikorn. Por una vez se encuentra en su despacho.

—Los muchachos del forense le han dado la vuelta.

—¿Y?

—Lo han despellejado. Desde los hombros hasta la parte baja de la espalda. Falta la piel de toda la superficie. No es más que una masa sanguinolenta.

Una larga pausa durante la cual pienso que incluso Vikorn está perplejo. Y entonces:

—Diles que vuelvan a darle la vuelta y lo dejen tal y como lo encontraron. ¿Le han sacado fotos de la espalda?

—Creo que sí.

—Diles que las destruyan. —Se oye un *clic* cuando cuelga. Mirando a la víctima mientras vuelven a darle la vuelta estoy pensando: *farang,* estoy pensando Francia, Alemania, Inglaterra, Japón, Estados Unidos, G8, estoy pensando «decadencia». De golpe y porrazo el caso ha quedado fuera de la psicología tailandesa y yo me veo limitado a los mínimos conocimientos culturales que adquirí en el extranjero. Veréis, los pobres matan honestamente por pasión, tierras, dinero o superstición, de modo que al principio este brutal destripe/castración tenía el aspecto de una expresión bastante común de rabia, miedo o avaricia que entraba perfectamente dentro de la enraizada tradición de todo país tercermundista (el pene cercenado, francamente, me parecía tan tailandés como la sopa *tom yum*). El despelleje, sin embargo, ese extra gratuito, sólo puede venir de una sociedad con una clase media numerosa, rica y aburrida (el tedio se notaba a la legua). Así pues, ¿qué demonios le ocurrió a Chanya en Norteamérica?

Pasé el día siguiente con Lek en la tediosa tarea de disponer del cadáver. Aunque Vikorn ya había preparado a los empleados de la morgue y había arreglado las cosas para que se hiciera una autopsia reducida para salvar las apariencias (murió desangrado a causa de una herida punzante anormalmente extensa en el abdomen y en el estómago, su pene había sido seccionado y —sorpresa, sorpresa— no se mencionaba la piel que le faltaba en la espalda), había innumerables formularios que rellenar, personas a las que engatusar, miradas recelosas con las que lidiar y los chicos del crematorio fueron un verdadero coñazo. De algún modo se enteraron de que la incineración no era del todo limpia y querían un soborno de un valor que yo no tenía autoridad para conceder, de modo que tuve que localizar a Vikorn en su teléfono móvil. Me produjo cierto placer ver sus cambios de expresión cuando hubo terminado con ellos, pero fue un día agotador y no volví a ver a Chanya hasta última hora de aquella tarde, justo antes de disponerme a abrir el bar. Creo que su verdadera vocación tendría que haber sido la de actriz, puesto que apenas la reconocí. No fue simplemente porque llevara el pelo corto, de punta y de color malva, o porque el estilo del maquillaje fuera distinto; había conseguido transformarse en otra persona. Llevaba una falda larga de color negro, una blusa blanca con encaje de alrededor de 1955 y unos zapatos planos. Hacía de recatada maestra tailandesa (con un toque de mujer urbana fragmentada y desposeída) con una fantástica atención a los detalles. Cuando se quitó las gafas de dotación estatal pasadas de moda, sacudí la cabeza con admiración. Había venido a despedirse. Nos tomamos de las manos un momento, con los ojos cerrados. No me sorprendió que tuviera la capacidad de leerme el pensamiento.

—No es como tú crees, Sonchai. Quiero que lo sepas.

—De acuerdo.

Una pausa.

—Durante el tiempo que pasé en Estados Unidos escribí un diario. Tal vez te lo enseñe algún día.

Me dio un remilgado beso en la mejilla, un último guiño y se fue con la promesa de llamarme de vez en cuando para ver si ya no había moros en la costa y podía regresar.

Resultó que mi madre se reunió conmigo en el bar pocos minutos después de que Chanya se fuera. Tomó una cerveza del estante refrigerado y me senté con ella a una de las mesas mientras se encendía un Marlboro Red y le informé de los progresos del caso hasta el momento. Cuando terminé le dije:

—Madre, tú lo sabes mejor que nadie, ¿qué es lo que hace que a una chica como Chanya le dé semejante arrebato?

Ella entrecerró los ojos pensativamente mientras inhalaba y luego se encogió de hombros.

—Pueden ser muchas cosas. Una chica pasa por muchas fases. Empieza a creer lo que los clientes le dicen y se le sube un poco el ego a la cabeza, hasta que un día, de repente, comienza a preguntarse si los clientes no la estarán explotando en vez de ser al contrario. Al igual que con cualquier empresa de servicios, nadie sabe a ciencia cierta quién está engañando a quién en este juego. Pasa esta fase y empieza a adquirir un orgullo profesional en lo que hace, quiere ser una estrella, porque no puede aspirar a nada más. —Mi madre exhala con aire pensativo—. Luego se da cuenta de que el tiempo pasa, mujeres más jóvenes acaparan la atención y una estrella más grande que ella viene a trabajar a su bar. Otro rito de transición al que tiene que enfrentarse…, un periodo de depresión, tal vez, hasta que lo acepta.

Yo frunzo el ceño.

—Pero nada de eso parece poder aplicarse a Chanya.

—No, ya lo sé. Ella pasó por estas fases hace años. Nunca había visto una profesional como ella. De modo que debe de ser agotamiento. A mí me ocurrió una vez. Te conviertes en víctima de tu propio éxito. Te olvidas de una cosita. Lo único que estás haciendo es follar por dinero. Toda tu vida gira en torno al miembro masculino y te obsesionas con él igual que lo hacen los hombres. En algún lugar dentro de ti se va creando una resistencia. Hay mujeres a las que les da un ataque de verdad. Yo misma tuve que parar un año entero cuando tú tenías diez años…, quizá te acuerdes, pasamos ese año en el campo con la abuela. Al final nos estábamos quedando sin dinero, por lo que tuve que volver, pero ya nunca fue lo mismo desde entonces. Llevo un tiempo observando a Chanya acercarse más y más a ese muro.

¿Por qué será que me gustaría que no fuera tan realista? Soy la conciencia atrapada en una pipa. A veces se hace difícil respirar. ¿Chanya?

—¿De modo que crees que simplemente le dio un ataque?

—Sí, eso creo. Tal vez el tipo fue particularmente repugnante, pero ella debería haber sabido cómo manejar la situación. La cuestión es que una chica se cansa de utilizar la astucia. A veces ansía una confrontación violenta. Creo que el cuchillo era de él, no de ella, y creo que le proporcionó una excusa. Lo vio en su habitación y algún demonio la poseyó. Así es como yo lo veo.

—Entre que el cuchillo era suyo y el tipo era muy grande y musculoso, nadie iba a dudar que fue en defensa propia, incluso sin ayuda de Vikorn, ¿no?

—Exactamente. Todavía estoy enojada con ella. Debió habérselo pensado, haberlo calculado incluso. Pudo haberse contenido. Podía haber hecho lo que hice yo: refrescarse una temporada. Al fin y al cabo es rica, no tiene ningún hijo a su cargo, podía haberse permitido el lujo de retirarse del todo. Pero es una adicta al gremio, ya lo ves. En todas las profesiones ocurre lo mismo, cuando alguien descubre que tiene un talento excepcional no puede parar. Necesita destacar; y en esos momentos se trata de la caza, no del dinero.

—En ese caso, ¿cómo lo hizo? Era un tipo grandote.

Una sonrisa.

—Ella es delgada y fuerte, debió de ser mucho más rápida que él. Él era pesado y demasiado musculoso y ella contaría con el factor sorpresa. —Me lanza una breve mirada—. Creo que se lo cortó después de matarlo, como una especie de trofeo.

—¿Y lo de despellejarlo?

Mamá se me queda mirando fijamente y hace un gesto de incomprensión. Ambos levantamos la vista cuando Lek entra en el bar desde el patio, donde Nong lo tenía organizando las cajas de cervezas vacías. Lek me mira con expectación.

La verdad es que no dispongo de energías, pero acompaño a Lek al *wat* que hay cerca de la comisaría. Si examinas detenidamente a cualquier tailandés, encontrarás toda una enciclopedia de superstición incrustada en cada célula, pero las personas como Lek son los más extremistas en ese aspecto y se moría de impaciencia tras haberse pasado el día cerca de la muerte: ya ha vivido demasiadas horas con esta amenaza a su suerte y a su salud espiritual. Nos dirigimos andando rápidamente al templo y les compramos flores de loto, fruta y velas a los vendedores callejeros que hay en la puerta. Lek lleva a cabo el ritual con maniática elegancia y luego se sienta sobre sus talones con las manos en un profundo *wai*, los ojos cerrados, rezando más que meditando, diría yo.

Tarda tanto que lo dejo allí y regreso a la comisaría, donde me dicen que Vikorn quiere verme. Supongo que quiere hablar sobre el caso de Mitch Turner, pero resulta que lo que quiere es hablar de Lek. En su despacho se sienta bajo una fotografía del rey y un póster de la División para la Supresión del Crimen que ilustra las ciento y una maneras que ha encontrado la policía para complementar sus ingresos.

—¿Es maricón? —me suelta.

—No.

—Es muy afeminado, estoy recibiendo quejas de algunos de los muchachos. Si es gay lo pondré de patitas en la calle. No quiero que mientas para protegerle. No es momento de que te pongas en tu plan de defensor de pleitos perdidos.

—No es gay. El sexo no le interesa en absoluto. —Vikorn se reclina en su asiento y me somete con la mirada. La verdad es que no estoy preparado para contar la historia de Lek, pero supongo que no tengo muchas opciones—. Es de Isaan, del pueblo de Napo en la provincia de Buriram, no muy lejos de donde tú te criaste. —Él asiente con la cabeza—. Cuando tenía cinco años tuvo un accidente. Estaba saltando sobre las patas traseras de un búfalo para abalanzarse sobre el lomo del animal, tal como os gusta hacer a la gente del campo, cuando el búfalo sacudió las patas y lo mandó volando por los aires. Tuvo suerte de no aterrizar en los cuernos y de que no lo matara a cornadas, pero cuando golpeó contra el suelo se abrió la cabeza con una roca. No tenían instalaciones médicas, nada en absoluto. Creyeron que iba a morirse. Ya parecía muerto. ¿Por qué tengo la sensación de que ya sabes lo que viene ahora?

La expresión de Vikorn se ha alterado de manera espectacular. Le brillan los ojos cuando se levanta y empieza a andar pausadamente de un lado a otro. Hay entusiasmo en sus palabras:

—Llamaron al chamán, que hizo una hoguera de carbón cerca de la cabeza del niño y le echó humo por encima para que contribuyera a la clarividencia del chamán. Llamaron a los padres. El chamán les dijo que su hijo estaba prácticamente muerto. Había una única esperanza, sólo una. Tenían que ofrecer a su hijo a un espíritu que llenaría su cuerpo y lo devolvería a la vida. Pero después el niño pertenecería al espíritu y no a los padres. —Me mira con las cejas levantadas.

—Funcionó, pero en este caso surgió un inconveniente —lo complazco.

Vikorn levanta un dedo.

—El espíritu era femenino.

Junto las palmas de las manos y me las llevo a los ojos en un *wai* para reconocer su penetrante entendimiento en tanto que él vuelve a tomar asiento tras el gran escritorio.

—¿Lo ayudarás?

Él hace un gesto expansivo con ambas manos.

—Los homosexuales han sido importados de Occidente, los *katoey* son tan tailandeses como el limoncillo. Lo protegeré mientras pueda, pero tenemos que encontrarle un empleo más adecuado.

—Pronto empezará a tomar estrógenos. Puede ser duro.

Vikorn esboza una sonrisa burlona.

48

—¿Un policía con tetas? ¿Va a hacerse toda la operación?

—No está seguro. En cualquier caso, ahora mismo no tiene el dinero.

—¿Y por qué demonios se hizo policía?

—Por la misma razón que yo. No quería ser ni una puta ni un gánster.

Vikorn asiente con la cabeza.

—Entiendo. ¿Ha encontrado ya a una Hermana Mayor?

—No. Me pidió que hablara con mi madre al respecto.

Una pausa reflexiva.

—No quiero que trabaje en los bares. ¿Va a bailar?

—Es lo que quiere hacer. Está buscando un mecenas. Practica continuamente. Le encanta la danza tailandesa clásica, el Ramakien.

Él vuelve la cabeza hacia un lado.

—Yo tenía un primo que era un *katoey*. Murió de sida. La verdad es que no era particularmente promiscuo, pero fue a principios de los ochenta, antes de que nadie supiera nada sobre esta enfermedad. Supongo que tuvo mala suerte. Dale un consejo al joven Lek: si no se opera, dile que no use cinta adhesiva, es muy rígida y con el tiempo provoca úlceras. Esas tiritas de trama elastizada que utilizan en los hospitales van mucho mejor. Está bien, puedes irte.

Cuando me levanto para marcharme:

—¿Hay algo en lo que no seas una autoridad?

Me ofrece una sonrisa deslumbrante mientras salgo.

49

Cuando regreso al bar me encuentro con que mi madre, a la que no veo por ninguna parte, ha abandonado el control de sonido y lo ha dejado en manos de una de las chicas.

> Yo te pellizco el culo.
> Yo te pellizco el culo.
> Tú me pellizcas el culo.
> Tú me pellizcas el culo.

Da que pensar. Cambio rápidamente a los *Nocturnos* de Chopin y casi suelto una exclamación de alivio: desarrollé el gusto por la música de verdad bajo la tutela de un alemán que contrató a mi madre durante unos cuantos meses en Munich cuando yo era niño, y que después terminó en nuestra famosa prisión de alta seguridad de Bangkok llamada Bang Kwan. Mis once y doce años fueron cruciales para mí. La profesión de mi madre era anormalmente itinerante y pasábamos casi todo el tiempo en el extranjero, en París y en Munich, donde sus sofisticados clientes asumían obligaciones como padres sustitutos (aprendí a amar la cocina francesa y a Proust, a Beethoven y a Nietzsche, a Ermenegildo Zegna y a Versace, los *croissants* en Les Deux Magots y las puestas de sol sobre el Pont Neuf en pleno verano, a Strauss tocado por hombres con *lederhosen* mientras bebían jarras de cerveza en una *biergarten* de Munich). A diferencia de mi madre, a quien le encantan los Doors (por razones tanto históricas como sentimentales: *Apocalypse now* es el único DVD que tiene, a parte de los piratas), a mí no me gusta mucho ni el rock ni el pop.

Me tumbo en uno de los bancos y más o menos me quedo dormido hasta que mi madre entra por la puerta con aspecto de estar fresca como una rosa. Nos sentamos a una de las mesas mientras ella se fuma un cigarrillo y escucha mi charla con Vikorn acerca del joven Lek.

—¿No conoce a ningún *katoey* de más edad?

—No. Acaba de salir de la academia de policía y antes no había salido nunca de Isaan. Lo que sabe sobre los *katoey* es lo que ha visto en la televisión y lo que experimenta con sus propios sentimientos.

Nong menea la cabeza.

—Pobre chico. Ésa es una vida muy dura. No sobrevivirá sin una Hermana Mayor adecuada, alguien que lo inicie, que sepa cómo funciona todo, que lo advierta. ¡Es un chico tan guapo! —Un suspiro—. Los *katoey* fueron los más afectados durante la epidemia de sida. Yo conocía a miles. Las chicas solíamos beber con ellos fuera de horas en los viejos tiempos; pueden ser animadísimos y muy divertidos, pero totalmente caóticos. No pueden mantener la atención mucho tiempo, son peores que las chicas. Lo que él necesita es un *katoey* retirado, de unos treinta años o más, alguien que haya logrado que las cosas le funcionaran y que haya triunfado. Quiero que su modelo sea alguien que haya tenido éxito desde el punto de vista económico, es la única manera de evitarle lo que viene tras la euforia inicial. Tenemos que ahorrarle la desesperación de esos años de madurez. Los *katoey* no envejecen bien sin un montón de pasta.

Madre e hijo intercambian una mirada.

Lo cazo al vuelo.

—¿No lo dirás en serio?

—¿Por qué no Fátima?

—Es una asesina.

Mi madre parpadea.

—¿Y eso qué tiene que ver con el precio del pescado?

—Pero es así como obtuvo su dinero, logró el éxito matando a su amante.

—Matando a su amante y utilizando el coco al mismo tiempo. Exactamente lo que tu pequeño ángel necesita para su llegada a la Tierra.

Capítulo 6

$\mathcal{H}$ora de desayunar: la calle está plagada de tenderetes de platos cocinados a primera hora de la mañana. Tengo mucha hambre, de modo que opto por *kuay jap*, un caldo espeso de setas chinas y pedazos de carne de cerdo cuyo nutrimiento humea cuando el vendedor ambulante hunde y saca su cucharón, un enorme y retorcido nudo de *kuaytiaw phat khii mao* (literalmente «fideos fritos del borracho»: fideos de arroz, albahaca, pollo y una marea escarlata de chiles recién cortados, todo ello frito en poco aceite y removido constantemente) y una trucha frita con *naam plaa* (una salsa trascendentalmente acre hecha con anchoas fermentadas…, un gusto adquirido, *farang*), un vaso de agua fría, transparente y sin gas de los mundialmente conocidos grifos de Krung Thep, un 7Up y estoy listo (un dólar cincuenta todo, con el agua y el hielo gratis).

De vuelta en el bar veo en el diario del ordenador que estamos esperando a un grupo de turistas. Al menos así es como hemos decidido llamarlos. Ya no aceptamos clientes en grupo, pero hay como un centenar que se beneficiaron de nuestra anterior publicidad y que cada tres meses, más o menos, llegan en manadas de gamberros avejentados. Recuerdo bien a estos tipos, son una especie de representantes, tal vez centenarios, del mercado de los jubilados.

Una llamada del departamento de inmigración del aeropuerto internacional de Bangkok: uno de los agentes quiere confirmar que tengo reservadas habitaciones de hotel para un grupo de veinte ancianos que se lo han hecho pasar mal a las azafatas de la Air Thai durante las últimas quince horas. Están todos borrachos.

—Sí —confirmo.

—¿Cree que podrá controlarlos? ¿O quiere que les neguemos la entrada?

—No causarán problemas.

Un gruñido de incredulidad, pero los deja pasar. Al cabo de unas dos horas un gigante calvo y encorvado de sesenta y tantos años, con un sombrero negro de cowboy con remaches plateados, unos vaqueros ajustados lavados a la piedra y unas botas de cuero genuino sin curtir, irrumpe por nuestra puerta de vaivén seguido de una multitud de similares marginados del subconsciente *farang*.

Un grito.

—¡Sonchai, mi hombre! ¡Eh, chicos! Aquí lo tenéis, el señor Viagra en persona. Dame la cerveza más fría que tengas, chico. —Se inclina hacia delante y me susurra con apremio—: ¿Has conseguido la mierda tal como te dije por correo electrónico? —Les dirige un susurro por la comisura de los labios a sus asesores más próximos—. ¿Qué decís, muchachos? ¿Unas cuantas cervezas antes de ponernos con los porros? Sonchai no nos dejará fumar en el local, de modo que tendremos que llevárnoslo al hotel, o sobornarlo para que nos deje fumar en el piso de arriba.

—¡Vaya! ¿Acepta sobornos? Igual que los policías de Freak Street en los viejos tiempos.

—No acepto sobornos —digo yo.

—Vale, comportaos y sed civilizados, éste es un país budista y aquí Sonchai es un yogui, medita cada día. —Se vuelve hacia mí—. ¿Así qué? ¿Lo tienes?

Meto la mano detrás de la barra y le entrego un paquete de aproximadamente unos siete centímetros y medio envuelto en papel marrón. Mi madre y yo acordamos que de ninguna manera íbamos a vender narcóticos en el bar, ni siquiera ganja, pero el coronel Vikorn, después de echar su primer vistazo a este grupo, decidió que cualquier tranquilizante era mejor que unos vejestorios hippies puestos de alcohol dispuestos a destrozar el local. El viejo gigante me entrega dos mil bahts (Nong se encargó de ponerle el precio, que supone más o menos un mil por ciento de beneficio), agarra el paquete y desaparece en el lavabo de caballeros junto a unos cuantos que están enterados. Recuerdo que Lou Reed es uno de los favoritos de esta gente y hago que suene el *Transformer* a todo volumen en el equipo de música. Al cabo de diez minutos el cowboy grandote y sus compinches salen de los lavabos. Lalita acaba de llegar y reconoce al grupo de la última vez, pero no se acuerda del nombre de ninguno de ellos. Un breve saludo con la mano:

—Hola, chicos, ¿*sabai dee mai*?

—¡Eh, Lalita! Es estupendo estar aquí. ¡Caray! ¿Tienes que ser tan condenadamente hermosa? —Se dirige a Lalita con una mirada suplicante—: Aquí me estoy ahogando, La, todos nosotros. Ser viejo y estar enfermo es mala cosa, pero supongo que tú no estarás enferma, ¿no? ¡Imagínate que todas tus partes siguen funcionando perfectamente, pero tienes una cara de facciones tan marcadas y pasadas de moda que la gente te mira como si fueras un Ford T en miniatura!

Ahora llegan Om y Nat, una con unos vaqueros y la otra con un vestido negro con adornos arabescos tan escotado de espalda que se nota que no lleva ropa interior.

El vestido de Nat ha mandado al grupo de turistas a la tierra de la fantasía.

—¡Eh, chicos! ¿No va siendo hora de pillar la viagra?

Ahora llegan el resto de las chicas.

Lo primero que hace cada una de ellas al cruzar el umbral es dirigirle un *wai* a la estatua de Buda que hay en la esquina, encima de la caja registradora. Es un tipo pequeño, de poco más de sesenta centímetros que, según los conocimientos de mi madre de la doctrina budista, tiene un hambre pantagruélica de caléndulas y de incienso, y es capaz de quitarte la suerte volando si no sacias su apetito.

Todas las chicas han trabajado anteriormente con este grupo y lo manejan hábilmente mientras se escabullen entre manos que magrean de camino a los vestuarios. A todas les hago señas para indicarles que la noche no tiene que empezar demasiado pronto. La presencia policial en la calle ha aumentado tras la aventura de Chanya. Los policías están todos controlados por Vikorn, claro, pero las apariencias son importantes en momentos como éste.

El gigante calvo me llama:

—¿Qué hacemos con lo de las píldoras azules, Sonchai? ¿Siguen siendo a cuenta de la casa?

—No, ya no invita la casa. Podéis comprarlas en la farmacia. En cualquier farmacia.

—Está bien, de acuerdo, chicos, la política cambia. Tenemos que ir a comprar la viagra nosotros mismos. ¿Qué tal si lo hacemos, nos refrescamos, arrasamos los minibares, nos fumamos unos canutos y volvemos listos para el rock and roll?

Gritos de alegría en respuesta a esta frase mágica. Hasta que no han salido todos en tropel no me doy cuenta de la presencia del desconocido, que debe de haber entrado sigilosamente mientras yo estaba de espaldas. Tiene poco más de veinte años, es grandote, de hombros anchos, lleva unos pantalones largos de color negro, zapatos negros lustrados, una austera camisa blanca y su mirada es de una intensidad que podría confundirse con un ceño permanentemente fruncido. No es exactamente el típico cliente, sobre todo si tienes en cuenta el cabello negro, el bigote fino como un lápiz y la piel morena.

Las chicas se han ido todas a sus vestuarios ahora que el grupo se ha marchado. Él y yo somos los únicos que quedamos en el bar. Cambio la música y vuelvo a poner a Chopin.

El recién llegado no parece darse cuenta de la enorme genialidad que destila el equipo de música en forma de notas de piano que caen y se alzan infinitamente. Pide una lata de cocacola y se sienta en uno de los taburetes de la barra. Me mira, de tailandés a tailandés.

—¿Eres un proxeneta? —dice el desconocido en un tono de sorpresa, demasiado inocente para que sea insultante. No me molesto en explicarle la diferencia técnica entre lo que yo hago y lo que hace un proxeneta.

A pesar del ceño fruncido es un tipo guapo, un tanto fornido para los genes tailandeses. No oculta su desprecio por esos avejentados gamberros… o por mí. Echa un vistazo a las fotos de Elvis, Sinatra y demás con un aire despectivo. Me resulta difícil cruzarme con la pureza de su mirada.

—Norteamericano —dice en un tono neutral. Sabe que no voy a malinterpretar lo que quiere decir.

Yo respondo con una sonrisa, levanto las manos: ¿qué puedes hacer?

Ve el Buda sobre la caja registradora y lo conecta conmigo con un movimiento de sus ojos.

55

—Me dijeron que eras budista…, uno de verdad, quiero decir, no un campesino supersticioso.

—¿Ah sí?

Quiere decir algo más (tal vez es un poco joven para su edad…, las personas como él a menudo lo son), pero su silencio es bastante sentencioso. A decir verdad, me pilla desprevenido. La última vez que vi semejante sinceridad religiosa fue en un monasterio, pero éste no es ningún monje budista. Me encuentro mirando con sus ojos el bar casi vacío. El lugar no eleva particularmente el espíritu, supongo, es un poco demasiado terrenal para un alma pura (pero mira lo que las almas puras han hecho en la Tierra, me recuerdo a mí mismo). Rechazo su inexpresada invitación a arrepentirme y nos quedamos en una especie de pulso silencioso que no creo que él pueda ganar (mi bar, mi calle, mi país, mi religión…, aquí pertenezco a la mayoría), cuando busca en el bolsillo de sus pantalones y saca un pedazo de papel A4 doblado en cuatro partes. Lo desdobla en la barra mientras observa detenidamente mi expresión. Es una fotografía digital del *farang* que Chanya asesinó. No puedo controlar el fugaz momento de paranoia que cruza por mi rostro. El musulmán se da cuenta y toma nota de mi reacción, pero no hay oportunidad de explicar o discutir cosa alguna porque, una tras otra, han empezado a llegar el resto de las chicas.

56

Capítulo 7

*H*omero enumeraba barcos. ¿No debería honrar yo, de un modo parecido, las embarcaciones de nuestra salvación en la mar, oscura como el vino, de las fuerzas de mercado?

Nat: La mayoría de las chicas guardan su ropa de trabajo en las taquillas que hay en la parte trasera del bar, pero a Nat le gusta vestirse antes de llegar. Dice que es porque necesita tiempo para entrar en su papel, pero una vez Chanya me contó que intenta encontrar clientes en el tren elevado de camino al trabajo. No hay ningún inconveniente, todas las chicas tienen su idiosincrasia, que probablemente hace que no las puedan emplear en la mayoría de profesiones. Mira sino a Chanya, por ejemplo. Dadas las circunstancias, ¿qué otro jefe hubiera sido tan indulgente?

Marly: A sus veintisiete años, Marly es una de nuestras profesionales más inteligentes. Como la mayoría de verdaderas profesionales considera la repetición como la mejor manera de nivelar las violentas curvas del gremio, y eso significa poner la mira en los hombres de mediana edad para adelante. Los encantos de los clientes más jóvenes quedan más que compensados por la dulzura, generosidad, amabilidad paternal, riqueza y tendencia a irse a dormir pronto de los mayores, lo cual le deja tiempo para hacer un poco de pluriempleo si necesita dinero.

Lalita lleva un falso modelo de Yves Saint Laurent asimétrico con la espalda baja y un escote pronunciado que deja al descubierto su pecho hermosamente mejorado, hecho con muy buen gusto por un estupendo cirujano, nada demasiado exagerado. Tiene mucho talento y ya se ha construido una magnífica casa de dos pisos con un garaje abierto en un terreno de su pueblo natal. Las ganancias que obtuvo la semana pasada le permitieron comprar dos nuevos búfalos de agua para que sus padres los alquilen. Su frase inicial a todos los recién llegados es: «Me gustaste desde el momento en que te vi entrar por la puerta». Sigo sonriéndome al ver la frecuencia con la que eso parece funcionar.

Wan y Pat, amigas íntimas, llevan unos minishorts idénticos, unas camisetas sin mangas que les aprietan las tetas y tacones altos. No son de Isaan, que está al nordeste, sino de la provincia de Chiang Mai en el lejano noroeste, donde el tiempo es más frío y el opio más fresco. Provienen de un pueblo de las colinas que pertenece a la tribu de los hmong donde se convirtieron en expertas en el cultivo de adormideras. Cuando la sustitución por los cultivos obligatorios las dejó sin trabajo, tuvieron la deferencia de cambiar de vicio para que sus familias pudieran compensar la reducción de ingresos. Tienen planeado abrir un salón de belleza en Chiang Mai en cuanto hayan conseguido reunir el dinero necesario.

Om, que tiene una figura masculina por naturaleza, se ha cortado los vaqueros a la altura de la entrepierna y va dejando hilos de algodón allí donde se sienta. Es de Phuket, donde el turismo ha enriquecido a todo el mundo. Creció sin que le faltara de nada, pero se aburrió del pequeño supermercado familiar y vino a Krung Thep en busca de aventuras. Para ella la prostitución es más que nada una diversión en la que la cazadora utiliza el encanto, la astucia y el poder del sexo. El objetivo es que el cliente transfiera voluntariamente el dinero de su cartera al bolso de ella sin darse cuenta de lo imbécil que es.

Ay: lleva un biquini y tacones altos, y deja al descubierto la incrustación de plata de su ombligo en el centro de su estómago plano y moreno, por no mencionar los peces espada saltarines cuyos apéndices despuntan justo por encima de la línea de sus medias. Es una verdadera hija de Isaan, donde creció iletrada. Tal como es habitual en el caso de las personas analfabetas, posee una memoria fotográfica y siempre recuerda el nombre de un cliente, incluso aunque no lo haya visto durante un año: un poderoso encanto para este tipo de trabajo.

Después está Bon. Es más global que las demás. Nos utiliza como base, pero prefiere los destinos más lucrativos de Tokio, Singapur y Hong Kong. Es una experta en visados y ofrece asesoramiento gratuito a cualquiera de las chicas que esté pensando en trasladarse al extranjero. Su inglés es prácticamente perfecto y me han dicho que su japonés no es ni la mitad de malo. Tiene su propia página web que le proporciona cierta cantidad de trabajo y le permite seguir en contacto con sus clientes extranjeros. Va por delante de las demás y posee su propio negocio, dirigido por su madre, en su pueblo natal.

¡Ah! Ahora llega una de mis favoritas. Urn proviene de la parte más pobre de Isaan, cerca de la frontera con Camboya, una auténtica chica del campo que no va a mancillar su identidad aprendiendo a leer y a escribir o aprendiendo inglés más allá del escueto vocabulario necesario para el negocio. Tiene los pies ligeramente planos debido a una niñez pasada en los arrozales y le gusta remangarse los pantalones hasta las pantorrillas como si estuviera vadeando un pantano. Es supersticiosa de un modo reflexivo, nunca se olvida de dirigirle el *wai* al Buda o de quitarse los zapatos cuando entra en el bar, motivo por el cual las demás siempre le toman el pelo. Habla tailandés con acento del campo y una vulgaridad extrema. También posee una figura excepcional y una sonrisa radiante, de manera que no se muere de hambre.

Su: no es especialmente atractiva, pero tanto a mi madre como a mí nos sobrecoge su verdadera indolencia tailandesa. A modo de experimento el otro día le mandé a un misionero (vienen de vez en cuando: camisa blanca, corbata negra con un nudo diminuto, la triste cortesía del cazador de pecados profesional, la Biblia en un estuche al hombro, lista para desenfundar; me temo que todos me parecen iguales, tanto los hombres como las mujeres).

El misionero a Su: «Sea lo que sea lo que ganes yo te pagaré lo mismo por limpiar mi apartamento cada mañana».

59

Su (amenazada, confusa y afligida): «¿Y no podemos follar y ya está?».

Farang, diles a tus evangelistas que no mezclen la salvación con la ética laboral, realmente no funciona en los trópicos; hasta los musulmanes y los católicos lo saben, y nosotros los budistas nos hemos embolsado el noventa por ciento del mercado haciendo proselitismo de la inercia durante dos mil quinientos años.

Sonja: ya no está con nosotros por motivos que se harán patentes, pero en su día fue, sin la menor duda, la chica más hermosa de la calle a pesar de una pequeña cicatriz en forma de estrella que tenía en la mejilla izquierda (motocicleta: el noventa por ciento de las cicatrices en carnes tailandesas son debidas a que alguien dobla una esquina conduciendo ebrio y a una velocidad excesiva). Su vida cambió cuando vio una película de serie B protagonizada por Ronald Reagan en la que la heroína, también marcada, pronunciaba la frase inmortal que Sonja memorizó inmediatamente: «¿Cómo puede amarme ningún hombre estando tan horriblemente desfigurada?». La estratagema resultó tan bien que tuvo que hacer una lista de candidatos preseleccionados, que consistían en un inglés, un americano y un chino.

El inglés: «Pero querida, eso hace que te ame más todavía».

El americano: «Ven a Estados Unidos, haré que alguien se encargue de ello».

El chino: «Quiero un diez por ciento de descuento».

Naturalmente, al haber sido entrenada por mi madre, Sonja eligió al hombre que era más probable que hiciera una fortuna en la vida y se fue a vivir feliz para siempre en Shanghai con el chino (es tu sistema, *farang*).

Y algunas más. No hay ni una de ellas cuya combinación de premeditación e ingenuidad no sea capaz de derrotar al tipo más duro e intransigente..., a menos que el tipo duro tenga a un dios de su lado, claro está. El desconocido joven y moreno no ha cesado de moverse con incomodidad y con un aire despectivo desde que las chicas entraron en tropel. Gracias a Buda, el australiano salva la situación, tropieza en el umbral y suelta la acostumbrada maldición.

Capítulo 8

*E*njuto y nervudo, de unos treinta y seis años, su indefectible nombre es Greg y ha sido un cliente habitual durante los dos últimos meses. Se sienta al lado de Ay quien, de forma inmediata y de manera experta, cambia de posición en el taburete para enganchar una pierna sobre los pantalones cortos de Greg. Él parece no darse cuenta:

—Ponme una Forster, Sonchai —ladea la cabeza—, este tiempo te da mucha sed, tío.

—Págame una copa —dice Ay.

—¿Te conozco?

—Sí.

—Será mejor que le pongas una, Sonchai.

El joven musulmán está observando.

Ay se termina su tequila de un trago y luego chupa el limón recubierto de sal. Nadie sabe quién fue el tipo moreno y con sombrero que inició a nuestras trabajadoras en el tequila (de acuerdo, probablemente fuera un empresario chino), sólo la historia revelará este acto de genialidad comercial en su verdadera grandeza.

—¿Pagas en la barra? —quiere saber Ay, quien ahora masajea el miembro de Greg que ha empezado a hincharse por debajo de sus pantalones cortos. El moreno desconocido se vuelve a mirar hacia la pared con una expresión de asco visceral.

—Volvamos a mi hotel, al menos allí hay sitio para darse la vuelta. —Saca un billete de quinientos bahts de su cartera y lo sostiene en alto a contraluz—. ¿O tomamos unas cuantas copas más, qué dices?

Ay le arranca el billete de los dedos con una rapidez asombrosa y me lo entrega a mí. Yo alzo las cejas a modo de pregunta dirigida a Greg.

—Sí, quizá sea mejor, la chica tiene razón, si espero sólo estaré más imbécil y es probable que quede como un gilipollas. —Mirándose la bragueta—. ¡Por Dios, Ay! ¿Qué has estado haciendo ahí abajo mientras yo mantenía una conversación intelectual aquí con Sonchai?

En su enjuta figura la protuberancia resulta en cierto modo dramática y llama la atención de las demás chicas, con lo que todas quieren medir la circunferencia y comprobar la dureza.

—Buena banana —confirma Lalita entre las exclamaciones de las demás—. Espero que seas delicado con ella.

El musulmán hace rechinar los dientes.

—¿Y yo qué? No soy más que un pobre *farang* australiano solo en vuestra grande y dura ciudad.

—Tú duro, no ciudad.

Greg se echó a reír.

—No puedes ganar. —Le dirige una rápida mirada al musulmán que luego desvía. Me mira a mí, yo meneo la cabeza. Silencio.

—Voy a cambiarme —dice Ay.

Todos le miramos el trasero debajo de la parte inferior del biquini mientras anda por el bar con sus tacones altos. Todos excepto el musulmán. La atmósfera empieza a espesarse.

Afortunadamente, el cambiarse de Ay es una simple cuestión de ponerse una falda y una camiseta. Ahora ya está de vuelta y Greg ya ha pagado por las bebidas y por su tarifa.

—Hasta luego —dice Greg.

El musulmán observa cómo se va la pareja con una exquisita hosquedad.

Ahora irrumpe el gigante calvo con su grupo y llenan el bar. Supongo que no se puede decir que sea una mejora, desde el punto de vista de Alá.

—¡Eh, Sonchai! ¿Qué haces con la música, tío? Esto que suena tiene casi mil años.

Cambio a los Moody Blues, *Nights in white satin*.

—Mejor.

Centro mi atención en ocuparme de este grupo. De momento están en un estado bastante manejable, pero los viejos de esta tribu requieren una vigilancia incesante. Por suerte empiezan a llegar más chicas —Marly, Sonya, Kat, Pinung y otras— hasta que hay una para cada uno de los viejos, que se sienten obligados a demostrar agradecimiento y virilidad arrullando a las chicas y babeando sobre ellas. Las muchachas, riendo, apenas tienen tiempo para cambiarse. Sus bebidas las están esperando cuando regresan de las taquillas y tengo que hacer una llamada para pedir más tequila.

Todo el mundo se toma su bebida excepto yo y el desconocido, que frunce los labios. Ha vuelto a doblar la foto y me pregunto por qué sigue ahí sentado si está claro que los viejos le atacan los nervios. Estoy muy preocupado, porque estoy teniendo una de mis visiones.

Tendré que explicarlo. Cuando éramos adolescentes mi mejor amigo, mi hermano de alma, Pichai, mató a nuestro traficante de *yaa baa*: nuestras madres lo organizaron para que pasáramos un año en un monasterio del extremo norte dirigido por un abad muy respetado que resulta que es el hermano mayor de Vikorn. A Pichai lo mataron el año pasado en el caso de la cobra (*op. cit.*), por cierto.

Doce meses de meditación intensiva en aquel monasterio de la selva nos cambiaron a ambos de un modo que es imposible que comprendan los que no meditan. Desde entonces experimento visiones de las vidas pasadas de otras personas. En ocasiones la información es precisa y fácil de interpretar, pero la mayoría de las veces consiste en percepciones fantasmagóricas y bastante vagas de la vida interior de otra persona. Este musulmán es otra cosa, algo tan raro en Bangkok que me quedo anonadado. Estoy casi seguro de ello: nos conocimos en la gran Universidad Budista de Nalanda, en la India, hace unos setecientos años. Tengo que admitir que conserva su resplandor.

Por el rabillo del ojo veo que pone algo de dinero en el mostrador debajo de su lata de coca-cola vacía y desaparece por la puerta.

En algún punto del cerebro del gigante calvo se hace la luz. Recuerda que Lalita sabe bailar el *jive*.

—*Jailhouse rock* —grita.

Todas las chicas se acuerdan de la última vez.

—Sí, Sonchai, ponle a Elvis.

63

Empezamos con *Blue suede shoes,* pasamos a *Jailhouse rock, Nothing but a houndog* y casi todas las demás. Unos cuantos viejos cogen a sus parejas y empiezan a bailar. Todos empezamos a dar palmadas con un montón de exclamaciones. Ahora el gigante calvo declara con un grito que todos los viejos se tomaron un par de viagras cada uno hace media hora, lo cual provoca gritos de hilaridad por parte de las chicas, a las que les gusta comprobar y discutir la misteriosa y creciente tumescencia con los propietarios y entre ellas. Las vacaciones de los viejos han llegado al punto más dulce. Esos curtidos rostros tienen una expresión radiante de «esto sí que es vida».

Cuando vuelvo al lugar donde estaba sentado el musulmán, veo que ha dejado exactamente lo que vale la coca-cola además de una tarjeta con un número de teléfono y una dirección y la fotografía de la víctima de Chanya pulcramente doblada.

—*Jai dum.* —Es el comentario de Marly cuando pasa junto al taburete vacío donde estaba sentado el desconocido y lo mira con el ceño fruncido. Corazón negro.

Ahora la lista de canciones ha ido cambiando hacia las melodías lentas. Elvis canta *Love me tender, love me true* y los hippies estrechan a sus parejas, aferrándose a ellas más que abrazándolas.

—Viejos —me susurra Marly en tailandés—. Se morirán pronto.

Capítulo 9

$\mathcal{A}$l principio de este *kalpa* tres hombres viajaban juntos: un cristiano, un musulmán y un budista. Eran buenos amigos y cuando hablaban de cuestiones espirituales parecían estar de acuerdo en todos los puntos, sus percepciones diferían únicamente cuando volvían su mirada hacia el mundo exterior. Un día rebasaron la cima de una montaña y contemplaron el valle fértil y poblado que había abajo.

—Qué raro —dijo el cristiano—, ahí abajo, en la Aldea Uno, los aldeanos están profundamente dormidos, en tanto que en la Aldea Dos están sumidos en una espantosa orgía de pecado.

—Estás muy equivocado —replicó el musulmán—. En la Aldea Uno todo el mundo está en un perpetuo estado de éxtasis, mientras que en la Aldea Dos todo el mundo está dormido.

—Idiotas —terció el budista—, sólo hay una aldea y un conjunto de aldeanos. Sueñan que entran y salen de la existencia.

Capítulo 10

*L*a dirección que consta en la tarjeta del musulmán es de un edificio de apartamentos que queda a tan sólo unos minutos de aquí, pero no puedo hacer nada mientras los viejos esperan que el milagro de la ciencia médica los rescate de la impotencia, un periodo que las chicas ven como una ventana de oportunidades para persuadir a sus cada vez más apasionados pretendientes de que les paguen más de esas bebidas de mujeres (el bar y las chicas se reparten el beneficio de las bebidas al cincuenta por ciento y hay algunas que prefieren ganarse el dinero de este modo). Uno a uno los viejales se llevan a sus amadas a las habitaciones del piso de arriba (cobramos quinientos bahts por dos horas) o de vuelta a sus hoteles.

Ahora mismo estoy demasiado preocupado por la tarjeta del desconocido y la fotografía de Mitch Turner como para pensar en otra cosa. Según el reloj del fax faltan diez minutos para la medianoche, pero decido intentarlo de todas formas llamando al número que figura en la tarjeta. Alguien levanta el receptor a la primera señal de llamada. El saludo, en un dialecto del sur profundo, suena en voz baja, casi en un susurro. No es la voz del joven desconocido: el tono que oigo ahora posee poder, edad y el hábito de la autoridad.

—Soy…

El interlocutor cambia al tailandés estándar:

—Sí, ya sabemos quién es. Esperábamos que nos hiciera el honor de venir a vernos.

Una pausa.

—Tengo miedo.

—Lo entiendo —dice el anciano, que de algún modo consigue transmitir compasión a través de la línea telefónica—.

¿Qué garantía puedo ofrecerle para tranquilizarlo? —Aunque está claro que es mayor que yo, utiliza un tratamiento educado normalmente reservado para los jóvenes al dirigirse a los mayores. En otras palabras, sabe que soy policía, lo cual es interesante y, dadas las circunstancias, inquietantemente sutil. ¿Por qué tengo la sensación de que es más inteligente que yo?—. ¿Le gustaría traer a un colega? Por supuesto, puede hacer una llamada para informar al coronel Vikorn de adónde va. No nos importa, de verdad, aunque preferiríamos que no lo hiciera.

Me siento como si llevara los ojos vendados: ¿el próximo paso es un abismo o simplemente un terreno llano? Tardo mucho en responder.

—No, está bien. Ahora voy. ¿Debo acudir a la dirección que figura en la tarjeta?

—Sí, si le parece bien. Y gracias.

Llamo a mi madre para decirle que venga a encargarse del bar. Está viendo una telenovela (una familia de magos que viven en una misteriosa región por encima de la Tierra y que de vez en cuando intervienen en asuntos terrenales, especialmente en la vida amorosa de la pareja protagonista que es perpetuamente perseguida por un esqueleto humano de paso suave; nos gusta el realismo a la hora de entretenernos). No obstante, mi argumento es convincente y llega en unos quince minutos con su traje chaqueta de Chanel, su discreto perfume de Van Cleef y Arpels y cubierta de oro. Algunas de las chicas vuelven, una a una, de sus citas románticas y, sorprendidas de ver a la matriarca en persona detrás de la barra, le ofrecen unos respetuosos y profundos *wai*.

El apartamento se halla cerca de Soi Cowboy y sólo tardo diez minutos en llegar andando hasta allí. Está en Soi 23, una calle famosa por sus restaurantes que satisfacen todos los paladares imaginables (el exigente francés, el excéntrico chino, el vietnamita, el británico, el alemán, el norteamericano, el japonés…, nosotros la llamamos la «calle de los puteros hambrientos»). Mientras subo paseando por la *soi* tengo que apartarme de la acera con frecuencia para evitar chocar con románticas parejas, la mayoría de las cuales están formadas por hombres blancos de mediana edad y mujeres tailandesas de veintitantos (nota cultural: si miras atentamente verás que las chicas intentan evitar los abrazos a pesar de lo que están a punto de hacer, o de lo que han estado haciendo hace poco, en privado: las apariencias, *farang*).

Un modesto edificio vigilado por unos cuantos tipos con uniforme de guardia de seguridad, con esposas y porras colgando de los cinturones. Dos de ellos están sentados en una improvisada mesa jugando a las damas tailandesas con tapones de botella. Les muestro mi identificación y tomo el ascensor.

Una puerta como otra cualquiera se abre a algo totalmente distinto. Cuando el joven del bar me deja entrar cuento ocho alfombras de oración (de vivos colores en tonos verdes y dorados y de dibujos geométricos solamente) extendidas en paralelo en un ángulo extraño con respecto a la habitación. Hay algo en sus modales que sugiere una antigua tradición árabe de hospitalidad (de momento ha postergado los juicios severos, incluso se ha transformado en un refinado anfitrión) y me dedica un forzado *wai*, al que yo correspondo. No obstante, me distrae la otra persona que se encuentra en la habitación, un hombre de unos sesenta y tantos años, con una túnica recta y un casquete, que se levanta de una silla para saludarme con un consciente *wai*. Le devuelvo el saludo. Sin embargo, los *wai* son algo más que juntar las manos y llevártelas a la cara, son un semáforo social con todo un alfabeto de significado. Para ser sincero, los que emprenden el camino espiritual tienen maneras de reconocerse el rango unos a otros y este imán me impresiona de inmediato (es enjuto y erguido y en sus ojos negros como el carbón hay profundidad y fuego). Levanto mis palmas apretadas hasta la frente y las detengo allí unos instantes, una forma de homenaje que complace e impresiona al joven (según las reglas, un policía budista no necesita mostrar tanta reverencia hacia un musulmán del sur, por viejo que éste sea).

—Bienvenido, desconocido, estás en tu casa —el anciano ofrece la tradicional acogida con ese poderoso susurro que he oído en la llamada telefónica. Le hace un gesto con la cabeza al joven.

—Me llamo Mustafá Jaema —dice él— y éste es mi padre, el clérigo Nusee Jaema.

No disimulo mi sorpresa. Aunque rara vez lo han fotografiado, últimamente Nusee Jaema sale a menudo en las noticias como voz moderada del lejano sur, respetado por budistas así como por sus seguidores musulmanes. Hay quien cree que él solo frena la amenaza de la insurrección…, de momento. Sé que vive en una ciudad del extremo sur llamada Songai Kolok.

—Yo soy el detective Sonchai Jitpleecheep —digo—, pero ya lo saben, claro.

—Sentémonos —dice el imán al tiempo que desciende con elegancia a una de las alfombras de oración y se sienta sobre sus pies. Su hijo y yo hacemos lo propio.

—No tenga miedo, por favor —dice Mustafá.

El imán levanta una mano.

—Perdone a mi hijo, él está pensando en el norteamericano, el señor Mitch Turner —se vuelve hacia su hijo—. El honorable detective no tiene miedo, su intuición es demasiado buena y, de todos modos, aquí sólo somos tres —se dirige a mí de nuevo—. Les pedimos a los demás que nos dejaran tranquilos, me temo que últimamente ver demasiados musulmanes en una sola habitación les produce escalofríos a los budistas. ¿No es así, detective? —Me encojo de hombros. Él me estudia durante un momento—. Le doy las gracias a Alá porque esta noche nos ha bendecido con un hombre. —Su hijo le lanza una mirada—. Vayamos al grano, como les gusta decir a los norteamericanos. ¿Por qué estamos aquí? ¿Por qué le hemos invitado? Mustafá, cuéntaselo todo al detective.

En presencia de su padre, Mustafá se había vuelto tímido. Se embrolla con las palabras.

—Como ya sabe, Songai Kolok se halla en la frontera con Malasia, donde se fabrican la mitad de los componentes informáticos del mundo —le dirige una mirada al viejo—. Estábamos escuchando a escondidas al norteamericano. Lo seguimos hasta aquí.

El anciano suelta un suspiro:

—Por naturaleza, los jóvenes empiezan por el final y van hacia atrás. El principio, Mustafá, si eres tan amable.

Observo cómo Mustafá recobra la compostura.

—Conocíamos a Mitch Turner. En Songai Kolok todo el mundo lo conocía. Ése era su problema. Y también el nuestro.

—Casi esperaba que el anciano volviera a interrumpirle, pero ambos me estaban interrogando con la mirada. ¿Lo entiendo? ¿Cuán inteligente soy? ¿Lo suficiente para que se confíe en mí? El viejo tose.

—Creo que no es necesario que aburra a un hombre de su criterio con detalles irrelevantes, ¿verdad? ¿Bastará con que diga que nuestra gente me llamó la atención sobre su presencia en cuanto llegó a nuestra ciudad?

—Mi padre ha organizado una red de inteligencia —dice Mustafá con orgullo—. Es necesaria.

—Adivinaron la profesión del norteamericano —aporto yo—. Tal vez no todos sus conciudadanos estaban predispuestos a ser hospitalarios con un espía *farang*, ¿no?

—Exactamente —responde el imán en tono de alivio—. Era una fuente de gran preocupación para mí y para mis partidarios. ¿Se imagina el resto?

—¿Corrió el rumor por la ciudad y luego por Malasia? ¿Tal vez llegó hasta Indonesia?

El imán asiente con un profundo movimiento de la cabeza.

—No puedo controlar a todos los jóvenes del sudeste de Asia. Recibimos muchas peticiones, algunas más educadas que otras, y algunas exigencias con amenazas apenas disimuladas...

—¿Peticiones de ayuda para matarlo?

—Sí. Y con la escalada de violencia en nuestra parte del país, y la manera un tanto torpe que tiene el Gobierno de ocuparse de ella, se estaba haciendo difícil seguir protegiéndolo.

—¿Ustedes lo estaban protegiendo a él?

En tono triste:

—¿Y quién si no? Su gente ni siquiera pudo proteger sus propios rascacielos.

La fuerte ironía me pilla de sorpresa. Miro al anciano fijamente.

—¿Temían una reacción violenta por parte del Gobierno si lo asesinaban?

—Seamos francos, era de la CIA y su aspecto coincidía con la idea de arrogante depredador norteamericano que tiene todo joven fanático. Si lo asesinaban en el sur, seguro que Washington ejercería más presión sobre Tailandia. Nos aterrorizaba una decapitación por Internet. A más presión, más reacciones violentas, de modo que el círculo vicioso continúa hasta que estamos todos rodeados y nos meten en campamentos. Éste era mi temor. Cuando ayer nos dijeron que había sido asesinado, pues usted no es el único que puede sobornar a un recepcionista, detective, supe que tenía que venir a Krung Thep para evaluar la situación.

Dirijo mi mirada a Mustafá: serio, vehemente, un joven con una misión completamente libre de matices molestos. No podía haber una gran diferencia entre su padre y él. El anciano me lee el pensamiento sin esfuerzo.

—Oh, sí, a mi hijo también lo tienta el mundo de los negros y los blancos. Claro que, todo el que entra en ese túnel cree estar del lado de los blancos. ¿No es así, Mustafá?

—Siempre os he obedecido, padre.

—Me has obedecido sin entender. Y cuando esté muerto, ¿recordarás entonces mi sabiduría?

Mustafá desvía la mirada, que luego vuelve hacia mí. Puede que la adoración por su padre sea el rasgo más humano de este joven adusto.

—¿Tiene usted idea de hasta qué punto quería la mayoría musulmana que Estados Unidos no se comportara de manera imbécil y animara a los radicales? La posición de mi padre es muy difícil.

Yo digo:

—¿Qué quieren que haga? Probablemente debería arrestarlos para interrogarlos, al fin y al cabo parecen saber muchas cosas sobre la víctima del asesinato.

Mustafá se pone tenso, pero el imán permanece imperturbable. Hay un centelleo en esos viejos ojos:

—Pero eso desbarataría la tapadera de su coronel, ¿no es cierto? Tenemos entendido que la responsable fue una de sus, esto…, empleadas.

Asiento con la cabeza.

—Comprendo. Quieren estar seguros de que nadie le echa la culpa a un musulmán, ¿no?

—¿Y eso no sería un resultado tanto justo como veraz?

Yo quiero jugar al juego de todos los policías, «Yo hago las preguntas», pero hay una vocación más elevada. Acepto el desafío del anciano de mirarle a los ojos.

71

—Sí.

—Entonces, un hombre de su integridad querría asegurarse de que se hace justicia, ¿no?

Levanto las manos y me encojo de hombros de un modo un tanto extravagante.

—Deben saber que no depende de mí.

Mustafá se revuelve en su alfombra.

—Su coronel es bien conocido por todo el país. Es muy astuto. Si los planes que tiene salen mal, seguro que empezará a echarnos la culpa. Carece totalmente de moral.

—Si lo hace, ¿qué puedo hacer yo?

—Advertirnos —dice Mustafá—, para que podamos prepararnos.

Un largo silencio. La concentración del imán es inquebrantable mientras me mira.

—Queremos que venga a vernos al sur. —Hace un curioso gesto con la mano derecha, como si acariciara a una criatura invisible—. Verá, conocíamos bastante bien al señor Turner. Estaba aquí para espiar a los musulmanes, por supuesto. Ahora está muerto, asesinado. Por sí mismo eso ya es suficiente para que los norteamericanos se sientan con motivos para llevarse a algunos de los nuestros a ubicaciones desconocidas, interrogarlos, quizá torturarlos, consumir años de las vidas de hombres inocentes, de esposos y maridos cuyas familias dependen de ellos. No puedo limitarme a esperar sin hacer nada. —Me estudia.

—Ya veo. ¿Por eso ha venido realmente? ¿Cree que le basta con aparecer en Krung Thep, llamarme para que acuda a su apartamento y ponerme de su lado por un dios en el que no creo?

El anciano hace una mueca.

—No es por Alá, ¿y a quién le importa el nombre que le dé? Veo que, empleando el lenguaje de su profeta Buda, usted es un ser que despierta. No puede permitirse ser el instrumento de una grave ignominia que podría costar muchas vidas. Para usted eso es imposible. De acuerdo con su sistema de creencias, ¿cómo podría ni siquiera contemplar las infinitas vidas de sufrimiento que tendría que soportar? Queremos que venga a vernos a Songai Kolok, estoy seguro de que su coronel accederá a ello. Al fin y al cabo, un poco de información lo preparará para cuando llegue la CIA, ¿no es verdad?

—Pero ¿qué sacan ustedes con eso?

—Su integridad. Nosotros no podemos esperar persuadir a los americanos de que, lejos de matar al señor Turner, nos estábamos esforzando para salvar su vida. Pero viniendo de un policía budista que ha llevado a cabo una investigación y ha hecho un informe escrito…

—¿Algo que enseñarle a los medios de comunicación o a un juez?

El imán me sorprende con una amplia sonrisa.

—¿No es éste el modo en que se ganan las guerras en el mundo moderno? Y, por supuesto, fíjese en los méritos que hará.

—Parece saber mucho sobre budismo.

—Soy tailandés, mi madre era budista hasta que se convirtió ante la insistencia de mi padre. No soy un fanático. Los clérigos cultos saben que el Islam no apareció de repente de la nada. Tiene muchas influencias, algunas de ellas budistas y brahmánicas, sin duda. Es la más joven de las grandes religiones, motivo por el cual la consideramos como la perfección de un camino espiritual tan antiguo como el propio hombre.

¿Quién no se conmovería? Este hombre delgado como un alambre que debe de odiar Bangkok y todo lo que representa, en peregrinación con su hijo y un grupo de discípulos por el bien de la paz; la sagacidad para comprender las implicaciones políticas de la muerte de Mitch Turner; la ingenuidad de jugárselo todo a una evaluación de cinco minutos sobre mi personalidad. Pero hay más.

—¿Cómo de bien conocía a Mitch Turner?

Mustafá se vuelve hacia su padre. Es una pregunta que ya habían previsto.

—Una vez, le pedimos que se fuera —dijo el anciano con un suspiro—. Por desgracia nuestra visita a su apartamento tuvo el efecto contrario. La mente occidental es alocada e impredecible, no está centrada. Después de eso vino a verme varias veces y yo le ofrecí todo el consuelo que podía a un infiel. Ustedes los budistas tienen su nirvana, nosotros tenemos a Alá e incluso los verdaderos cristianos tienen un camino, si se le puede llamar así, aunque esté rodeado de milagros infantiles, pero ¿qué me dice de estos productos del capitalismo como el señor Turner? Almas humanas cerradas a Dios para siempre. Se oyen sus gritos de angustia incluso cuando dejan caer sus bombas, esos jóvenes que no tienen ni idea de quiénes son. Creen que están matando a otros y se están matando a sí mismos. Le advertí de su pulsión de muerte, pero buena parte de su identidad ya había sido aniquilada. Era una colección de tapaderas.

Una larga pausa.

—Ahora lo entiendo mejor —comenté—. En cualquier investigación se descubrirá que usted lo conocía, que él fue a verle, que usted pudo escucharlo a escondidas. Tiene razón, no dará muy buena impresión.

—Venga —dice Mustafá en un tono de voz tan apremiante que por un momento creo que quiere sacarme de la habitación—. Venga a Songai Kolok. Sabemos cosas de usted. Es un hombre complejo, pero sincero. Se toma en serio su budismo. Si hace pronto su informe, exonerándonos, será difícil que nadie lo contradiga después.

—Pero ¿cómo puedo justificar un informe si el caso está cerrado?

Con impaciencia:

—Su coronel no va a engañar a la CIA. No conocemos los detalles del encubrimiento con exactitud, pero seguramente serán una sarta de mentiras. Los norteamericanos mandarán agentes muy pronto, y todo el mundo sabe lo deshonestos que son. ¿Acaso se detendrá ante nada una gente que invade países soberanos con falsas pretensiones? En Occidente hay muchos intereses que se benefician de las guerras con el Islam.

Meneo la cabeza, miro al uno y luego al otro.

—¿De modo que lo han convertido en mi problema?

Puede que me equivoque, pero creo que divisé una fugaz sonrisa en los labios del anciano.

Capítulo 11

*L*levo puestos los auriculares y voy escuchando *Rod Tit* FM al tiempo que me pregunto qué hacer sobre el noble imán y su hijo. Tengo en la mente llamar a Vikorn, que se ha ido en avión a su mansión de Chiang Mai para pasar unos días. Trasfondo: para estar con su cuarta *mia noi*, o esposa menor, una joven llena de vida que no aguanta ninguna tontería del gánster y que tampoco tolerará a sus hijos, una revolucionaria forma de amotinamiento con la que Vikorn nunca había tenido que enfrentarse antes. Mi mente pasa a Pisit, que está charlando en mi oído sobre lo supersticiosos que seguimos siendo los tailandeses. Está descargando su ira en un *moordu*, un vidente y astrólogo profesional al que, sin lugar a dudas, Pisit desprecia.

PISIT   Mire la tendencia actual de comprar predicciones de la lotería.

VIDENTE ¿Sí?

PISIT   Quiero decir que es patético. Los tailandeses están gastando más dinero en esos pequeños panfletos que se ven en todos los quioscos que el que gastamos en pornografía.

VIDENTE ¿Quiere decir con eso que la pornografía sería una superstición superior?

PISIT   Lo que quiero decir es que la pornografía no es en absoluto una superstición. En otros países los quioscos ganan dinero con la lujuria honesta, no con supercherías medievales. ¿Tiene alguna aportación que hacer en cuanto a estas predicciones?

VIDENTE No, no estoy cualificado para ello.

PISIT   ¡Vaya! ¿De modo que hay una rama de su profesión especialmente cualificada para predecir los números ganadores de la lotería de la semana próxima?

VIDENTE Podría decirlo así.

PISIT   ¿Y podría decirnos cuál es el porcentaje de éxito?

VIDENTE Depende. Algunos tienen un alto nivel de aciertos, pueden mejorar la suerte de una persona hasta un cincuenta por ciento.

PISIT   ¿Sólo con que alguien como usted mire una bola de cristal?

VIDENTE No exactamente. Verá, hay quien paga un soborno al operador de lotería y luego saca un beneficio vendiendo la información a los panfletistas. Tienen que fingir que son supercherías, como dice usted, y atenuar el porcentaje de aciertos o alguien sospecharía. No es tan arriesgado como sobornar a un operador y luego ganar la lotería directamente. A la gente, de ese modo, la pillan.

Finalmente me armo de valor para llamar a Vikorn, que detesta tener que ocuparse de negocios cuando está en su refugio de Chiang Mai. Sin embargo, me escucha y le noto la voz temblorosa cuando dice:

—¿Nusee Jaema está metido en esto? ¿Estás seguro?

—Sí. ¿Lo conoces?

—Por supuesto. Es la principal influencia moderada allí abajo. Montó una red que dirige su hijo. Está caminando por la cuerda floja. Si coopera con nosotros, puede que su gente lo vea como a un traidor. Si no, puede que lo consideren un militante.

—¿Qué clase de red?

—Información. Será mejor que vayas, a ver qué puedes averiguar.

Al parecer no hay más remedio que hacer un viaje al sur, una zona sumida en la ignorancia. No obstante, a la mañana siguiente, en el bar, me trastorna un correo electrónico en la pantalla del ordenador, y no es la primera vez:

Michael James Smith, nacido en Queens, ciudad de Nueva York, número de la Seguridad Social: 873 97 4506; profesión: abogado; estado civil: divorciado (cinco veces); hijos: tres; situación económica: adinerada; historial delictivo: ninguno, evitó con éxito una condena por abuso de sustancias unas cuantas veces contratando a un abogado caro. Servicio militar: se alistó para la guerra de Indochina, 1969-1970, rango de comandante; sirvió con honores (Estrella de Bronce y Corazón Púrpura); se cree que ha asistido al programa detox para alcohólicos durante los meses de marzo y abril de 1988; miembro activo de los Veteranos Contra la Guerra.

El correo electrónico proviene de una tal Kimberley Jones, una agente especial del FBI que trabajó conmigo en el caso de la cobra. La recompensa kármica que sigo disfrutando por haberme negado a dormir con ella a pesar de una campaña de amenazas, sobornos, engatusamientos y berrinches por su parte es que se ha convertido en una amiga para toda la vida (el precio kármico es que todavía no ha cejado en su empeño; este mensaje en concreto es único en el sentido de que carece totalmente de insinuaciones sexuales, de declaraciones de eterna lujuria o de la furia legendaria de una mujer desdeñada). Ahora estoy en inestimable deuda con ella porque ha adoptado las costumbres tailandesas hasta el punto de anteponer los sentimientos personales a las obligaciones abstractas y de utilizar de manera ilegal la base de datos del FBI para obtener estos valiosos detalles sobre Michael James Smith, abogado, veterano de la guerra del Vietnam, antiguo cliente de prostitutas tailandesas (al menos en una ocasión) y padre de cuatro hijos como mínimo, no tres. Mi móvil suena en el preciso momento en que estoy mirando la pantalla.

—¿Lo has recibido?

—Sí.

—Lo estás leyendo ahora mismo, ¿verdad?

—Sí. ¿Cómo lo sabías?

—Intuición amorosa. ¿Cómo te sientes?

—Aterrorizado.

—¿Vas a ponerte en contacto con él?

—No lo sé.

—¿Vas a decírselo a tu madre?

—No lo sé.

—¿Quieres decir que me he tomado todas estas molestias y he arriesgado mi carrera sólo para que tú puedas hacerte el tailandés y pensar en ello durante las próximas tres vidas?

—Quiero darte las gracias. Has hecho algo que nadie más podría haber hecho.

—Agradécemelo con tu cuerpo la próxima vez que vaya por ahí.

—De acuerdo.

Silencio.

—¿Eso ha sido un sí?

—Sí. ¿Cómo podría negarme?

—Pero en realidad no quieres hacerlo, ¿verdad?

—No seas tan *farang*. Te lo debo, te pagaré y tú disfrutarás.

En un susurro:

—¿Prometido?

—Prometido.

—¿Tienes idea de lo caliente que me está poniendo esto? ¿Ahora cómo voy a volver a dormir?

—Gracias.

—Voy a colgar, Sonchai. Esto me está afectando a la cabeza, no sé cómo.

—Puedes decir corazón si quieres.

—Sí. De acuerdo. El corazón. Ya lo he dicho. Adiós.

Cuelga. Ahora vuelvo a estar solo con Michael James Smith, el superhombre que llegó de la guerra una noche estupenda para encontrarse con que el destino lo aguardaba al otro lado de una barra en Pat Pong. El hombre al que mitifiqué antes de saber su nombre. El bastardo de quien soy bastardo.

Me impresiona que su verdadero nombre sea Mike Smith. Se lo saqué a mi madre después de tres décadas de camelarla y suplicarle, pero estaba convencido de que mentía. Lo único que tenía Kimberley Jones como punto de partida era el nombre, el dato del Vietnam y la edad aproximada, así como la probabilidad de que se hubiera convertido en abogado y hubiese nacido en Queens. Nunca le pedí que lo hiciera. Debió de habérselo pensado durante meses antes de comprometerse. Supongo que eso significa mucho en la tierra de los *farang*, ¿no?

¿Qué hacer con él? Mientras reflexiono sobre esta pregunta que constituye el mayor de los retos, veo que he recibido un nuevo correo electrónico. Cuando lo compruebo veo que vuelve a ser de Kimberley:

Se podría decir que entonces me desconcertaste. Supongo que en realidad no me había planteado detenidamente lo que debía significar para ti. Te estaba ocultando una cosa, pero me imagino que si vamos a ser amantes tendré que compartirla contigo. Ten cuidado en cómo la utilizas e intenta borrar el rastro: mikesmith@GravelSpearsandBailey.com.

¡Ah, la inmediatez de las comunicaciones modernas! Creo que hubiera preferido la época de los barcos de vela, cuando las cartas tardaban meses en viajar de un continente a otro y uno podía haber muerto fácilmente de cólera o de insolación antes de saber cómo había tratado su corazón el correspondiente del otro lado del mundo. Pero al fin y al cabo estamos en el siglo XXI y en Babilonia uno tiene que hacer lo que hagan los babilonios. Un par de *clics* hacen aparecer nuestro anuncio oficial del Old Man's Club. Añado una única línea: «Saludos de Nong Jitpleecheep y de tu hijo Sonchai, que te quiere», antes de mandárselo rápidamente a Superman, alias mi padre biológico. Supongo que es la clase de mensaje de primera hora de la mañana que quiere recibir todo hombre de mediana edad con esa clase de trapos sucios que ocultar, ¿no? Nunca tendremos noticias de él, ¿verdad?

Llamo a mi madre y le explico lo del correo electrónico de Kimberley, reservándome de momento el hecho de que he dado el paso irrevocable de mandarle un mensaje.

Un largo silencio. En un susurro:

—¿De verdad consiguió esos detalles del FBI?

—Sí.

—Han pasado treinta y tres años, Sonchai. No sé si puedo con esto. —Un sonido amortiguado que podría haber sido cualquier cosa… No será un sollozo incontrolado, ¿no? Pero cuelga inmediatamente, lo cual no es propio de ella, en absoluto.

Ahora vuelvo a estar solo con él. Héroe y consumidor de sustancias, abogado de éxito, pésimo esposo, padre ausente (al menos en mi caso). ¿Alma perdida?

Otra vez está sonando mi móvil.

—¿Te importaría decirme qué piensas hacer?

Confieso que le he mandado a Superman su versión cibernética de ¡*Hola marinero!*, con nuestro apellido adjunto. Un grito ahogado.

—¿Has perdido tu tortuga mágica? Al menos podrías haberlo discutido conmigo, Sonchai. ¿Es que no tienes ningún respeto?

—Es mi padre.

Vuelve a colgar. Me encojo de hombros. Cuando llamo a la Bangkok Airways me dicen que hay nueve vuelos diarios a Hat Yai y sólo dos semanales a Songai Kolok. Hago una reserva en el próximo vuelo a Hat Yai.

Capítulo 12

*P*ara vuestra información:

Traducido de forma aproximada, el nombre completo de nuestra capital significa: gran ciudad de los ángeles, el depósito de las gemas divinas, la gran tierra inconquistable, el magnífico y prominente reino, la real y deliciosa capital llena de nueve nobles gemas, la más alta morada real y espléndido palacio, el refugio divino y el lugar donde viven los espíritus reencarnados.

Fonéticamente es así: *Krung Thep mahanakhon bowon rattanakosin mahintara ayuthaya mahadilok popnopparat ratchathani burirom-undomratchaniwet mahasathan-amon-piman-avatansathir-sakkathatityavisnukamprasit.*

Bangkok no sale por ninguna parte.

SEGUNDA PARTE

El sur

Capítulo 13

*E*n el vuelo hacia el sur profundo me siento al lado de dos jóvenes turistas sexuales que se estaban riendo de una historia muy vieja y trillada:

—De modo que pagué su tarifa en el bar y me la llevé a mi habitación para toda la noche, y cuando fui a utilizar el baño por la mañana, no te lo vas a creer, ella se había puesto en cuclillas en el asiento, había marcas de pies por todas partes.

Esta historia en particular siempre me molesta. Sin embargo, creo que ilustra la laguna cultural, no porque las chicas estén acostumbradas a acuclillarse, sino porque los occidentales lo encuentran muy trascendente e impresionante. Supongo que el inodoro está justo en el centro de la mente *farang*, lo mismo que Buda en la nuestra, ¿no? Me temo que no puedo resistirme a intervenir.

—Un estudio reciente demuestra que la gente que se pone en cuclillas rara vez sufre cáncer de colon —le digo al joven que está a mi lado (pañuelo en la cabeza, pendiente en la nariz, pantalones de caminar tres cuartos y camiseta).

Una mirada socarrona:

—¿Eso es cierto?

—Sí, pronto vosotros también os acuclillaréis ahí encima. Costará un poco que se imponga, habrá letrinas públicas, todos tendrán que ir a clases, saldrán libros de autoayuda con ilustraciones, los presentadores de los programas de entrevistas demostrarán cómo se hace, se destinarán misioneros a otros países.

—¿Qué?

¿Acaso la educación universal no es algo maravilloso? Me doy la vuelta para mirar por la ventana a unas ingrávidas nubes abullonadas y sigo irritado, hasta que recuerdo al venerable *Monsieur* Truffaut, que contrató a mi madre durante unos pocos meses en París cuando yo era joven. Hasta en su apartamento del *cinquième arrondissment* había una letrina. Mi madre siempre lo respetó por eso, a él y a los franceses. La verdad es que tanto mi madre como yo preferimos acuclillarnos. Por cierto, ninguno de nosotros ha sufrido nunca de ningún tipo de afección intestinal, *farang*.

En Hat Yai cojo un taxi para que me lleve a la estación del ferrocarril.

Tren: Creo que nuestro material rodante debimos de comprárselo a los británicos en el día de la cosecha del Imperio; me imagino a un eduardiano con vestido de estambre en algún lugar de la región central de Inglaterra (Midlands) calculando que si excluía la tapicería podía encajar a un nativo más por asiento. Al cabo de una hora los listones se me han quedado marcados en el trasero, que estoy seguro de que debe de parecer un rastrillo de críquet.

Paisaje: Pequeños pájaros negros con forma de violín cantan al unísono en los cables telefónicos, un búfalo de color gris plateado y larga cornamenta anda dando tumbos por un campo, unos chiquillos desnudos juegan en un arroyo, la hierba es del mismo color verde que el de una mesa de juego, en los campos inundados los primeros brotes frágiles de la segunda cosecha de arroz de este año; todo se distorsiona con el calor. Se podría decir que el paisaje cambia de manera espectacular desde Hat Yai hasta el sur, aunque no por razones geográficas. De golpe y porrazo las mujeres que trabajan los campos van vestidas con pañuelos de cabeza islámicos y faldas largas. Muchas de ellas van de negro de pies a cabeza. No está en la naturaleza de nuestras mujeres cubrir sus rostros o fingir mojigatería, pero la afirmación es inequívoca: éste es otro país. Los hombres también llevan tocados islámicos, o los casquetes que tanto se parecen a los de sus hermanos hebreos, o unas cosas con forma de maceta que se ciñen a los lados de sus cabezas. Es última hora de la tarde, justo antes de la puesta de sol, y los gritos de los almuédanos invisibles llamando a los fieles a las invisibles mezquitas rondan por todo el creciente anochecer. El miedo se asienta en mi hombro para un largo trayecto. Allí abajo puede pasar cualquier cosa.

Cuando el tren llega a Songai Kolok ya es de noche y mi instinto me dice que eche un vistazo a la ciudad antes de ponerme en contacto con Mustafá.

En la calle principal da la impresión de que un edificio sí, otro no, es algún tipo de alojamiento de alquiler. Le doy vueltas a la idea de utilizar uno de los más sórdidos, por los viejos tiempos (podría escribir una enciclopedia de los antros en los que hemos estado mi madre y yo en el extranjero, cuando cambiaba de un cliente a otro), pero finalmente no me decido. Al fin y al cabo tendré un guía musulmán al que alimentarle el ego, de modo que opto por lo que parece el lugar más grande y mejor. Se llama El Palacio de Misericordia, en tailandés, malasio e inglés, y se las arregla para ser al mismo tiempo grande, caro, deslucido, sórdido y excesivamente iluminado. En la recepción me dan toallas, jabón y tres condones. Bueno, no puedes decir que no se tomen en serio lo del VIH.

Al cabo de media hora me he duchado y me he cambiado de ropa (zapatos negros que no son de marca, pantalones negros y camisa blanca como siempre); paseo por la ciudad y empiezo a hacerme una idea. Lo que más me gusta es la comisaría de policía. Es un edificio grande, majestuoso incluso, cuyo perímetro está rodeado por un muro que por la parte exterior tiene quizás unas trescientas pequeñas chozas de bambú apoyadas contra él y una o dos chicas en cada choza. Las chozas no son burdeles, claro está, son demasiado pequeñas para eso. Fingen vender comida y bebida y algunos de ellos cuentan incluso con unos pequeños frigoríficos con cerveza, pero no cabe duda de lo que se persigue con esto.

Normalmente las chicas no son musulmanas del lugar, suelen ser budistas de toda Tailandia, sobre todo del norte pobre, que han decidido especializarse en este espacio del mercado. No pagan tan bien como en el mercado *farang* de Bangkok, ni mucho menos, pero es mucho más fiable. La mayoría de los días laborables y todos los fines de semana, grandes reservas de piadosos jóvenes musulmanes de Malasia cruzan la frontera hasta aquí y dejan la piedad al otro lado. Acuden en caros 4x4, en baratas motocicletas Honda, en autobuses o en minibuses. Incluso hay quien viene en bicicleta. Algunos vienen a pie. Ahora mismo, por ejemplo, la ciudad está plagada de ellos. Todas las chicas han aprendido malayo y el ringit es una moneda aceptada. Hay jóvenes de pie o sentados en todas las chozas, ronroneando mientras las chicas los cautivan. En cierto sentido pueden ser mucho más civilizados que los *farang*. No vienen solamente a echar un polvo, ellos quieren la orgía entera, incluido el alcohol y una enorme y cavernosa discoteca con karaoke. El sexo viene al final de la noche, siempre y cuando estén todavía lo bastante sobrios.

Con mi ojo profesional descubro a una belleza que posee una elegancia que por norma general no ves fuera de Krung Thep. Ella me examina con un parpadeo casi imperceptible para alguien que no sea un profesional, ve mi estilo de vestir tailandés y me descarta como posibilidad. El hecho de que una mujer como ella esté trabajando aquí dice muchas cosas. Aunque tal vez no diga tanto como la comisaría de policía. Nadie que esté familiarizado con Asia puede dudar que los policías les cobran alquiler a las chicas para utilizar la pared del perímetro y colocar allí sus chozas.

Mientras camino, mi orientación adquiere una precisión mayor que nunca. El comercio de la carne está por todas partes, es la economía de esta ciudad, realmente no hay nada más. Pienso en Mustafá: ¡qué afrenta debe de suponer para él, qué tortura para su alma pura caminar por esta ciudad día tras día! En todos los vestíbulos de hotel, en todas las cafeterías, restaurantes y esquinas de las calles se apiñan las mujeres de entre veinte y treinta años de edad. Normalmente no se fijan en mí, pues las han acostumbrado a que se especialicen en malayos, pero da la impresión de que a la mayoría se las podría persuadir, en caso de que flaqueara. No es precisamente un semillero del fanatismo islámico: creo que a cualquier predicador de Al Qaeda lo echarían de la ciudad a carcajada limpia. Ni el mismísimo Mahoma podría incitar a estos muchachos locales a una *jihad*: ellos ya están en el cielo islámico.

Intento pensar en el *farang* Mitch Turner rondando por aquí mes tras mes. Bueno, por lo visto salió corriendo hacia Soi Cowboy al menos una vez. Entiendo por qué. Dejando de lado la prostitución, ésta es una ciudad pequeña y claustrofóbica.

Por el rabillo del ojo veo a un joven musulmán que saca un teléfono móvil y habla por él. ¿Me he imaginado ese involuntario movimiento de la barbilla en mi dirección? Mientras él todavía está hablando saco mi propio móvil y llamo a Mustafá: comunica. Para un policía entrenado como es debido eso no demostraría nada, pero para uno tercermundista que trabaja por intuición es bastante concluyente.

En cuanto el joven cuelga su teléfono vuelvo a llamar a Mustafá: señal de llamada.

—Sonchai, ¿dónde está?

—Ya lo sabe.

Una pausa.

—Ahora voy.

Llega a pie al cabo de unos veinte minutos. Ahora lo veo en contexto, en su contexto, a este serio joven del islam. Quiero observar su reacción hacia las prostitutas que son responsables de la economía de la ciudad: su ciudad, su economía. Pero él apenas parece darse cuenta de su presencia. Una misión de algún tipo le ha usurpado la imaginación. Mira al frente con gravedad, camina erguido, con la espalda recta, como su padre. La belleza de su entrega a Alá es innegable, cualquier meditador serio no podría más que aprobarla, pero Buda nos dio el camino intermedio; no veo que Mustafá lleve oro. Sin la mano restrictiva de su padre, podría despejar la ciudad con una bomba y apenas darse cuenta. No nos saludamos con el *wai*; sin el anciano nuestro reconocimiento es neutral, como enemigos que por un momento encuentran un propósito común antes de retomar su antigua enemistad.

—Tengo la llave —dice sin mirarme al tiempo que rebusca en los bolsillos.

—En la calle no, Mustafá —le digo. Lo llevo a un café donde pido un 7Up y él bebe agua. Se siente incómodo aquí, aunque en la cafetería no sirven alcohol. Creo que se sentiría incómodo en cualquier entorno pensado para inducir a la confraternidad. Lo veo en unas imágenes mentales de atormentadora vaguedad y fugacidad de hace muchos siglos: ya entonces estaba empalado por esa misma mentalidad única que es una forma de estrechez de miras. El budismo era demasiado sutil para él en aquel entonces, como lo sigue siendo ahora. Para la evolu-

89

cionada mente del Gautama Buda cualquier deseo era una distorsión obscena, incluso el deseo de Dios. Mustafá es una de esas almas apasionadas que estaba hecha para el islam, la religión guerrera.

—Relájese —le aconsejo—, abra su mente, necesito información.

—¿Qué información? —Se sobresalta y está a la defensiva. Para él nuestro encuentro allí estaba limitado por un principio, un medio y un final. No tiene ni idea de lo occidental que es esta pintoresca reducción de la realidad.

—Y bien, ¿qué me dice de la dirección?

Un parpadeo:

—Iba a llevarle, pero se empeñó en venir aquí.

—Bien, dentro de un minuto me enseñará dónde vivía el señor Mitch Turner. Eso es el futuro, Mustafá. Permanezcamos en el presente. ¿No le gusta esto?

Echa un vistazo a su alrededor y se encoge de hombros.

—No es más que un café.

No puedo penetrar este cráneo de hierro. Pero una vez fui su maestro y él me amaba con la misma ferocidad, la misma pasión, la misma ceguera.

—Mustafá, déjeme que le diga una cosa: es brillante en lo que hace. La verdad es que no es fácil, ni siquiera en una ciudad pequeña como ésta, hacer que sigan a alguien, saber dónde está minuto a minuto. Pero su red me ha ido pisando los talones desde que llegué. Yo mismo no me di cuenta hasta que vi a uno de los suyos con el móvil, e incluso entonces fue sólo un presentimiento por mi parte.

—¿Y bien? Mi padre tiene que saber lo que pasa en todo momento. Ya se lo dije en Krung Thep. Es su red, no la mía. Él dice que… —Se calla, por miedo a hablar demasiado.

—¿Qué? ¿Qué es lo que dice su padre?

—Dice que no hay nada más amenazador para el mundo moderno que un musulmán moderado. Los fanáticos nos odian porque creen que somos herejes y cobardes, y Occidente nos odia porque tenemos una moralidad que allí se perdió hace mucho tiempo…, muchos *farang* se están convirtiendo a nuestra religión, sobre todo en Norteamérica. Tengo que proteger a mi padre.

—¿Así pues dirige la red que él ha montado?

—Sí.

—De modo que es probable que sepa más cosas de Mitch Turner que nadie en el mundo. Al menos del Mitch Turner que vivió aquí en Songai Kolok durante los meses que fueran.

—Más de ocho meses. —Cruza su mirada con la mía y se permite esbozar un leve atisbo de sonrisa—. Ocho meses y dos semanas.

—Vuestra gente lo seguía a todas partes, ¿no es cierto?

—Mi padre se lo dijo, intentábamos mantenerlo con vida. La única manera de hacerlo era no perderlo de vista.

—¿Él lo sabía?

Menea la cabeza.

—Era muy tonto. —Me mira a los ojos—. No, no es ésa la palabra, pero era el típico *farang*, perdido, confuso, atrapado en un millar de sentidos distintos, como un hombre a quien consumieran los demonios. Vivía en su cabeza y veía muy poco del mundo exterior. Podría haber puesto a diez hombres siguiéndolo en fila y no se habría dado ni cuenta. Claro que, como era *farang* creía que era el único que espiaba. Degeneró tras el primer mes. De vez en cuando iba a verle una prostituta de Bangkok. Tomaba drogas. Pasó por un mal momento, creyó que estaba sufriendo una conversión religiosa, por eso fue a ver a mi padre. Pero se trataba únicamente de su psicosis occidental. ¿Por qué creen los *farang* que Dios ama a los locos? Alá ama a los hombres de acero.

—¿Una prostituta? ¿Sabe quién era?

—No. Nunca se quedó el tiempo suficiente para que pudiéramos averiguarlo.

—¿No sacaron ninguna foto?

—No.

—¿Por qué no?

—No era necesario. Él tiene un retrato de esa mujer en su apartamento. Si no se hubiera empeñado en venir a este café, podría estar mirándolo ahora mismo.

«¡Oh, Mustafá! —quiero decir—, no has cambiado nada.»

—¿Registraban su apartamento con frecuencia?

—Con frecuencia, no. —La pregunta lo ha desconcertado un poco.

—Mustafá —digo. Él me mira a los ojos—. Si quiere que lleve a cabo una investigación completa y haga un informe convincente, tendrá que contármelo todo.

A regañadientes:

—Uno de nuestros expertos en electrónica del otro lado de la frontera nos dio un dispositivo, un artilugio que registraba las pulsaciones en el teclado de su ordenador. Naturalmente tuvimos que entrar en el apartamento para ponerlo en su sitio y luego otra vez para llevárnoslo.

Apenas puedo controlar una sonrisa y encuentro cierto consuelo en la mueca que está esbozando el rostro de Mustafá. No obstante, se controla inmediatamente.

Yo mantengo una sonrisa admirativa mientras hablo:

—El dispositivo grabó las primeras pulsaciones que daba siempre que se conectaba a Internet, ¿no? Su código de acceso, en otras palabras. Por eso sólo necesitaban tener colocado el dispositivo durante un corto periodo de tiempo. ¿Entraron en la base de datos de la CIA?

—No en todos los niveles. Después de acceder hay muchas comprobaciones distintas. No llegamos más allá de los chismes. —En respuesta a mis cejas enarcadas, añade—: Así es como lo llamamos, porque básicamente es lo que es. Un montón de basura, nada más, la clase de porquería sobre la que les gusta hablar.

Había decidido esperar hasta por la mañana antes de probar en el apartamento de Turner, pero aparte de echar un polvo la verdad es que en esta ciudad no hay nada que hacer y, de todas formas, el tinglado ha empezado a intrigarme. Pienso en mi espaciosa pero sórdida habitación en el hotel y decido quedarme con Mustafá.

Resultó que la dirección de Mitch Turner en la ciudad se hallaba a la vuelta de la esquina de donde estábamos sentados. Es un edificio de apartamentos de cinco pisos, muy próximo a la comisaría de policía. Cuando entramos, el conserje, que vive y trabaja en una pequeña habitación con una sola cama, una televisión y vistas a la entrada, se aparta de Mustafá al tiempo que le dirige una mirada glacial.

—Un budista. Uno de los suyos —explica Mustafá.

—¿Lo intimidó para conseguir la llave?

—No hice nada —una pausa—. No tuve necesidad.

Cuando llegamos al piso de arriba ya estoy sin aliento y sudando en el calor de la noche. A Mustafá no parece haberle afectado la ascensión. Cuando entramos en el apartamento, lo que me llama inmediatamente la atención es la vista sobre la comisaría de policía, cuyo perímetro está lleno de hombres y mujeres jóvenes y un millar de equipos de música baratos que emiten a todo volumen una mezcla de pop tailandés y malasio que lo convierten en un lugar cacofónico.

Intercambio una mirada con Mustafá, que señala el dormitorio principal con un gesto con la cabeza. Lo primero que veo es un pequeño montón de libros, y luego, allí está, en el lugar de honor al lado de la cama individual: una fotografía de Chanya en un marco de plata.

Tiene que estar en Estados Unidos porque lleva puesta una parka acolchada y tiene aspecto de estar pasando todo el frío que puede llegar a pasar un tailandés en aquellos climas del norte. Sin embargo, parece bastante contenta, salta a la vista esa asombrosa sonrisa suya. Aunque no puedes ver su figura bajo esa parka, sabes que la mujer que mira a la lente de la cámara es excepcionalmente atractiva. Y puestos a pensar en ello, sí que hay algo especial sobre esa fotografía. Creo que la hizo un hombre enamorado.

¡Menudo ejercicio de percepción que estoy experimentando! ¡Parece salido de un manual budista! Vuelvo a recordar ese momento en el bar cuando Chanya sedujo a un hosco, bobo e imbécil putañero levantador de pesos y lo sustituyó por un hombre sensible, educado y muy inteligente que ya la conocía y que obviamente la adoraba. «Me siento tan solo», le dijo. «Estás preciosa esta noche.» Entonces ¿por qué lo mató? ¿Por qué lo mutiló? ¿Por qué lo despellejó? Estudio la mirada de Mustafá, pero se le han vidriado los ojos. No hay ninguna curiosidad sobre la vida amorosa del *farang*. Me pregunto qué es lo que hace Mustafá con su mente durante esos momentos húmedos que hasta los fanáticos experimentan. ¿Se limitan a posponerlo, a la espera del paraíso?

—¿Sabe quién es? —le pregunto.

Él se encoge de hombros. ¿Y eso qué importa? Sólo era una prostituta de fuera de la ciudad, sin más trascendencia para él

93

que una bola de pelusa. Ella no formaba parte de ninguna guerra que a él le interesara. Yo me permito el lujo de concentrarme en su rostro (en esa sonrisa) unos momentos: no hay manera de que Mustafá pueda leer en mi corazón, el cual, debo admitirlo, se ha acongojado sólo un poco. Abro el marco, saco la fotografía de Chanya y me la meto en el bolsillo.

Incapaz de darle seguimiento al misterio de la fotografía, examino el pequeño montón de libros que hay en la mesilla de noche. *Huckleberry Finn*, una Biblia de color negro, la biografía del espía del FBI Robert Hanssen escrita por Norman Mailer y Lawrence Schiller, una traducción al inglés del *Infierno* de Dante, un ejemplar del Corán en inglés, *La enciclopedia de los arácnidos, Cría de arañas avanzada, Problemas en la identificación y clasificación de los arácnidos asiáticos*. Hojeo las láminas de vivos colores: escorpiones luminiscentes bajo una luz ultravioleta. Levanto la vista y miro a Mustafá.

—Los coleccionaba, se me olvidó decírselo. Al principio pensábamos que estaba loco de verdad, solíamos verlo acuclillado en callejones oscuros con alguna clase de red pequeña y un frasco.

El resto de los libros están escritos en japonés, que es indescifrable para ambos. Uno de ellos, sin embargo, incluye ilustraciones, litografías impresas de un samurái batiéndose en duelo con sus famosas espadas curvas. Al pasar las páginas veo que es algún tipo de manual. Hay fotografías de espadas de samurái y diagramas que parecen mostrar cómo están hechas.

—Hablaba japonés con fluidez —explica Mustafá—, creemos que era su cualificación más importante, lo que lo metió en la CIA. Tenía amigos japoneses.

Finalmente, Mustafá no puede contener la indignación que lleva sintiendo desde que hemos entrado en el apartamento.

—¿Cómo pueden esperar liderar el mundo unos niños como éstos? Fíjese en los libros, en su vida. Éste era un adolescente de treinta años, un crío consumidor que toma la cultura de la estantería del supermercado: cosas de samurái de Japón, putas de Bangkok, un poco de cristiandad por aquí, un poco del islam por allá, cuando no estaba cazando arañas o fumando opio. —Da la impresión de que va a escupir.

—¿Fumando opio?

Él emite un gruñido, reacio a decir nada más.

Lo sigo por el resto del piso en tanto que él lanza miradas de desprecio en algún que otro rincón. Encontramos el acuario en una estantería situada junto a la pared del fondo en el dormitorio de los invitados. Mustafá lo mira con ojos escrutadores y sacude la cabeza.

—Nadie les dio de comer.

Observo detenidamente el espacio rectangular que hay tras el cristal: cadáveres secos de arañas peludas, un escorpión con crías sobre su cuerpo, otras arañas muertas en sus telas como en el periodo posterior a un cataclismo.

En un armario Mustafá encuentra un telescopio barato de los que se pueden comprar en los grandes almacenes. Nuestro intercambio de miradas es un clásico ejemplo de telepatía: si Mitch Turner necesitaba un buen telescopio hubiera persuadido a la CIA para que le proporcionara un último modelo. De modo que éste lo utilizaba... ¿para qué?

—Controlaba la acción en torno a la comisaría de policía —comenta Mustafá con un gruñido.

No parece haber nada más de inmediata importancia, al menos, nada que pudiera explicar la muerte violenta de Mitch Turner. Me fijo en que no hay ningún ordenador portátil, pero Mustafá dice que siempre que Mitch dejaba el apartamento por el tiempo que fuera se llevaba el portátil, probablemente siguiendo la norma de dejarlo en la cámara acorazada o en una de las cajas de seguridad de un banco. Bueno, no parece que podamos hacer mucho más esta noche, de modo que abandonamos el apartamento y Mustafá cierra la puerta con llave.

Fuera, en la calle, la noche está muy animada. La ciudad entera es un hervidero de música disco y luces de neón intermitentes de hoteles baratos. Un malayo alto y muy fornido, de cerca de cuarenta años, hace entrar a tres chicas en su hotel cuando pasamos. ¿Tres? Le lanzo una mirada a Mustafá, pero él se encuentra en ese espacio que utiliza para ahuyentar los aspectos inaceptables de la realidad. Me pregunto si llegó a verlas siquiera, a esas tres chicas tan atractivas que parecían estar divirtiéndose. Supongo que dentro de su superstición esas mujeres estarán consideradas como la maldad pura, ¿seductivas emisarias de Satán? Bueno, pues da la impresión de que el malayo y esas chicas van a pasarse las próximas horas revolcándose alegremente, tras lo cual todos los participantes se retirarán satisfechos y dormirán el sueño de los justos. No le explico a Mustafá que en el gremio es frecuente que las mujeres prefieran compartir su labor, puede que incluso lo vean como una especie de extra en el sentido de que exigen más dinero por trabajar menos. Además, es más divertido si tienes una amiga o colega con quien charlar en tu propio idioma mientras te ocupas del cliente. Para las chicas del campo es una reminiscencia de la cosecha del arroz, cuando todo el mundo tiene que arrimar el hombro, cuando abundan el parloteo y los flirteos y explicas chistes para matar el rato, sin apenas darte cuenta de lo que hacen tus manos. Pienso en el malayo grandote y moreno extendido como un arrozal mientras las chicas se lo trabajan y discuten la paridad entre el dólar y el baht por encima de su erección. Compadezco a Mustafá que tan resueltamente rechaza la sencilla danza de la vida, el humor. Al mismo tiempo me pregunto cómo es que Mitch Turner, el confuso espía norteamericano, lo aceptó todo.

No parece que haya ningún café con mesas y sillas libres y, de todas formas, tampoco hay intimidad, de modo que acabamos en el vestíbulo de nuestro hotel, que se ha transformado en una especie de antesala de un burdel gigantesco. Las chicas están sentadas en todos los sofás y vemos a unos jóvenes de piel oscura y finos bigotes que se acercan a una o a otra. Se diferencian de los *farang* en que el trato se cierra rápidamente, por norma general en cinco minutos. No hay que crear romanticismo, es más un trato comercial al estilo asiático. A la mujer ya le parece bien, puesto que puede suponer la posibilidad de atender a más de un cliente esta noche. Algunas de las parejas se dirigen inmediatamente hacia los ascensores, pero la mayoría salen paseando a la calle en busca de una discoteca donde el joven galán pueda demostrar su pericia con el karaoke y la dama aplaudirá con ojos aduladores.

Mustafá no quiere ni verlo, de modo que encontramos una mesa vacía en un rincón. Todavía tiene que dar unas cuantas explicaciones, por lo que le ofrezco el tratamiento del silencio.

—Se preguntará por qué nos interesamos tanto por un individuo cuando en Tailandia hay cientos como él, ¿no?

—Sí.

—Debe preguntarle a mi padre si quiere una explicación completa. Según él, el *farang* Mitch Turner era un producto de Occidente fascinante. Dijo que, igual que a las agencias de inteligencia les gusta desmontar bombas terroristas para ver cómo están hechas, así debíamos mirar nosotros en el alma de este pez extraño, esta bomba humana, para ver cómo estaba hecha. Al fin y al cabo, no se inventó a sí mismo, era una criatura de su cultura.

—¿Su ingenuidad, su confusión, el estar descentrado?

—Todo eso, pero lo que más interesaba a mi padre era su agonía espiritual. Debe comprender que aunque mi padre es un erudito, apenas tiene contacto con ningún *farang*, y mucho menos con espías norteamericanos. Mi padre es un gran imán, lo cual es lo mismo que decir que es un conocedor de las almas. Mitch Turner le interesaba mucho. Hasta que conoció a Turner, creo que dudaba que los *farang* tuvieran alma. Cuando vio el caos en el que estaba sumido Mitch Turner, lo que él llamó el «gran aullido de agonía» en el centro de este hombre, tuvo la sensación de que había comprendido por qué Occidente es como es —un asomo de sonrisa—. Era como si hubiese descifrado un código y ahora pudiera leer la mente occidental. —Me mira a los ojos—. Me dijo que nunca hubiera creído posible que un hombre estuviera tan atormentado y siguiera viviendo, siguiera funcionando —ahora excitado, compartiendo una pasión conmigo por primera vez—. También dijo que, sin una guerra, Norteamérica se hundiría en la confusión total y tendría que convertirse en un estado policial para sobrevivir, porque su gente ya no tiene una estructura interna. Norteamérica nunca podrá ser derrotada a través de una guerra. Es la paz lo que encuentran intolerable.

—¿Llegó a estas conclusiones basándose en un solo espécimen?

—¿Por qué no? El verdadero conocimiento proviene de Alá. No necesita de un método científico, sólo de una pista, un indicio para que el espíritu lo siga.

Mientras habla noto que está observando la acción sin ver nada en absoluto, como si se tratara de un espectáculo en un idioma que no entendiera. Sin embargo, a mí me resulta imposible no tomarme un interés profesional por lo que está pasando en el resto del vestíbulo: los jóvenes que abordan a las chicas, la gran sonrisa irónica en los rostros de las mujeres, la compleja mezcla de timidez, valor, arrogancia, urgencia y expectativa del hombre, la mirada inquisitiva de la mujer, tratando de adivinar qué clase de amante será mientras negocian, el alivio mutuo cuando llegan a un acuerdo y que es casi una especie de orgasmo, el repentino cambio de lenguaje corporal cuando se rodean el uno al otro con el brazo y se dirigen a los ascensores o salen hacia la noche. Sé que Mustafá, si ve algo que llegue a interesarle, sólo ve pecado que sin duda será erradicado tarde o temprano por Alá…, junto con toda una gama de otras actividades que yo considero simplemente humanas.

Cuando le digo que me voy a dormir se pone en pie inmediatamente, como alguien a quien han liberado de un trabajo sucio.

Capítulo 14

*D*e vuelta a mi habitación cometo el error de beberme un par de cervezas Singha del minibar. Me dejan sin sentido unas cuantas horas y ahora estoy despierto con bastante sed y un ligero dolor de cabeza (cuando vengas de vacaciones, *farang*, bebe Kloster o Heineken, son unos brebajes más limpios). Lo peor del asunto es que estoy totalmente consciente y cuando utilizo el mando a distancia para poner la tele veo en la barra de información que son las cuatro y media de la madrugada. Tumbado en la cama recuerdo mi sueño, en el que Chanya venía a mí. La calidad de la luz, la expresión de su rostro, toda la atmósfera del sueño me dice que era una comunicación de algún tipo por parte de ella, aunque no puedo descifrar su significado. Ella y yo hablábamos sobre budismo de vez en cuando. Era muy buena mediadora y nuestras circunstancias eran tan parecidas que a menudo fantaseábamos con que nos habíamos conocido en vidas previas, tal vez en muchas de ellas. Nos daba demasiada vergüenza decirlo, pero ambos nos preguntábamos si no seríamos compañeros de alma de esos que se encuentran en una vida tras otra. Sólo cuando el karma es muy favorable estos compañeros de alma consiguen tener una relación de consanguinidad; al fin y al cabo, eso sería casi tan bueno como la propia iluminación. Es más frecuente que nos vigilemos el uno al otro a distancia, como ángeles guardianes. En este momento siento que soy su guardián, pero en el sueño parecía ser al revés. Inquieto, me pongo algo de ropa y bajo al vestíbulo.

Todas las chicas se han ido excepto cinco de ellas que esperan en un par de esos sofás. A juzgar por los fragmentos de conversación que oigo parece que sólo dos de ellas han tenido clientes esta noche, las otras tres no han tenido suerte y se quejan de la cantidad de mujeres que hay en la ciudad. No hay hombres suficientes para todas. El empleado de la recepción está dormido en su silla, con la cabeza apoyada en los brazos cruzados sobre el mostrador. Se sobresalta cuando intento despertarlo y menea la cabeza desagradablemente cuando solicito utilizar el centro de negocios donde hay acceso a Internet. Le ofrezco dinero, pero aun así se niega. El centro de negocios no abre hasta las nueve de la mañana. Yo estoy de un humor terco y le doy vueltas a la idea de amenazarlo con destrozar todo aquel tugurio, pero no sería jugar limpio. En lugar de eso le engatuso, le hago reír, le vuelvo a ofrecer dinero y esta vez consiente en dejarme utilizar el acceso a Internet del hotel desde detrás del mostrador de recepción.

Estoy ansioso por comprobar mi correo porque quiero saber si he recibido respuesta de Superman. Cuando reviso la lista de mensajes nuevos tengo una sensación de desánimo y me siento herido porque no hay nada de Mike Smith, aunque con una diferencia de once horas no es como para sorprenderse. Dedico un par de minutos a echar un vistazo a los habituales asuntos del negocio (otro grupo de viejos rebeldes que se lo pasaron tan bien hace seis meses que quieren volver otra vez por Navidad) antes de darme cuenta del nuevo remitente: chanya@yahoo.com

Su nota es muy breve: «Sonchai, aquí tienes el diario del que te hablé. Chanya».

El adjunto, en cambio, pesa más de 500 kilobytes, es casi tan largo como una novela y por supuesto está escrito en tailandés. Empiezo a leer y quedo impresionado con la claridad y simplicidad de la escritura. Sólo un alma noble escribe de este modo. Me quedo totalmente absorto. Cuando el empleado empieza a impacientarse, tengo que volver a sobornarlo para que me deje imprimir todo el diario, que me llevo a la habitación en el piso de arriba y me paso el resto de la noche leyendo. Cuando, por la mañana, me reúno con Mustafá en el vestíbulo del hotel, tengo los ojos hundidos.

Una vez en la calle, de camino al apartamento de Turner, suena el móvil de Mustafá; bueno, la verdad es que no emitió ningún sonido, simplemente vibró en su bolsillo y él lo sacó en un instante. Tras unas cuantas palabras en el dialecto local lo vuelve a cerrar y lo desliza de nuevo en el bolsillo.

—Ya están aquí.

—¿Quién?

—¿Quién cree usted?

Al doblar una esquina y meternos por la calle en la que se encuentra el apartamento de Turner, Mustafá señala el edificio moviendo la cabeza. Dos *farang* vestidos con trajes color crema para los trópicos, camisa blanca y corbata, están a punto de entrar en el edificio.

—¿Ve a lo que me refería? —dice Mustafá—. Es más arrogancia que estupidez. Para eso ya podrían estamparse «CIA» en las chaquetas, pero no pueden creer que seamos lo bastante listos como para darnos cuenta de quiénes son.

Tal vez tenga razón, pero tendremos que suspender nuestra inspección del apartamento. Como no estamos muy seguros de qué hacer ahora, nos acercamos un poco más al edificio y encontramos un café con vistas a la calle. Yo pido un 7Up y Mustafá agua. Ambos nos preguntamos cómo lo van a hacer dos *farang* vestidos de traje para que el conserje los deje pasar.

Por lo visto no será fácil. En cuestión de minutos abandonan el edificio con cara de pocos amigos. Con cara de preocupación, me parece a mí. Mustafá me mira con cierta insolencia: «Muy bien, poli, ¿y ahora qué quieres hacer?».

—Observa —digo.

Me dirijo a la puerta del café y grito en inglés:

—¿Puedo ayudarles en algo? —cuando pasan los dos hombres. Ellos se paran en seco, un poco sorprendidos, pero contentos de haber encontrado a alguien que hablara inglés con fluidez en aquella remota ciudad—. Parecen un poco perdidos, muchachos —digo con la clase de sonrisa que se supone que va con palabras como ésas (no me decido con el acento, puedo ponerlo británico o norteamericano, normalmente uno utiliza el inglés británico cuando habla con norteamericanos y viceversa: las dos culturas parecen intimidarse muy bien la una a la otra; no obstante, y de manera instintiva, utilizo el norteamericano teñido de Inmigrante Entusiasta y en un instante deciden que llevo «Permiso de residencia y trabajo» escrito en la cara; obviamente, soy lo mejor que pueden esperar encontrar por aquí).

Empiezan a hablar. Ahora todos hacemos lo del Comprensivo Norteamericano en el Extranjero, un género especializado en el cual la superioridad de la cultura *farang*, la estupidez de la población nativa, el pobre nivel de la sanidad y el terrible estado de las cañerías, son expresados de forma subliminal y sin que ni una sola palabra políticamente incorrecta salga de los labios de nadie. Mediante unas básicas insinuaciones di la impresión de ser hijo de un nativo —budista, no musulmán— que ha regresado de Estados Unidos de vacaciones y desprecia su ciudad natal. Mustafá se ha retirado bajo una sombra psicológica y me lanza miradas hostiles de vez en cuando.

Mientras hablamos de trivialidades estudio a los dos norteamericanos. El mayor tiene alrededor de cincuenta y cinco años, es enjuto y nervudo y su estado físico tiene algo de militar, lleva el cabello corto y de punta y tiene unos labios finos que denotan una inteligencia de las inflexibles. Y otra cosa que se me escapa. Algo que no es del todo norteamericano. O humano. ¿Te sorprende, *farang*, que casi un diez por ciento de las entidades que ves andando por ahí con forma humana no sean humanas en absoluto? Viene ocurriendo desde hace ya varios centenares de años: inmigrantes de los límites exteriores, con sus propias agendas. Llámalas Fuerzas Especiales del Otro Lado. Ya no debe de faltar mucho para el conflicto final.

El otro es joven, quizá no tanto como aparenta: para una persona de los trópicos como yo, ese cabello rubio y el simplificado rostro nórdico —la línea de la mandíbula es como la que se ve en los dibujos animados— me parecen como de unos diecisiete años, pero supongo que debe de tener unos veinticinco o treinta.

De repente soy una pieza clave en la búsqueda de la felicidad por parte de los norteamericanos. Amplias sonrisas y una obscena parodia de la humildad y deferencia orientales cuando se presentan como es debido, dan un apretón de manos, entran en el café y se sientan a la mesa. Bueno, al menos son lo bastante listos como para ser educados.

—Como les decía (sigo teniendo esa sonrisa que me cubre toda la cara) sólo estoy aquí en un viaje para descubrir mis raíces. Nací aquí, pero mamá y papá escaparon hacia Estados Unidos cuando yo todavía era un crío, gracias a Dios.

Incapaz de resistir la llamada patriótica, el joven esboza una sonrisa sincera en tanto que el mayor se limita a mover la cabeza en señal de asentimiento.

Piden unas coca-colas. El lenguaje corporal indica que están dispuestos a perder de vista a Mustafá, que permanece en silencio como si estuviera envuelto en un chador invisible y que sin lugar a dudas les pone nerviosos.

Me lo invento a medida que sigo hablando:

—Yo también estoy pensando en hacer un viaje al sur, tengo planeado tomar ese tren de la jungla del que hablan los libros, se supone que es genial.

—¿De verdad? —Con educación, pero intercambian unas miradas.

—Sí. ¿Y ustedes qué están haciendo aquí? ¿También van al sur o acaso acaban de volver de allí?

Comparten de nuevo esa mirada:

—¡Oh! Bueno, la verdad es que estamos aquí por negocios.

—¿No me diga? ¿En esta ciudad? Bueno, no voy a preguntar, pero no puedo imaginarme qué clase de negocios puede tener aquí un norteamericano. ¡Demonios! Todo es musulmán, ¿saben? Excepto por la noche, cuando no hay más que sexo, ¡ja, ja!

Unas sonrisitas avergonzadas.

—Sí, bueno, llegamos anoche. Tomamos el avión de Bangkok a Hay Yai y después hicimos un viaje de cuatro horas en taxi. La verdad es que no sabíamos qué nos íbamos a encontrar. Ninguno de los dos ha estado antes aquí. De hecho estamos buscando a un colega nuestro.

—¿Ah, sí? ¿Un norteamericano?

—Sí. Me pregunto si podríamos, ¡ejem!… —Es una insinuación para que Mustafá se pierda, pero él no la capta. Una mirada más y se intercambian una señal con la cabeza—. Mire, esto…, francamente, estamos un poco preocupados por nuestro amigo. No sabemos nada de él desde hace una semana y, bueno, por su aspecto se ve a todas luces que es norteamericano y ésta es una ciudad muy islámica.

—¡Vaya, qué mala suerte! —Les dedico un movimiento de la cabeza que denota preocupación—. ¡Es horrible!

—Sí, bueno, no sabemos si es horrible o no, pero nos preguntábamos... —Por lo visto, con Mustafá sentado a la mesa les cuesta decir exactamente qué se preguntaban.

—¿Estaría en lo cierto al pensar que su colega vive en ese edificio de apartamentos de allí? ¿Ése del que les he visto salir?

—Correcto. Nos estábamos preguntando si habría alguna manera de echar un vistazo al apartamento en plan informal, sin necesidad de involucrar a la policía, sólo para comprobar que no ha habido ningún acto delictivo, ¿sabe?

—¿Informal? —Frunzo el ceño con la cabeza ladeada.

Toses.

—Sí, mire, no estamos en absoluto familiarizados con su país y lo último que queremos es ofender a nadie, pero si existe algún modo de que una persona de influencia pudiera hablar con ese conserje... Usted es de por aquí, habla el idioma. Tal vez el hombre tenga una llave, ¿no? Sólo queremos asegurarnos de que nuestro amigo está bien.

Sigo arrugando el entrecejo con estupor, pero he añadido esa chispa especial de Avaricia Tercermundista.

—¡Ah! Estaríamos dispuestos a pagarle por su tiempo, ¿verdad?

—Más que dispuestos. Un vistazo rápido a ese apartamento sería muy valioso para nosotros, diría yo. —Enarco las cejas—. Bueno, haríamos que le valiera la pena.

—Guárdense su dinero —replico con una sonrisa—. Acerquémonos hasta allí y veamos qué podemos hacer, ¿de acuerdo? —Frunzo el ceño al concentrarme—. Pero sólo por si acaso se ven involucradas las autoridades, tengo que saber exactamente quiénes son ustedes. ¿Llevan los pasaportes encima?

—¿Los pasaportes? Claro.

—¿Podría echar un vistazo rápido a sus visados?

Aparecen dos pasaportes azules con sendas águilas en la tapa. Veo que ambos tienen visados comerciales. El mayor se llama Hudson, y el joven rubio Bright. Les devuelvo los pasaportes.

—¿A qué se dedican? ¿Trabajan en Tailandia?

Dominan perfectamente la historia que les sirve de tapadera a ambos. Al parecer son ejecutivos de la industria de las telecomunicaciones, más en el aspecto de las infraestructuras que en el mercantil. Mitch Turner está destinado aquí para crearse una impresión general de la situación política en la frontera. Nadie quiere invertir en cuantiosos gastos de ingeniería para que luego las luchas intestinas o el terrorismo arruinen el proyecto.

—¿Así pues es una especie de espía industrial? —les pregunto.

La palabra no les perturba en absoluto. No, un espía no, eso sería exagerar las cosas, digamos que es la guardia avanzada de un estudio de viabilidad.

—Ya veo —digo—. ¿Y creen que nuestros musulmanes locales podrían haberle tomado antipatía?

Unos ceños muy fruncidos. Parece ser que he dado en el clavo.

—Eso sería en el peor de los casos. Podría tratarse de cualquier cosa. Ahora mismo podría estar en su cama padeciendo algún tipo de ataque. Podría haberlo atropellado un camión. Hasta que no entremos en su apartamento va a ser difícil hacer siquiera una hipótesis.

Los cuatro cruzamos la calle a la vez. Mustafá encuentra una manera de conducirme a la oficina del conserje y vuelvo a salir triunfante con la llave en la mano.

—El dinero manda en estos lares —explico.

Subimos tres tramos de escaleras y todos sudamos debido al calor tropical, luego nos metemos en el apartamento de Turner. Un vistazo rápido; queda claro que Turner no está. Parece que van buscando algo en concreto, que me atrevería a decir que es el ordenador portátil de Turner, y no se interesan demasiado por nada más. Mustafá y yo miramos cómo hurgan en un armario ropero. Prestan cierta atención al marco de plata vacío, pero no tardan en encogerse de hombros y dejarlo. Finalmente, el mayor, Hudson, me dirige una breve sonrisa.

—Bueno, aquí no está y no hay señales de que se haya marchado a toda prisa.

Pero Mustafá se ha colocado junto a la puerta principal y bloquea el paso con sus enormes hombros. Una expresión de maldad cruza por su rostro.

—Han birlado algo —me suelta en tailandés—. Algo que encontraron en ese armario del dormitorio.

Yo asumo ese aire de Decepción y Consternación cuando me sitúo junto a Mustafá y miro a Hudson a los ojos.

—Vamos, muchachos, vimos cómo lo cogían.

Un intercambio de miradas entre los dos.

—Me temo que no podemos hacerlo —dice Bright, el más joven. Pone cara de triunfo enfundado: Clark Kent se ha despojado de la ropa. Hudson no parece tan seguro. Creo que me ha calado al menos hasta el punto de no hacer suposiciones.

—Los traje aquí de buena fe —digo—. No puedo permitir que roben nada.

—Bueno, verá —empieza a decir Bright, pero un gesto por parte de Hudson lo hace callar.

—Estamos aquí por asuntos del Gobierno —explica Hudson en tono razonable—. Del Gobierno de Estados Unidos.

Bright me estudia el rostro: ¿no es suficiente?

—¿Y yo cómo puedo saberlo?

—No puede —responde Bright—, tendrá que fiarse de nuestra palabra.

—¿Ah sí? Bueno, la Real Policía Tailandesa puede que lo vea de otra forma. —Saco mi identificación de policía y se la muestro. Bright queda desconcertado de la manera en que lo hacen los europeos: se vuelve escarlata, su boca adquiere formas extrañas, lanza miradas reiteradas a Hudson que, a su vez, examina atentamente mi identificación—. De esta habitación no va salir nada.

Hudson y Bright miran hacia otro lado, lo cual quiere decir que no sé con quién estoy tratando (esto es, «con el más poderoso bla, bla, bla…»), de modo que me convierto en el Tailandés Malintencionado. Mi repentina expresión cínica dice que la Venganza del Tercer Mundo empieza aquí: podéis invadir, claro que sí, pero ¿qué vais a hacer luego, eh? Este muchachito de brea se pone cada vez más y más pegajoso y la verdad es que no quieres pasar ni siquiera una semana en una cárcel tailandesa, y mucho menos el año o cosa así que yo tengo en la mente. La amenaza del atolladero se centra en Hudson, que codea ligeramente a Bright, el cual toma pie de ello, rebusca algo en el bolsillo, lo saca y me lo entrega («volveremos cuando hayamos hecho que alguien que entienda quiénes somos de verdad te patee el culo»). Sigo sin saber qué demonios es eso. Es una especie de óvalo fino de unos seis centímetros de largo, casi dos de ancho y poco más de un centímetro de grueso, hecho de suave plástico de color gris con las palabras Sony Micro Vault grabadas en el extremo.

La atmósfera es tensa cuando acompaño a los de la CIA fuera del apartamento y dejo que observen mientras Mustafá, el musulmán de piel oscura, cierra la puerta del apartamento de Turner y se mete la llave en el bolsillo con aires de amo y señor. Se me ocurre que este movimiento incriminatorio es lo último que su padre hubiera querido, pero ha desconcertado a los dos espías. Nos encontramos en la calle donde el intenso calor y las costumbres islámicas los desorientan todavía más. Se marchan sin decir adiós.

Capítulo 15

*E*s hora de comer, pero Mustafá y yo tenemos gustos distintos. Él me deja para dirigirse a un restaurante musulmán en tanto que yo busco una cantina tailandesa famosa por lo picante de su *grataa rawn*, un chisporroteante espectáculo de variedades de la vida marina. La verdad es que podría haber comido perfectamente un poco de cordero con Mustafá, pero quería estar solo un momento. Mientras espero el *grataa rawn* saco la fotografía de Chanya. Casi hubiese preferido el caso simple que al principio supuse que era: un arrebato de violencia irracional por parte de una prostituta demasiado estresada. Ahora la complejidad parece infinita e infinitamente impenetrable. Lo cierto es que no tengo ni idea de qué está pasando ni de adónde conducirá todo esto.

Estoy de un humor bastante sombrío cuando Mustafá llega al restaurante en una furgoneta. Es un vehículo Toyota todoterreno con tres jóvenes montados en la parte de atrás. Por los bultos me imagino que son guardias armados. Mustafá y yo nos sentamos en la parte delantera de la furgoneta con el conductor, en tanto que los guardias, con la cabeza y la cara envueltas en pañuelos para protegerse del polvo, van dando botes encima de un banco en la parte trasera y descubierta.

La carretera que sale de la ciudad lleva hacia el nordeste y no tardamos en abandonar el pavimento para pasar a un camino lleno de rodadas. La cabina no tiene aire acondicionado, por lo que vamos conduciendo con las ventanas abiertas. Aquí abajo el calor siempre es unos cuantos grados mayor que en Bangkok, lo cual no parece gran cosa, pero cuando vives en el límite superior de lo que el cuerpo humano puede soportar, se nota mucho. Cuando reducimos la velocidad para adaptarnos al terreno lleno de surcos, me da la sensación de que estamos en un horno móvil. No obstante, el terreno es exuberante, incluso tratándose de Tailandia, porque aquí abajo llueve mucho más. Cuando el conductor detiene por fin el vehículo y nos apeamos, la intensidad del silencio nos llama la atención a todos. Llevamos más de media hora traqueteando arriba y abajo en un ruidoso vehículo y, de repente, sólo se oye a la única cigarra con energía suficiente para frotarse las patas.

Mustafá me hace una seña y yo lo sigo por un sendero que conduce a un tranquilo valle en el que los únicos edificios son una gran casa de madera construida sobre pilotes y una diminuta mezquita que al parecer está hecha de madera con la que de algún modo han construido una cúpula. Me dice que me quede con los guardias mientras él va a comprobar dónde está su padre. Sale de la casa con una alegre expresión en el rostro y me indica por señas que suba las escaleras para reunirme con él. En el interior de la casa el anciano imán con ese fuego en sus negros ojos me da la bienvenida con su hospitalidad habitual. Nos sentamos en unas esteras y bebemos té de menta. Mi informe es breve, pero bien recibido. Por supuesto, descubierta la fotografía de Chanya en el dormitorio de Mitch Turner en Songai Kolok, ningún policía responsable podría evitar llegar a la conclusión de que Chanya mató a Mitch Turner, por los motivos que sean. Se conocían, ella fue a su hotel cuando él regresó a Bangkok. Sea lo que sea lo que ocurrió en la habitación del hotel, sólo ella salió con vida.

El imán me ha estado estudiando el rostro mientras hablo.

—Sin embargo, su coronel tiene un extraño interés en proteger a esta prostituta. ¿Por qué?

—Es una trabajadora clave y estas cosas pasan de vez en cuando, supongo que sólo está protegiendo el negocio y su reputación.

—¿Pondrá su informe por escrito?

—No puedo hacerlo sin permiso.

Silencio. Mustafá parece enojado.

El anciano dice:

—Si el coronel Vikorn cambia de opinión porque los norteamericanos le presionan, ¿nos lo advertirá?

—Sí —respondo—. De acuerdo. —Se me viene a la cabeza

109

una remota posibilidad. Me da vergüenza hacer la pregunta, teniendo en cuenta su origen místico, pero ¿qué diablos?—. ¿Les dice algo el nombre de Don Buri? —Miradas perplejas.

La entrevista ha terminado, regreso a la ciudad en la furgoneta con Mustafá, que está luchando con alguna obsesión kármica y no dice nada durante todo el viaje. En realidad, a duras penas logra decir adiós.

De nuevo en la habitación de mi hotel llamo a Vikorn con el corazón en un puño.

—Ya casi he terminado aquí abajo. —Le cuento lo de Hudson y Bright, lo de la foto de Chanya.

—¿Y?

—Estoy convencido de que lo hizo Chanya.

Con impaciencia:

—Bueno, ¿y alguna otra novedad?

—Así pues, no fue un asesinato perpetrado por musulmanes.

Una pausa.

—Espero que no esté resucitando en ti el defensor de causas perdidas.

—No se trata de una causa perdida, es política práctica. Si intentamos culpar a Al Qaeda, eso podría tener repercusiones aquí abajo.

Con más impaciencia aún:

—Nadie va a culpar a Al Qaeda, tú mismo escribiste su jodida declaración. Chanya actuó en defensa propia.

—Lo conocía de Estados Unidos. Él tenía una foto suya en su apartamento. Chanya me mandó una copia del diario que escribió cuando estaba allí. Fueron amantes durante una larga temporada.

Una pausa más larga.

—Será mejor que vuelvas.

—Creo que debería hacer un informe escrito.

—No.

—Si la CIA averigua que lo conocía, la tapadera no funcionará y empezarás a culpar a los musulmanes. Ése es tu plan B, ¿no es cierto?

—Vuelve aquí.

—Si los norteamericanos nos presionan y nuestro Gobierno actúa con torpeza, podría haber una guerra aquí abajo.

—La gente muere con guerra o sin ella. Siempre están causando problemas en el sur. ¿Tú no quieres salvar a Chanya?

—No quiero ser responsable de una insurrección.

—Pues dile a Buda que todo es culpa mía. La obediencia es parte de la Octuple Senda, tienes tendencia a olvidarlo de vez en cuando. Lee mis labios: No hagas ningún informe escrito.

Capítulo 16

*R*enacimiento, *farang* (por si acaso te lo estás preguntando): Te encuentras holgazaneando en una magnífica terraza abierta al cielo estrellado y suena una música divina con una perfección tan exquisita que apenas puedes soportarlo cuando, de golpe y porrazo, ocurre algo terrible: los sonidos mágicos se descomponen para formar una obscena cacofonía. ¿Qué está ocurriendo? ¿Te estás muriendo? Podrías decirlo así. Ese horrible sonido es el primer grito de un niño: tú. Has nacido en un cuerpo humano en el que se integran todas y cada una de las transgresiones de la última vez que estuviste por aquí y ahora debes pasar los próximos setenta años abriéndote camino como puedas de nuevo hasta la música. No es de extrañar que lloremos.

TERCERA PARTE

La distracción de Zinna

Capítulo 17

Farang, te ofrezco humildemente una disculpa. Tenía pensado releer el diario de Chanya y compartirlo contigo en cuanto regresara a Krung Thep (en serio), pero el deber —y la ambición— me obligan a posponerlo. Precisamente ahora, mientras deshacía el equipaje en mi tugurio junto al río, en torno a las seis de esta mañana (el vuelo del sur iba con retraso, no lo tomé hasta pasada la medianoche), sonó el móvil. Era la formidable ayudante femenina de Vikorn, la teniente de policía Manhatsirikit, conocida como Manny, cosa que está bien.

—El coronel no está y no lo puedo localizar, de modo que tendrás que solucionar esto tú solo. Parece que se trata de un bonito Trance 808 en el Sheraton de Sukhumvit. El director general está cagado de miedo por la publicidad, de modo que será mejor que te acerques hasta allí. Lleva a alguien contigo.

—¿Por qué yo?

—Creo que es un expediente X.

—¿Zinna?

—¿Tenemos que ser tan indiscretos por teléfono?

Me pongo en contacto con Lek, al que arranco de las profundidades del sueño a fuerza de llamarle insistentemente al móvil. Sin embargo, él es todo deferencia cuando se le despeja la cabeza y yo le digo que esté esperando en la puerta de su vivienda subvencionada para que pueda recogerlo con el taxi.

En el Sheraton, el gerente, un elegante pero preocupado austriaco (uno de esos europeos que pasan una buena parte de su tiempo en este cuerpo intentando convencer a unos mechones de pelo lacio para que cubran una zona calva; la última vez fue una mujer: vanidosa, esnob y francesa. Tal y como suele ocurrir cuando cambiamos de sexo entre encarnaciones, este hombre está teniendo dificultades de adaptación: la calvicie nunca fue un problema la última vez, al contrario, mantuvo una magnífica mata de pelo hasta su lecho de muerte, el de ella, claro) nos está esperando.

Nos conduce hasta un ascensor que nos lleva al piso donde están las suites, cerca de la parte más alta del edificio. Frente a la puerta de la habitación 2506 saca una llave y nos deja entrar.

—Los del servicio de habitaciones lo encontraron esta mañana a primera hora cuando entraron a recoger un carrito de comida de anoche. Nadie respondió cuando llamaron a la puerta, por lo que supusieron que la suite estaba vacía. Desde entonces no ha entrado nadie más.

Dentro de la habitación Lek echa una mirada al cadáver y cae de rodillas para hacerle un *wai* al Buda y rogar para que no nos contaminemos con la muerte o la mala suerte, en tanto que el gerente lo mira asombrado. Le digo al hombre que espere fuera.

El japonés, vestido con un estilo informal pero elegante, se halla desplomado de lado en el sofá con ese revelador agujero profesional en la frente. Me doy cuenta de que ha empezado el rígor mortis, pero he olvidado qué significa eso exactamente a la hora de la muerte. Lek, recién salido de la academia, tampoco se acuerda. Le desabrocho la camisa para comprobar si hay alguna otra herida con la certeza de que no habrá ninguna.

—No tiene ni una sola marca —confirmo, más que nada para mis adentros. Tampoco habrá ninguna otra pista, por supuesto, así pues, ¿por qué perder el tiempo buscándolas? Hago entrar de nuevo al gerente.

—Es un trabajo muy profesional. Una sola perforación de bala entre los ojos. ¿Cuánto tiempo llevaba alojado aquí?

—No se alojaba aquí. Debió de haberlo invitado el cliente, que ha desaparecido, por supuesto. No me imagino por qué demonios tuvieron que elegir este hotel.

Suena mi teléfono móvil; es Vikorn:

—¿Qué estás haciendo?

—Estoy en un T808 en…

—Ya sé dónde estás. Sal de ahí.

—Pero Manny dijo que es un expediente X, Zinna.

—Por eso quiero que salgas de ahí. Esto es para fastidiar,

pura provocación. No voy a morder el anzuelo. Dejemos que se encargue de ello el jodido ejército, no quiero que conste en ningún sitio que estuviste ahí. Yo también voy a fastidiarlo con el silencio mientras pienso en algo mejor. —A pesar de la circunspección en su estrategia, le hierve la sangre de ira.

—¡Vaya! —Un tanto alicaído, le echo otro vistazo al cadáver—. ¿Ésta es la tarjeta de visita del general?

—Sólo nos hace saber que vuelve a estar en forma tras ese consejo de guerra.

Por el rabillo del ojo veo que Lek está haciendo poses delante del largo espejo que hay enfrente del sofá. Puede mantener el equilibrio sobre una sola pierna y tensar la cuerda de un arco imaginario con una elegancia extraordinaria. Ojalá no hubiera dejado entrar otra vez al gerente.

—Y bien, ¿quién es el fiambre?

Vikorn suelta un gruñido.

—La víctima es un periodista sensacionalista que vive aquí y que trabaja para un grupo ecologista con un interés personal sobre la destrucción de las selvas tropicales de Asia por parte de los japoneses. Estaba investigando a una sociedad anónima tailandesa-japonesa que intimida a los campesinos para que abandonen sus tierras en Isaan y así poder plantar eucaliptos. Los eucaliptos absorben todo el nivel freático y destruyen otras formas de vegetación, con lo que la tierra queda inutilizada durante generaciones, pero crecen deprisa y proveen a los nipones de palillos desechables. No sé por qué cojones no pueden utilizar palillos de plástico. Si los chinos utilizaran palillos desechables de madera no quedaría ni un solo árbol en todo el planeta.

—¿Y Zinna qué tiene que ver con todo esto?

—El querido general posee un treinta y cinco por ciento de participación en la sociedad tailandesa-nipona encargada de la reforestación y el embellecimiento de Isaan. Sus hombres son los que se ocupan de la intimidación.

—Nunca había hecho algo así en tu territorio.

—El cabrón se está haciendo notar, quiere decir algo y está rompiendo todas las reglas. Salió airoso de ese consejo de guerra y ahora me lo está restregando por las narices. —El coronel casi no puede hablar de lo indignado que está.

—¿Vas a dejar que se salga con la suya?

—No voy a darme de cabezazos con Zinna por un simple T808, ¿no? Porque eso es exactamente lo que quiere que haga. —Una pausa dominada por su aliento de dragón—. Siempre hay más de una manera de despellejar a una serpiente.

—¿Qué le digo al gerente?

—Que no habrá publicidad. Es lo único que necesita saber.

Apago el teléfono y clavo la mirada en los preocupados ojos del gerente.

—Ya se encargan —le digo. Él estudia mi expresión para ver si eso significa lo que él quiere que signifique y a continuación da un resoplido de alivio.

—¿Y qué pasa con el cadáver?

—Los especialistas del ejército se lo llevarán más tarde.

—¿Especialistas del ejército nada menos? ¿Por qué iban a ocuparse de esto?

—Porque nosotros no lo haremos y ellos no pueden dejarlo así. Alguien los llamará. No se preocupe, es una de esas pequeñas curiosidades tailandesas.

—¿Cuánto le debo?

—No acepto dinero. Guárdelo para el ejército.

—Mira —dice Lek cuando ya estamos a punto de marcharnos. Yo había dejado desabrochada la camisa del muerto y Lek la está abriendo otra vez—. ¿No es la mariposa más hermosa que has visto nunca? Quiero decir que…, bueno, que es magnífica.

Me detengo a estudiar el tatuaje al que, con las prisas, no había prestado atención. Es cierto, es un trabajo espléndido, con unos colores vivos y delicados al mismo tiempo. Si lo piensas, es una obra maestra menor.

—Yo nunca he visto nada tan bueno —dice Lek.

En el taxi, de camino a la comisaría, atrapados en un inquietante atasco en el cruce de Petburri Road con Soi 39 (al otro lado del cristal: monóxido de carbono rociado de aire), Lek dice:

—¿Sabías que, según el budismo, en los inicios del mundo había tres seres humanos?

—Sí.

—¿Un hombre, una mujer y un *katoey*?

—Eso es.

—Y todos nosotros hemos sido los tres, una y otra vez, desde hace decenas de miles de años, ¿no?

—Correcto.

—Pero el *katoey* es siempre el más solitario.

—Ser *katoey* es una dura parte del ciclo —le digo con toda la delicadeza posible.

—¿Qué es un Trance 808?

—Asesinato, cariño. Viene del número de la documentación estándar de homicidios: T808. En una ocasión Vikorn lo llamó Trance 808 y el nombre cuajó.

Una vez en comisaría, Manny (mide apenas metro y medio de estatura y de tan morena es casi negra, con la intensidad de un escorpión) me ordena en su tono más severo que vaya a ver a Vikorn.

—No lo lleves contigo —dice, sin levantarse de su escritorio y señalando a Lek con un movimiento de la barbilla. Dirigiéndome una mirada elocuente, añade—: El viejo ha estado mirando las fotos de Ravi.

119

Empalidezco, pero no digo nada.

En el piso de arriba estoy solo, de pie sobre las tablas desnudas de madera a la puerta de su despacho: en respuesta a mi llamada, un ladrido:

—¿Qué?

—Soy yo.

—Entra, joder.

Entro con cautela, por si acaso está blandiendo su pistola por ahí, un complemento habitual de la furia *vikórnica*. Bueno, en realidad sí que la ha sacado, está encima de su mesa, pero las señales son aún peores. Nuestras miradas se cruzan un único y eterno momento y veo que ha estado poniendo otra vez esas viejas cintas mnemotécnicas, regodeándose. Junto a la pistola hay una botella casi vacía de whisky Mekong y un álbum de fotografías en forma de un gran cubo de plástico que muestran a su hijo Ravi en momentos clave de su corta vida. El cadáver de Ravi domina el montaje.

La historia es fundamental para nuestra mitología, la de toda la gente del Distrito 8. Ninguno de nosotros estaba allí entonces, pero todos hemos vivido cada momento. Unas cuantas instantáneas del álbum de fotos bastarán para tu astuto entendimiento, *farang*:

Foto 1: Ravi con cero años. Vikorn, marido de cuatro esposas, padre de ocho hijas, sostiene a su único hijo como si sostuviera el sentido de la vida.

Foto 2: Ravi con cinco años, jugando al golf infantil en un exuberante jardín con el coronel loco de cariño.

Foto 3: Ravi con dieciséis años, mostrando los síntomas de ser un caso grave de niño mimado (sonrisita de suficiencia; Rolex de oro; motocicleta Yamaha V-max; una novia hermosa a la que estaba en proceso de destruir con la cocaína, el sexo y el alcohol; el viejo completa el grupo de tres con una radiante sonrisa obscena).

Foto 4: Ravi con poco más de veinte años y vestido con ropa informal de Gucci; de pie frente a su Ferrari color escarlata en la finca rural de Vikorn en Chiang Mai.

Foto 5: Ravi muerto de una herida en el pecho, su camisa está empapada de sangre rosada recién salida de los pulmones.

Los disturbios de mayo de 1992 pillaron a todo el mundo desprevenido. Se suponía que sería simplemente otro golpe militar (hemos tenido trece desde nuestra primera constitución en 1932, nueve de ellos con éxito), pero algo había cambiado en la gente común y corriente. Al general Suchinda, nuestro primer ministro del mes, lo agarró totalmente de sorpresa: los oprimidos estaban «marchando por la democracia». Unas cuantas balas servirían. La orden se dictó desde las altas esferas. Zinna, que por aquel entonces no era más que un coronel, era uno de esos oficiales que creían en lo de predicar con el ejemplo (¿tal vez dudaba que sus hombres dispararan contra su propia gente?). Levantó su propia arma, una enorme pistola, y disparó al tiempo que ordenaba a sus hombres que hicieran lo mismo. Hubo cincuenta muertos en un baño de sangre nada budista. Aquello fue seguido rápidamente por la indignación y la democracia (era eso o la guerra civil), pero Ravi, al parecer, nunca había tenido intención de unirse a la marcha, sencillamente se había visto obligado a abandonar su Ferrari porque los manifestantes bloqueaban la calle y quedó atrapado en medio de su furia (la autopsia reveló que el polvo blanco casi atoraba los conductos nasales de Ravi, había muerto con una botella medio vacía de Johnny Walker Black Label en su mano izquierda y el nivel de alcohol en su sangre muy alto).

En el informe final de la comisión que investigó los disturbios no se hace mención alguna a Ravi, pero todo tailandés sabe lo que pasó por la mente de Zinna cuando seleccionó a su único objetivo. Verás, Ravi tenía todo el aspecto de ser el hijo de un hombre rico, incluso desde lejos. Tal vez Zinna no sabía quién era, pero comprendía muy bien qué era y según todas las normas del feudalismo no tendría que haber disparado. Pero Zinna, un soldado-gánster de movilidad social ascendente, de orígenes humildes y muy resentido, no vio motivo para un tratamiento especial y disparó deliberadamente contra el arrogante, consentido, borracho y drogadicto producto del sistema al que servía. ¿O acaso Zinna reconoció al hijo de su mayor rival? Esto es lo que Vikorn cree firmemente, puesto que Zinna ha comprado su ascenso con los frutos del sustancial tráfico que él mismo realiza. Sólo Zinna sabe lo que le pasó por la cabeza al apretar el gatillo, pero lo cierto es que con un disparo fatal inició una enemistad que durará toda una vida. Una consecuencia inesperada fue la apasionada conversión de Vikorn a la democracia. Se dio cuenta de que el pueblo constituía la única arma lo bastante potente para derrotar al ejército.

En esta guerra ha habido numerosas escaramuzas, pues Zinna no es un adversario desdeñable. Como todos los grandes narradores, Vikorn decidió finalmente que la verdad se expresa mejor a través de la ficción y un día del año pasado hizo que un camión descargara un montón de ladrillos de morfina en las tierras de Zinna, en su guarida rural en Chiang Mai y luego le dio el chivatazo al jefe de la policía local. El escándalo casi hundió al general, pero, con su habitual capacidad de recuperación, éste preparó una enérgica defensa en su consejo de guerra, durante el cual aportó grabaciones en vídeo realizadas por una cámara de seguridad. La película mostraba un camión que llegaba inexplicablemente por un campo, dos jóvenes con botas acordonadas de color negro que desenganchaban la parte trasera y tiraban al suelo todo el contenido de bultos grises en forma de ladrillo. Los primeros planos mostraron que las botas no eran del ejército sino de la policía.

En cuanto se dio cuenta de que Zinna sobreviviría a su juicio, Vikorn inició otra táctica. En lugar de dirigir meticulosa y personalmente la ruina de Zinna, lo que ha hecho es garantizar el ascenso y una recompensa de cien mil dólares al policía del Distrito 8 que trinque por fin al general. Además, ha colocado a un subordinado de confianza a cargo del expediente (si es que se puede llamar así, porque en esta investigación nunca se hace constar nada por escrito) con instrucciones permanentes de trabajar en ello, siempre y cuando no entren casos más apremiantes. En esta ocasión, la elección del subordinado por parte de Vikorn fue extremadamente hábil: ¿cómo adivinó que, enterrada entre mis más secretos envilecimientos estaba la pasión por un ascenso?

—Dejó a la víctima en mi territorio. —Vikorn me lanza una mirada fulminante.

—No es la mejor manera de comportarse en una fiesta.

—No me vengas con tus jodidas impertinencias altaneras de *farang*.

—Lo siento.

—¿Te das cuenta de lo que esto significa?

—Quizá se me pasan por alto los matices más sutiles.

—Quizá se te pasa por alto todo el jodido tema. ¿Tú vendrías a mi casa y dejarías un zurullo de elefante en mi alfombra persa?

—¿Tu qué?

—El insulto es a este nivel. No pasa de aquí. Nadie, y quiero decir absolutamente nadie, ni siquiera los típicos capullos del ejército, hace esto, es la regla principal, sin ella no tendríamos más que…, más que…

—¿Anarquía?

Me mira, pero no me ve. En este caso lo de la ira ciega no es una metáfora. De pronto se detiene, se dirige hacia su mesa, coge la pistola y la examina con curiosidad, como si no estuviera seguro de los crímenes que el arma está a punto de cometer, tras lo cual vuelve a dejarla con sumo cuidado junto a las fotos.

Doy un suspiro de alivio, puesto que ya he visto todo esto antes: el rojo blanco de su furia dominada, de forma lenta pero segura, por una determinación hercúlea a utilizar su gran intelecto con el propósito de fastidiar. Vuelve a mirarme con unos ojos un tanto vidriosos todavía, pero más brillantes.

—Sí, la anarquía. ¿De verdad creen los *farang* que nuestra sociedad podría sobrevivir un solo minuto sin normas? El hecho de que no sigamos las que están escritas no nos convierte en unos vagos tercermundistas. Ningún *jao por* deja tirada a una víctima en el territorio de otro *jao por*, eso no ocurre, nos devolvería a la Edad de Piedra.

—Entiendo.

—Bien. Lo entiendes. Bueno, pues eso es lo único que importa, ¿no? En todo el jodido universo lo que de verdad hace que las estrellas brillen y que los planetas orbiten es si Sonchai Jitpleecheep lo entiende o no.

—No quería…

—¿Qué es lo que no querías? Estás a cargo del expediente X, se suponía que tenías que protegerme de esto.

—¿Cómo? Nunca dijiste nada de protegerte de las provocaciones de Zinna, lo que dijiste fue que estuviéramos atentos a cualquier oportunidad.

Un grito:

—¿No te das cuenta de que tengo que responder? ¿Y que tiene que ser peor que lo que él me ha hecho a mí?

Me contengo para no decir: «No es un punto de vista muy budista».

Tiene el pecho palpitante, pero recupera el control de sí mismo:

—Ríndeme un informe, ¿cuántas detenciones importantes por asuntos de drogas ha habido desde que Zinna se libró?

—Solamente dos. Ambos fueron intentos de exportar a Europa.

—¿Y?

—El primero era un peón sin importancia, un correo. Se declara culpable. No existe una conexión evidente con Zinna, era heroína, no morfina.

—¿Y el otro?

Me mira, lo cual me provoca un enorme gruñido de las tripas.

—Lo siento, me olvidé de investigarlo.

—¿Cómo dices?

—Me distraje. Lo trajeron hace unos días, parece un peso pesado, pero nos concentramos en el *farang* que Chanya se cargó y luego hice ese viaje al sur.

Me fulmina con la mirada:

—¿Todavía tenemos la mierda?

—La tienen los chicos del forense.

—¿Es morfina o heroína?

—Parece morfina.

Gritando:

—¡Haz lo que haga falta! ¡Quiero saber de dónde provenía esa morfina! Sé que después del consejo de guerra se llevó mi droga del ejército.

Salgo haciendo un elevado *wai*:

—Sí, señor.

124 Estoy en el pasillo reparando a toda prisa mi psique tras la arremetida *vikórnica*. Tómatelo de esta forma: para adivinar cuál será la próxima actuación de Zinna, el coronel simplemente tiene que consultar su propia psicología. Si fuera Zinna el que dejara cien kilos de morfina en el territorio de Vikorn, ¿qué hubiera hecho éste? ¿Acaso oigo: «vender la droga, sin duda»? En el supuesto (una vez dicho todo, no era probable) de que Zinna encontrara la manera de eludir la trampa para incriminarlo, ¿dejaría pasar el general la oportunidad de sacar unos veinte millones de dólares del producto que su archienemigo tan generosamente le ha proporcionado sin ningún coste, gratis y por nada? ¿Los toros heridos cargan contra los trapos rojos?

De vuelta en mi mesa la primera llamada que hago es al sargento Ruamsantiah.

—El *farang* de la morfina de la semana pasada, ¿cómo se llamaba?

—Buckle. Charles, pero se hace llamar Chaz.

—El coronel se está tomando mucho interés en el caso.

—¿Por qué iba a hacerlo?

—Porque es morfina. ¿Cuántas veces vemos morfina actualmente?

—Rara vez. La sintetizan en heroína antes de que salga del triángulo dorado.

—Exactamente.

Un momento de silencio y entonces:

—¡Anda! ¡Vaya con el viejo cabrón astuto de Vikorn! Él sabía que Zinna podría salir airoso de la investigación, convencer a sus amigos del ejército para que le vendieran la droga confiscada y exportarla, ¿verdad? De modo que ahora Zinna tiene que quitarse de encima más de cien kilogramos de morfina a toda prisa antes de que alguien tome medidas en su contra. Todos los laboratorios de heroína están inconvenientemente situados en el norte, por lo que no va a tener tiempo de sintetizarla.

Yo no digo nada.

—De modo que cualquier persona que atrapemos con morfina en estos momentos tiene más probabilidades que nunca de tratarse de un correo de Zinna, ¿no?

—Correcto.

—Asombroso. A mí nunca se me hubiera ocurrido —una pausa—. Es tal como dicen: con el coronel, a lo que uno tiene que estar atento es a los planes B.

—En eso tienes razón.

Ahora era todo entusiasmo, y pequeñas burbujas de vivacidad salpicaban sus palabras:

—Iré a ver a Buckle yo mismo, está abajo en las celdas. Te llamo en cinco minutos.

—Estupendo.

Mientras esperamos al bueno del sargento, *farang*, deja que vuelva a la detención de Buckle contigo. Sucedió más o menos un día antes de que Chanya matara a Mitch Turner.

Capítulo 18

Flashback: Estaba teniendo una mañana tranquila, haciendo un poco de esto y un poco de aquello en The Old Man's Club cuando mi móvil empezó a sonar. Era la teniente Manhatsirikit con un humor de lo menos sofisticado.

—Ven aquí volando.

Me di una ducha rápida y cogí un taxi. Al llegar me encontré con que no se trataba de ningún tiroteo ni de ninguna investigación de la División para la Supresión del Delito (nuestro departamento anticorrupción: el peor de los panoramas para todo el mundo), sino de un trabajo de interpretación. Soy el único de la comisaría que habla inglés de manera que sirva de algo, por lo que tienen tendencia a meterme por medio cada vez que hay un *farang* al que aterrorizar (es difícil expresar los matices más sutiles de la intimidación si el autor del delito no entiende ni una palabra de lo que le estás diciendo). Este tipo, sin embargo, era otra cosa: era de ésos de cabeza rapada como un coco rosa que debería estar en el extremo de un ariete, un rostro gordo y redondo a punto de estallar de furia neolítica, ojos pequeños, artículos de ferretería colgando de unas orejas que parecían alfileteros, extremidades cortas e increíblemente musculosas, un entrecejo fruncido característico de los que sufren carencia intelectual, tatuajes en ambos antebrazos que anunciaban su inextinguible amor por su madre (brazo izquierdo) y por Denise (en el derecho, en color añil, del codo a la muñeca), marcas de pinchazos en todas las venas principales. En la desnuda mesa de madera de la igualmente desnuda sala de interrogatorios: dos maletas abiertas que muestran unos bloques grises envueltos en plástico de unos quince por diez centímetros. Ruamsantiah me entregó un pasaporte británico:

Charles Valentine Buckle. El sargento explicó que a Buckle lo atraparon en su hotel, con las manos en la masa, mediante una operación combinada entre la policía y los de aduanas, después de recibir un chivatazo.

—Dime si es tan estúpido como parece —me ordenó el sargento Ruamsantiah.

—¿Y si lo es?

—Entonces será mejor que empecemos a buscar a Denise.

El enfoque intuitivo de Ruamsantiah a la hora de aplicar la ley es famoso en toda la comisaría. Yo mismo hubiera preferido una investigación más minuciosa en la que las fases de las pesquisas estuvieran definidas con más claridad, pero teniendo en cuenta sus conclusiones:

Primero: que aquel saco de testosterona era demasiado estúpido para organizar por su cuenta la compra, el transporte y la exportación de morfina por valor de medio millón de dólares;

Segundo: que teniendo en cuenta lo anterior debía de hallarse bajo el control de otra persona o intelecto superior que, según el testimonio de los tatuajes y su postura de macho-esclavo, probablemente fuera una mujer;

Tercero: que el nombre de esa mujer, considerando el conjunto de probabilidades, podría ser Dense;

digo que, teniendo en cuenta todo esto, resultaba difícil encontrarle defectos. Observé, con admiración, que el tatuaje de «Denise» era más oscuro y más reciente que el otro, lo cual prácticamente demostraba la hipótesis de Ruamsantiah. De hecho, cuanto más lo miraba más convencido estaba —igual que Ruamsantiah— que no haría ni un solo movimiento sin Denise. Sí, lo hizo Denise.

—¿Su teléfono móvil?

Ruamsantiah sacó un Siemens bastante antiguo de un cajón de debajo de la mesa y me lo entregó. Con considerable orgullo logré localizar en la tarjeta SIM tanto su agenda telefónica como la lista de los números marcados últimamente y las llamadas recibidas (no trabajas con prostitutas sin aprender sobre los móviles, *farang*). Predominaba un número en concreto que parecía pertenecer también a un teléfono móvil. Cuando lo comprobé con la agenda vi que se correspondía con el número que se hallaba bajo una única letra «D». El Coco Rosa me observaba con creciente furia que se expresaba en recurrentes arrebatos de sudor que cubrían su rostro y su calva, como si acabara de salir de una tormenta tropical (habían filtraciones periódicas y un desagradable olor característico de los consumidores de productos lácteos; no apestas de esa forma con el limoncillo).

—La «D» es de Denise, ¿no? —le pregunté con brusquedad.

Yo no lo consideré una prueba de brillantez forense por mi parte, pero Charles Buckle quedó visiblemente impresionado.

—Sí. —Y a continuación cerró el pico de una manera extraña, temiendo haber dicho demasiado.

—Vamos a ver si está despierta, ¿vale?

Utilicé la función de marcación automática para llamar al número de la «D». Doce señales de llamada antes de que respondiera un acento británico al que habían arrancado del insondable abismo del sueño.

—¡Por Dios, Chaz! ¿Qué coño quieres ahora?

—Buenos días —digo yo—, le habla la Real Policía Tailandesa y Chaz va a pasarse el resto de su vida en la cárcel, suponiendo, claro está, que se salve de la pena de muerte. Nos gustaría hacerle unas cuantas preguntas al respecto.

Ni el sargento ni yo estábamos preparados para eso. En Tailandia las personas arrestadas rara vez son violentas por motivos culturales: los polis les pegarían un tiro. En realidad, un segundo después de que Chaz arremetiera contra mí, por lo visto sin tener en cuenta la mesa de madera que nos separaba, Ruamsantiah estaba de pie y se llevaba la mano al revólver de servicio que llevaba metido en el cinturón en la base de la espalda, pero Chaz, que estaba más loco que una cabra, se había arrojado por encima de la mesa en lo que al parecer era un caballeroso intento de proteger al tema de su brazo derecho de verse implicada en un asunto de tráfico internacional de drogas. La mesa tenía otras ideas y se movió con él, creando así la impresión (mientras mi silla y yo íbamos a parar debajo de ella) de ser una especie de balsa terrestre de cuatro patas en la que un navegante solitario realizaba un crucero de aventura por la sala de interrogatorios, en tanto que Ruamsantiah se preparaba para dispararle y yo me apartaba rodando, llevándome por delante el Siemens que estalló en varios pedazos. Las maletas cayeron al suelo detrás de mí, el envoltorio de algunos de los bloques reventó y se desmenuzaron, incrementando en cincuenta mil dólares el valor de mi camisa caqui de cuello abierto y de mis pantalones negros cuando rodé sobre su contenido. Creo que Ruamsantiah no habría resistido la tentación de abreviar el caso atravesando de un balazo ese Coco rosa de no haber sido porque el Coco en sí entró en un violento contacto con la pared de enfrente, dejando a su propietario gimiendo, desplomado junto con lo que quedaba de la mesa. Como se trataba de una endeble pieza de mobiliario del Tercer Mundo prácticamente se desintegró al golpear contra la pared, a diferencia de ese robusto cráneo del Primer Mundo que no sufrió más que un espectacular incremento de su rosada tonalidad. Aun así Ruamsantiah le estaba dando vueltas al dilema de todo policía en circunstancias semejantes: ¿pegarle un tiro al cabrón o simplemente molerlo a palos?

A regañadientes, pero quizá pensando en la montaña de papeleo que acompaña invariablemente a la muerte en custodia de un *farang*, Ruamsantiah abrió la puerta de la sala de interrogatorios y pidió refuerzos. Al cabo de un momento la sala estaba llena de unos jóvenes vigorosos y entusiastas con botas negras acordonadas que eran unos linces a la hora de encontrar curas para el aburrimiento. El Coco empezó a chillar cuando abandoné la habitación con los restos del móvil, propiedad del traficante de narcóticos de talla mundial, en mis manos.

Tuve que ir a la letrina para sacudirme la camisa y los pantalones; aproveché la ocasión para reflexionar sobre la fragilidad de los valores humanos: ese veneno gris por el que la gente arriesga la vida y la libertad era ahora un polvo sin ningún valor desparramado por el suelo de unos viejos lavabos de la policía. En la vida no hay ninguna constante aparte del cambio. También me pregunté qué ocurriría si me encontrara con uno de nuestros perros rastreadores de la unidad de narcóticos antes de que tuviera la oportunidad de ir a casa y darme una ducha. Para el perro, claro, la heroína seguiría siendo la mercancía más valiosa del universo, puesto que sin ella no sería más que otro chucho sin empleo preguntándose de dónde saldría su próxima comida: no hay partidarios más entusiastas de la lucha contra las drogas que nuestros perros de rastreo.

En el piso de abajo los chicos de la forense estaban demasiado absortos en su proyecto de mp3 (de wav a mp3 no hay problema, pero transformar en mp3 el formato del Windows Media Player es todo un reto, me explicaron) como para examinar inmediatamente la tarjeta SIM. Señalaron que, en vista de los gritos procedentes de la sala de interrogatorios, no daba la impresión de que fuera a haber una confesión inminente, así pues, ¿qué prisa había? Ya me llamarían.

Abajo, en la cantina, me zampé un desayuno intensivo en chile con un 7Up antes de volver al segundo piso. Cuando regresé ya habían cesado los gritos en la sala de interrogatorios.

En lo alto de la escalera uno de los policías jóvenes con pesadas botas negras salió a decirme que el Coco quería confesar. Al menos, eso es lo que les parecía que quería. Cuando entré en la habitación, me complació mucho no ver sangre, moratones ni dientes rotos. Sin embargo, fuera lo que fuera lo que hicieron, resultó asombrosamente efectivo. La furia neolítica se había desvanecido por completo, el rollizo rostro estaba fofo y expresaba agotamiento y rendición, dejando entrever el alma de quizás un niño de cinco años que añoraba a su madre mientras yacía en el suelo con un cojín cuidadosamente colocado detrás de la cabeza que apoyaron en la pared. Le habían saltado casi todos los botones de la camisa y vi el regalo que había supuesto para varios artistas corporales a lo largo de los años, algunos con más talento que otros, aunque en todos había predominado el gusto adictivo por el añil.

Cuando le pregunté si quería confesar, se pasó la lengua por los labios y asintió con la cabeza. Entonces lo levantamos y lo arrastramos hasta una silla, con lo cual quedó al descubierto el listín telefónico sobre el que estaba tumbado. El listín es el mejor amigo del interrogador por estos pagos. Colocado entre la bota y el autor de un delito evita que queden señales de abusos físicos sin desmerecer el propósito del ejercicio.

Ruamsantiah, maravillado, meneó la cabeza.

—Es un tipo duro, hay que reconocerlo. Han permanecido con él todo el rato que has estado desayunando y acaba de venirse abajo ahora mismo. Nunca he visto nada igual, un umbral del dolor increíble. Este feo cabrón debe de estar hecho de cemento.

Ahora que lo mencionaba, me fijé en que todos los jóvenes sudaban y algunos de ellos todavía tenían la respiración agitada.

Alguien trajo un dictáfono, de manera que se grabaron tanto la confesión de Chaz en inglés como mi traducción al tailandés. Chaz fue loablemente breve (Él: «Lo hice yo»; Yo: «¿Qué es lo que hiciste?»; Él: «La droga»), tanto que Ruamsantiah me dijo que le explicara que si no se le ocurrían unos cuantos detalles convincentes le esperaba otra ronda, y esa vez sin el listín de teléfonos. Daba la impresión de que Chaz quería obedecer, pero estaba cohibido por alguna fuerza mística que tenía el poder de desvanecer el miedo.

Ruamsantiah:

—¿Qué hay del móvil de este idiota?

Le expliqué que podría pasar un buen rato antes de que nuestros cerebritos con inclinaciones musicales pudieran recuperar el número de teléfono de Denise de la tarjeta SIM.

—Iré a buscarlo yo mismo —dijo el sargento, que se dirigió hacia la puerta. En aquellos momentos había allí unos doce jóvenes, todos relamiéndose. No estaba seguro de cuánto tiempo podría contenerlos, y tampoco tenía la certeza de que tuviera que hacerlo. Tal vez si le daban a Chaz Buckle un buen repaso mientras todavía estaba débil por la primera paliza, vería la luz y se le reduciría la sentencia al proporcionarnos detalles sobre la red de contrabando de Denise, ¿no? Por otro lado, si utilizaba mi influencia para evitar que le pegaran más, casi seguro que obtenía la pena de muerte. Un hombre cuyo principal delito era tener un cociente intelectual que no superaba la temperatura ambiente se pudriría en el corredor de la muerte mientras que Denise, el cerebro de la operación, quedaría libre. Bien entendido, el karma es más complejo que un sistema meteorológico, pero, afortunadamente, evité la necesidad de intervenir en el destino de aquel hombre gracias al repentino y triunfal retorno de Ruamsantiah que, según explicó, había recuperado el móvil y sencillamente ajustó de nuevo todas las piezas. Parecía que funcionaba, de hecho, en aquel preciso instante estaba recibiendo un mensaje de texto: «Chaz, ¿dnd cño stas y ksta psando?????».

Confirmé que el mensaje provenía del mismo número que

tenía el móvil de Denise. Ruamsantiah iba paseando la mirada entre Chaz y el móvil. Me hizo un gesto con la cabeza y yo apreté el botón de marcación automática. En aquella ocasión sólo hicieron falta un par de señales de llamada. Un tono cauto:

—¿Sí?

—Vuelvo a ser yo. Está en una comisaría de policía de Bangkok recibiendo una paliza después de haberlo encontrado con dos maletas de morfina de un noventa y nueve por ciento de pureza que, según ha confesado, planeaba sacar clandestinamente del país. Te ha nombrado a ti como su cómplice.

Un enorme alarido de toro por parte de Chaz que intentó atacarme de nuevo, pero aquella vez todos estaban preparados. Dos de los policías se sentaron encima de él en tanto que otros le sujetaban los brazos.

Un tono despectivo por parte de Denise:

—Déjalo, nene. Mi Chaz no me delataría ni por todo el té de la China. ¿Qué clase de absoluto aficionado de mierda eres?

Colgó el teléfono y me dejó tirado y perplejo. Cuando traté de hablar con ella de nuevo, me dio la señal de ocupado.

Miré a Chaz pensativamente. Cualquier duda que pudiera haber tenido en cuanto a la conclusión un tanto precipitada de Ruamsantiah de que Denise estaba detrás de aquel asunto, ahora había quedado aclarada. Pero nuestras pruebas contra ella, si bien intuitivamente convincentes, podían ser desestimadas por un abogado caro. En realidad, con uno barato podría ser que el tribunal las rechazara con un abucheo y de forma bastante efectiva, puesto que las pruebas consistían únicamente en ese tatuaje del brazo derecho. Puede que incluso un tribunal tailandés dudara a la hora de condenarla a muerte si no tenía más datos en los que basarse.

El sargento y yo nos miramos y nos encogimos de hombros los dos. A Ruamsantiah parecía saberle mal por aquel enorme bebé rosado que probablemente no sería ejecutado (como era rosado y no marrón, al final el rey lo perdonaría después de unas cuantas décadas en el corredor de la muerte), pero a quien sin duda nuestro sistema de prisiones oprimiría hasta que no fuera más que una sombra desdentada con la tarea de vaciar los orinales. Bueno, de momento no se podía hacer nada más.

—Supongo que será mejor que comprobemos que lo de las maletas es realmente morfina —le digo a Ruamsantiah, que parpadea. ¿Qué otra cosa podría ser?

Y ahí quedó la cosa, *farang*, porque al día siguiente, antes de que tuviera oportunidad de considerar siquiera lo que podría significar la morfina con relación a Zinna, tuve que ocuparme del problema de Mitch Turner y luego vino ese viaje a Songai Kolok en el sur.

Fin del *flashback, farang*.

133

Capítulo 19

*R*uamsantiah, todavía intimidado por la zorrería de Vikorn, vuelve a llamar con la voz ligeramente entrecortada:

—Acabo de estar en la celda con él.

—¿Cómo está?

—Mal. Muy mal. El carcelero tuvo que utilizar sujeciones.

—¿Síndrome de abstinencia?

—El mono con algunos extras. Es fuerte, estaba dándose de cabezazos contra los barrotes.

—¿Está en situación de ser interrogado?

—Podría ser, con un poco de ayuda. Tendrás que hacerlo tú, ese bruto a duras penas habla una sola palabra de tailandés.

—Ya bajaré. Por cierto, ¿conseguiste sus antecedentes de Scotland Yard? Los voy a necesitar antes de interrogarle.

—Tengo el fax, pero no pude leerlo porque está en inglés. Haré que te lo suban.

El sargento manda a un joven agente que llega a paso ligero con la hoja de los antecedentes británicos de Buckle. Su historial empieza en el reformatorio, tras el cual Buckle inicia una carrera de cinco años como ladrón de éxito moderado, seguido por la cárcel donde se hizo adicto a la heroína y empezó el aprendizaje de traficante de poca monta. Después de la primera detención seria por drogas desarrolló una creciente sofisticación en su *modus operandi* y ahora es sospechoso de tráfico a gran escala del sudeste de Asia al Reino Unido pasando por Amsterdam mediante una red bien organizada. Se dice que ha desarrollado una fuerte reticencia a volver a la cárcel, cosa que le ha dotado de una mayor cautela en la manera de hacer los negocios. A pesar de haber seguido numerosos programas de desintoxicación, nunca ha podido dejar el vicio del caballo.

Y

Me encuentro con Ruamsantiah en las escaleras que bajan a las celdas y nos dirigimos con el carcelero hacia la número cuatro. Por una vez, el carcelero ha ejercitado la compasión y ha utilizado unas sujeciones acolchadas, parecidas a las que usan en los hospitales, en lugar de sus habituales cadenas. Miramos a través de los barrotes. Chaz no está en muy buenas condiciones, tiembla y gime y tiene unos cortes con muy mala pinta, además de moratones en la frente.

—Se lo ha hecho él mismo —informa el carcelero a la defensiva.

—¿Ha tomado algo?

—Sólo tranquilizantes.

El carcelero selecciona una llave de una centelleante cadena de cromo larga como el infinito y abre la puerta. Ruamsantiah y yo entramos en la celda fría y húmeda ante la total desesperación del hombre. Yo digo:

—Chaz. —Sólo hay una mínima señal de reconocimiento, luego vuelve a su temblor compulsivo.

—Tal vez podamos ayudarte.

De nuevo otra señal de reconocimiento, pero éste no es el mismo hombre al que interrogué la semana pasada. Las ansias frustradas muestran nuestros lugares más oscuros, nuestros miedos más profundos, nuestra cobardía básica.

—Denise no te sacó de aquí tal como te prometió, ¿verdad, Chaz? —utilizo el tono Paternal Preocupado con mucha sacarina y tan sólo con una pizca de amenaza. Él me mira a los ojos y vuelve a bajar la cabeza, presa de temblores y estremecimientos.

—Tú no eras un correo ordinario, ¿verdad? Tú eres un profesional, Chaz, he visto tus antecedentes, tú no eres uno de esos camellos estúpidos como los otros perdedores que merodean por Ko Samui y Pataya, esperando a que se aprovechen de ellos, esos otros cabrones tatuados, feos y bobos que lo arriesgarían todo por una dosis. Tú eras el mejor amigo de la jefa, eras su amante, ¿no es cierto? No tenías que preocuparte por una nimiedad como un arresto porque la jefa es tan rica, tiene tantas influencias y tan buenos contactos que podía sacarte de cualquier cosa en cualquier momento. Tuviste el valor de saltarme encima, ¿recuerdas? Esto es Tailandia y lo único que tiene que hacer es sobornar al laboratorio forense, untarles la mano, como dicen ellos, y tú volverías a estar andando por las calles, metiéndote un chute de la mejor mierda que el dinero pueda comprar, ¿me equivoco? Ése era el plan, hablasteis de ello muchas veces, ella te dijo lo especial que eras, lo poderosa que era ella, ¿verdad? Pero tú tienes demasiada experiencia como para confiar en su palabra. Tenía que haber algo más, tenía que demostrarte su influencia, sus contactos. Has estado en Oriente las veces suficientes como para saber lo que significan los contactos aquí. Según tu pasaporte has hecho veinticinco visitas en los últimos cinco años. Los contactos son riqueza, poder, felicidad…, los contactos lo son absolutamente todo. Y hasta Denise no es más que otra *farang* perdida si no los tiene. Así pues, dinos, ¿quién es su mejor amigo?

Esta vez ni siquiera se molesta en levantar la vista. Le hago un gesto con la cabeza a Ruamsantiah, que saca de uno de sus bolsillos una pequeña bolsa de papel glaseado con un contenido blanco.

—Chaz —digo en voz baja. Un repentino parpadeo de sus ojos, que se fijan en la bolsa que Ruamsantiah tiene en la palma izquierda y que luego vuelven a bajar para fijar la vista en su ombligo—. Puedo aliviar tu sufrimiento, Chaz —finalmente tengo toda su atención. De pronto sus ojos son suplicantes—. Está bien, Chaz, puedes confiar en mí, soy policía, ¡ja, ja! No, en serio, te doy mi palabra, dejaremos que te baje poco a poco, reduciremos la dosis un poco cada día hasta que estés limpio, tal vez incluso te consigamos un poco de metadona, es la forma humana de hacerlo, ¿no es cierto?

Él traga saliva, abre la boca, mira el paquete y cierra la boca. En un susurro:

—No puedo pasar el mono, me está matando. —Nuestras miradas se encuentran. Ésta es una confesión directa del alma. Sencillamente no puede hacerlo. Realmente no puede hacerlo. ¡Cuánto le gustaría hacerse el macho mártir inmune a todas las debilidades! Pero el dragón de la droga es demasiado poderoso.

—Por supuesto, tendrás que ayudarnos a trincar a esa zorra y a su proveedor.

Una rápida mirada, un asentimiento con la cabeza y luego rompe a llorar. Con un susurro empapado en sollozos:

—Dame el caballo, te diré lo que quieres saber.

Ruamsantiah y yo intercambiamos una mirada.

—Será mejor que le traigamos algunas cosas —le digo al sargento—. Asegúrate de que esté esterilizado.

Mientras el sargento está fuera buscando una jeringuilla, una lámpara de aceite y otros accesorios, yo utilizo la Voz Persuasiva con el detenido.

—Eres un don nadie, Chaz, un correo, un hombre de paja. Ella te utilizó y luego te dejó colgado. Pero no es un pez tan gordo, en realidad no. No es más que otra jodida *farang* de mediana edad en su última vida, ¿verdad? Ella no mueve nada, no hace negocios, se queda rondando por la mesa con la lengua colgando. De manera que sus migajas son mayores que las tuyas, pero al fin y al cabo siguen siendo migajas. Porque por aquí el mercado es de la gente del lugar, ¿cierto? No hay *jao por farang*, Chaz, no hay capos *farang*, todos son tailandeses, pero eso ya lo sabes. Ahora dime, ¿a quién te trajo Denise para convencerte de que tenía los contactos necesarios para mantenerte a salvo? Es lo que se requiere en tu gremio para que un chico sensato como tú corra un riesgo, ¿no?, aunque te la estuvieras follando, ¿eh? Tenía que mostrarte sus credenciales, ¿verdad?

Ruamsantiah había vuelto con una jeringuilla de plástico desechable metida todavía en su envoltorio, una pequeña lámpara de aceite y un poco de papel de aluminio. Lo deja todo en la tosca mesa de madera que hay al fondo de la celda mientras Chaz observa intensamente. Ruamsantiah deja el paquete de caballo al lado de la jeringa. Ahora tanto el sargento como yo miramos a Chaz.

—Un general del ejército tailandés —dice con voz quebrada.

—¿Su nombre?

—Zinna.

—Cuéntame más cosas sobre el general Zinna, ¿cuántas veces lo viste?

—Una vez.

—¿Ella lo hizo aparecer sólo esa vez para convencerte de que era legal? —Un asentimiento con la cabeza—. Debiste de quedar impresionado, ¿no?

—Vino de uniforme, con soldados.

—¿Dónde te encontraste con él?

—¿Cómo quiere que lo sepa? Ella me llevó a algún sitio, no presté atención.

—Describe el lugar.

—Una casa grande, de tres pisos, un montón de terreno, perros, monos.

Cuando lo traduzco, Ruamsantiah se me queda mirando fijamente.

—Está hablando de Khun Mu.

Chaz Buckle ha reconocido el nombre:

—Sí, Mu, eso es.

Muevo la cabeza en señal de asentimiento.

—¿Puedes arreglártelas para preparártelo tú solo, Chaz, o traemos a alguien para que te ayude?

—Ya lo haré yo.

Me quedo mirando mientras el sargento acerca la mesa hacia donde está Chaz, sujeto con cinta adhesiva por los tobillos y las muñecas a los barrotes, y le suelta las muñecas. Inmediatamente Chaz se encorva sobre la mesa, corta una tira de papel de aluminio y sacude la bolsa para que salga el caballo, ajeno a toda emoción humana, incluso a su propia vergüenza. Lo dejo con Ruamsantiah.

Capítulo 20

*E*n un embotellamiento en el cruce de Asok con Sukhumvit —ese agujero negro donde el tiempo se pierde— le pido al taxista que apague su CD de música pop tailandesa para que Lek y yo podamos escuchar *Rod Tit FM*. Pisit ha invitado al programa nada menos que a mi madre en su calidad de la más famosa y vociferante ex prostituta de Tailandia.

Son tiempos tristes para la sordidez, *farang*. Nuestro Gobierno está atravesando una de sus fases puritanas y ha decidido imponer un toque de queda más temprano. A partir del próximo mes, todos los bares tendrán que cerrar a medianoche. Naturalmente, la industria de la carne está indignada, todo Soi Cowboy se ha movilizado y no se permite la entrada a ningún *farang* que no firme una petición. El primer invitado de Pisit es un *katoey* que trabaja en los bares. Lek escucha, fascinado.

El *katoey* de voz profunda mantiene que tiene intención de demandar al Gobierno por el coste de su operación y la destrucción de su vida. Se hizo cortar todo el tinglado puramente por razones comerciales. Se crió como un niño en Isikiert, una de las regiones más pobres de la parte del nordeste, con cinco hermanas y un hermano. Su madre tiene cataratas y está ciega, su padre tiene la salud destrozada por cultivar arroz bajo el calor tropical doce horas al día, sus hermanas son todas madres de hijos de tailandeses borrachos que no les pagan la manutención de los niños y, de todas formas, no era probable que ninguna de ellas hiciera una fortuna en el mercado de la carne de Bangkok por motivos estéticos. Su único hermano padece el síndrome de Down y requiere supervisión constante. Como era el más mono de toda la prole lo eligieron (de forma unánime) para ser quien resolviera los problemas económicos de la familia en la gran ciudad. Pidieron todo el dinero que pudieron, hicieron un fondo común con todo lo que tenían y a duras penas lograron reunir lo suficiente para la operación que lo convirtió en una de las prostitutas más sexys de la profesión. Fue una inversión de capital excepcional y de alto riesgo que, tras un doloroso periodo de introducción, finalmente empezó a producir un rendimiento razonable, y ahora el Gobierno está saboteando la industria artesanal en ciernes con esa tontería de cerrar temprano. Todo el mundo sabe que la gran mayoría de los negocios de la profesión se realizan entre la media noche y las dos de la madrugada, cuando la resistencia de los clientes ha sido debidamente aplastada por el alcohol y las atenciones de jóvenes (o de unos *katoey*) casi desnudas. ¿Quién fue el maniaco del Gobierno que tuvo esta brillante idea? Está claro que no les importan nada los pobres. ¿Acaso el ministro del Interior va a hacerse cargo de su familia si ella no tiene dinero para mandar a casa?

Pisit se dirige a mi madre, que no necesita que la animen demasiado:

NONG El Gobierno no solamente está matando a la gallina de los huevos de oro, sino que además está arruinando el único sistema de distribución de riqueza que tenemos en esta sociedad feudal. Este Gobierno carece totalmente de sentido común. ¿En serio piensan que nos haremos ricos convirtiéndonos en algo tan estéril como Occidente? Yo he estado en París, Florida, Munich, Londres, y esos lugares son museos poblados por fantasmas. Lo esencial es que durante más de tres décadas la gente de Isaan se ha mantenido con vida gracias al poco dinero que sus hijas han logrado mandar a casa desde Bangkok. Hay ciudades enteras, calles, tiendas, granjas, búfalos de agua, automóviles, motocicletas, garajes, industrias enteras que deben su existencia a nuestras prostitutas. Estas jóvenes valientes son la esencia misma de la habilidad femenina para sustentar, nutrir, honrar a la vida con la vida, y también representan todo aquello que el alma tailandesa tiene de grandiosa, con su desinteresada devoción y sacrificio no piden ayuda ni gratitud, no esperan admiración, hace décadas que han dejado de esperar respeto, pero son el corazón de nuestro país.

PISIT   ¿Hasta qué punto piensa usted que la actitud de nuestro Gobierno está influenciada por los medios de comunicación occidentales?

NONG   Bueno, debo decir que no sé qué harían las cadenas de televisión occidentales sin un burdel en el sudeste de Asia hacia el que enfocar sus cámaras. Por supuesto que nuestro Gobierno recibe influencias, pero no es más que una cuestión de que las cadenas de televisión mejoren sus índices de audiencia. Nunca se preocupan por comprendernos realmente. ¿Y qué puedes hacer tú? Ésta es la falsa moralidad de Occidente.

PISIT   ¿Las enérgicas medidas anuncian el fin de la industria del sexo en Tailandia?

NONG   No lo creo. Al fin y al cabo lleva siendo ilegal casi cien años y mira lo que hemos conseguido. Además, actualmente se invierte mucho desde Occidente porque el alza potencial de una inversión en un bar de gogós bien dirigido es mucho mayor en mi opinión que, pongamos por caso, en la General Motors. Nuestras chicas cobran mucho menos por hora que en la mayoría de sociedades y al mismo tiempo están entre las mujeres más buscadas de la Tierra. Los precios no han aumentado en términos reales desde que yo misma estaba en activo.

El corazón se me hincha de orgullo ante el dominio que tiene mi madre del vocabulario, que por norma general está reservado a las clases dirigentes, pero el taxista gira la cabeza.

—¿Ésa es tu madre? En su época debió de ser toda una calentorra.

—Ahora puedes volver a poner tu CD de pop tailandés —le ordeno.

Υ

Cuando por fin el atasco empieza a descongestionarse, Lek dice:

—¿Has visto el nuevo material de YSL? Está en el Emporium, hay unos vestidos alucinantes.

—Este año no me he mantenido al tanto de la moda.

—Sin embargo, Armani y Versace siguen teniendo los mejores colores.

—Los italianos son los que tienen mejor ojo para los colores.

—Pero yo sigo prefiriendo los diseñadores japoneses. La ropa de Junya Watanabe de esta temporada es fantástica. Tonos grisáceos en satén y terciopelo. Al principio impresiona, ¿sabes?, luego piensas: es perfecto. Así pues, ¿hablaste con tu madre?

Trago saliva y echo una mirada a su cabello negro como la tinta, al color de juventud que todavía tiene su carne, al brillo mantecoso de esas mejillas altas, a la inocencia que aún albergan sus ojos. Llevo días meditando sobre el asunto, dándole vueltas en la cabeza, preguntándome si la sabiduría de mi madre la ha abandonado a su mediana edad. Casi parece contranatural presentarle este ángel a Fátima. Entonces lo veo claro. Se llama: iniciación. Mi madre tiene razón, como siempre. Fátima no solamente será buena para él, sino que es exactamente lo que necesita para adquirir experiencia y para sobrevivir. Además, Fátima es muy rica. Si decide adoptarlo, tendrá el porvenir asegurado.

—De hecho sugirió a una amiga mía en quien no se me ocurrió pensar en relación contigo. No la he visto desde hace más de un año, pero no será difícil encontrarla. Veré lo que puedo hacer.

Lek sonríe encantado y me lanza una de esas miradas suyas de agradecimiento que hacen que te derritas.

—Vuélvemelo a recordar, ¿adónde vamos?

—Vamos a ver a Khun Mu, Lek.

Capítulo 21

Saca a una pobre chica tailandesa de su pueblo tercermundista, dale dinero y, ¿qué es la tercera cosa que quiere después de la mansión de tres pisos como un pastel de boda y el chabacano Mercedes? Por lo general, mobiliario estilo Luis XV en tonos acrílicos. Incluso el beis es estridente con este nivel de reflexión de la luz, y la alfombra verde es algo en lo que podrías jugar al tenis, pero no sé por qué, Khun Mu encaja con la decoración.

Unas palabras sobre Mu. Antes de que Vikorn lo matara, su marido, Savian *Joey* Sonkan, solía alardear de que había gastado más dinero renovando el cuerpo de su mujer que en la casa y el garaje de cinco plazas, pero Mu empezó a esculpir su cuerpo antes de conocerlo a él. Era lo que se conocía como una persona de desarrollo tardío. La mayoría de sus amigas abandonaron el pueblo de Isaan cuando tenían alrededor de dieciocho años para ir a trabajar a la gran ciudad. Muchas regresaban por vacaciones para presumir del dinero que estaban haciendo a costa de estúpidos *farang* que alquilaban sus cuerpos por unos precios absurdos (con lo que esos tipos se gastaban en una noche en los bares podías comprar un búfalo plenamente desarrollado). Durante años estas historias no parecieron afectar demasiado a Mu, hasta que un magnífico día robó los ahorros de la familia de debajo de la cama de sus padres y se lo gastó todo en realces de silicona para los pechos y en un nuevo guardarropa, antes de escaparse a Krung Thep para hacer su fortuna. La suerte quiso que topara su destino no con hombres occidentales (el pecho rígido y resonante y el cuerpo rosa con calcetines resultaron resistibles a pesar de lo que le aseguraban sus asesoras), sino con un *jao por* del país, un joven magnate de las drogas que sabía apreciar a una mujer cuyos gustos fueran tan malos como los suyos.

Joey no solamente traficaba con drogas, vivía con ellas. Después de que mi coronel lo abatiera encontramos armarios llenos de *yaa baa*, el colchón de matrimonio lleno de heroína y fardos de ganja en el garaje. Vikorn, que ya era mayorcito para los tiroteos con forajidos y hubiera estado encantado de llegar a algún acuerdo (digamos un modesto setenta por ciento de los beneficios brutos de Joey), no tenía ninguna intención de matarlo, pero la otra pasión de Joey, aparte de las drogas y las modificaciones en el cuerpo de su mujer, era las películas de persecuciones, cuanto más violentas mejor. Quería morir como Al Pacino en *El precio del poder* y, tras años de provocación, finalmente Vikorn le concedió su deseo.

Mi compañero muerto Pichai estaba allí en operación de vigilancia, igual que yo y la mitad de los polis del Distrito 8, por no mencionar a todas las cadenas de televisión. Joey apareció desarmado en el balcón del dormitorio, insultando la hombría de Vikorn y provocándolo para que se batiera en duelo, en tanto que Vikorn permanecía agachado detrás de una de las furgonetas de la policía, aferrado a un rifle de caza con mira de infrarrojos que disparó antes de que Joey terminara de proponer sus reglas de enfrentamiento. Quizá Joey se había esperado algún tipo de juego sucio como aquél, puesto que se había colocado en el extremo mismo del balcón, asegurándose así una caída telegénica con voltereta hacia atrás incluida antes del ¡paf! final. Al cabo de unos minutos Mu apareció en el balcón agitando un recargado pañuelo blanco estilo Luis XV y sonriendo a las cámaras. No guardaba ningún rencor, explicó con una sonrisa radiante. Al fin y al cabo ahora la casa y los coches eran suyos, por no mencionar el mobiliario. Un par de horas más tarde, en comisaría, descubrimos, para nuestro asombro, que aquella chica de gánster bobalicona que apenas sabía leer ni escribir tenía una memoria excelente. Por lo visto tampoco tenía miedo e hizo una lista con un total de trescientos veintiún nombres de socios comerciales de su marido (aun así era una lista selectiva: ninguno de ellos era poli) al tiempo que mantenía la misma sonrisa ansiosa de agradar en su rostro y nos apuntaba con sus pirámides. Sin necesidad de animarla demasiado (bueno, para ser precisos, con una oferta de no presentar cargos contra ella) pudo confirmar que, a pesar de las apariencias, Joey iba secretamente armado (e invisiblemente también) y que Vikorn estaba en lo cierto al afirmar que había disparado en defensa propia, silenciando así a los críticos defensores de pleitos perdidos de los medios de comunicación. Sus habilidades negociadoras también resultaron ser superiores a las de su difunto marido. Antes de abandonar la comisaría le señaló a Vikorn que ahora su vida quizá valía un baht y que si no tenía protección mientras durara todo aquello sería como si se hubiera suicidado al proporcionarnos esa lista de sospechosos.

—Necesitas dinero —fue la respuesta de Vikorn.

—Exacto.

—Está bien —dijo Vikorn. Mu se tomó esas dos palabras como un permiso para continuar comerciando con el ejército. Vikorn también le permitió quedarse con un diez por ciento de las drogas que había en la casa. Al fin y al cabo el resto era más que suficiente para la sesión fotográfica de rigor para la prensa, con Vikorn vestido con el uniforme completo de coronel de la policía, de pie y sonriendo ante una mesa cargada con heroína, morfina, metanfetamina y marihuana, cuyo valor en la calle bastaba para comprar toda una flota de aviones de pasajeros.

Todo eso fue hace unos años. Seguimos consultando con ella de vez en cuando. Vikorn tampoco es mal negociador y parte del trato fue que ella debía permanecer como informante, particularmente contra Zinna, que era el principal proveedor de Joey. Para mantenerla con vida, nuestras visitas están restringidas a no más de una al año y es necesario mantenerlas en un anonimato absoluto.

El dinero y el tiempo han demostrado que por naturaleza no es ni una prostituta ni una sinvergüenza, sino una auténtica excéntrica. A pesar del riesgo para la seguridad, se ha negado a desocupar la mansión, cuyos terrenos ha convertido en un refugio para perros y monos callejeros que alimenta personalmente tres veces al día, normalmente vestida con una bata de estar por casa de un rosa cegador, excepto en los aniversarios de la muerte de su marido en los que viste de malva, el color favorito de Joey (uno de los Roll Royce también es de color malva). Hay unos guardias de seguridad armados y uniformados

145

(de malva) que están por todas partes y que patrullan constantemente el perímetro del terreno. Incluso hay una garita en la que tengo que mostrar nuestras identificaciones y una cámara digital que le permite examinar mi cara y la de Lek antes de dejarnos entrar.

En estos momentos estamos de pie sobre la alfombra de pista de tenis en el salón principal donde ella está sentada en un sofá de cinco plazas de un color beis brillante, acariciando a una joven y muy adormilada perra dálmata. Por casualidad, porque a Vikorn le gusta llevar la cuenta, sé que no tiene un amante habitual, a menos que sea uno de los guardias de seguridad, lo cual es poco probable. Es como una monja multimillonaria con una debilidad por los animales. La soledad prácticamente había hecho que se desvaneciera su timidez y el ilimitado juego de emociones que cruzan por su rostro, de la tristeza a la alegría y vuelta a empezar, resulta absolutamente infantil.

Lek está impresionado por la vulgaridad de la decoración y se ha quedado clavado en el sitio.

Mu dice:

—Me acuerdo de ti. Tú eres el mestizo que estaba en el tiroteo. ¿Mataste a mi marido?

—Sabes muy bien que fue el coronel Vikorn.

—Ah, sí. Al menos fue él quien se llevó el mérito ante los medios de comunicación, pero es un hombre muy astuto. Tal vez fuisteis tú o uno de tus colegas los que apretasteis el gatillo, ¿no? —Yo no digo nada—. ¿Te gustaría verle? —Toso—. Ven, estoy segura de que estará encantado. —Deja a la dálmata en una de los sillones y a continuación le lanza una mirada a Lek—. ¿El chico guapo también viene?

En una habitación adyacente al salón Joey está embalsamado *a l'americaine* en una pose característica de cuando estaba vivo, sentado en una silla de director sosteniendo un teléfono móvil pegado al oído y un cigarro en la otra mano, vestido con americana y una camisa de Gucci desabotonada en el cuello, unos elegantes pantalones deportivos de YSL y mocasines multicolor. Su enorme sonrisa de intensidad acrílica encaja perfectamente con el estilo de la casa. En una cuidada mezcla de culturas, Mu lo ha rodeado de imágenes doradas de Buda en sus varias posturas y hay velas eléctricas a imitación de las votivas que parpadean por todas partes. La decoración sigue los criterios de la casa y el color que domina es…, lo has adivinado. Antes de entrar en el santuario ella se cambió y se puso una bata de estar por casa de color malva. Tengo la inquietante sensación de que debajo de ella no hay nada más que un cuerpo desnudo modificado.

Se lleva una mano con las uñas muy bien arregladas a la boca.

—¿Sabes? Cada vez que pienso en ese día me siento fatal.

—No queríamos hacerlo, de verdad —le explico—. Vikorn hubiera hecho un trato si Joey no hubiese querido morir.

—Lo sé. Pero digo después. En la comisaría. Debisteis pensar que era una estúpida y una ingenua, la típica chica del campo que está perdida en la ciudad.

—En absoluto. La verdad es que nos quedamos todos bastante impresionados.

—¿Ah sí? —Una risa de desprecio—. No intentes engatusarme, detective. Os estabais riendo todos a mis espaldas.

—¿Por qué tendríamos que hacer eso?

—Por la silicona, por supuesto. Joey estaba siempre tan ocupado haciendo dinero que nunca se informó sobre los implantes adecuados. Mira.

Se abre la bata y allí están. Por primera vez Lek muestra interés en el caso. Tengo la sensación de que será como sacarle una carga de la cabeza si sigo sus indicaciones y las examino, aunque ya me he dado cuenta de lo que quiere decir. La rígida silicona ya no está, reemplazada sin duda por bolsas de solución salina o por colágeno que, puedo dar fe de ello, ceden muy bien al tacto, rebotan y se balancean maravillosamente y la verdad es que son prácticamente indistinguibles de las reales, aunque un purista podría quejarse de que corresponden a una mujer diez años más joven.

—¿Puedo? —pregunta Lek. Mu sonríe y asiente con la cabeza. Él toca ambos pechos con gran reverencia, como si examinara objetos de arte que pronto él mismo poseerá—. Son asombrosos.

—Sí —digo yo—, excelentes. Debes de estar muy orgullosa.

—Sí —responde al tiempo que se abrocha nuevamente la bata y le dirige una rápida mirada a Joey—. Bueno, ¿qué queréis saber? Una vez al año más o menos Vikorn manda a alguien, pero la verdad es que actualmente estoy muy desconectada.

—¿Delante de Joey?

—Claro que no, vamos arriba, me gusta mirar a los animales.

El dormitorio es tan grande que parece el departamento de camas de unos grandes almacenes, todo es de ínfima calidad. Por un momento mi mirada torturada se posa con optimismo en un modesto juego de estantes para libros. Me impresiona el hecho de que los libros sean todos budistas; sin embargo, se me cae el alma a los pies cuando me doy cuenta de que todos son el mismo libro.

Nos sentamos los tres con recato en el asiento que hay bajo una ventana y que creo que debe de ser su favorito. Miro hacia el patio donde un mono está montado sobre un gran danés, igual que si fuera un yóquey, e incluso se sirve de su largo brazo para alentarlo a seguir adelante. Todo va bien y hasta el perro parece estar disfrutando del privilegio de transportar de un lugar a otro a una especie superior cuando otro mono, un chimpancé, creo, un poco mayor y de aspecto más astuto, quiere dar una vuelta.

—Ése es Vikorn —explica Mu.

La primera ocurrencia de Vikorn es balancearse de la cola, lo cual tiene el efecto de detener al perro. Ahora le salta al lomo, para unirse con su compañero en tanto que otros monos se congregan a su alrededor. Mu pronuncia sus nombres en voz baja de vez en cuando. Por lo visto todo el Distrito 8 está aquí.

Mu nombra a los perros uno a uno. Son todos famosos traficantes de drogas.

—De este modo recuerdo a la gente. Pienso a cuál de mis perros se parece más. A menos que sean polis, entonces tienen que ser monos. Los monos son más inteligentes, pero no son muy felices. Siempre tienen algún problema, pero los perros están bastante satisfechos a no ser que los monos empiecen a hacérselo pasar mal.

—¿Hay algún perro que se llame Denise?

Ella me mira con un parpadeo.

—¿Denise? —señala a una hembra de bulldog—. Sí, allí está. ¿Es de ella de la que quieres que hablemos?

—Si no te importa.

Ella vacila.

—¿Esto está autorizado? Se supone que Vikorn tiene que mantenerme con vida.

—Tomamos precauciones, hemos venido en taxi. Estoy seguro de que no nos han seguido.

Agitada, se levanta para ir a buscar un bolso de Chanel y un gran espejo de mano con marco de plata. Sin el más mínimo asomo de timidez abre el bolso, saca una caja plateada que podría haber sido diseñada para el rapé, esparce una línea del blanco contenido sobre el espejo, lo arrastra con una hoja de afeitar para unirlo todo, se inclina hacia delante, se tapa una ventana de la nariz con el índice de la mano izquierda en tanto que esnifa por el agujero de la derecha, cambia de agujero, vuelve a erguirse y coloca de nuevo la bolsa y el espejo en una mesa cercana, todo ello en un movimiento sin interrupciones. Cruza la mirada con la de Lek:

—Es para los nervios.

Me dirige otra mirada parpadeante y suspira.

—En el negocio hay más mujeres *farang* que antes. Denise ya lleva bastante tiempo por aquí. Al principio era una jugadora de poca importancia, bastante atolondrada. Los agentes del servicio de inteligencia británico MI6, la estaban espiando en Ko Samui y Phuket. Ella nunca llevaba nada encima, sino que utilizaba a hombres como correos, una variación del método habitual. Siempre eran hombres de raza blanca y que estaban hechos polvo, la mayoría británicos y australianos descerebrados, vagos de playa con hábitos que alimentar. A más de la mitad los atraparon, por lo que su reputación se resintió y todo aquel que sabía algo del negocio tenía miedo de llevarle cualquier cosa. De alguna manera se puso en contacto con el ejército y se reinventó a sí misma. No obstante, tuvo que convencer a los correos de que estaba debidamente relacionada en Tailandia. Uno de los hombres de Zinna me la presentó.

—¿Organizas sus sesiones de credibilidad?

Una sonrisa.

—Podría decirse así. Se volvió muy cuidadosa con los hom-

149

bres que utilizaba. Seguían siendo estúpidos, pero con mucha más experiencia. No eran los vagos habituales, formaban parte de la industria en sus propios países, normalmente habían cumplido condena, pero al menos sabían cómo funcionaba todo. El último, Chaz Buckle, sabía un montón sobre Tailandia y sobre el funcionamiento del sistema. Sabía que la mejor manera de abandonar el país con una maleta llena de droga era tener a una de las autoridades de nuestro lado. La poli o el ejército.

—¿Era su amante?

—Sí. Normalmente lo son. Utiliza el sexo así…, creo que es su manera de divertirse.

—Él lleva su nombre tatuado en el brazo.

Ella se encoge de hombros.

—Tatuajes, ¿qué significan? Son como las camisetas. Pero tal vez lo suyo fuera en serio. Al fin y al cabo ella le presentó a Zinna en persona.

—¿Por qué accedería Zinna a eso?

Fija su mirada en la mía.

—Porque de pronto se encontró con más de cien kilos de morfina que necesitaba mover a toda prisa. Creo que tú sabes de dónde provenía dicha morfina. Es la misma mierda que utilizó Vikorn para intentar tenderle una trampa e incriminarlo en ese consejo de guerra. Quería deshacerse de ella rápidamente porque sabía que Vikorn le descubriría el juego. Necesitaba que los correos llevaran hasta veinte o treinta kilos cada vez, y eso no puedes hacerlo con aficionados, tienes que utilizar a personas que sepan lo que hacen. Y dichas personas quieren seguridad. En Tailandia quieren saber que tienen a alguien importante de su lado para garantizar una salida del país sin complicaciones. Suelen conocer el chanchullo de utilizar a un correo de poca monta como señuelo propiciatorio mientras el cargamento importante pasa sin que lo descubran.

—¿La reunión tuvo lugar aquí?

—Sí. Yo soy el terreno neutral.

—¿Zinna vino con algunos de sus hombres?

—Por supuesto. Fue todo un espectáculo. El correo *farang* Buckle quedó muy impresionado. —Mira por la ventana, luego me mira a mí.

—Gracias —le digo—, es lo que necesitaba saber.

Ella sonríe educadamente y se levanta para acompañarnos abajo. Está claro que es todo el riesgo que puede correr. La entrevista ha terminado. Fuera, en el magnífico porche con columnas, posa su mirada en Lek.

—¿De verdad puedes encargarte de él? Es demasiado guapo, demasiado inocente. —Alarga la mano y le acaricia el pelo como si fuera un perro—. Al pobrecillo todavía no lo han herido. Espero que sobrevivas.

En el taxi Lek se controla cuanto puede pero al final suelta:

—Así pues, ¿cuándo voy a ver a Fátima?

—Tengo que prepararla. Tal vez no quiera asumir la responsabilidad. Dame una semana más o menos —suavizo mis palabras con una sonrisa—. Estoy muy ocupado, ¿sabes?

151

Capítulo 22

$\mathcal{M}$e siento bastante bien, *farang*. De hecho, me siento como un *farang*. La verdad es que no recuerdo haber preparado nunca concienzudamente un caso irrebatible ni, por regla general, haber recorrido las nueve yardas enteras en una investigación. Debo admitir que es algo que sólo querría hacer de vez en cuando, por la cantidad de tiempo que te lleva (lo que quiero decir es que nueve de cada diez veces ya sabes quién lo ha hecho, de modo que desarrollas las pruebas en este sentido; es una de esas eficientes técnicas asiáticas que tendréis que adoptar cuando la competición global se vaya poniendo reñida, no podéis tolerar que vuestras fuerzas de la ley cacen a menos delincuentes por policía que nosotros, ¿verdad?, sobre todo ahora que os habéis deshecho del imperio de la ley en todos los casos en los que resultaba inconveniente, ¿no es así?), pero esta vez Vikorn quiere ceñirse estrictamente a las normas. Vamos a filtrar las pruebas a los medios de comunicación y a divulgarlas por Internet, de modo que los jueces tendrán que trincar a Zinna o arriesgarse ellos mismos a una acusación, no habrá ningún gato encerrado entre bastidores como la última vez. De manera que estoy sentado a mi mesa haciendo una de esas listas que los polis como yo nunca hacemos.

Pruebas:

La droga. Bien, lo que llevaba Buckle es definitivamente morfina, nuestros muchachos de la forense realizaron todas las pruebas y Ruamsantiah los llamó por teléfono esta mañana: «Pues claro que es morfina, ¿es budista el Dalai Lama?». Están contentos de salir en la prensa, tendremos el informe esta noche.

Chaz Buckle, con un pequeño incentivo químico, está dispuesto a firmar su cada vez más detallada revelación sobre la operación Denise y su conexión con Zinna.

Khun Mu, con la seguridad garantizada por parte de Vikorn y una suma de dinero que éste no discutirá (pero que tendrá que ser suficiente para comprarle a Mu una nueva identidad y una nueva vida sin recortes en los servicios: calculo que bastante más de un millón de dólares ha cambiado de manos), testificará que la reunión entre Zinna, Denise y Chaz Buckle tuvo lugar, efectivamente, en su propiedad.

Lo único que tengo que hacer es encontrar a Denise, encerrarla durante una semana, aproximadamente, hasta que esté dispuesta a confesar todo lo que sabe sobre Zinna a cambio de una reducción espectacular en lo que de lo contrario sería una sentencia de muerte. Sólo eso, nada más ingenioso ni más satisfactorio, y estoy dispuesto a admitir que hay veces en que vuestro sistema tiene sus méritos, *farang* (ahí voy, ascenso).

Sin embargo, está sonando mi móvil y estoy teniendo una de esas visiones nada halagüeñas del futuro inmediato. Veo en la pantalla del teléfono que la llamada es de Ruamsantiah.

En tono deprimido:

—Tuvimos que soltar al *farang* Chaz Buckle.

—¿Qué?

—Nuestros chicos de la forense decidieron que la mierda que llevaba no era más que azúcar glasé después de todo. Afirman que en las primeras pruebas utilizaron instrumentos contaminados que les indujeron a error.

—¿Zinna les untó la mano?

—¿Acaso hay otra explicación? El general mandó a un enérgico abogado para que nos explicara que no tenemos ningún derecho legal para retener a Buckle. Entonces el director de la policía llamó a Vikorn para decirle que lo soltara.

—¿Cómo lo lleva Vikorn?

—Está en su despacho blandiendo su pistola.

Corto la comunicación con Ruamsantiah y respiro hondo antes de llamar a Vikorn al móvil.

Vikorn:

—¿Te has enterado?

—Sí. Tuvimos que soltarle.

—¿Tienes idea de lo que esto le supone a mi reputación?

—Sí.

—Seré el hazmerreír.

—No necesariamente. Podemos pedir una segunda opinión sobre la droga, tal vez mandarla a una agencia *farang* en el extranjero.

—Y así acabaremos con dos informes forenses contradictorios, que es toda la cancha que necesita.

—Ahora no puedes rendirte.

—Los tailandeses se ríen de los perdedores. Aquí yo parezco el perdedor. Le tiendo una trampa para incriminarlo y él se libra. Pillo a uno de sus correos y él lo saca de la cárcel.

¿Qué puedo decir? Todo es verdad.

—Ten cuidado, todavía no ha terminado —añade Vikorn con desánimo, y cuelga el teléfono.

Por la noche regreso al bar. Es una noche bastante floja y estoy pensando en cerrar temprano cuando empieza a sonar mi móvil. Es el coronel a cargo del distrito de Klong Toey. Al parecer han encontrado a un *farang* bajo y rechoncho, musculoso, desacostumbradamente feo y tatuado al que habían arrojado al río. Alguien le dijo que tal vez yo supiera algo al respecto. Llamo a Lek para decirle que pase a recogerme en un taxi.

Capítulo 23

*E*n la intersección de Ratchadaphisek y Rama IV, Lek dice:

—Nunca he estado en Klong Toey. ¿Es tan malo como dicen?

—Bastante más.

—¿No te importa ir por ahí de noche, tú y yo solos?

—Somos policías, Lek.

—Lo sé. No te lo preguntaba por mí, yo me siento muy seguro contigo. Para mí eres como una especie de Buda…, el simple hecho de estar contigo desvanece el miedo.

—Tienes que dejar de hablar así.

—Porque no es propio de un poli machote, ¿verdad? Pero yo te quiero por lo que estás haciendo por mí. No puedo negar a mi corazón. —Yo suspiro—. ¿Te importaría decirme cuándo vamos a conocer a mi Hermana Mayor?

—Cuando estemos preparados. Tú y yo.

La verdad es que todavía no he tenido agallas de presentarle a Fátima. Cada vez que cojo el teléfono para llamarla tengo una visión suya comiéndose al niño vivo.

—Mira, Lek, ¿recuerdas lo que me decías el otro día sobre que el camino de un *katoey* es el más duro y solitario que un ser humano puede elegir?

—Yo no lo elegí. Lo eligió el espíritu que me salvó la vida.

—De acuerdo. Y tal vez ese espíritu haya elegido a Fátima, pero tengo que estar seguro. Me siento como si tuviera tu vida en mis manos con este asunto.

Lek estira la mano y la posa en mi rodilla un momento.

—El Buda te iluminará para esto. Estás muy avanzado, ya casi has llegado.

—No me siento avanzado. Tengo la sensación de estar corrompiendo a un menor.

Lek sonríe.

—Eso únicamente muestra lo santo que eres. Pero yo tengo que seguir mi camino, ¿no es así? Estamos hablando de mi destino. De mi karma. De mi sino.

—Vale.

—¿Me prestarás el dinero para los implantes de colágeno de las nalgas y el pecho?

Suelto un gruñido.

—Supongo que sí.

Klong Toey: el delito grave en su faceta más poética. El *talat* (mercado) es el centro emocional, cuatro kilómetros cuadrados de sombrillas verdes y lonas bajo las cuales hay chiles picantes que no duran ni un suspiro sobre los chales de mujeres pobres; pollos apiñados, vivos o muertos; patos que rezongan en jaulas de madera; todo tipo de cangrejos que imitan la agonía de la muerte en cuencos de plástico o que dan boqueadas en medio del calor (tanto de agua dulce como de agua salada, de concha dura o blanda); los carniceros al aire libre descuartizan un búfalo entero; fruto del árbol del pan, piña, naranja, durian, pomelo, rollos de algodón barato, toda clase de herramientas de mano para el manitas del Tercer Mundo (por norma general hechas de un acero de tan ínfima calidad que se rompen antes de una hora. Yo tengo una campaña personal contra nuestros destornilladores que se doblan como el peltre; te volverían loco, *farang*); y mucho más. Por allí cerca hay incluso algunas chozas de chapa de zinc producto de los tejemanejes de la Facultad de Arquitectura, unidos clandestinamente mediante unas precarias pasarelas que piden a gritos una escena de persecución, pero la mayoría de edificios que rodean la plaza son los comercios con vivienda de tres pisos de la tradición china. Las aceras proporcionan buenas pistas en cuanto a la actividad de las tiendas: motores enteros de automóvil apilados a las puertas de sus *ateliers* goteando aceite, conductos de aire acondicionado de todas dimensiones sobresalen de pie a las puertas de otro taller, tenderetes con CDs robados, las cajas de los últimos éxitos bloquean el paso frente a la tienda de equipos estereofónicos. Aquí no hay ningún *farang* (no lo conocen o, si lo conocen, no se acercan), estas multitudes lentas de gente morena son tan de la zona como la ensalada *somtam*, tan corrientes como el arroz. La cuestión: el distrito de Klong Toey incluye el puerto principal del río Chao Praya donde se han descargado los barcos desde el principio de los tiempos (hay fotografías en sepia de nuestros antepasados con los tradicionales pantalones negros tres cuartos, desnudos de cintura para arriba, con su largo cabello negro peinado hacia atrás desde sus frentes delicadas hasta sus magníficas colas de caballo, descargando a mano bajo un calor imposible, muchos de ellos consumidos por vuestro opio, *farang*). Un par de calles más allá: una grande y magnífica caseta de aduanas y un complejo de edificios que pertenecen a la Autoridad Portuaria de Tailandia. El propio río se halla a no más de un tiro de piedra y muchos de los habitantes originarios de este abarrotado distrito han construido sus chozas sobre pilotes al otro lado del agua. Unos hombres con embarcaciones fluviales del Medievo transportan, por veinte baths el viaje, a los pobres de un lado a otro en sus modestas canoas construidas a mano (con fuerabordas Yamaha y proas millonarias). En resumen, todo el mundo sabe que la principal industria es la farmacéutica, puesto que probablemente no haya ningún otro lugar en Tailandia donde los traficantes, cabecillas, adictos, polis y aduaneros se hallen tan convenientemente concentrados en poco más de kilómetro y medio cuadrado de propiedades inmobiliarias dedicadas a los negocios en la ribera del río. Las inevitables industrias derivadas, tales como el asesinato a sueldo, la usura y la extorsión han trasladado aquí sus cuarteles generales. Me sorprende un poco que el coronel Bumgrad se moleste con un mero Trance 808. Temía cierta hostilidad por su parte, puesto que es uno de los muchos enemigos de Vikorn, pero cuando Lek y yo salimos del taxi me saluda como si fuera el encanto personificado.

Han sacado a Chaz Buckle y lo han dejado en un lado del muelle bajo una manta. La lancha de la policía está amarrada a un cabrestante entre dos gigantescas embarcaciones portacontenedores. Proas que se alzan imponentes, popas oxidadas y planchas de hierro tapan la vista en todas direcciones. Las impenetrables sombras marinas proyectan oscuridad sobre los senderos débilmente iluminados. Bumgrad me hace un gesto con la cabeza y yo levanto la manta: un solo disparo en la par-

157

te posterior de la cabeza con una herida de salida que le hizo saltar el ojo izquierdo. Está abotargado por el tiempo que ha permanecido en el río, pero el asesinato es reciente. Incluso si no reconociera el rostro destrozado, los tatuajes hubieran bastado para identificarlo.

—Todavía no hemos mirado en sus bolsillos —murmura Bumgrad—, creímos que tal vez quisieras hacerlo tú.

Me inclino sobre el cuerpo y luego retrocedo de un salto cuando una pequeña anguila ciega sale culebreando de su boca. Sus bolsillos ondulan. Lek, que observa con atención, se lleva una mano a la boca. Cuando le rasgo la camisa veo que su estómago también se encuentra en perpetuo movimiento. Se oye un débil sonido y una cabeza blanca y ciega con una boca llena de dientes diminutos le sale por el ombligo. Vuelvo la cabeza bruscamente —¿qué clase de broma es ésta?—, pero Bumgrad y sus hombres se han ido, han desaparecido en el negro laberinto del muelle. Lek retrocede, reprimiendo un chillido. Las anguilas salen hurgando de su cuerpo, desesperadas por encontrar un modo de volver al río. Yo también retrocedo diez pasos.

De la proa del barco portacontenedores se oye el grito de una puta (los marineros son un mercado especializado que mi madre y yo no tocamos), luego vuelve a reinar el silencio excepto por el resonar de unos tacones herrados. Una baja y fornida figura uniformada con la espalda erguida y un pecho voluminoso surge de entre la oscuridad que hay más allá y se dirige hacia nosotros hasta que se queda de pie bajo el foco de luz que emite una pequeña lámpara que cuelga del cable de un barco. Me levanto poco a poco, cierro las manos en un *wai* y me las llevo a los labios.

—Buenas noches, general Zinna —digo, manteniendo cuidadosamente el *wai*.

Sin responder, el general camina lentamente hacia mí y se queda mirando fijamente el cadáver.

—Alguien ha ejercido la compasión —comenta en un susurrado tono de barítono—. Lo mataron antes de meterle las anguilas por el culo. De ese modo no notó la forma en que le devoraban las entrañas para salir. Yo dudo que me mostrara tan comedido hacia alguien que de verdad me irritara. ¿Sabes a lo que me refiero? —Levanta la mano, chasquea los dedos una vez, se oye el sonido de unas botas que corren y más de una docena de jóvenes con sudaderas negras y cortes de pelo al estilo militar salen de las sombras al trote. Se quedan de pie detrás de él en formación hasta que, con un gesto de la cabeza, les indica a dos de ellos que se acerquen a Chaz para enfocarle una linterna en el vientre que a estas alturas ya está bastante roído y contiene una maraña de gusanos blancos que se retuercen. El general se acerca, coge una de las anguilas de las tripas de Chaz, la mata hábilmente golpeándole la cabeza contra el cabrestante y regresa conmigo.

Mientras me mete la anguila muerta en el bolsillo del pantalón me dice, en lo que apenas es más que un murmullo:

—Dile al coronel Vikorn que ha ido demasiado lejos. Me tendió una trampa, yo me salvé, ahora la droga me pertenece. Ya no le queda ninguna otra baza. De un modo u otro le voy a sacar las tripas. —Le dirige una mirada desdeñosa a Lek—. Y tu chapero también se las va a cargar.

Él y sus hombres se dan la vuelta y se marchan. Estamos solos en la oscuridad marina con un cadáver lleno de anguilas hambrientas. Como si hubiera notado que ya no había moros en la costa, la chica de la proa del barco chilla y ríe de nuevo con una profesionalidad admirable, calculada para hacer que su marinero se sienta poderoso, depredador, irresistible, encantador y cachondo. Parece ser que hay una fiesta secreta en marcha, puesto que otro par de chicas gritan, ríen y hacen bromas vulgares en tailandés en tanto que sus hombres vocean en chino. Por encima de la proa aparecen tres rostros femeninos que vuelven a desaparecer inmediatamente.

Una súbita quietud en la que se pueden oír los suaves pasos de una rata grande. A lo lejos alguien está cruzando el río en un barco de cola larga. Decido evitarle más indignidades forenses al hombre que ya interrogué, pero no es fácil. Es pesado y esquivo a la manera en que lo son los cadáveres. Lo agarro por las muñecas y al tiempo que le indico por señas a Lek que me ayude lo arrastro hacia el extremo del muelle, lo hago rodar y luego intento empujarlo al agua. Lek se inclina desde las caderas y, si bien con elegancia, no puede agarrar los pies del cadáver. Yo estoy sudando con el calor de la noche y experimento

159

una renuencia irracional a entrar en contacto con las anguilas que siguen dándose un festín. Le coloco un pie en el hombro, cerca del cuello, y empujo con fuerza. Todavía tiene los brazos extendidos y los tatuajes, dedicados a su madre y a Denise, son lo último en deslizarse por encima del borde y caer al río con el más discreto de los chapuzones.

Me meto la mano en el bolsillo y arrojo tras él la anguila muerta de Zinna. ¿Dónde está Lek? Me desespero por un segundo (experimento una visión de violación y degradación a manos de los hombres de Zinna) y entonces lo veo un poco más abajo del muelle, bajo un foco de luz.

La más clásica de todas nuestras danzas clásicas proviene del Ramayana hindú, en el que el dios Vishnu se encarna como Rama y se involucra en una pelea con el mal por la vida de su novia Sita. Lek está representando a Sita de rodillas rogando para que su dueño y señor crea en su fidelidad eterna.

Lo rodeo con el brazo y me lo llevo de allí.

—Me llamó chapero.

—No te preocupes por eso.

—No soy un chapero, soy un bailarín.

—Ya lo sé.

Vuelve sus grandes ojos color avellana hacia mí, despiadado en su confianza, amor y expectativas.

Cuando pasamos junto al lugar oímos la feroz agitación de los peces y las anguilas que se están alimentando del T808. Por un tentador momento veo su vida dispersa en sus muchos componentes, que dan vueltas alejándose unos de otros y sumergiéndose en la noche. La amalgama de problemas que era Chaz Buckle ahora está resuelta.

Capítulo 24

$\mathcal{N}$o obstante, parece ser que otras amalgamas se están descomponiendo en polvo y espíritu esta noche violenta. En cuanto acabo de dejar a Lek en su complejo de viviendas subvencionadas, la teniente Manhatsirikit me llama al móvil.

—El coronel está en casa de Khun Mu. Será mejor que te acerques hasta allí.

No hay mucho que decir, *farang*, que no hayas adivinado ya. En casa de Khun Mu todos los perros y los monos están muertos (destripados), los guardias han sido ejecutados principalmente por balas en la cabeza, Khun Mu, desnuda, está colocada en torno al cadáver embalsamado de Joey, en posición obscena y con el cuello cortado. Y hay una gorda mujer *farang* muerta, de alrededor de cuarenta y cinco años, rajada del vientre al pecho, que yace en la cama de matrimonio extra grande del gran dormitorio y que sólo lleva puestos unos pantalones cortos enormes.

—¿Denise? —le pregunto a Vikorn.

Él asiente con la cabeza.

—Vivía en una mansión de un millón de dólares con vistas al mar de Andamán en Phuket. Él la secuestró y la trajo aquí sólo para demostrarle que podía hacerlo. —Menea la cabeza—. Sólo para dejar una cosa clara. —Me mira—: Todos nuestros testigos están muertos.

Vikorn camina hasta el sofá que se encuentra junto a la ventana y se sienta pesadamente. Nunca lo he visto tan abatido.

—Hemos ido contra él de forma simétrica —murmura—, ése es el problema. No podemos vencerlo con violencia. ¡Él es el ejército, por Buda! —Me dirige una rápida mirada—. Lo siento, Sonchai, te voy a apartar del caso.

—¿Tienes a alguien mejor?

—Necesita un matiz, un toque femenino.

—¿Manny? Ella no es precisamente sutil.

Vikorn se encoge de hombros: sin comentarios. Está acurrucado en su asiento, encogido, es la imagen misma de la derrota, incluso hay lágrimas en sus ojos. Me invade una enorme oleada de lástima…, pero ¡un momento! De algún modo su proyección de la desesperación, de la frustración, del sufrimiento, casi de la senilidad es, en cierto modo, demasiado fácil.

—Alguien ha aparecido con un plan C, ¿verdad?

Me mira sin comprender, como si no tuviera ni idea de lo que estoy hablando.

Al día siguiente en comisaría sale a la luz que Vikorn se pasó la mañana viendo las noticias internacionales en su televisor, tiempo que normalmente dedica a las apuestas tailandesas (dirige la principal asociación de juegos de azar). Cuando entro a verle lo encuentro con la mirada fija en el monitor. Al parecer ha habido una bomba terrorista en algún remoto pueblo de Java, Indonesia, cinco indonesios hindúes muertos y unos veinte más hospitalizados. Nadie duda de que los culpables pertenecen a una facción de extremistas musulmanes, particularmente porque uno de ellos murió en la explosión. Se han recuperado trocitos de su cráneo, barba, algunos dedos, una pierna y otras partes del cuerpo. Se prevé que su identidad, así como la del grupo escindido concreto al que pertenecía, se conocerá en breve. Naturalmente, las agencias de inteligencia occidentales están interesadas y muy dispuestas a prestar ayuda.

No tengo ni idea de por qué Vikorn, que a duras penas puede considerarse un ciudadano del mundo enteramente globalizado (no estoy seguro de que pudiera identificar Francia en un mapa), estará tan interesado, pero cuando toso para llamar su atención, él alza una mano. Cuando el programa de noticias ha agotado su retransmisión a tiempo real, levanta el teléfono y, para mi asombro, le dice a la teniente Manhatsirikit que le reserve plaza en el próximo vuelo a Yakarta.

Mientras vaya de camino al aeropuerto, ella tiene que arreglar las cosas para que Vikorn pueda reunirse con algún alto cargo de la policía indonesia, en relación con un intercambio de información en beneficio mutuo. Yo me lo quedo mirando con la boca abierta mientras él rebusca por ahí. En todo el tiempo que llevo en el Distrito 8, mi coronel no había abandonado ni una sola vez el sagrado suelo tailandés. Ahora llega Manny y me mira con el ceño fruncido antes de decirle a él que se ha localizado a un intérprete y que esta persona, que domina el idioma que hablan allí (Vikorn sigue llamándolo indonesio, pero la teniente Manhatsirikit y yo tenemos nuestras dudas), se reunirá con él en el aeropuerto mañana. Cuando ella se ha ido, Vikorn consulta su reloj. Las siete de la tarde.

—Vamos a comer —me dice, y presiona, en su móvil, un número con marcación automática para llamar a su chófer.

En la parte trasera de su Bentley, con *La cabalgata de las Valkirias* a todo volumen en el equipo de música y su chófer con su habitual expresión desdeñosa que le cubre toda la cara, mi coronel me pone una mano en el hombro.

—Te vas a olvidar de anoche. Nunca ocurrió. Vas a concentrarte en el caso de Mitch Turner.

—Al menos dime cuál es tu plan C.

—Puede que no quieras saberlo. De todos modos, es confidencial.

Apenas puedo dar crédito a la generosidad de mi alma. La verdad es que me complace que siga luchando contra Zinna, incluso aunque yo me haya quedado sin ascenso (y sin los cien mil dólares). Sin embargo, no quiero que se salga con la suya tan fácilmente, me estoy enfrentando a una verdadera decepción. Miro por la ventanilla del Bentley mientras circulamos velozmente por Rama IV.

—Por un momento pensé que te estabas haciendo viejo.

Me dedica una mirada despectiva.

—¿Crees que todo se reduce a eso? ¿A una primitiva venganza entre dos viejos? —Se inclina hacia mí y me clava el dedo en el vientre—. Lo que hago para ponerle freno a Zinna, no es solamente por Ravi. También es por el país. Si dejas que el ejército dirija el tráfico de drogas, tendrás a generales ricos. Los generales ricos tienen grandes ideas y golpes de Estado…, ése fue todo el problema del comercio del opio. Antes de que te dieras cuenta estaríamos de nuevo bajo un gobierno militar. ¿Y qué saben los generales tailandeses sobre la economía global, los derechos humanos, el imperio de la ley, la protección a la mujer y sobre el siglo XXI en general? La próxima vez que votes en unas elecciones democráticas más o menos limpias piensa en ello. Puede que la policía tailandesa no sea la mejor del mundo, pero no somos militares. Con nosotros hay elecciones libres. Ningún *farang* lo comprendería, pero espero más de ti.

Todavía no ha terminado. En realidad, me está clavando el dedo en las costillas.

—Quién sabe si bajo una democracia el país podría florecer hasta ser digno de un tipo refinado como tú. Si eso ocurre, será porque los mierdas como yo mantenemos el hocico del ejército apartado del comedero, y no porque algún monje frustrado rescató a unos cuantos perros bobos de la calle.

Maravillado, meneo la cabeza. Él siempre tiene una respuesta. Su hábil utilización de la palabra «frustrado» es particularmente irritante; en tailandés dicha palabra posee exactamente la misma cualidad de pretensión altanera y es el tipo de cosa con la que salgo yo cuando quiero irritarlo a él. ¿Quién le dijo que podía decir «frustrado» y quedarse tan ancho?

Me paso un largo momento rumiando. Su chófer se detiene al principio de Pat Pong, nuestra más venerable —y famosa— zona roja. No hay manera de que la limusina pueda meterse por una calle tan abarrotada, a esta hora de la noche. Vikorn y yo salimos y caminamos en tanto que el chófer se lleva el coche. El coronel va de paisano y tiene el mismo aspecto que cualquier otro tailandés, un tanto bajito según los parámetros occidentales, indistinguible de los demás tailandeses de mediana edad que trabajan en esta calle, prácticamente todos ellos son proxenetas. No obstante, Vikorn no parece sufrir ninguna amenaza hacia su ego cuando un joven turista blanco ataviado con camiseta, pantalones cortos y los reglamentarios pendientes en la nariz y en la ceja, le pregunta dónde está el espectáculo de ping-pong. Vikorn se para en seco y con una sonrisa que expresa una profunda glotonería y una lascivia por simpatía señala un pequeño letrero que hay en una terraza superior: «Chicas, *dirty dancing*, ping-pong, bananas...».

—Estupendo —dice el joven *farang*, reflejando la sonrisa de Vikorn.

—Folleteo, folleteo —replica Vikorn con una sonrisa bobalicona.

La calle está abarrotada, no solamente de excitados hombres blancos, sino también de codiciosas mujeres blancas, pues algunas de las mejores falsificaciones de diseñadores de toda Asia están a la venta en los puestos que llenan el centro de la calle. Arranca el velo de moralidad convencional —mira con los ojos de un mediador— y verás que las expresiones en los rostros de las mujeres no son muy distintas de las de los hombres.

—Sólo doscientos baths por unos vaqueros de Tommy Bahama..., poco más de tres libras. —Los ojos se le salen de las órbitas—. Por este precio no puedes tomarte ni un gin-tonic en Stoke Newington.

—¿Ves este Rolex falso? Mira, la manecilla de los segundos da la vuelta con un movimiento continuo, no a sacudidas, es como el de verdad. Sólo vale diez libras.

Lo examina maravillado:

—Podríamos comprar unos cuantos y venderlos; incluso a cien libras son baratos.

—¿Le diremos a todo el mundo que son falsos?

Piensa en ello.

—Tendremos que hacerlo, la verdad, todos van a saber que hemos estado aquí.

—Pero no saben lo que cuestan en Pat Pong, ¿verdad? Quiero decir que podríamos haberlos comprado a noventa y sacar sólo un diez por ciento de beneficio, ¿no?

Asiente con aire pensativo:

—Que ellos sepan.

El Princess Club está en una *soi* lateral repleta de gente. Nos abrimos camino con dificultad entre grandes cuerpos de raza blanca y luego entramos en el bar, que también está aba-rrotado. La *mamasan* reconoce a Vikorn al instante y en su rostro aparece una expresión totalmente distinta que contras-ta con el gesto entre duro y bobo que adopta para los clientes. El coronel no tan sólo es inmensamente rico y el propietario de un club, sino que también es su señor feudal, el hombre que le proporciona comida, alojamiento y dignidad a ella, a su ancia-na madre y a su hijo adolescente. Es una relación compleja y va más allá del dinero (incluso después de que la mujer se retire él la seguirá proveyendo de comida y orgullo; el vínculo funcio-na en ambos sentidos). Ella le dirige un *wai* y le hace una pe-queña reverencia, él la saluda con la cabeza y sonríe; el inter-cambio de expresiones se realiza por entre el mar de caretos rosados de los borrachos, la mayoría de los cuales están miran-do a las chicas en el escenario.

El hecho de que en un club particular se permita que las chicas bailen en *topless* (o desnudas) depende totalmente del capricho del coronel de policía que dirige la calle, sea quien sea. Ésta no es la calle de Vikorn, pero nadie va a interferir en este bar, de modo que aquí todas las chicas van en *topless*. No se molestan en ponerse el sujetador cuando bajan al suelo para mezclarse con los clientes y, sin embargo, siempre parecen te-ner el control. Es extraño que esos jóvenes *farang* de aspecto alocado que, con sus tatuajes, sus pendientes por el cuerpo y su abuso del alcohol, podrían ser bárbaros durante un descanso del saqueo de la antigua Roma, no se atrevan a manosear nin-guna de esas jóvenes glándulas mamarias tan tentadoras que tiemblan y se bambolean frente a sus ojos…, al menos no lo hacen sin una licencia por parte de la propietaria, que siempre cuesta un par de copas.

La *mamasan* señala el piso de arriba y logramos meternos por entre las hordas salvajes y llegar al otro extremo del bar para luego subir dos tramos de escaleras hasta un salón donde le han preparado la cena a Vikorn. Nos sentamos en el suelo con las piernas cruzadas, tal como nos habían enseñado a hacer a ambos desde niños, frente a una mesa baja que parece un banco y que ya está repleta de *yam met ma-muang hima-phaan*, ñames con anacardos, *naam phrik num* (un plato del norte consistente en una salsa de chile y berenjena), *miang kham* (jengibre, chalotas, cacahuetes, copos de coco, lima y gambas secas), whisky Mekong con *chut* (hielo, limas cortadas por la mitad y refrescos para combinar) y un poco de *phat phet* (fritura con muchas especias y cocinada con poco aceite).

Apenas nos habíamos sentado cuando aparecieron dos de las bailarinas, que ahora llevaban sujetador y camiseta, para preguntar qué queríamos beber además del Mekong. Vikorn pidió un par de cervezas que irían seguidas por un vino blanco frío de Nueva Zelanda (esto es todo culpa mía: lo inicié en el vino hace unos cuantos años y ahora no puede comerse su *kaeng khiaw-waan* sin él). Entre bocado y bocado le pregunto si tiene alguna idea sobre cómo murió exactamente Mitch Turner.

Él me mira como si fuera un tipo particularmente corto de entendederas que necesita ayuda.

—¿Qué importa cómo murió? Estamos tratando con el teatro, no con la realidad. Los *farang* dejaron la realidad cuando inventaron la democracia, luego añadieron la televisión. Lo que importa es lo que le decimos al mundo. Si lo manejamos bien todos viviremos felices para siempre. Si lo manejamos mal…
—Abre las manos para indicar lo trágicamente impredecible que puede ser la vida para los no manipuladores. Llegan las chicas con el curry verde con extra de chile de Vikorn, junto con el vino dentro de un cubo para el hielo de aluminio, una mezcla de vegetales salteados, *tom yan*, col rizada china, una ensalada de pato con especias, guindillas y un poco de *kai yaang* cortado en tiras (pollo asado a la parrilla).

—¿Y qué hacemos para manejarlo bien? —pregunto yo, humillado, irritado y disfrutando con el festín al mismo tiempo.

Él hace un gesto con su mano izquierda que podría parecer obsceno para alguien que no conociera los orígenes rurales del mismo. Lo que está haciendo es como hacerle cosquillas a un pez…, pescar a mano era su deporte favorito cuando era niño. Requiere una paciencia increíble, el simple hecho de acercarse al pez para hacerle cosquillas en el vientre es sólo el principio; los idiotas intentan agarrarlo y pierden la pesca, sólo los más serenos aguantan lo suficiente para hipnotizar al pez y entonces lo cogen. Lo único que necesitas es tener una sangre tan fría como la del pez.

—¿Qué quieres que haga?

—Concentrarte, nada más. Nuestros amigos de la CIA ya no tardarán mucho en hacernos una visita. Respeta las señales y mantén la boca cerrada. ¿O quieres que se lleven a Chanya a la bahía de Guantánamo?

—No harían eso.

—¿Por qué no? Turner era un agente de la CIA que investigaba a musulmanes. Fue asesinado. Lo hizo ella. Pueden dejar que se pudra allí el resto de su vida... o hasta que se haya vuelto completamente loca.

Está utilizando la Mirada Penetrante conmigo. Sé que está jugando al ajedrez de tres dimensiones y probablemente me hace jaque en todos los niveles; pero necesita algo, por eso me ha llevado a cenar con él.

—Si te portas bien y te centras en el caso de Mitch Turner, te diré por qué mi viaje a Indonesia protegerá a Chanya. —Suelto un grito ahogado ante su crueldad. Él se inclina hacia delante—. ¿Te crees muy inteligente? Llevas enamorado de esa puta desde el día en que vino a trabajar para nosotros. Yo lo sé, tu madre lo sabe, hasta ella misma lo sabe sin duda, así como todas las demás chicas.

Me sumo en un silencio estratégico. Entonces, con lo que yo creo que es un buen sentido de la oportunidad y una muestra de astucia mezquina, digo:

—¿Cómo está la *mia noi*?

Fingiendo indiferencia:

—¿Cuál de ellas?

—La cuarta, la que vive en tu mansión de Chiang Mai.

—¡Ah! Ella —frunce el ceño—. Está bien. —Por un momento soy lo bastante tonto como para creer que le he dado en un punto flaco, pero éste es el coronel de policía Vikorn y no parece tener ninguno. Me dirige una sonrisa burlona y se embarca en una brillante parodia de su amada, imitando a la perfección su voz chillona cuando está en plena pataleta: «Eres un mierda, te estoy dando los mejores años de mi vida y tú no lo aprecias, me tienes aquí encerrada, en esta ciudad de campesinos cuando podría estar en Bangkok, ¿para qué me quieres, como una especie de trofeo? Hace un mes que no follas conmigo, se me va a echar a perder el cuerpo. Preferiría dedicarme al gremio que ser tu propiedad privada, ¿qué te crees, que estamos en la jodida Edad Media? ¿Por qué no me das al menos una suma de dinero decente? Sólo porque no quiero a tus hijos me castigas exiliada de todas las personas y cosas que quiero, como si no tuvieras dinero de sobra, tienes más pasta que veinte chinos. Voy a tener una aventura con uno de los guardias de seguridad, eso es lo que voy a hacer, soy joven y tú eres un miserable de mierda a quien no se le levanta. Voy a hacerme el tatuaje más grande que haya en el culo y me voy a poner un aro de plata en el coño digas lo que digas, podría tener a hombres arrastrándose a mis pies, podría…».

¿Qué puedo hacer? Estoy doblado en dos y me ha entrado tos de reírme tanto. Es como si estuviera sentada a la mesa con nosotros.

De vuelta a la comisaría en el Bentley, Vikorn me da unos golpecitos desacostumbradamente tiernos en el hombro. Mete la mano en la guantera de la puerta de su lado, saca una pequeña cartera y me la da. Echo una mirada en su interior. Es una pistola automática Hecker and Kock. Trago saliva.

—Es sólo por precaución. Llévala encima siempre que puedas, sobre todo por la noche. Toma esto también. —Es un pedazo de papel con un número escrito—. Grábalo en los números de marcación automática de modo que puedas llamar con sólo apretar un botón. No habrá respuesta, pero haré que algunos de los chicos vayan a tu encuentro, de modo que asegúrate de estar en tu apartamento o en el club. No va a pasar nada antes de que regrese de Indonesia.

—¿Zinna?

—Me temo que no le va a sentar nada bien lo que tú llamas el plan C. —Vikorn tuvo que concentrarse para borrar la sonrisa de su rostro. Cruza la mirada con la de su chófer por el espejo retrovisor. El chófer está reprimiendo una carcajada.

Capítulo 25

*A*sí es como me lo han contado: un día el fiel Ananda le preguntó al Mejor de los Hombres: «Señor, ¿cómo es que en los animales vemos la representación de todos los dioses: la ferocidad de Kali en el tigre, la fuerza y resistencia de Ganesh en el elefante, la astucia y estrategia de Hanuman en el mono, pero en ninguna parte vemos un animal que refleje a Buda?». Con un gesto de la cabeza el Tathagata contempló el mundo con mirada omnisciente y le describió a Ananda un animal que vivía en otro continente y que era del mismo tamaño que el mono, tenía sólo tres dedos en cada pie y era capaz de permanecer colgado boca abajo de las copas de los árboles durante semanas enteras. Sólo comía las hojas que rechazaban otros mamíferos y poseía un metabolismo tan lento que tardaba una semana en digerir cada comida, aguantaba el dolor y la humillación sin quejarse y por su constitución era incapaz de apresurarse.

Dime, *farang*, ¿puede haber mayor prueba de iluminación que el hecho de que el hombre con el universo a sus pies eligiera al perezoso de tres dedos como modelo de conducta? Si él extinguió el ego tan completamente, ¿por qué no puedo hacerlo yo?

En otras palabras, de repente me encontré totalmente curado del envilecimiento de la ambición. Trabajé en ello durante el fin de semana, medité para alcanzar la tranquilidad, nadé todo el tiempo que pude por el océano sin costa… y me fumé un par de porros. Fue una lucha, pero llegué. No, ya no quiero un ascenso, no quiero los cien mil dólares, que se los quede ella (la zorra) si quiere corromper su alma sirviendo a la sórdida (y en buena parte irracional) venganza de Vikorn, que así sea, pero que tenga cuidado con el karma. La próxima vez la teniente

Manhatsirikit será el pececito rojo que tendré de mascota (sigue doliendo que esté más unida a él —y que sea más inteligente— que yo: ¿en qué podía consistir el plan C?).

De vuelta en el club, como no tengo nada mejor que hacer, realizo esa llamada a Fátima.

Arrastra las palabras por teléfono:

—Querido, ha pasado mucho tiempo.

—Lo siento.

—Estaba empezando a pensar que te avergonzabas de mí.

—Nunca. Últimamente eres demasiado para mí. Estoy intimidado.

—No mientas, querido. A ti no hay nada que te intimide. Pero debes de querer algo, ¿no?

Le explico lo que tengo pensado para Lek. Me complace bastante su vacilación momentánea.

—¿Una Hermana Mayor? ¿Yo? Nunca he hecho esto por nadie, ¿sabes? Nunca he querido hacerlo. Es un camino difícil. —Una risita—: Lo haré si me lo suplicas. Te quiero de rodillas vestido de mujer.

—No puedo suplicar. No sé si es lo correcto o no.

—Querido, no empieces a hablar como un *farang*. No existe lo correcto o lo incorrecto, tanto si el joven Lek es un natural como si no. Si lo es, y la verdad es que así lo parece, entonces ni un ejército entero podría detenerle. Tráemelo. Sabré qué hacer en cuanto le ponga los ojos encima.

—¿Cuándo?

—Ahora.

—Pero si es más de medianoche.

—¿Puede haber un momento mejor?

Llamo a Lek que suelta unos gritos ahogados de sobrecogimiento, emoción y miedo. Tomamos un taxi hacia la Soi 39, donde Fátima posee un apartamento de tres pisos con ático en una de las urbanizaciones más prestigiosas de la ciudad. Por el camino veo a Lek tal y como lo verá Fátima; es demasiado hermoso para su propio bien, maldita sea.

Hija ilegítima de una chica de bar, Karen, y de un soldado estadounidense de raza negra al que nunca ha visto, Fátima es

171

una mujer alta y de un moreno chocolate. Por supuesto está deslumbrante con su kimono favorito (color carmesí con una ancha banda blanca), su alargado rostro trágico, el estómago duro como una tabla de lavar, las manos largas con las uñas perfectamente arregladas, demasiado rímel y unos ojos que han visto las profundidades mismas de la desolación. Se queda de pie en la puerta y toma a Lek de la mano, guardando las distancias. Ya soy un espectador irrelevante. ¿Cómo explicar al que no ve espiritualmente el extraordinario acontecimiento que tiene lugar cuando el espíritu guardián de Lek reconoce a esta vieja alma? Fátima se apoya en la jamba de la puerta; tras ella, una vista de extraños objetos de arte, la mayoría inestimables artículos de jade sobre unos pedestales que conducen a un ventanal panorámico que va del suelo al techo, inundado con las luces de la ciudad y una luna amarilla.

—¡Oh, Buda! —dice, sin soltarle la mano a Lek. Yo toso—. Ahora puedes dejarnos —añade con un susurro quebrado sin apartar los ojos de Lek.

Cuando vuelvo a mi tugurio no puedo dormir. He vivido y trabajado en la división heterosexual del comercio del sexo toda mi vida, he visto todas las cosas que las mujeres y los hombres se hacen unos a otros… y nada se aproxima a la intensidad de los *katoey*. No quiero preocuparme más por Lek, o por lo que Fátima pueda hacerle. Tendrá que seguir las complejas reglas de su nuevo mundo. En comparación, el asesinato de Mitch Turner parece un misterio más penetrable, casi mundano, pero no por ello menos imperioso. Saco el grueso taco de papel A4 que traje de Songak Kolok y empiezo a leer el diario de Chanya desde el principio.

CUARTA PARTE

El diario de Chanya

Capítulo 26

*C*hanya empieza su diario así: «Hay dos Chanyas. Chanya Uno es noble, pura y brilla como el oro. Chanya Dos folla por dinero. Por esa razón las putas se vuelven locas».

Se refiere a ella en tercera persona, un recurso permisible en tailandés hablado y escrito y muy común en las clases más humildes: «Chanya siempre ha querido ir a *Saharat Amerika*».

Considero seriamente traducirlo todo, palabra por palabra, para ti, *farang*, pero el estilo no encaja con el resto de la narrativa y sé cuánto te gusta la congruencia (también me frustré porque no podía introducir comentarios de mi propia cosecha), de modo que he optado por una versión impresionista deplorada por todos los estudiosos de verdad, ¿te parece bien?

América fue un sueño que infectó su alma a través de la pantalla de la televisión cuando ella todavía era una niña. Empezando por el Empire State Building y el Gran Cañón, su mente había acumulado un millón de imágenes brillantes de una nación con talento para promocionarse a sí misma. Un buen día, cuando había ahorrado dinero suficiente para mantener a sus padres durante unos cuantos meses, había pagado la factura del colegio de sus hermanas de aquel semestre, había comprado un terreno en su pueblo cerca de Surin donde construiría su casa trofeo cuando regresara y había adquirido un ordenador portátil con un procesador de textos tailandés, se puso en contacto con una banda que tenían fama de ser honestos y fiables. Sus honorarios eran elevados —casi quince mil dólares—, pero proporcionaban el servicio completo incluido un auténtico pasaporte tailandés con un auténtico visado de entrada a Estados Unidos, un billete de vuelta de avión válido durante un año, un guardaespaldas que la acompañaría hasta el control de inmigración en Nueva York para asegurarse de que no le entrara el pánico en el momento crucial y echara a perder toda la operación, una habitación y un empleo en un salón de masaje en Texas.

A cambio de trabajar en el salón de masaje durante seis meses, la banda reducía el precio a cinco mil dólares. Por supuesto, ella devolvería esta cantidad aumentando los beneficios del salón de masaje, lo cual contribuiría a pagar los costes de la banda. Los primeros meses tendría que conseguir su propio dinero mediante las propinas y haciendo algún trabajito por su cuenta, pero ella ya sabía cómo hacerlo y no se hacía ilusiones. Utilizaría ese tiempo para perfeccionar su inglés, aprender más cosas sobre los hombres norteamericanos y averiguar cuál era la mejor ciudad en la que practicar su profesión para obtener el máximo beneficio.

Tal como ella lo veía, llegaría a lo más alto de su profesión en un país donde pagaban mejor que en ningún otro. Cuando terminara, al cabo de un par de años, todavía no habría cumplido los treinta. Se retiraría a su flamante casa con cochera y pantalla de televisión de plasma gigante, decorada por dentro con fotografías de «Chanya en *Amerika*». Todo el pueblo estaría orgulloso de ella y la tendrían en buena consideración. Sería una reina y todo el mundo aprobaría la forma en que cuidó de su familia. Tal vez tuviera un bebé. A diferencia de la mayoría de sus amigas, ella no se había quedado embarazada de un amante tailandés a los dieciocho años. No tenía hijos y estaba de acuerdo con la moda más reciente en el sentido de que le gustaría la idea de tener un hijo medio *farang* que, al menos según la última tendencia pasajera, solían ser más hermosos que los tailandeses y con una piel más clara. No tenía un especial deseo de casarse, aunque una ceremonia budista no quedaba descartada. Sabía lo suficiente de los hombres *farang* para saber que no era probable que el padre de su hijo se quedara. De hecho, lo más probable era que desapareciera el día que le dijera que estaba embarazada, cosa que a ella ya le parecía bien. La función de los esposos era proveer. Si una mujer tenía dinero, ¿para qué iba a querer un marido? Podía satisfacer sus necesidades sexuales cuando quisiera, aunque siempre había practicado la meditación budista y esperaba volverse más devota cuando terminaran sus días de trabajo. Probablemente abandonaría del todo el sexo cuando se retirara. Ya había pasado mucho tiempo desde que lo había disfrutado o incluso desde que había pensado en él en otro sentido que no fuera el profesional. Y ahora que lo pensaba, no estaba segura de que alguna vez hubiera sentido verdadera pasión por un hombre. El sexo era aburrido. Sólo le daba un vuelco el corazón cuando llegaba el día de la paga.

Había insistido en tener un asiento de ventanilla en el 747 de la Thai Airways y su primera vista de Norteamérica fue la costa de Nueva Inglaterra. La banda eligió que volara hacia el oeste, con una corta escala en el aeropuerto de Heathrow en Londres, de modo que durante la mayor parte del viaje sólo había habido negrura al otro lado de la ventana, puesto que se apartaban del sol. Sin embargo, éste los alcanzaba y a 2.500 metros de altura, la costa de Nueva Inglaterra parece tan prístina como cuando los peregrinos llegaron por primera vez. No tenía ni idea de que la belleza natural de Norteamérica pudiera ser tan impresionante, por lo que era toda una sorpresa contemplar esa tonalidad aguamarina besando perezosamente una recortada línea de rocas que reflejaba la luz matutina con la brillantez de los diamantes. Nunca ha salido de Tailandia, nunca ha visto un paisaje septentrional. Parece tan puro e intacto...

El gran momento llega cuando en la cabina de inmigración un alto y adusto *farang* vestido de uniforme inspecciona detenidamente su pasaporte. El guardaespaldas de la banda está en una cola paralela, observando, listo para agarrarla si los nervios la traicionaban («Oh, perdón, perdón, señor, mi hermana muy emocional, la llevo a sentar allí»).

Pero no le fallan los nervios: «Chanya monta este dragón. Chanya tiene un par de pelotas».

Ésta es la ventaja de elegir a los mafiosos adecuados y, en general, de saber lo que estás haciendo. A muchas chicas las pillan porque el pasaporte es una mala falsificación o porque hay algún problema con el visado. Con estos tipos no. Aunque da la impresión de esforzarse mucho en ello (cuando la atraviesa con esos fríos ojos azules está claro que sabe lo que es, pero ella mantiene la sangre fría y le devuelve la mirada fijamente), el agente de inmigración no puede encontrar ninguna pega a sus papeles y la deja pasar. Ahora los de aduanas quieren registrarle las bolsas porque viene de Bangkok. Aquí también hay muchas chicas que se meten en un lío tremendo porque la banda les ha puesto algo en el equipaje con la intención de hacer dos chanchullos al mismo tiempo, pero este grupo no. El único objeto que mira el agente es el ordenador portátil de segunda mano que compró en Bangkok más que nada para poder mandar correos electrónicos a todos sus amigos y familiares, especialmente a su hermana en la Universidad de Chulalongkorn, pero también porque parte de su plan americano es llevar un diario. El agente la deja pasar y de pronto está en el país. Como en esta tierra pagana no hay ninguna estatua de Buda a la que ofrecerle un *wai*, ella junta las manos cerca de la frente mirando en la dirección de Tailandia. Traducido directamente del tailandés: «Dale los buenos días a Chanya, Norteamérica».

Su guardaespaldas y ella se suben a uno de los autobuses de enlace para tomar el vuelo con destino a El Paso. La observa mientras ella pasa a la sala de última espera y luego desaparece. Otro guardaespaldas que no es tailandés sino texano se reúne con ella cuando baja del avión en El Paso. Tiene el rostro colorado, una calva incipiente, algún problema en la piel y un cuerpo que desprende un olor agrio, pero ella se da cuenta de que es un profesional por la manera en que pasa por alto sus encantos y va al grano. De camino al salón de masaje le explica que la ventaja del desfase horario es que estará fresca y despejada en mitad de la noche, por lo que empezará a trabajar en ese turno dentro de unas cuantas horas. Será mejor que duerma un poco. Le deja caer que es la primera mujer asiática que trabajará para este equipo.

La primera palabra que aprende en español es «coño», una palabra que las mujeres de su gremio utilizan mucho, incluso en Tailandia, pero es que las mexicanas del salón de masaje la utilizan constantemente. Salpica todo lo que dicen y suena indescriptiblemente sucia. La mayoría son bilingües en español e inglés, pero prefieren hablar en español. Suelen tener familia al otro lado de la frontera y se conocen entre ellas de Ciudad Juárez, donde tienen novios y maridos que trabajan de peones en el tráfico de narcóticos. Chanya se había preparado mentalmente para cualquier norteamericano que la contratara y lo cierto es que no había pensado que las otras mujeres supondrían un problema. En seguida comprende que es una cuestión cultural, pero no tiene ni idea de qué hacer al respecto. A ella la criaron con amor y cariño unos pobres pero devotos budistas y ella nunca viola ninguna de las restricciones excepto una. Buda exige a sus seguidores que encuentren un «empleo adecuado». Chanya tomó la decisión de aplazar el cumplimiento de dicho mandato porque la prostitución le ofrecía más dinero que cualquier otro trabajo y le facilitaba el acatamiento de las demás restricciones budistas, sobre todo las que tenían que ver con mostrar respeto a los padres. Según la interpretación tailandesa, ello significaba asegurar su bienestar si eran demasiado viejos para hacerlo por sí mismos. También significaba mantener a sus hermanos hasta que fueran lo bastante mayores para trabajar, un acontecimiento que fácilmente podía retrasarse de forma indefinida. Chanya nunca roba, apenas dice mentiras, cultiva los buenos pensamientos y la bondad afectuosa, nunca toma drogas, no bebe demasiado alcohol en esta etapa de su vida, intenta ver lo mejor de cada persona —incluyendo a sus clientes— y lo más importante, trata de evitar por todos los medios que su mente se corrompa. Todo lo cual, unido a su extraordinario atractivo y a su fantástica figura, pone locas de furia a sus colegas, sobre todo cuando cada vez más hombres piden sus servicios.

Al cabo de una semana ha llegado a su primera conclusión importante: «Aquí las putas son todas unos demonios».

En otras palabras, son inmunes a la compasión o a cualquier salvación budista. Cuando mueran, regresarán a los infiernos de donde vinieron y permanecerán allí decenas de miles de años antes de tener otra oportunidad en forma humana, que probablemente volverán a estropear. La compasión idiota es una fase del principiante en la doctrina budista. Chanya pasó esa fase hace mucho tiempo. Se encierra en un escudo mental impermeable que se traduce en una actitud distante, pero consigue cierto respeto. Los demonios la habían considerado algo frágil y patético, un bocado suculento en el extremo mismo de la cadena alimenticia. Ahora se dan cuenta de que es otra cosa, un animal completamente distinto. «Coño.» Ella no presta atención a su religión, que parece importarles, pero que a Chanya se le antoja un bárbaro producto de uno de sus infiernos más bajos, lleno de un tormento y una angustia que no conducen a ningún sitio: «Chanya se caga en los demonios».

Pasado apenas un mes empiezan a llegar las ofertas de matrimonio. Le divierte el hecho de que el varón texano haga la corte de una manera que en Oriente se reconocería al instante. Te cuenta cuánto dinero tiene, te muestra su rancho igual que un pájaro haciendo alarde de su plumaje y te trata como a una princesa enjaulada. Algunos incluso tienen la sensatez de fingir humildad: «Oh, bueno, no es más que un pequeño rancho, no soy precisamente rico..., pero está claro que la mujer que me acepte a tiempo completo va a tener la mitad antes o después. Ya tengo mis añitos, ¿sabes?».

180

Por lo visto la frontera entre el matrimonio y la prostitución era tan difícil de precisar en Estados Unidos como en Tailandia. Algunos de los ranchos eran gigantescos según la tradición texana, pero ella dudaba que el propietario tuviera verdaderas intenciones de compartirlo. A medida que iba creciendo su fama, cada vez más hombres de cara roja venidos de la jungla (sigue siendo muy tailandesa, para ella todo lo que no sea una ciudad o un barrio residencial es la jungla) llegaban al aparcamiento del salón de masaje en grandes automóviles SUV. Su jefe dobló su tarifa y le dijo que sus cinco mil dólares quedarían saldados en tres meses en vez de en seis; entonces sería libre de marcharse. El hombre era un profesional con experiencia y sabía que era demasiado peligroso conservarla. Antes o después llegarían los federales para echar un vistazo más experto a su pasaporte, quizá cotejarlo con la base de datos de identificación en Tailandia en la que estaban archivadas las huellas digitales.

Ahora decide que el matrimonio no es imposible, pero ella sabe calar a los hombres. Ve la mezquindad detrás del encanto, la presunción de un futuro de dominio indiscutible que surge del hecho de que ella es asiática, serena y fácil de contentar. Por su parte, si algo concreto busca en un hombre, es un sentido de la diversión tailandés. El dinero era importante, pero sin diversión la vida sencillamente no valía la pena vivirla. Aunque disfrutaba de algunas risas y bromas con alguno de los clientes, no se lo estaba pasando muy bien, y menos mientras las mujeres mexicanas desarrollaban una ira homicida contra ella. El jefe también se dio cuenta e insinuó que probablemente tendría que marcharse en cuanto transcurrieran los tres meses, pues esas mujeres tenían muy buenos contactos. En El Paso podía suceder cualquier cosa. Quizá debería irse antes, incluso, y volvió a aumentar su tarifa por horas. En el tiempo récord de dos meses después de su llegada ya era libre para marcharse.

181

Una mujer como ella tenía que ir a Las Vegas. Lo había sabido incluso en Bangkok. La primera vez que ve la ciudad desde el autobús Greyhound reconoce las vibraciones. Valiéndose de sus contactos en la mafia tailandesa-norteamericana no tiene ninguna dificultad en encontrar un trabajo en la mayor agencia de la ciudad. Dicha agencia está tan bien organizada, al estilo americano, que hasta le dieron un curso de iniciación. Chanya está sentada en la sala de conferencias de un gran hotel con, aproximadamente, otras cincuenta mujeres jóvenes, la mayoría de las cuales no son de raza blanca.

Con frecuencia ha oído referirse a la prostitución como a una industria, pero nunca la ha visto tratada como tal. La rubia platino que está de pie, de cara a las nuevas reclutas, es una obra maestra de la cirugía moderna: aumentos de pecho, abdominoplastias, rinoplastias, estiramiento facial…, de todo. Tenía más de cuarenta años —hacía tiempo que le había pasado la edad de estar en servicio activo— y seguramente la habían trasladado al sector de recursos humanos de la profesión. No había cirugía que pudiera hacer mucho sobre su voz, que era como el sonido del papel de lija contra el acero:

—Es así y en este orden. No quiero enterarme de que alguna de vosotras tiene el orden mal entendido, de modo que si tenéis dificultades de aprendizaje o un mal inglés, anotadlo todo. He puesto papel y lápiz en todas las mesas.

»Uno: El cliente llega a las Vegas. Ha oído hablar de nuestros servicios y le pregunta al taxista cómo puede contactar con nosotros de camino desde el aeropuerto.

»Dos: El taxista tiene una de nuestras tarjetas, como ésta. —Muestra una licenciosa mujer asiática con unos enormes pechos desnudos a un lado y el número de teléfono al otro—. Observaréis que hay un código de números en la tarjeta. Cada una de las tarjetas tiene un código distinto.

»Tres: El cliente llama al número y la telefonista le pide el código de la tarjeta. Esto nos ayuda a estar seguros de que es un verdadero cliente y no un poli. También significa una compensación para el taxista.

»Cuatro: El cliente expone sus preferencias, esto es, raza, tamaño de los pechos, estatura, sólo una mamada, masturbación, coito vaginal, coito anal, servicios especiales, todo lo anterior, etc.

»Cinco: La telefonista toma nota de los detalles de su hotel y vuelve a llamarlo a su habitación para cerciorarse de que de verdad esté ahí.

»Seis: Si está donde dice estar, la telefonista le dice el precio y normalmente añade que la chica estará allí en veinte minutos.

»Siete: La telefonista llama a la chica a su móvil y le dice adónde ir. También llama a uno de los guardaespaldas para que se reúna con ella en el vestíbulo del hotel del cliente. Esto es importante. No vais a la habitación del cliente y ni siquiera lo llamáis hasta que el guardia está en su lugar. Introducís el número de móvil del guardia en el vuestro con la función de marcación automática. Si en cualquier momento hay algún problema, apretáis el botón y el guardia subirá volando a la habitación.

»Ocho: Os ponéis en contacto con el guardia y luego llamáis al cliente al teléfono del hotel para que baje a buscaros. No vais directas a su habitación.

»Nueve: El cliente os dice cómo va vestido. Vosotras y el guardia examináis al cliente cuando aparece, pero él no verá al guardaespaldas. Os acercáis y lo llamaréis cariño o encanto, no utilizaréis ningún otro término cariñoso.

»Diez: El cliente os lleva a su habitación. Ahora debe pagaros la tarifa base de doscientos dólares. No hacéis ni un movimiento hasta que os hayáis guardado el dinero.

»Once: Entonces le decís que se saque la polla. Esto es importante. Si es un secreta, no se la sacará. Si se niega, os vais de la habitación. Si no es un poli, se sacará la polla, que vosotras le trabajaréis unos momentos.

»Doce: Le decís que se tumbe en la cama mientras os desnudáis. Una vez desnudas y cuando se os haya comido con los ojos le explicáis que el precio que le ha dado la agencia era simplemente por aparecer y desnudarse. Si quiere más, tiene que pagar. Tendréis vuestras propias tarifas de precios empezando desde las masturbaciones hasta llegar al coito anal. Lo que cobréis en este punto es cosa vuestra, obviamente las jóvenes despampanantes cobrarán más. En cualquier caso se os aconseja que no empecéis vuestro servicio hasta que no tengáis la pasta.

»Trece: Lo demás depende de vosotras y de vuestra creatividad, pero utilizad siempre condón para el sexo oral, vaginal y anal. De vez en cuando os colocaremos algún hombre para que compruebe el control de calidad. Cualquier chica que no le ponga su propio condón al cliente será despedida.

»Catorce: Una salida elegante siempre es buena idea. Sed educadas en todo momento; pero una buena salida da la posibilidad de que el cliente repita. El hecho de que los clientes repitan simplifica las cosas y por supuesto la próxima vez ya sabréis que no es un poli.

183

Al principio se sintió mucho menos aislada que en El Paso. Aquí había muchas mujeres asiáticas del gremio: japonesas, coreanas, vietnamitas, chinas, tailandesas, filipinas, malayas, indias, pakistaníes…, estaban representadas más o menos todas las razas asiáticas. Si bien eran menos populares que las rubias, eso no parecía tener importancia puesto que había trabajo de sobra para todo el mundo. Aquí los hombres eran todos turistas de otras zonas, Nevada entera era como una puerta giratoria y los aviones y autobuses los traían cada semana. Todos los clientes venían con esos ojos salidos de las órbitas, húmedos y expectantes de un hombre que ha escapado de su prisión por una o dos semanas, por un día o por una hora.

No obstante, casi todas las demás mujeres eran ciudadanas norteamericanas. Muchas habían nacido allí y otras habían inmigrado y se habían quedado el tiempo suficiente para hacer el juramento de lealtad y, por norma general, comportarse exactamente como los demás norteamericanos. Prácticamente todas ellas tomaban drogas. Las mujeres blancas solían afirmar, y tal vez con sinceridad, que, para empezar, eran las drogas (principalmente cocaína, crack y metanfetamina, a veces heroína) lo que las había llevado a dedicarse a la profesión. Les hacían falta los billetes grandes para alimentar sus costosos hábitos. Las asiáticas y las negras solían decir que era la prostitución lo que las llevó a las drogas. Todas coincidían en que para sobrevivir en el gremio en Norteamérica tenías que ir más o menos colocada de alguna cosa u otra. Chanya no tardó en comprender lo que querían decir. Los hombres rara vez se molestaban en preguntarle cómo se llamaba, no había conversación, no era divertido, incluso menos que en Texas. Para ella no tenía ningún sentido, puesto que el hecho de imponer una capa de amargura no tenía ningún efecto en la popularidad de la profesión. Por el contrario, ¿podría ser la puritana monotonía de la semana laboral lo que hacía que los hombres buscaran alivio en Las Vegas? No eran precisamente toros embravecidos, sino más bien vacas que esperaban a ser ordeñadas.

Se convirtió en una trabajadora de una cadena de producción, aunque muy bien pagada. Eso era exactamente lo que esperaban los hombres. Les hacía verdadera falta quedar decepcionados; ella los veía empezando a decir para sus adentros cuánto lo sentían mientras se volvían a poner los pantalones, que intentarían por todos los medios llevar una vida mejor y comprarles a sus esposas un vestido nuevo. La belleza y la magnífica figura de Chanya sólo eran ventajas menores…, normalmente los hombres iban con demasiada prisa o sigilo para fijarse en eso.

184

Empezó a beber de manera habitual, generalmente un par de tequilas al término de una sesión para no perder la cabeza. Se quedó más de seis meses, tiempo suficiente para ahorrar treinta mil dólares, y luego tomó un autobús a Washington. La había llamado una de sus amigas de Bangkok. Wan había llegado a Norteamérica poco después que Chanya y había encontrado trabajo en un hotel de Washington D.C., donde la profesión estaba muy bien controlada. El hotel tenía un anexo con sauna y bañera comunitaria para relajarse; allí Chanya podría trabajar.

En Washington, Chanya tarda una semana en darse cuenta de que ha ido a parar al paraíso de las putas. El hotel donde trabaja Wan tiene cinco estrellas, lo cual significa que en él se alojan diplomáticos, secretarios, jugadores, jefes de seguridad y demás. Pero antes de que Chanya haya tenido tiempo de solicitar empleo, su amiga le presenta a un diplomático tailandés llamado Thanee, un hombre de piel clara y de alrededor de cuarenta y cinco años con claros genes chinos que pertenece a una de las tal vez doce familias más ricas que controlan Tailandia. Chanya ha oído hablar de su familia, que a menudo es noticia en Bangkok. El patriarca, que sigue apenas vivo, ganó mucho dinero con el comercio del opio cuando todavía era legal, o semilegal, pero su hijo mayor demostró un verdadero genio comercial al invertir su parte de la fortuna familiar en la electrónica y después en las telecomunicaciones. Thanee es un segundo nieto que no manifestó ningún interés por los negocios, pero que demostró tener aptitudes para la diplomacia. Con sus contactos era inevitable que antes o después se hiciera con un trabajo fantástico en Washington. Forma parte de un grupo de presión permanente que vela por los intereses de la economía tailandesa…, bueno, por los intereses de los patricios tailandeses, para ser exactos.

185

Las negociaciones son muy breves, Chanya y él cierran el trato con poco más que una sonrisa. Al cabo de unos cinco minutos Wan encuentra una excusa para dejarlos solos. Es un alivio tan grande hablar en su propio idioma y estar con un hombre que entiende de dónde viene que casi pierde su profesionalidad: Monitor cardíaco: «¡Bip, *bip, bip*! ¡Peligro! ¡Peligro! ¡Peligro! Es guapísimo».

No hay prisa por llevársela a la cama. Van a un restaurante tailandés cerca de Chinatown donde la anima a que escoja sus platos preferidos. Pide una botella de vino blanco para la ensalada de gambas crudas y una botella de tinto para el pato. La hace reír con algunas bromas tailandesas, pero al mismo tiempo su sofisticación es bastante intimidatoria. No solamente habla inglés a la perfección, sino que además posee una especie de suavidad que parece impresionar, asustar incluso, a los camareros. Domina ambas culturas, lo cual la deja casi muda de admiración. Y lo mejor de todo es que se entienden de maravilla: con este tipo no habrá pasión equivocada ni ofertas de matrimonio. Regresarán a su apartamento sin prisas, a un pausado paso tailandés, su fiesta privada empezará cuando ella le haga lentos masajes con aceite aromático y poco a poco se irá creando más intimidad, él no forzará la situación sino que aguardará a que ella le indique que está lista. Se quedará a pasar la noche, desayunarán juntos, tal vez practicarán el sexo una vez más antes de que él le pague generosamente. Ella se permitirá enamorarse de él de una manera muy controlada. Dentro del sistema de clases tailandés no podrían estar más alejados, de manera que ninguno de los dos va a formarse expectativas poco razonables. Por otro lado, ambos se saludarán con afecto y cierto grado de alivio en su próxima cita. Casi con seguridad ella se convertirá en una de sus *mia noi* o esposas menores en Washington.

Que es exactamente lo que pasó, sólo que ella en seguida se convirtió en su *mia noi* favorita. En realidad, Wan le contó que había dejado a todas las demás la misma semana que conoció a Chanya. La primera esposa de Thanee, Khun Toi, la mismísima matriarca, pasaba la mayoría del tiempo en Tailandia con sus dos hijos y rara vez iba a Washington. Por supuesto, conocía la existencia de las varias *mia noi* de Thanee. Se hubiera reído a carcajadas si alguien le hubiera dicho que su esposo le era fiel. Ella misma, que había recibido educación en Occidente y que estaba tan liberada como cualquier mujer, a su propia manera tailandesa, tenía un amante habitual en Bangkok de cuya existencia Thanee estaba perfectamente enterado. No era imposible que Thanee le presentara a Chanya en su próxima visita. Todo el mundo conocía las reglas, Chanya demostraría gran deferencia hacia Khun Toi y ésta a cambio le tomaría afecto a Chanya.

Eso es exactamente lo que pasó. Khun Toi se quedó diez días y Chanya y ella se llevaron de maravilla y fueron a comprar juntas. Khun Toi le compró a Chanya algunas faldas y vestidos nuevos magníficos, de lo más exclusivo, y Chanya llevó todas sus bolsas a la limusina que las esperaba. Al cabo de diez días Khun Toi le dijo a su marido cómo iban a ser las cosas: Chanya era demasiado hermosa y valiosa para dejarla a merced del comercio del sexo local. Thanee iba a pagarle un estipendio cada mes, lo suficiente para vivir y vestir bien y para acompañar de vez en cuando a Thanee en aquellas pocas funciones sociales donde los norteamericanos no enarcarían demasiado las cejas. A Chanya la invitarían a las veladas sólo para asiáticos. No vivirían juntos y Chanya sería discreta con las idas y venidas del apartamento de lujo de Thanee. Thanee debía darle una llave para que pudiera ir y venir más cómodamente. Por su parte, Chanya se dedicaría a Thanee y no atendería a ningún otro cliente. Eso evitaría el riesgo de enfermedades que durante un tiempo había estado preocupando a Khun Toi. No es que, últimamente, ella y Thanee practicaran el sexo con mucha frecuencia, pero no quería que él enfermara y muriera.

—Tres cuartas partes de mi dinero volverán a mis padres —le explicó Thanee a Chanya delante de Khun Toi. Todos se rieron, al estilo tailandés.

«Chanya cree que tal vez a Khun Toi no le entusiasme organizar los polvos sinvergüenzas de su marido. La olí esta noche cuando me abrazó. Mientras escribo esto ella está haciendo que se la folle. Va a hacer que le explique cómo es Chanya en la cama, qué es lo que él me hace hacer. Bueno, pues hacemos de todo, encanto.»

Al principio Thanee es muy cuidadoso y no le deja más que entrever el más mínimo atisbo de su vida profesional, de

187

lo que se entera es de lo que surge en las charlas triviales entre su nuevo amante y sus amigos tailandeses. Sin embargo, aunque dejó la escuela a los doce años y nunca ha dedicado un minuto a pensar sobre la geopolítica, Chanya lo entiende todo en seguida. Está asombrada e incluso un poco consternada ante la visión extraoficial de esta *Saharat Amerika* que tanto tiempo y esfuerzo le costó alcanzar. Según Thanee y sus amigos chinos, la mayor economía y única superpotencia mundial está al mismo tiempo vieja, estancada, gravada y gobernada en exceso, más sobrearmada que un *Tiranosaurus Rex* y demasiado retrógrada para que experimente ninguna expansión espectacular. China es un país joven cuya vida empezó en 1949. Acaba de entrar en el gran periodo de empresarios alocados y capitalistas sin escrúpulos, disfruta del equilibrio adecuado entre corrupción y ley y orden que permite que sus más fuertes y feroces hombres de negocios acorten camino entre los trámites burocráticos en tanto que a los ciudadanos corrientes los mantienen bajo control. Se aproxima a la edad de oro de los Rockefeller, Joseph Kennedy y Al Capone. Además, China está muy cerca de Tailandia. Cuando se complete la fase actual de los proyectos de construcción de carreteras en Laos, habrá rutas terrestres directas desde Pekín y Shangai hasta Bangkok. Es esto lo que parece entusiasmar a Thanee y a sus asociados más íntimos, tanto los chinos como los tailandeses. China ya domina las economías del sudeste de Asia. En cuestión de veinte años será la mayor economía mundial y el país más importante del mundo para cualquiera que viva en Tailandia. Con más de dos mil millones de capitalistas natos, su potencial de expansión es incalculable.

Al comprender el mensaje subliminal, Chanya se da cuenta con tristeza de que es el último lujo de Thanee en Washington. Él advierte que lo ha entendido. Tal vez le permitió oír ciertas conversaciones de manera deliberada, no hay duda de que es lo bastante inteligente y taimado como para eso.

Sin embargo, los pasos de una carrera requieren planificación y, con los asiáticos, un montón de comidas y botellas de vino. La mayoría de las noches sale vestido de esmoquin. Son pocas las ocasiones en que puede invitarla, pero le compra tres trajes de noche por si acaso. Ella causa sensación con sus vestidos largos y su reluciente cabello negro trenzado y sujeto en alto, el collar de oro que le compró brillando contra su piel morena y en las orejas unas perlas grandes y sencillas engastadas en oro. Chanya ve que no son pocos los chinos y tailandeses que tienen intención de heredarla tras la partida de Thanee. Y así lo hubieran hecho de no ser por una curiosa jugada del propio Thanee.

Chanya cree que en la vida logrará explicarse el motivo concreto por el que Thanee la presentó al *farang*. Durante bastante tiempo pensará en aquel hombre alto, musculoso y más bien poco atractivo simplemente como eso: el *farang*, probablemente porque desde que está con Thanee apenas ha conocido a hombres blancos. ¿Por qué Thanee la invitó a comer con el *farang* en el 7 Duck de la avenida Massachusetts (mimbre y almohadones por todas partes, la pasta, *penne* con mariscos, hubiera estado mucho mejor con más chile) precisamente el día en el que le dio la noticia de que lo habían destinado a Pekín y que se marchaba al cabo de dos meses? A veces piensa que podría haber sido una especie de mala jugada, no a ella sino al *farang*. ¿Quizá fuera la sutil venganza de un diplomático asiático que no había dejado de notar que ni siquiera con su desenvoltura, encanto, inteligencia y perfecto inglés se le podía considerar igual a los norteamericanos que creían dirigir el mundo? Si ése era el caso, entonces fue un golpe de genialidad malintencionada por parte de Thanee; cualquiera podría haber previsto lo fuerte que probablemente sería la caída del *farang*.

Mitch Turner no pudo apartar los ojos de ella durante toda la comida, hasta el extremo de que la situación se volvió embarazosa y Thanee mostró signos de irritación demasiado sutiles para que Mitch Turner los captara. Chanya tenía que bajar la mirada continuamente para no cruzarla con la del *farang*. En ocasiones, con bastante mala educación, se puso a hablar en tailandés con la esperanza de que el norteamericano se ofendiera, pero él no pareció advertirlo. Aquellos ojos azules sencillamente ardían sobre su piel. No podía dejar de mirarla.

Esto no es del todo sorprendente. Llevaba cinco meses en Washington y durante la mayor parte de ese tiempo la había mantenido Thanee, que no tenía nada que envidiarle a una mujer cuando se trataba de ropa y cosméticos. Chanya lleva puesto un traje chaqueta color beis de Chanel, su cremosa piel morena se ha beneficiado de interminables visitas a esteticistas de categoría que también saben cómo realzar el misterio que albergan esos ojos orientales, pero lo mejor de todo es que su elegancia natural convence a todo el mundo de que ella también es una joven diplomática, el producto de la mejor educación que se puede comprar con dinero. Seguro que una chica campesina que empezó su vida laboral cuidando búfalos de agua descalza en el arrozal no sabría sentarse de esta manera, ¿no? ¿Y estar tan relajada que casi resultaba intimidatoria? Ésa fue la palabra que Mitch Turner utilizó más adelante, cuando se conocieron mejor. ¡Durante toda la comida él se sintió intimidado por ella!

Al menos este día la salva el neopuritanismo. Normalmente Turner sólo se permite media hora para la comida, y ésta ya hace setenta minutos que dura. Cuando puede apartar la mirada de ella, entra en una críptica conversación con Thanee que Chanya no puede seguir. Ahora Turner debe regresar a la oficina.

Thanee y Chanya intercambian muestras de alivio imperceptibles para los que no son tailandeses y en cuanto se va piden champán (por supuesto, Mitch Turner nunca bebía en las comidas, y muy poco en las demás ocasiones) y poco a poco se sedujeron el uno al otro por enésima vez. Cuando finalmente llegan al apartamento de Thanee ella se dirige automáticamente al baño para cambiarse, ponerse un albornoz y empezar a darle un masaje. Cuando lo encuentra en el sofá, también con un albornoz puesto, él le entrega una caja forrada de terciopelo azul. Dentro hay una pesada cadena de oro con un Buda como colgante. Cuando lo saca, ve que la cadena es muy gruesa y no especialmente bonita. Es de oro de veintitrés quilates y sola podría valer quizás unos cinco mil dólares. El colgante del Buda es de oro y jade; vale el doble. La verdad es que la cadena no es de su estilo, es demasiado pesada y ostentosa, pero ella sabe que no se trata de eso. Ésta es la manera tailandesa que tiene Thanee de cuidar de ella. El oro es su seguro en Estados Unidos, o en cualquier otro sitio, en realidad. Si alguna vez tiene algún problema serio puede empeñarlo o venderlo. Thanee está diciéndole adiós con otras palabras. Por primera vez en su vida Chanya rompe a llorar por un hombre. No obstante, se recupera rápidamente; sólo el obstinado gesto de su barbilla deja ver lo duro que está luchando para controlarse.

Él la consuela y le hace el amor como nunca antes se lo había hecho. Su ternura lo dice todo. Él también la ama, más de lo que ella se atrevía a esperar, pero ninguno de los dos es tan tonto como para suponer que pueden salir corriendo hacia una isla desierta en alguna parte. Las normas de la pirámide feudal tailandesa están grabadas en sus corazones. A él le era totalmente imposible llevársela a Pekín, eso sería divulgar sus relaciones de un modo que dañaría la reputación de su esposa y en Oriente no hay nada más importante que la reputación. Esta última fiesta de placer es lo mejor que pueden hacer, y lo aprovechan al máximo. Él le prohíbe que vaya al aeropuerto cuando se marche. Ella lo comprende. La noticia de su nombramiento en Pekín se ha hecho pública y la prensa le estará esperando. El aeropuerto no será un buen sitio para una *mia noi*.

Nosotros, los tailandeses, no damos mucho valor a esa compulsiva ampliación de las emociones a través de la distorsión de los músculos faciales tan querida en Occidente. Se dicen adiós por última vez en el aparcamiento del edificio del apartamento de Thanee. El chófer de éste, un tailandés, la llevará a casa. Ambos tienen los ojos secos y cara de pocos amigos cuando se dan el último beso. Los dos saben que no volverán a verse nunca.

En el preciso momento en que el avión de Thanee despegaba, Mitch Turner llamó al apartamento de Chanya donde ella estaba mirando la televisión.

—Hola —dijo, con una voz seca y anormalmente aguda—. Espero que no te importe que haya llamado. Supongo que no te esperabas saber nada de mí, pero, bueno, me dijo un pajarito que Thanee acaba de tomar el avión y tenía miedo de que…, esto…, pudieras estar un poco deprimida. Quizá tengas un montón de otras cosas que hacer, pero si no, me preguntaba si podría invitarte a una copa o a comer algo. La verdad es que me gustaría mucho.

—Piérdete —le dijo Chanya, y colgó. Se puso nuevamente a ver *Los Simpson*, el extravagante humor que apenas empezaba a entender.

No hay duda de que el *farang* es obstinado. No la acecha, no es tan tonto como para eso, pero elige cuidadosamente momentos en los que simplemente aparece. Thanee le dijo que Mitch Turner era un agente secreto de la CIA, aunque pretendía ser otro empleado de plantilla de Washington que se ocupaba de los grupos de presión y de los dignatarios que venían de visita. Son tan extrañas las ocasiones en las que casi chocan el uno con el otro que ella se pregunta si el hombre no estará abusando de sus privilegios profesionales. Un tailandés en ese estado de intensa lujuria (la palabra es suya, duda que Turner lo hubiera llamado así) sin duda empezaría a amenazar antes o después; a Turner le sería muy fácil comprobar su pasaporte y su visado en la base de datos de la CIA y amenazarla con la deportación si no le daba lo que él quería. Ella confía en que no hará tal cosa. De hecho, se comporta como un caballero enamorado. Tranquilamente persistente, desde las aceras, mesas cuidadosamente escogidas en sus cafeterías favoritas, alguna que otra llamada telefónica:

—Sólo compruebo que estás bien, no hay necesidad de que te sientas amenazada. ¿Quieres que desaparezca?

—No, no pasa nada. Siento haberte dicho eso, era un mal momento. Gracias por llamar.

—¿Algún día cuando lo hayas olvidado?

—Tal vez.

Ella cuelga el teléfono con una lánguida sonrisa. El romántico *farang* creía que estaba deprimida por Thanee. Bueno, en cierto modo sí, pero hay muchas maneras de estar deprimido. Cuando te han criado unos granjeros pobres, la enfermedad de amor no deja de ser un lujo y Chanya tenía un problema. Thanee le había pagado tres meses de alquiler de su pequeño apartamento y la había dejado con diez mil dólares, aparte de todo el oro y la ropa cara. Además, todavía tenía los treinta mil dólares que había ahorrado en Las Vegas. Pero cuando el alquiler y el dinero se terminaran volvería a estar en el punto cero en cuanto a lo de hacer fortuna en *Saharat Amerika*. Una semana después de la marcha de Thanee, llamó a Wan para preguntarle si había alguna vacante en la sauna del hotel donde trabajaba.

Wan le consiguió una entrevista con el jefe, un chino de Hong Kong que vio su potencial al instante. Samson Yip se aseguró de que entendiera que estaban en Estados Unidos, no en Asia, especialmente no en Tailandia: había federales por todas partes. Estaban interesados sobre todo en mujeres asiáticas que trabajaran en negocios de sauna y masajes. Algunos de los hombres que acudían a darse masajes eran agentes del FBI con la esperanza de llevar a cabo una operación encubierta en el local. La más mínima insinuación por su parte de abordarlo como cliente sería un desastre no sólo para ella sino también para Samson Yip.

Yip era un hombre bajo y gordo y no compartía su renuencia a lucir enormes cantidades de oro. El collar que llevaba era más grueso aún que el de ella, y mucho más feo. En tanto que tailandesa, estaba familiarizada con la mentalidad china. Él era implacable y avaricioso, pero honesto, no intentaría engañarla. A cambio, sería mejor que ella no lo engañara a él si quería seguir en Norteamérica. ¿Entendido? Bien, pues así son las cosas.

Más de la mitad de los clientes que acudían para los masajes o para utilizar los baños de vapor eran extranjeros. Había algunos sofisticados europeos, franceses e italianos sobre todo, con quienes era posible cierto entendimiento. Muchos eran asiáticos, japoneses y principalmente chinos, que generalmente conocían las reglas del juego. Samson Yip le dijo que en tales casos podía utilizar cierta discreción, pero muy limitada. Por otro lado, con los norteamericanos eso estaba estrictamente prohibido a menos que él personalmente le diera luz verde.

Al cabo de una semana Yip se dio cuenta de que había gastado saliva inútilmente. Chanya era demasiado inteligente para hacer un movimiento en falso. Yip le dijo que nunca

193

se llevara a un cliente a su apartamento. Él proporcionaba la habitación en el hotel. Dicha habitación cambiaba de un día para otro, a veces de una hora para otra, para que así no llamara demasiado la atención.

Algunos empleados del hotel sabían lo que pasaba, por supuesto. Mantenerlos con la boca cerrada formaba parte de los gastos generales de Yip.

En cuestión de dos semanas Yip había doblado el precio por hora de Chanya. Al cabo de un mes era su empleada estrella. No era solamente por su atractivo y sus encantos físicos; esos tres meses con Thanee habían pulido sus talentos naturales. Los diplomáticos apreciaban especialmente cierta sutileza en su aproximación, un nuevo encanto en su conversación. A todos los hombres les gustaba la manera en que hacía que se sintieran especiales. Casi era como no estar con carne contratada, sino algo más parecido a haber encontrado a la mujer de tus sueños esperándote en una sauna.

De modo que cuando Mitch Turner apareció para darse un masaje en todo el cuerpo ella se llevó el susto de su vida. Había tenido mucho cuidado, había tratado de asegurarse de que no la seguía cuando iba y venía del hotel. Entendía muy poco la diferencia entre el FBI y la CIA. Hacía más de tres semanas que no lo veía ni sabía nada de él, por lo que había supuesto que su pasión se había extinguido y que su mente se había volcado en alguna que otra obsesión al caprichoso estilo de los hombres norteamericanos. Pero allí estaba, con una toalla blanca que le envolvía las partes pudendas, tumbado en la camilla de masaje, esperándola.

Ella no dio muestras de reconocerlo, simplemente lo trató como a cualquier otro cliente, excepto porque procuró no hacer nada que pudiera interpretarse mal. Su técnica de masaje había mejorado un poco, aunque a decir verdad nunca tuvo precisamente un nivel de profesional. En su caso Chanya evitó cuidadosamente la parte superior de los muslos y las nalgas. Tenía que admitir que el hombre poseía una magnífica musculatura que obviamente era producto de muchas horas haciendo pesas. Ninguno de los dos dijo nada personal ni dio muestras de conocerse hasta que llevaban media hora de masaje, cuando ella le dijo que se volviera boca arriba y sus miradas se cruzaron. Ella volvió la cara para hablar con la pared.

—¿Por qué has venido?

—Porque estoy obsesionado contigo.

—No quiero que vuelvas a venir aquí.

—¿Cómo puedo evitarlo?

—Me iré, me marcharé a otra ciudad.

—Te encontraré.

—Regresaré a Tailandia.

—Te encontraré.

—Te cortaré la polla mientras estés durmiendo.

—Es la cosa más tailandesa que te he oído decir nunca.

Ella no había considerado que pudiera estar familiarizado con el sudeste de Asia.

Cuando terminó con el masaje y él se marchó, Samson Yip la hizo llamar para que fuera a verle a su despacho. Le preguntó sobre su último cliente. Ella le contó sinceramente todo lo que sabía. Yip puso muy mala cara, casi como si estuviera en estado de choque.

—Lo sabía todo. Absolutamente todo. Hasta los números de habitación que utilizamos. Tenía que ser del FBI o de la CIA. Me cerrará el negocio si no haces lo que él quiere. Depende de ti, puedes huir o puedes verle. Afirma que lo único que quiere es conocerte mejor, cenar unas cuantas veces, nada de sexo, sólo que le des una oportunidad. Es lo bastante raro como para decirlo en serio, ¿no crees? ¿Qué vas a hacer?

—Dile que iré a cenar con él una vez. Eso es todo. Nada de sexo. Si quiere más, tendré que irme…, o puede hacer que me deporten si quiere. Es cosa suya.

Yip movió la cabeza en señal de asentimiento, su gran rostro ovalado de doble mentón se concentró, perplejo.

—Dime una cosa. Parece un buen norteamericano, de vida sana, con una sólida carrera profesional…, la clase de hombre por el que las mujeres como tú vienen a este país para casarse. ¿Por qué sigues rechazándolo?

Chanya miró a Yip a la cara y sólo vio dinero, avaricia, estupidez.

—Porque soy una puta.

Yip volvió a asentir. No era tan estúpido después de todo. Sólo estaba probando lo inteligente que era ella.

—Tienes razón. Un norteamericano como él nunca podría olvidar ni perdonar. En cuanto pasaran los primeros meses de pasión te torturaría durante el resto de tu vida.

—Peor aún, se torturaría a sí mismo.

El chino soltó un gruñido. Había trabajado toda la vida con prostitutas. La manera en que eran capaces de conocer a los hombres con una sola mirada seguía asombrándolo de vez en cuando.

Mitch Turner la lleva a un restaurante tailandés en Adams-Morgan, a poca distancia de Columbia Road. Ella está impresionada de que sepa que no tiene que llevarla a uno de esos sitios tailandeses para gente pudiente donde el chile está diluido y la comida es prácticamente insípida. Éste al que han ido es de presupuesto medio y está frecuentado por tailandeses. La comida, aunque no acaba de ser la que sería habitual en un puesto de comidas de Bangkok, no está nada mal. Uno de los camareros es un joven japonés y durante toda la velada ella está convencida de que Mitch Turner la ha llevado allí para presumir. Cuando lo conozca mejor, cambiará de opinión, pero está impresionada. Parece totalmente norteamericano, de esa clase de hombres que podrían alardear de no tener pasaporte, pero su soltura y evidente familiaridad con las costumbres japonesas hacen que gane en su estima. Lo que más le gusta es su deferencia hacia los orígenes del camarero, hasta el punto de hacerle reverencias. Muy pocos *farang* poseen semejante cortesía.

Ella le regala una de sus sonrisas más generosas. Él está encantado como un colegial. No hay necesidad de dormir con este hombre para tenerlo en la palma de la mano, ya está bien acurrucadito en ella.

Apenas bebe, cosa que la decepciona un poco. Thanee le enseñó a disfrutar de una botella de vino con la cena, y a la tensión que hay en la atmósfera no le iría nada mal recibir un poco de ayuda por parte del alcohol. Lamentablemente, parece que le tenga miedo. Ella se conforma con un solo vaso de vino tinto, Turner bebe agua mineral.

Otra sorpresa: no se le da mal la charla sobre temas triviales. No es tan bueno como Thanee, por supuesto, que podía hablar de forma divertida sobre pompas de jabón; hay cierta afectación en la manera en que Turner charla sobre Washington, esto o lo otro, pero no es tan tosco como ella se había temido ni mucho menos. A cambio ella le confía lo mucho que le gustan *Los Simpson* con el tono entusiasta de una recién convertida. Él sonríe. No obstante, está claro que no decir nada sobre su profesión es algo que ya hace automáticamente. La comida casi ha terminado antes de que él vaya al grano.

—Lamento haberle apretado las clavijas a Yip. Estaba desesperado. Ahora has hecho lo que yo quería y has cenado conmigo. Soy un hombre de palabra, cualquiera que me conozca te lo dirá, de modo que no voy a volver a molestarte. Si dices que no la próxima vez que te pida que nos veamos, me lo tomaré como la definitiva. Sólo haz una cosita por mí. Lee esto. —Le entrega un paquete de la medida de un libro en el que ella ya se había fijado—. Está en tailandés. Si no tienes mucho tiempo, lee sólo el Nuevo Testamento, especialmente los cuatro Evangelios.

197

Ella mira el paquete con desconcierto.

Cuando la deja en su edificio de apartamentos le dice:

—No quiero dormir contigo. No hasta que estemos casados. Sólo quiero verte de vez en cuando. —Una sonrisa apenada—. Quiero cortejarte. Estoy chapado a la antigua.

Ella se lo queda mirando fijamente, con el libro en una mano y el bolso de Chanel en la otra. Reconoce que durante un minuto entero se siente seducida por la perspectiva de una existencia simplificada, segura, limpia y escrupulosamente moral con un hombre fuerte, honesto y devoto que nunca la defraudaría, que la mantendría a ella y a sus hijos y que en general le permitiría vivir felizmente para siempre. Entonces se da cuenta de que está pensando en una telenovela, no en la vida real. La verdad es que el momento escogido se suma a la sensación de irrealidad. ¿Formaba parte de la cultura norteamericana prácticamente proponer matrimonio en la primera cita?

Al reconsiderar la cuestión, su opinión es que se trata de una relación muy peligrosa para uno de los dos. Como inmigrante ilegal, no puede menos que imaginar que la víctima será ella. No obstante, reconoce que él ha ganado el primer asalto. No se negará a verlo otra vez. Sin embargo, hay una cosa que él tiene que entender:

—De ningún modo voy a intimar contigo sin sexo. Piense lo que piense tu dios sobre el tema, será mejor que le digas: no se puede cortejar a una chica tailandesa sin sexo. Toneladas de sexo, hasta que te salga por las orejas.

Ella hace caso omiso de la afligida expresión de su cara y se da la vuelta para dirigirse a los ascensores. Ha decidido no volverse para mirarlo, ni siquiera para decirle adiós con la mano, y él en seguida queda oculto por una columna de cemento. Cuando ella llega a la puerta del ascensor, se para en seco. La voz de Homer Simpson la llama:

—¡Chanya, eh, Chanya! Tengo entradas para el partido de los Isótopos de Springfield el próximo sábado, ¿quieres venir?

—Ella se da la vuelta rápidamente, incluso intenta buscarlo en el aparcamiento, pero no está. Se queda boquiabierta de asombro. No había sido una simple parodia por parte de un talentoso aficionado, aquello fue una imitación perfecta, de calidad profesional, algo más que inquietante.

Mientras sube hacia su apartamento está pensando:

«Esta vez Chanya ha pescado un tipo raro. Veinte minutos en la cama con él y Chanya lo sabrá todo. Su cara no está tan mal, pero él se avergüenza de ella. Quiere ser el guapo chico norteamericano. Algo irreal, como en las películas. En *Amerika* todo el mundo en las películas. ¿Tal vez no se le levanta?»

Eso sí que sería un desastre, casarse con un hombre para descubrir que es un inútil debajo de las sábanas. Pero ¿por qué ha decidido volver a verlo? En el aspecto económico las cosas le van estupendamente bien en la sauna, podría pescar a un montón de hombres asiáticos que conoce en el cuerpo diplomático y que no hacen más que llamarla constantemente, todos los cuales la comprenderían mucho mejor que el *farang*. En ocasiones el karma es un sistema meteorológico demasiado complejo para analizarlo.

Una vez en su apartamento deja la Biblia sobre una mesa, todavía sin desenvolver, y se olvida del tema.

Así pues, ¿quién es Mitch Turner? Chanya se hubiera sorprendido si supiera cuánta gente se ha hecho esta misma pregunta. Tras la primera cena se da cuenta de que no le ha contado nada en absoluto sobre su vida personal. Incluso la traducción al tailandés de la Biblia, que podría parecer un gesto íntimo y encantador por parte de un hombre piadoso, era claramente un acontecimiento artificioso, algo que no era del todo lo que parecía, como si la piedad sólo estuviera en la interpretación.

Espera tres semanas enteras antes de volverle a pedir una cita y en esta ocasión la lleva a The Iron Hearth, cerca de Dupont Circle.

Aquí no hay chile, es romántico en extremo, hay costillas de cordero con capuchas de papel sobre unas mesas estupendamente puestas en torno a una ardiente hoguera. ¿Se dio cuenta de que se estaba tendiendo una trampa? No es la clase de restaurante donde puedes prescindir del vino sin que parezca una descortesía. Realiza una buena y entendida elección de un tinto de Napa que a Chanya le parece estupendo, pero él apenas toma un par de sorbos de su vaso. A media comida la botella ya se ha vaciado en sus tres cuartas partes y Chanya deja el vaso y lo mira de forma significativa. Se lo ha bebido casi todo ella, pero sólo está ligeramente achispada. Con timidez, él toma tres o cuatro sorbos y deja el vaso. Ella continúa mirándolo fijamente. Él vuelve a levantar el vaso y bebe un poco más. Ella no lo deja en paz hasta que no se lo ha bebido todo. Aparentemente satisfecha, deja que el camarero vacíe el resto de la botella en su vaso.

—¿No es la cosa más hermosa que ha visto en toda su vida? —le pregunta de pronto Mitch Turner, con la cara roja, al camarero, quien intercambia una mirada de asombro con Chanya.

Se saltaron el postre y ella tuvo que eludir sus insinuaciones en el taxi durante todo el camino hacia su apartamento. Sus manos fuertes, glotonas y necesitadas estaban por todas partes. Cuando ella amenaza con soltarle un tortazo, él se ríe tontamente.

—Me sale por las orejas, Marge —susurra en esa perfecta e inquietante imitación de Homer.

Una vez en su piso ella lo toma en sus manos al estilo de una puta: primero una ducha juntos, donde le lava cuidadosamente sus partes pudendas con agua fría, que no tiene ningún efecto en su impresionante erección. Canturreando en voz baja para sus adentros, él le cubre los pechos con jabón líquido e intenta escribir su nombre en las burbujas. En la cama cobra vida de una manera que ella nunca hubiera podido prever.

En realidad, es asombroso. Lleva veinticinco minutos dentro y sigue fornicando mientras ella da sacudidas y se encorva debajo de él, aguantando principalmente por orgullo profesional. A su muy tierna pregunta: «¿Te has corrido, cariño?», hecha con acento francés, ella se ve obligada, como verdadera budista, a admitir sin aliento:

—Tres veces.

—Yo también. Él se ríe entre dientes y sigue follando. Cuando llega al cuarto clímax ella está reconsiderando la Biblia cristiana. Quizá no esté tan mal después de todo.

Incluso después de que él terminara por fin y Chanya se lo hubiera llevado de nuevo a la ducha y se quedaran tumbados uno al lado del otro, sigue funcionando la magia de aquel único vaso de vino. Se queda allí echado confesándose como un colegial.

Después de la historia de su vida (fue a un estricto colegio religioso en Arkansas, a Yale, estudió en Japón) empieza con cotilleos de Washington de lo más virulento.

Parece ser que Mitch Turner fue criado por unos estrictos baptistas del sur y que su padre era senador. Tiene una hermana con la que está muy unido y dos hermanos, ambos hombres de negocios con éxito y casi multimillonarios en la industria de las telecomunicaciones. Pero es su extraño repertorio de acentos y voces lo que a ella le llama la atención y lo que la asombra con la fidelidad de las imitaciones. Su interpretación del gran abanico de personajes distintos que parecen habitar su cuerpo es tan precisa que Chanya tiene que taparse la boca de pura extrañeza ante aquel teatro. Cuando se va, ella no puede hacer otra cosa que no sea sacudir la cabeza. Un tipo raro, en efecto.

En su diario Chanya admite cierta crueldad irresistible en cuanto a Mitch Turner y el alcohol. Ella verá cómo actúa una y otra vez, esa metamorfosis sumamente asombrosa. Turner tiene treinta y dos años y pierde aproximadamente la mitad cada vez que bebe. El misterioso proceso lo incapacita totalmente a efectos sociales, pero en privado es un muchacho enorme, gracioso e hipercalentorro de dieciséis años, con una docena de identidades distintas y mucha diversión. A partir de ahora ella siempre tiene una botella de vino tinto en casa. El ritual nunca falla. Él entra cargado de culpa, tenso, serio, taciturno, muy misterioso, insinuando que no sabe cuánto tiempo más puede seguir pecando con ella. Chanya le da un vaso de vino y en cuestión de minutos se ha despojado de toda su personalidad de adulto y se ha convertido en un bebé grandote, manoseador y balbuciente. Después del sexo siempre se descarga psicológicamente. No obstante, el problema es que esta descarga implica una cantidad de historias cada vez más contradictorias. En algunas versiones de su historia personal su querida hermana desaparece y es reemplazada por un adorable pero díscolo hermano al que Mitch está salvando de la perdición permanentemente. A veces su madre es una católica de Chicago. Con bastante frecuencia su padre es un gandul que abandonó a la familia cuando Mitch tenía cuatro años (Mitch llegó donde está ahora a fuerza de brillantez y de becas). En otras ocasiones su padre era un diplomático que estuvo destinado durante años en Tokio, de ahí el dominio que posee Mitch del japonés.

Puede que otra mujer hubiera visto señales de peligro, pero las prostitutas con experiencia están acostumbradas a escuchar a los hombres mientras se lían ellos mismos. Chanya imagina que tiene esposa e hijos en alguna parte y que no la considera lo bastante inteligente como para percatarse de las contradicciones. Le resulta un tanto gracioso pensar hasta qué extremo sus prejuicios lo han llevado a juzgarla mal, reconoce

201

que espera con ganas sus visitas para ser testigo de su cambio radical de personalidad, del sexo extraordinario y, lo mejor de todo, del divertido y alocado balbuceo infantil con distintas voces que en su humilde opinión lo convierte en una especie de genio. Seamos claros, ella ha conocido a un montón de hombres y ni uno solo de ellos la ha hecho reír nunca así. Cierto, es la risa del asombro, o de la incredulidad, pero ¿no es eso lo que se suponía que los hombres enamorados tienen que ser capaces de darle a una chica? No se lo había pasado así de bien desde que estaba en Tailandia.

Su distanciado lado budista también observa que la dependencia que tiene de ella ya empieza a asustar un poco. Dos veces ha admitido que siente que ha renacido. O, para ser exactos, que ha nacido por primera vez. Ahora que él ha conocido la diversión al estilo tailandés se da cuenta de lo absolutamente jodida que fue su infancia (el expletivo es suyo). ¿O sólo era un farol norteamericano?

Está fascinada por lo mucho que él la ha subestimado y le gusta engañarlo para que caiga en contradicciones aún más flagrantes.

—Mitch, ahora dime la verdad, ¿tu padre fue realmente un senador?

—¿Papá? Ya lo creo, uno de los mejores del Capitolio, un magnífico e íntegro norteamericano, de esos a los que les confiarías tu fortuna, o tu esposa.

Ella mira su vaso. Últimamente ha aumentado un poco la dosis. Compró dos copas de vino abombadas, en cada una de las cuales cabía media botella. Ha vertido quizás un cuarto del tinto de Napa en la copa y él se ha bebido más o menos un tercio de dicha cantidad.

Él esboza una sonrisa burlona. Sabe que ella está esperando a que beba un poco más y experimente su metamorfosis. Ya está ligeramente achispado y se ríe por lo bajo. Ella sonríe. Él toma un sorbo. Por supuesto está pensando en el sexo del que está a punto de disfrutar —otro maratón, seguro— en tanto que ella aguarda con su habitual fascinación el cambio de personalidad. Un par de sorbos más y ahí viene. El rostro se le pone colorado y una nueva luz aparece en sus ojos.

—¿Cómo era realmente?

—Una absoluta mierda, un gilipollas de veinticuatro quilates —dice Homer Simpson.

Ella se dobla en dos en el sofá. Es el dramático cambio de conciencia, tan absoluto y descarado, que viene sin avisar ni pedir disculpas. Para ella es la ilustración más literal de la verdad de la doctrina budista que explica que no hay una sola personalidad sino un millón de modos de conciencia. Debidamente comprendido, un individuo puede elegir cualquiera de ellos en cualquier momento, aunque el iluminado no elige ninguno.

—¿Un gilipollas? —Ella se está riendo con tantas ganas que a duras penas le sale la palabra.

Su risa —la risa de una mujer hermosa cuyos encantos, para él, han alcanzado proporciones míticas— es muy contagiosa. Ella lo ve muy claro (aunque todo lo demás sea falso, su obsesión por ella es auténtica o realmente ha perdido el don de saber interpretar a los hombres). Se sienta en el sofá con ella, que no para de reírse desde muy adentro en una abandonada carcajada ventral.

—¿Sabes que una vez apagó el televisor porque salían dos perros follando? —Eso la hace estallar de verdad y acaba en el suelo, indefensa durante unos cinco minutos. Pero ¿era cierto? ¿De qué se estaban riendo los dos exactamente, del teatro o de la realidad? Tal vez las contradicciones fueran deliberadas al fin y al cabo, para ver si ella jugaba a este juego según sus extrañas reglas. Por un momento cree comprenderlo: es una variación de un tipo de juego sexual común entre los hombres que frecuentan a las putas: su función es entrar en algún mundo de niñez largamente reprimido, que es el único sitio en el que él se siente vivo. Como para confirmar sus sospechas, él empieza unos cinco minutos extraordinarios y comiquísimos en los que imita de forma genial a todas las personalidades de la televisión que ella nombra.

En medio de aquella hilaridad él deja de reír de repente. Esto ella no lo ha visto antes, aunque a partir de ahora se repetirá con mayor frecuencia: súbitamente se ha abierto un agujero en algún lugar de su mente, él traga saliva con nerviosismo y su rostro se ve sacudido por alguna compleja emoción, aunque es difícil saber si se trata de culpabilidad, resentimiento o del puro miedo de siempre; él no da ninguna explicación. ¿Quizá no se ha dado cuenta de su propio cambio de humor? Ella coge el vaso de la mesa de centro y se lo da. Él bebe ávidamente, apurando la copa. En cuestión de segundos ha vuelto la hilaridad. Ella se desvía todo lo posible de los temas peligrosos y deja que la desnude. Toma nota de no volver a preguntarle nunca más acerca de sus padres.

¿En qué consiste exactamente su atracción por ella, aparte de las carcajadas y de los maratones de sexo? ¿Por qué lo aguanta si podría conseguir el mismo dinero con otros cientos de clientes? Cualquier prostituta lo entendería: este hombre extraño ha compartido con ella su complejidad. En una trayectoria profesional que ya casi abarca diez años, lo único que ha conocido de los hombres es la transacción comercial simplificada en exceso, un congreso pasteurizado y de tiempo limitado excepcionalmente apropiado para el Occidente moderno si cambiaran sus leyes hipócritas. Tal como ella lo ve, Mitch Turner es su verdadera introducción a los *Saharat America*. Quizá sí que sea amor lo que le pone una sonrisa en el rostro cuando él está de pie frente al espejo, admirando sus tríceps y preocupado porque ya no va al gimnasio con la suficiente asiduidad. En un hombre atractivo esta vanidad podría resultar violenta, pero en él es una forma de encanto. Al igual que una mujer, constantemente está trabajando para mejorar. Hace mucho tiempo que tiene planeado hacerse un tatuaje épico en la espalda, pero no puede encontrar al artista corporal adecuado en Estados Unidos, donde la mayoría de los tatuajes son muy chabacanos. La próxima vez que vaya a Japón buscará el mejor. Los tatuajes japoneses —los *horimono*— eran una forma de arte genuina y podían ser absolutamente exquisitos. Tal vez algún día reuniera el coraje suficiente para pasar un mes en Japón y someterse a un *horimono* de cuerpo entero.

En la segunda y última visita a su apartamento (su sentido de seguridad personal es extremo) ella descubre, ahora que lo conoce mejor, que el piso es un reflejo exacto de él. A primera vista todo parece estar controlado, todas las cosas en su lugar adecuado como si el menaje estuviera permanentemente en un estado de disposición para el combate; entonces encontró el gigantesco acuario lleno de arañas grandes, exóticas y peludas y las paredes de su dormitorio cubiertas con fotografías de mujeres orientales desnudas tatuadas de forma elaborada. La pornografía no la preocupó ni la mitad que lo hicieron las arañas. ¿Era un pasatiempo normal para un *farang* adulto?

Una tarde en la que ella se encontraba de un humor un tanto hostil hacia los hombres (un pequeño contratiempo en la sauna que le había acarreado una reprimenda por parte de Samson Yip), rompe su propia regla y se enfrenta a él con la que hasta el momento es la más flagrante de sus contradicciones:

—Mitch, sé franco con Chanya durante un minuto, ¿tu padre era senador, os dejó a todos cuando eras pequeño o murió en un múltiple accidente de tráfico cuando tenías doce años?

No se puede dudar de la velocidad de su mente:

—Todo ello es cierto. El hombre al que llamo mi padre, el senador, era en realidad mi padrastro, con el que mi madre se casó después de que papá se marchara. Papá nos abandonó cuando éramos todos pequeños y murió en un choque múltiple cuando yo tenía doce años, pero para entonces hacía más de ocho años que ninguno de nosotros lo veía.

—Y tu madre: ¿una baptista de Texas o una católica de Chicago?

—¿Mamá? Bueno, fue ambas cosas. Nació siendo católica en Chicago, pero cuando se casó con el senador se convirtió, fue la única condición que puso él, al fin y al cabo, casándose con ella le estaba proporcionando un buen empujón en la escala social.

—¿Y tu querida hermana Alice?

El rostro de Turner se ensombrece durante un breve instante y cambia de tema.

—¿De verdad quieres saber cosas de mi niñez? Fue un infierno, tan sencillo como eso. Un infierno al estilo de la tortura deliberada, planeada y de mentes mezquinas de un campo de concentración. ¿Por qué has sacado el tema si sabes que me disgusta?

—Está bien, de acuerdo. ¿Por qué estudiaste japonés?

La pregunta hace que frunza aún más el ceño. Se queda un buen rato sin responder. Ella cree que está luchando con otro de sus demonios asombrosos y muy occidentales y aguarda con expectación. Finalmente lo dice:

—Un viejo veterano de la segunda guerra mundial me inició en la pornografía japonesa. —Ella se queda boquiabierta de estupefacción. Él se explica.

En aquel tiempo, al igual que ahora, los japoneses estaban mucho más avanzados que Occidente en esta importante industria y con trece años, gracias al veterano, Mitch Turner ya era un entendido del género. Su compinche y él tenían lo que prácticamente era una biblioteca de revistas de todo el mundo compradas por correo. A Mitch y a su amigo les llevó un mes de intensa investigación analítica el confirmar empíricamente que el control de calidad japonés prevalecía tanto en la pornografía como en muchas otras industrias. Casi se podía notar la textura de la carne de las chicas, casi oías los gemidos con sólo mirar las revistas. Cuando entraron en el vídeo, la diferencia resultó aún más evidente. Con sus tatuajes sumamente artísticos, las situaciones llenas de inventiva que tanto se adelantaban al cliché de las mujeres con uniforme de colegiala del modelo occidental y la mera variedad del sadomaso, podías entender por qué la economía japonesa iba tan bien. Turner vio futones y más futones ocupados por jóvenes desnudas y artísticamente tatuadas durante todo el camino de Fukuoka a Sapporo.

—¿Y por qué te incorporaste a la…, esto…, esa cosa a la que te uniste, la Compañía?

De pronto Mitch Turner esboza una sonrisa burlona:

—Querían espías que dominaran el japonés pues en aquellos momentos existía la preocupación de que los japoneses estaban robando secretos industriales norteamericanos de un programa patrocinado por el Gobierno. Y yo soy un genio aprobando exámenes, de modo que superé sin ningún problema toda la rutina necesaria para enrolarse. —Una sonrisa condescendiente—: Tengo memoria fotográfica y un cociente intelectual de 165, nivel de genio.

—¿De modo que puedes ser quien tú quieras? —Ella es consciente de lo provocativa que puede ser la pregunta y cruza la mirada con él a propósito, como en una especie de desafío. Observa detenidamente su confusión hasta que él parece decidirse en otro sentido. Con una radiante sonrisa perfectamente convincente, dice:

—¿Sabes?, no creo que pudiera vivir sin ti ahora que te he encontrado. Eres la única mujer en el mundo que me ha entendido.

Sin embargo, los efectos del alcohol están desapareciendo, la metamorfosis de Mitch Turner va a invertirse, la culpabilidad y la responsabilidad no tardarán en reclamarlo una vez más. Chanya cree que es el momento para una última pregunta inocente:

—De modo que follaste como un loco mientras estuviste en Japón, ¿no?

Demasiado tarde, la reacción química se ha invertido, la capa exterior impermeable empieza a cubrirlo lentamente como la herrumbre, protegiendo ese extraño núcleo interno contra aún más oxidación.

—No, no lo hice.

—¿Por qué no?

Él se encoge de hombros, un gesto en el que de pronto hay poco menos que desprecio, e incluso repugnancia.

—Hay mejores cosas que hacer durante el corto tiempo que estás en la Tierra, Chanya. Espero que algún día te des cuenta de ello. Ojalá leyeras esa Biblia que te regalé. ¿Qué te debo por el masaje de hoy?

Ella ya se había acostumbrado a eso. Al final de cada sesión, incluso cuando pasaban la noche juntos, de repente él fingía haberla contratado para un sencillo masaje sin sexo y se empeñaba en pagarle lo que ella le pidiera. Ella ha aprendido a exagerar.

—¿Por el masaje? Quinientos dólares. —Cuando él ya ha pagado con billetes nuevecitos que debe de sacar del banco cada vez especialmente para ella, Chanya dice:

—¿Cuándo volveré a verte?

Menea la cabeza con aire sombrío.

—No lo sé. No estoy seguro de que debamos continuar con esto, no está bien. No es bueno para ninguno de los dos y la verdad es que necesito pensar sobre mi responsabilidad hacia ti, sobre lo que le estoy haciendo a tu alma. No creo que volvamos a vernos durante un tiempo.

Ella asiente, poniendo la expresión adecuada de aceptarlo con pesar. Sabe que volverá a llamarla al cabo de uno o dos días, pero ¿lo sabe él? ¿Hasta qué punto está perdido entre dos mentes?

Ésta es una pregunta que ella no podrá contestar hasta que ya sea demasiado tarde. Al fin y al cabo, está sola en un país grande y duro, y aunque es fuerte, hay veces en las que en su mente también se abre un gran agujero solitario. En una ocasión, sin pensarlo, lo llamó a la oficina para contarle el episodio de *Los Simpson* en el que Marge se pone implantes en los pechos. Tenía su número porque él se encargó de darle su tarjeta de visita cuando iba borracho («Quiero que me llames a cada hora en punto, quiero oír tu voz, quiero pasarme horas y horas diciendo guarradas contigo»: claro que ella no era tan tonta como para utilizarla cuando él estaba sobrio y trabajando). Ahora, súbitamente consciente de lo que ha hecho, aguanta la respiración, no está segura de cómo reaccionará él. Quizás esta vez ha ido demasiado lejos y él romperá la relación de verdad. Una larga pausa, y entonces:

—Marge no tenía intención de que le pusieran implantes..., fue una metedura de pata del hospital. —Una pausa—. Te llevaré a comer. ¿Adónde quieres ir?

—¿A Jake's Chili Bowl?

—Es de negros, no es buena idea.

—Ah, sí, está bien.

—Te diré qué vamos a hacer. Te vistes de mujer de negocios y te llevaré a Hawk and Dove, en el Capitolio, le diré a todo el mundo que formas parte de la delegación de ecología tailandesa. Han venido a pasar dos semanas para intentar evitar que los norteamericanos compren pedazos inmensos de sus reservas naturales. Si alguien viene a hablar con nosotros, ya improvisaremos.

Desde que Thanee se marchó, Chanya no ha tenido la oportunidad de ser un verdadero ser humano. No se dio cuenta de lo mucho que echaba de menos representar el papel de la exótica delegada comercial de Oriente hasta que Turner mencionó el Hawk and Dove, al que Thanee la había llevado dos veces. El diplomático tailandés le había comprado un traje chaqueta negro de corte americano (con pantalones, no con falda) que ahora vestía para Mitch Turner, junto con el grueso collar de oro con el colgante de Buda que nunca se había puesto fuera de su apartamento. Con el cabello recogido con horquillas y el rímel aplicado con astucia tal como te enseñan en los salones de belleza, zapatos negros de tacón alto y una seria expresión en su cara (una vez Thanee le enseñó a aparentar la Adustez Norteamericana, diciéndole que era la mejor expresión facial para lograr que se hicieran las cosas en Estados Unidos), la combinación del austero traje pantalón con el extravagante colgante de oro le da un aspecto más parecido a una miembro de la aristocracia tailandesa que a una integrante de un grupo de presión.

El contexto es el más mágico de los poderes. En Hawk and Dove, sentada en un taburete al lado del extremadamente serio Mitch Turner, que cuando está de servicio no hace otra cosa más que la Adustez, queda claro que los empleados que sirven las necesidades de los miembros del congreso suponen que es una dignataria extranjera de enorme importancia y la tratan con un respeto que no sabía que su alma ansiara. Decide que le encanta el Hawk and Dove y que le sacará a Turner frecuentes visitas al lugar como precio que tendrá que pagar para que se intensifique su relación íntima, aunque en este preciso instante él está experimentando una especie de crisis, pues no se acaba de creer que haya tenido las pelotas de cometer la imprudencia de llevarla allí. Seguro que entre los parroquianos había clientes de Chanya.

Ella miró a su alrededor con una expresión atenta en su rostro. No, que ella recordara no había allí ningún hombre a cuya polla hubiese prestado sus servicios. Mitch empalideció y pidió una botella de vino.

En su diario Chanya no nos cuenta nada más sobre esta comida, o mediante qué proceso terminaron en su apartamento, donde procedieron con el ritual de costumbre. Sin embargo, la comida había tenido un efecto sobre él que ninguno de los dos se esperaba. Después, en la cama, Turner, que todavía está bajo los efectos de su medicina, reflexiona sobre si es prudente presentarla a sus padres. Ella no pregunta qué pareja de madres y padres posiblemente ficticios tiene en la mente. Obviamente, están jugando a una variante del juego habitual. El clima es desenfadado, despreocupado y a Chanya la pilla por sorpresa.

—No es una buena idea, Mitch. Soy tailandesa. Las mujeres tailandesas tienen una fama, ya sabes.

Meditabundo:

—Pero lo hiciste tan bien hoy en la comida. Siempre podría decirles que estás aquí con alguna clase de delegación comercial. Ellos no se darán cuenta. Tendrás que conocerlos antes o después.

—No, no lo haré.

Ver ese agujero abierto en su mente asusta bastante. Seguro que sólo los niños experimentan unos cambios de humor tan descargadores. Su rostro se crispa de furia, de golpe y porrazo, sin avisar. Pero ¿en qué mundo estaban exactamente? ¿De qué padres estaban hablando? El senador y la hermana habían desaparecido hacía semanas, en la versión más reciente lo había criado una tía excéntrica.

—¿Me estás diciendo que no vas a casarte conmigo?

La incredulidad de su voz lo dice todo: «¿Cómo? ¿Una puta del Tercer Mundo dejando pasar la oportunidad de su vida?».

—No quiero hablar de ello.

—Yo sí quiero. Chanya, lamento tener que decir esto, pero no puedo seguir así más tiempo, no puedo, de verdad. No creo que te des cuenta de lo mucho que me estoy comprometiendo en esto. Ni siquiera has leído nada de esa Biblia que te di.

Para que se calle:

—Está bien, leeré la Biblia y luego hablaremos.

Ella no tiene ni idea de por qué su lectura de la Biblia tiene que ser una condición previa para hablar de matrimonio, al fin y al cabo él no ha demostrado el más mínimo interés por el budismo, pero quería hacer algo a toda costa con el pésimo humor que le había entrado de pronto. Aquélla fue la primera vez en la que ella reconoció realmente que el alcohol tal vez no tuviera unos efectos del todo benignos en este *farang*. Cuando se marchó, Chanya hizo un esfuerzo y leyó los cuatro Evangelios en la traducción al tailandés, luego fue al principio y leyó el Génesis antes de perder la concentración. Podía decir sinceramente que nunca había oído un galimatías tan infantil en toda su vida. Por lo visto el cristianismo era una religión milagrosa en la que a los ciegos les era devuelta la vista, los cojos andaban de repente, los muertos se levantaban, y encima ese tipo enigmático que hablaba con acertijos, que conseguía resucitarse y andar por ahí llevando todavía en su cuerpo los agujeros de la crucifixión. ¿Y qué hay del propio Dios que lo empezó todo y que resulta que es varón, por supuesto?

Menuda estupidez plantar esos dos árboles en el Paraíso y luego decirles a Adán y Eva que no coman de su fruto. En su mente el libro entero es una especie de extensión del mundo de fantasía de Mitch Turner. *Los Simpson* eran más convincentes.

Harta de ser objeto de condescendencia, le da, con franqueza, su opinión sobre la Biblia cristiana, sin andarse con chiquitas, y espera la reacción. Por el rostro de Mitch pasan unas expresiones extrañas, su frente está plagada de arrugas, y entonces dice:

—La verdad es que probablemente tengas razón, el cristianismo es una completa sandez. Mira, algún día voy a meterme en política, y en este país necesitas una Iglesia para poder llegar a algún sitio como funcionario del Estado. Tú me has enseñado que me queda mucho camino por recorrer. Debería darte las gracias por ello.

Ella frunce el ceño y le hace una pregunta que nunca se le habría ocurrido antes de estar expuesta a Washington.

—¿Vas a presentarte para presidente algún día?

El rostro de Mitch adopta una expresión de gravedad, como si ella hubiera dado en una verdad personal demasiado profunda para discutirla. Esboza una sonrisa tolerante, pero no responde.

Esta vez Chanya no le ve la gracia. Este hombre no es más que una maraña de trampas, una mente que se descarga rápido, pero que es incorpórea y que escupe explicaciones que cambia de un momento a otro. ¿Quizá la política fuera la única profesión en la que realmente se distinguiría?

211

Chanya hace constar que su relación empezó a deteriorarse a partir de ese momento. Se había dado cuenta de que el alcohol estaba teniendo un efecto negativo, de hecho él empezó a ser un borracho cada vez más desagradable y dejó de darle vino. Él, por su parte, empezó a beber en casa por primera vez en su vida (así lo afirmaba). Ella parece cansada del conflicto continuo y no se molesta en dejar constancia de sus discusiones excepto de una en la que Mitch Turner se puso del lado del feminismo.

Chanya:

—De modo que aquí todas las mujeres son hombres. En este país sólo tenéis hombres. La mitad tiene conejitos, la otra mitad pollas, pero sois todos hombres. Las mujeres caminan como los hombres, hablan como los hombres, se llaman unas a otras gilipollas y coños, igual que hacen los hombres. En otras palabras, doscientos ochenta millones de personas están buscando algo dulce para follarse. —Le muestra su sonrisa más radiante—. No me extraña que gane tanto dinero.

Él se estremece y busca una manera de guiar la conversación (ella cree que aquí está haciendo alarde de su futura personalidad política). Con calma y sinceridad:

—Las mujeres consiguieron su independencia. Quizás exageran un poco, pero, tal como ellas lo ven, estaban dominadas por los hombres, casi hasta el punto de ser esclavas.

—De modo que ahora son esclavas de vuestro sistema. El sistema no las quiere ni las trata bien, sólo las jode. Tienen que matarse a trabajar todo el día en oficinas, trabajar, trabajar y trabajar para hacer rico a alguien. Después del trabajo están exhaustas, pero salen a buscar hombres. ¿Dónde está la mejora?

—Pero tú te prostituyes para los hombres, por lo que eres una esclava del dinero.

—Cuando tú dices dinero, le das un significado *farang*. Cuando lo digo yo, le doy un significado tailandés.

—¿Cuál es el significado tailandés?

—Libertad. Yo hago un trabajo que dura quizás una hora, dos horas, y si quiero puedo vivir con ese dinero el resto de la semana. No estoy dominada por el hombre ni por el sistema. Soy libre.

—Aun así te prostituyes. Estás trabajando.

—¿Ves? Te contradices. Trabajo igual que las demás mujeres, acabas de decirlo.

—Pero tú vendes tu cuerpo. ¿Eso es ser una buena budista?

—No lo entiendes. Yo sólo prostituyo la parte del cuerpo que no es importante y nadie sufre, excepto mi karma un poco. No hago un gran daño. Tú prostituyes tu mente. La mente es el templo de Buda. —Agita un dedo hacia él—. Lo que tú haces es muy, muy malo. No deberías utilizar tu mente de esa manera.

—¿De qué manera? Yo utilizo mi cerebro para trabajar. Eso no es prostitución.

—Thanee me contó muchas veces que los profesionales de Washington como tú no están de acuerdo con el presidente, con el modo en que está haciendo las cosas. Es un hombre muy peligroso, podría hacer que todo el mundo odiara a Norteamérica. Tú me dijiste que tiene que dividir el mundo entre el bien y el mal porque sólo sabe contar hasta dos. Pero tú trabajas para él, dejas que se sirva de tu inteligencia para unas confabulaciones que acarrearán problemas al mundo entero. Eso es prostitución. Podría suponer un karma muy, muy malo para ti. Tal vez vuelvas siendo una cucaracha.

Mitch Turner se echa a reír. Parece admirar la descabellada ingenuidad de su argumento.

«Chanya está en un aprieto, no sabe qué hacer con este tipo.»

Ella cree que probablemente la relación hubiera continuado deteriorándose tal y como ocurre con ese tipo de relaciones, hubieran tomado caminos separados, tal vez ella hubiera tenido que abandonar Washington, quizá hubiera regresado a Tailandia al cabo de unos cuantos meses más, pues le había ido excepcionalmente bien y ya tenía suficiente dinero para retirarse. Pero la fecha de esta última conversación fue el 10 de septiembre de 2001.

Curiosamente, es este mismo día cuando Chanya, que se siente deprimida y exhausta tras su discusión, anota una de esas revelaciones que le vienen a cualquiera que pase mucho

213

tiempo en un país extranjero. En la esquina de Pennsylvania con la Novena la invade la nostalgia de su tierra natal. Está experimentando una revolución en su actitud.

Desde el principio había algo muy concreto que la había impresionado de los norteamericanos, incluso de los más humildes; era su manera de andar. Hasta los vagabundos caminaban con determinación y energía y con una absoluta certeza sobre la dirección hacia la que querían ir, lo cual era muy diferente al modo de andar de los tailandeses en Bangkok o Surin, donde la necesidad de propósito y dirección no había penetrado mucho en la mente colectiva. Ahora ya había visto mucho de aquel país y en dicho proceso había crecido lentamente un germen de conciencia.

«No saben adónde van, sólo saben hacer que parezca que sí. Caminan de esta manera porque tienen miedo. Algún demonio los está azotando desde dentro. Chanya nunca caminará así.»

Por un momento tuvo la sensación de que lo entendía todo sobre *Saharat Amerika*; coincidió con una decisión de irse a casa, a Tailandia, más bien antes que después. No quería casarse con un hombre asustado que había perfeccionado el arte de ir a ninguna parte con tanto celo y determinación. Admitir que te habías perdido parecía estar más cerca de la iluminación y era mucho más honesto. Incluso más adulto.

Mitch Turner la llamó alrededor de las tres de la tarde del día siguiente, cuando todo el país estaba sumido en el caos. Representaba el papel del profesional consciente e impecable, que era el personaje que utilizaba para trabajar.

—Tendrás que marcharte. —Él sabía, por supuesto, que era una inmigrante ilegal, había comprobado sus datos en la base de la CIA, quizás incluso lo había verificado con sus contactos en Tailandia—. No sé adónde diablos va conducir todo esto, pero puedes apostar a que todo aquel que tenga un pasaporte extranjero de cualquier lugar que esté situado al este de Berlín va a ser sometido a un escrutinio. Ya están hablando de realizar arrestos sin juicio. Podrías verte envuelta en algo que podría robarte años de tu vida.

No hizo falta que se lo dijera dos veces. En cuanto volvieron a funcionar las líneas aéreas se subió a un avión. El 22 de aquel mismo mes estaba de vuelta en su pueblo cerca de Surin, en la frontera con Camboya. El primer artículo de lujo que compró fue un televisor de pantalla plana Sony en el que las imágenes de los 747 estrellándose contra las Torres Gemelas se repetían una y otra vez, daba igual el canal que pusieras.

Aquí termina el diario de Chanya, *farang*.

QUINTA PARTE

Al Qaeda

Capítulo 27

*E*s primera hora de la tarde cuando llego a Soi Cowboy y abro el bar con mis llaves. Estoy ansioso por preguntarle a Lek por su noche con Fátima, pero tengo que hablar con Nong sobre el diario de Chanya.

Nada más encender la luz saludo al Buda con un *wai*. Lo importante, siempre, es no dejar de reponer ni la cerveza ni el espíritu. La mayoría de los clientes beben Kloster, Singha o Heineken, y las chicas, por supuesto, ganan la mitad de su dinero con las bebidas de mujeres, un hecho que a mi madre nunca se le va de la cabeza. Ha dejado un mensaje diciéndome que pida más Kloster y más tequila a los mayoristas en cuanto entre. El tequila no es ningún problema, en el peor de los casos siempre podemos comprar unas cuantas botellas al por menor, pero las existencias de Kloster son peligrosamente escasas.

Cuando levanto la mirada hacia la estatua de Buda, entiendo por fin por qué tengo los nervios tan a flor de piel. El tipo se acaba de quedar sin caléndulas. Fuera en la calle encuentro a un florista a quien le compro todas las guirnaldas que puedo llevar (en mi país, vayas al lugar que vayas, siempre habrá un vendedor de flores con un puesto cargado de guirnaldas de Buda: es una apuesta segura en una tierra poblada por más de sesenta y un millones de jugadores). En cuanto lo he cubierto de flores enciendo un haz de incienso del que mi madre guarda debajo del mostrador, lo saludo a conciencia tres veces con un *wai*, clavo el incienso en el recipiente con arena que tenemos para tal propósito y le ruego que vuelva a darme suerte. En el preciso instante en que termino llega mi madre Nong con los brazos llenos de caléndulas.

—Ayer estuve tan ocupada que olvidé darle de comer —explica desde detrás de todas esas flores. Yo no digo nada, me limito a observarla mientras se da cuenta de las guirnaldas que acabo de colgarle encima—. ¡Vaya! Bueno, ahora nos perdonará. —Una sonrisa radiante—. Debería esperarnos un poco de buena suerte de verdad. ¿Cómo te ha ido en Songai Kolok?

Pongo mala cara y le digo que se siente a una de las mesas. Le hablo del diario y del muy importante hecho de que Chanya conoció a Mitch Turner en Estados Unidos. Tuvo una relación apasionada con él. Nong captó en seguida lo que trataba de decir.

—¿Podría haber pruebas que la relacionaran con él? Si los norteamericanos investigan, seguro que descubren que se veía con una chica tailandesa en Washington. Aunque ella viajara con el pasaporte de otra persona, ¿ellos podrían descubrir quién es en realidad?

—Exactamente.

Levanto la mirada hacia el Buda y tuerzo el gesto. ¿Cuántas caléndulas harán falta antes de que nos perdone por haberlo descuidado? Nong sigue la dirección de mi mirada, se acerca a él, enciende otro haz de incienso y lo saluda a conciencia con unos *wai* con bastante más piedad de la que yo he sido capaz de mostrar.

—Estoy segura de que no hiciste los *wai* como es debido —me reprende—. Ahora estará bien.

En estos momentos suena el *Satisfaction* en mi móvil. Es Vikorn, que quiere saber cómo me ha ido en Songai Kolok.

—Será mejor que vengas aquí —me dice, y cuelga el teléfono.

La zona pública de la comisaría está atestada con la colección habitual: mendigos, putas, monjes, esposas quejándose de sus maridos violentos, maridos quejándose de sus esposas ladronas y mentirosas, niños perdidos, los desconcertados, los implacables, los pobres (aquí todo el mundo es pobre). No obstante, el pasillo está vacío, al igual que el despacho de Vikorn, en el que sólo está él. Me escucha mientras le cuento más cosas sobre el diario de Chanya y los hombres de la CIA, Hudson y Bright, que aparecieron en Songai Kolok. Al cabo de un rato se pone en pie y camina de un lado a otro con las manos en los bolsillos.

—Míralo de esta manera. Tú eres un estudioso brillante con al menos un doctorado en algo horriblemente complicado. Mientras todavía eres un estudiante idealista decides servir a tu país incorporándote a la CIA, que te recluta con entusiasmo. Tras diez años de trayectoria ya no eres un estudiante ingenuo. Todo el mundo a quien conociste en la universidad está ganando el doble de sueldo que tú y se divierte gastando dinero. Hombres y mujeres que en la universidad eran un veinte por ciento más tontos que tú, ahora son capitanes de la industria, multimillonarios de la tecnología…, quizá se han retirado ya de sus primeras carreras profesionales. Ellos sí que no tienen que preocuparse por lo que hacen y no dicen a sus esposas y familias; ellos no tienen que pensar que en cualquier minuto podría llegar la orden para que empaqueten sus cosas y pasen cuatro o cinco años de sus vidas en algún estercolero de mala muerte como Songai Kolok. Ellos sí que no son sometidos a la prueba del polígrafo cada seis meses, a pruebas de drogas aleatorias o a escuchas electrónicas. Por otro lado, tú estás atrapado en la organización. La única esperanza es un ascenso, la única salida de una trampa increíblemente frustrante. Bueno, ser espía es lo mismo que ser soldado en un aspecto. Lo que necesitas es una buena guerra que abra las posibilidades de ascenso. Desde el 11 de septiembre sólo hay una manera de que cualquiera de la Agencia consiga que lo asciendan, y es pillando a unos cuantos miembros de Al Qaeda. Dime, ¿qué te parecieron esos tipos que te encontraste mientras husmeabas por el apartamento de Mitch Turner?

Como siempre, mi maestro había demostrado sin ningún esfuerzo su genialidad estratégica, la superioridad de su mente, sus conocimientos enciclopédicos sobre las debilidades humanas en todas sus formas.

—El mayor, Hudson, era exactamente así —admito.

—¿De mediana edad, frustrado, desesperado por un ascenso, absolutamente harto del tedio del espionaje a pequeña escala, ideológicamente hastiado, preguntándose qué demonios está haciendo en el Tercer Mundo cuando en esta etapa de su trayectoria profesional esperaba verse frente a un enorme y precioso escritorio?

—Sí. —En este momento no parece apropiado mencionar los orígenes extraterrestres de Hudson.

—¿Y el otro?

—El típico *farang* socialmente inmaduro con grandes ideas y tendencia a meterse en trampas para elefantes. —No parece necesario entrar en los antecedentes del pobre chico; la gente sencillamente no se da cuenta de lo aburridas que son las vidas pasadas de la mayoría. Al igual que muchos otros miembros de nuestra especie, Bright ha sido un animal gregario durante más de mil años, resultando muerto de forma honorable en muchas de las grandes batallas de la historia. La duda no penetra en su alma hasta el momento en que yace mutilado y moribundo en Da Nang, cuando consideró lo impensable: «¿Se había dejado engañar?».

—¡Um! —mirándome intensamente—. La gran debilidad de Occidente es que no tiene nada con lo que inspirar lealtad aparte de la riqueza. Pero ¿qué es la riqueza? ¿Otra lavadora, un coche más grande, una casa más bonita para vivir? En todo esto no hay mucho con lo que alimentar el espíritu. ¿Qué es Occidente sino un supermercado gigantesco? ¿Y quién quiere morir por un supermercado? —Me clava la mirada. Yo me encojo de hombros—. Sencillamente es cuestión de ser prudente —Hace ese gesto obsceno de hacer cosquillas a un pez y sonríe burlonamente.

Cuando pregunto por Lek, descubro que ha llamado diciendo que estaba enfermo y que estaría ausente dos días. Nadie sabe dónde está. Cuando llamo a Fátima, ella tampoco lo sabe.

—¿Deberíamos preocuparnos? —le pregunto.

—Cariño, era su momento, tuve que echarlo de su pequeño y confortable nido. ¿Voló o no voló? No hay reglas. Si sobrevive, volverá. Ahora no puede pasar sin mí.

—¿Ni siquiera comprobaste cómo le iba?

—No seas infantil, cariño.

La pasada noche Chanya está otra vez en mis sueños. Un lago artificial de los que sólo se ven en Rajasthan, un cuadrado perfecto con un templo que parece flotar sobre una plataforma blanca en el centro. En la orilla, una línea de hombres jóvenes con aspecto triste y desamparado. Todos los peregrinos son transportados hasta la isla para una entrevista con un monje budista que reside allí. Cuando me toca el turno me encuentro con que no puedo mirar al monje a los ojos. Mi mano sostiene una fotografía de Chanya. Me despierto empapado en sudor.

El sueño me ha afectado. No creo que haya admitido ante mí mismo lo desesperadamente que la quiero, y ahora estoy pasando por esa repugnante forma de angustia que tan entretenida es cuando le ocurre a otro. Una cosa es que Vikorn haya hecho referencia a mi vida emocional con comentarios insidiosos, pero que me supere lo trascendente es harina de otro costal. Aun así, me tomo un buen par de horas antes de abrir mi móvil y paso los nombres hasta que llego a la letra «C».

—¿Sonchai? —dice en ese tono pensado para derretir y que hace que quieras matarla cuando lo utiliza con otros hombres.

—Me estaba preguntando qué tal te irían las cosas.

—¿Ah sí? ¿Leíste mi diario?

Un susurro ronco:

—Sí.

—Supongo que en realidad tampoco es tan interesante. Simplemente pensé que querrías conocer los antecedentes, en caso de que…

—Claro. Lo comprendo. De todos modos hay un par de cosas de las que quizá deberíamos hablar.

—¿Ah sí? ¿Cómo qué?

—No es fácil hablarlo por teléfono, ¿no crees?

—¿Por si nos están escuchando? ¿Tan mal van ya las cosas?

—Bueno, tal vez, no lo sabemos.

—¿Qué quieres hacer?

—Quizá podríamos comer algo, ¿no?

223

Capítulo 28

Olvídalo, *farang*, no voy a contarte lo que pasó en la cena. Digamos que me comporté como un necesitado, torpe y absoluto gilipollas dominado por los nervios (existe una razón por la que el amor es femenino en todas las cosmologías responsables, convierte a los hombres en payasos), pero la lubina al vapor con chile estaba exquisita, el frío blanco australiano fantástico y mi intransigente beso sonoro en aquellos labios divinos al despedirnos fue mejor que ambas cosas (si antes no sabía que estaba chiflado ahora ya lo sabe). Lo dejaré aquí de momento, si no te importa. Me estoy tomando el hecho de que ella ya no trabaje como una manifestación de compasión cósmica. No, claro que no le dije nada sobre el sueño.

Son alrededor de las diez de la noche cuando regreso al Old Man's Club, donde mi madre se ha quedado a cargo. No la veo por ninguna parte, pero muchos de los clientes arrugan la nariz de un modo sentencioso.

Sigo el rastro del aroma hasta la zona cubierta del patio donde está sentada Nong. Hace algo sospechoso con las manos al verme, pero es demasiado tarde.

—Creía que estabas a dieta, ¿no?

—Lo estoy. Incluye fruta.

—Estoy seguro de que no dice fruta y ya está. Apuesto a que pone cítricos, o algo así. Hace unos días eran manzanas.

—La fruta es fruta. ¿Qué diferencia hay?

Decido actuar con astucia en este momento delicado y pongo una encantadora sonrisa en mi boca mientras me acerco. A pesar de sus sospechas, ella responde a mi afectuoso pellizco en la mejilla y no es lo bastante rápida para detener mi mano izquierda cuando quiere agarrar el oloroso manchón amarillo que tiene en el plato.

—Ladronzuelo.

Mastico alegremente. ¡Ah… el durian!, su exquisita decadencia melancólica, su evocadora y viscosa sensualidad, su desnuda, cruda y desvergonzada acritud primigenia, su atractivo triunfalmente mórbido! Bueno, no importa, *farang*, de ninguna manera entenderás el durian sin pasarte media vida aquí.

—Tiene que ser la fruta que más engorda de todo el mundo. El *farang* que te preparó la dieta, sea quien sea, probablemente no haya ni oído hablar de ella.

—Hay un correo electrónico —dice ella, no sin un tono de alivio—. Se va a retrasar por lo menos otra semana. Tiene que quedarse en Estados Unidos por un caso.

Que Buda me perdone, me había olvidado completamente de Superman. Voy corriendo al ordenador y compruebo el correo:

> Mis queridos Nong y Sonchai, lo siento muchísimo pero voy a retrasarme. El Tribunal de Apelación me acaba de comunicar que han adelantado uno de mis tres casos principales y la vista tendrá lugar en los próximos días. Represento a uno de los clientes más importantes del bufete y sencillamente no tengo manera de evitar tener que quedarme aquí. Voy a venir en cuanto termine, y con eso quiero decir tan pronto como termine. Tengo hecha la bolsa del equipaje y en el instante en que acabe con el caso iré directamente del despacho al aeropuerto. Me consumo por vosotros dos. Dios mío, Nong… Dios mío (yo también te quiero, Sonchai, aunque no nos conozcamos).

Estoy reflexionando sobre ello (dice: «te quiero», pero antes dice: «también») cuando de golpe y porrazo todo el mundo se queda paralizado porque dos desconocidos han entrado en el bar.

Bueno, no son desconocidos exactamente. Norteamérica es una sociedad tribal sin lugar a dudas, ¿no es cierto? El efecto que tienen sobre los viejales que hay en el bar me hace pensar en un par de cheyenes que aparecen por un recodo en un bosque para ir a buscar a una banda de crows que está comiendo. Hudson, Bright y todos los clientes se suben los pantalones de un tirón simultáneamente. Hudson se aparta de los hippies

225

arrugados con cara de vinagre y me mira directamente a los ojos.

—Hola, detective, ¿se acuerda de nosotros? —dice Hudson casi sin mover los labios, igual de duro, adusto y angustiado que siempre.

—Songai Kolok. Entonces eran hombres de negocios.

—Y usted era un norteamericano con permiso de residencia y trabajo. Dejémonos de charla y vayamos al grano, ¿sabe por qué estamos aquí?

Sin decir ni una palabra los conduzco fuera, a la parte de atrás. Hudson arruga la nariz y Bright husmea el aire ostentosamente («ése sí que es un hedor tercermundista como no hay otro»).

—Madre, éstos son los dos espías de la CIA que conocí en Songai Kolok cuando fingían ser hombres de negocios de la industria de las telecomunicaciones —le explico en tailandés.

¿Te he dicho ya que en nuestra sociedad primitiva seguimos teniendo cortesía? Mi madre se toma la presentación como un signo de que esos dos hombres se hallan por encima de ella en la pirámide. Ella se pone de pie y los saluda a conciencia con un *wai*. Hudson, creo, lamenta no llevar sombrero para descubrirse y Bright está confuso. Considera si hacer un wai, pero lo deja correr.

—¿Quieres decir que te mintieron? —pregunta mi madre, que todavía mantiene una sonrisa educada.

—Eso es lo que hacen, mentir. Son espías.

—¡Qué asco! —Saluda educadamente con la cabeza a Hudson—. ¿Hablan tailandés?

—Ni una palabra.

Responde al respetuoso saludo de Bright con una sonrisa radiante.

—¿El coronel conoce su existencia? ¿Los vamos a quitar de en medio?

—Mamá, por favor, no sería una buena idea. La CIA es muy poderosa.

—No me gusta la manera en que ese joven olisquea mi durian sin parar. Puede que yo misma lo liquide si sigue haciendo eso. —En inglés—: Siéntense, caballeros, hagan el favor, mi casa es su casa.

Veo que Bright no está nada convencido de que sea seguro sentarse en un lugar con un aroma tan penetrante. Sin embargo, coge valientemente una silla y Hudson hace lo mismo. A Hudson no le ha pasado por alto que se halla en presencia de una atractiva mujer tailandesa de aproximadamente su mismo grupo de edad (veo una terrible amargura que él estaría dispuesto a fundir y reciclar por la mujer adecuada, ¿tal vez una asiática femenina, con cortesía y dulzura? ¿Podría ser que fuera ella?).

—Al mayor le gustas.

—¿Quieres que lo seduzca y que averigüe cuánto sabe?

—Se supone que estás retirada.

—Realmente el joven se cree el no va más, ¿verdad? ¿Mandamos a una de las chicas para que se encargue de él? No creo que ponga la misma cara cuando le mostremos el vídeo de su actuación con los pantalones bajados.

Tengo una expresión de adoración filial en la cara.

—No es mala idea, de verdad. ¿La habitación 10 todavía está equipada?

—Sí, así es, a pesar de tus objeciones puritanas.

Nota explicativa: La querida Nong nunca me ha perdonado por negarme a formar parte de una agrupación que emite pornografía por Internet de la que se paga por minuto, normalmente sin el conocimiento ni el consentimiento del propietario de la erección. La cámara digital oculta estaba instalada y lista para funcionar cuando lo descubrí y puse fin a todo eso.

—¿A quién se lo pedimos? ¿Cuál es su perfil?

—Fácilmente excitable, una buena actuación básica sin demasiada imaginación, probablemente pueda aguantar los veinte minutos enteros si hace falta, uno que aprieta las mandíbulas en la recta final, un triunfalista, le molesta que la dama no llegue al clímax. No queremos a una sumisa, sólo serviría para que se pusiera arrogante y despectivo. Alguien inteligente y sutil que lo vuelva loco: «¡Ah! Espero que vuelvas pronto, me pongo tan caliente cuando no me corro, ¿quieres que te consiga un poco de viagra la próxima vez?».

—¿Nat?

—Es muy veleidosa, pero estoy de acuerdo en que posee el talento. Si está de humor sería perfecta. Voy a ver si está por ahí. —En inglés—: Discúlpenme, caballeros, debo volver al trabajo.

—Nosotros pondremos las cartas sobre la mesa —dice Hudson con un tono de voz monótono y neutro en cuanto mi madre se ha ido—. Tiene información sobre la desaparición de un tal Mitch Turner. Creemos que fue asesinado en un hotel no muy lejos de aquí. Creemos que fue una de las trabajadoras que tenía entonces. —Mira a Bright—. ¿Me he dejado algo?

Bright me mira intensamente a los ojos (quiere, de verdad, que yo entienda, de verdad, lo que va a decir):

—Mire, somos norteamericanos en guerra y no dejamos a nuestros muertos en el campo de batalla, pase lo que pase. Es tan simple como eso. Simplemente no lo hacemos. Así pues, por el interés de todos hay que dejar de joder, dejar todas esas…, esto…, pequeños encubrimientos y conspiraciones y cooperar, acabar con esto y llevar al autor ante la justicia, porque llegaremos al fondo de todo esto, ya lo creo, de un modo u otro. —Por el rabillo del ojo veo que Hudson tiene la gentileza de hacer una mueca de dolor—. Espero que entienda lo que le estoy diciendo, detective.

Les estoy correspondiendo con Miedo y Sobrecogimiento del Tercer Mundo cuando aparece Nat con una sonrisa para preguntar si alguien quiere algo de beber. Bright no aprecia la distracción y responde bruscamente «agua» en el mismo tono de Severidad. Levanta la mirada hacia ella con un parpadeo. La chica lleva puesto un vestido de algodón hasta las rodillas de corte relativamente recatado aunque un poco bajo y no parece que lleve ropa interior. Bright no le recorre el cuerpo con la mirada, pero el agradable contraste del blanco puro con sus cremosas piernas y sus hombros morenos es difícil de pasar por alto. El primer contacto.

—Yo me tomaré una coca-cola si puede ser —dice Hudson con considerable cortesía (creo que está esperando que vuelva Nong).

Yo meneo la cabeza con una sonrisa y Nat les ofrece a Hudson y a Bright un *wai* encantador. Bright lucha con la distracción y gana.

—Tal vez el detective pueda confirmar que estamos todos de acuerdo.

—¿Sobre qué? —le pregunto con una sonrisa.

—Sí —interviene Hudson—, me he perdido un poco. ¿En qué nos estamos poniendo de acuerdo? —¿Por qué tengo la sensación de que esta pareja no disfruta de una relación totalmente satisfactoria?

Bright se pone... bueno, de un rojo intenso.

—Sólo trataba de...

—Sé lo que tratabas de hacer. Tailandia probablemente sea nuestro mayor aliado en esta parte del mundo. Si el presidente quiere fastidiar todas las amistades internacionales que tenemos es cosa suya, pero tú no eres el presidente. —Da la impresión de que está a punto de decir algo más, pero cambia de opinión. Yo me espero a que Bright explote, que dispare a Hudson con una Magnum, tal vez, pero lo único que hace es poner cara de resentimiento infantil. Hudson se inclina hacia delante, clava su mirada en la mía con bastante suavidad, incluso le da a la suya un ligero tono de súplica—. Mire, detective, sabemos lo que es probable que ocurriera. Usted nos conoce. ¿Por qué estamos aquí? Estamos aquí porque la organización para la que trabajamos no va a descansar hasta que se explique la desaparición de Mitch Turner. Hasta entonces, oficialmente nadie puede saber si esto es un caso de terrorismo internacional, de violencia doméstica, un atraco que salió mal..., ¿o qué? ¿Entiende lo que quiero decir? Si sucedió algo entre Mitch Turner y una de sus chicas, si eso es todo lo que pasó, si hay circunstancias atenuantes como es probable que las hubiera, pues a fin de cuentas él era un tipo grande y fuerte. Creemos que desapareció el sábado por la noche, era sabida su baja resistencia al alcohol, no tenía por qué estar en Bangkok... ¿Ve a lo que quiero llegar? Si existen motivos para reducir los cargos a homicidio sin premeditación, o incluso tal vez para declarar que fue en defensa propia, podríamos hacer que la acusación lo escuche y quizá llegar a un trato. Sólo tenemos que aclarar el asunto, sea como sea. Los norteamericanos tenemos una mentalidad muy ordenada. No podemos dejar un caso abierto con las palabras «no resuelto» estampadas encima, al menos en tiempos de guerra, ni en el caso de alguien como Mitch Turner. Nos gustaría que nos ayudara. Por favor.

Nat vuelve con el agua. Al inclinarse sobre Hudson para

servirla deja al descubierto gran parte de su torso frente a Bright, que ahora está a punto para la distracción después de la reprimenda por parte de Hudson. Se queda absorto, con la mirada fija, levanta la vista y se encuentra con los ojos de Nat sobre él. Vuelve a ruborizarse. Segundo contacto.

—Entiendo —digo yo mientras me pregunto qué hacer. Toda esta situación está pidiendo a gritos las habilidades de Vikorn. ¿Qué hace ahora un monje frustrado? ¿Estamos jugando al ajedrez en tres dimensiones o a los faroles con dos cartas?—. La cuestión es que no está en mis manos.

Ahora es Hudson el que se distrae. No es tonto y no se le han escapado las habilidades de Nat. Tanto él como yo observamos con interés clínico mientras ella se inclina sobre Bright para servirle el agua. Su actitud no es de coqueteo, pero sirve el agua con inusual lentitud. Es una noche muy calurosa bajo los toscos fluorescentes de nuestro patio. Todo el mundo está sudando. Casi gota a gota, el agua helada, pura y transparente, llena el vaso que se torna opaco con la condensación. El momento parece prolongarse indefinidamente. Nat no muestra piedad alguna, en tanto que Bright se concentra en el vaso para no mirar de reojo los dos pechos jóvenes y morenos que cuelgan muy cerca de su cara. Cuando ella termina, levanta la vista rápidamente, dice «gracias» en un tono brusco. Ella le hace una ligera y encantadora reverencia manteniendo la seriedad de sus facciones. Tercer contacto.

Farang, te apuesto tu Wall Street contra un mango tailandés a que vuelve, aunque no sea por otra razón que para jugar la carta del joven viril contra el rango superior de Hudson y de este modo recuperar su ego tras aquella humillante reprimenda. Hudson también lo piensa. Aparta la mirada con una mezcla de diversión y enfado (¿por qué tuvieron que enviarle a un niño?). Ahora está esperando a que yo diga algo más. No lo hago. Un suspiro.

—Está bien, ¿en manos de quién está? ¿De ese tipo, el coronel Vikorn? Tiene muchísima fama, y no precisamente de ser un policía honesto.

—Un tipo turbio —dice Bright entre dientes y evitando la mirada de Hudson.

Yo adopto una expresión sumisa.

—¿Le digo que quieren hacer un trato?

Bright no está nada seguro de si estoy siendo sarcástico o si simplemente es mi ineptitud con el inglés. Oscila entre la ira y el desprecio con cierta preferencia por el desprecio. Hudson tose para disimular su reacción.

—Sí, dígale que queremos hablar. Estoy seguro de que podremos resolverlo de algún modo. Nos sería de mucha ayuda poder hablar con la última persona que vio a Mitch Turner con vida. Eso nos causaría una muy buena impresión.

Ambos se terminan el agua de unos cuantos tragos y se levantan para marcharse, les sigo por el club hasta la puerta principal sin quitarle ojo a Bright. Sí, ahí está, ese vistazo por la estancia que se dijo que no iba a hacer. Nat, por supuesto, no está a la vista.

En cuanto están metiditos en un taxi, llamo a Vikorn. Se queda en silencio durante un minuto entero, entonces:

—¿Qué te dice el instinto?

—Nosotros somos los indios, ellos los vaqueros, quieren llegar a un acuerdo. Quieren a Chanya en la reunión, coronel.

Él tose.

—Diles que vengan al bar mañana por la noche. Cerraremos todo el tiempo que dure la reunión.

—¿Chanya va a estar?

—No lo sé.

A altas horas de la noche me suena el móvil. Es Lek, por fin. Un tono desesperado (parece que se esté muriendo):

—Tienes que ayudarme.

El parque Lumpini (llamado así por el lugar de nacimiento de Buda) por la noche: el amor en su máxima degradación, pero se dice que la incidencia del VIH es de más del sesenta por ciento. En la oscuridad: movimientos sospechosos en los bancos y en la hierba, gemidos y susurros amortiguados, los roces de grandes animales en celo, la intensidad (enormemente adictiva, dicen ellos) de la fusión atómica del sexo y de la muerte. Es más de media noche en este jardín tropical. En el extremo del parque tengo que llamar a Lek al móvil para averiguar su paradero exacto. Está solo junto al lago artificial, mirando fijamente el reflejo de la luna en el agua. Cuando lo toco, su cuerpo parece medio congelado.

—Me dijo que viniera aquí —susurra al cabo de un momento—. Insistió en que debía ver su peor faceta.

—Tiene razón. Eso es exactamente lo que se supone que tiene que hacer una buena Hermana Mayor.

—Me siento fatal. Me ha destruido completamente.

—Sólo te está probando. Es mejor que veas lo peor antes de dar el gran paso. Tienes que estar seguro de que no acabarás aquí.

—La mitad de las putas son unos *katoey* —suelta—. Lo han perdido todo, hasta la humanidad más elemental. No son más que… criaturas. Los he visto vagando por los bancos, esperando a clientes, como demonios hambrientos. Algunos de ellos tienen lesiones. ¡Ofrecen sus servicios a los taxistas!

—¿Qué dijo Fátima exactamente?

—Dijo que me ayudaría si me bebía toda la copa de la amargura. Dijo que el camino de un *katoey* es sagrado, sólo los *katoey* y Buda ven realmente el mundo como es. Dijo que tenía que ser fuerte como el acero y blando como el aire.

Cuando lo rodeo con el brazo, empieza a sollozar.

—No creo que tenga la fuerza necesaria. Yo sólo quería bailar.

—¿Crees que bailar es fácil?

Me mira con esos ojos grandes que tiene:

—Gracias por venir. Tuve un momento de debilidad. Será mejor que me quede por aquí un rato. Tengo que verlo todo, ¿no es cierto?

—Sí. —La verdad es que no hay nada más que decir.

Capítulo 29

*E*n circunstancias normales nadie elegiría el Old Man's Club como escenario para llevar a cabo unas negociaciones tan nefastas como éstas, pero es lo mejor que podemos hacer. Los de la CIA, que oficialmente no están aquí, no poseen ninguna oficina, nadie quiere hacerlo en la habitación de un hotel y la comisaría del Distrito 8 no es precisamente el lugar más apropiado. El único motivo por el que estoy presente es porque Vikorn necesita un intérprete en cuya discreción pueda confiar. El único motivo por el que Chanya está presente es para tener la oportunidad de demostrar que no lo hizo ella (pasó todo el día de ayer encerrada con Vikorn en su despacho). El único motivo por el que mi madre está aquí es porque el club es suyo y ni loca va a perdérselo.

Aunque tanto Hudson como Bright la han leído ya muchas veces, se toman un minuto para estudiar la confesión de Chanya, la que Vikorn me dictó y yo escribí y de la que tienen la traducción al inglés así como el original en tailandés. Los dos levantan la vista al mismo tiempo y es el joven y ferozmente impaciente Bright quien habla primero. Me sorprende que empiece dirigiéndose a mí no como al intérprete oficial, sino en mi capacidad de humilde escriba.

—¿Estaba presente cuando se tomó esta declaración, detective?

—Sí.

—¿Fue usted quien la escribió?

—Sí.

—¿Mientras el coronel Vikorn estaba presente?

—Sí.

—¿Y éstas son las verdaderas palabras de la señorita Chanya Phongchit tal y como las dijo en esos momentos?

—Sin duda.

—¿Hubo alguna cosa que le pareciera extraña de su historia?

—No. Tiene que recordar...

Un gesto perentorio con la mano.

—Lo sé, lo sé, esto es Bangkok y estas cosas suceden continuamente. Deje que vaya al grano, detective. —Se inclina hacia delante, los muslos se le separan debido a la presión de unas magníficas pelotas (es evidente)—. Detective, ¿alguna vez ha tenido relaciones sexuales?

Una pausa desconcertada.

—He tenido la suerte de tenerlas de vez en cuando.

—¿Y ha tenido usted la suerte de hacerlo por detrás? No importa qué parte de la anatomía de la dama es más interesante, concentrémonos únicamente en la posición.

Chanya, inexplicablemente, disimula una sonrisa, mi madre frunce el ceño y me mira fijamente, luego mira al coronel. Creo que ella lo ha captado antes que nadie. El coronel no ha entendido ni una palabra.

—Sí. No es mi forma preferida de...

Otro gesto perentorio con la mano.

234

—Ahórrenos el comentario, detective. Deje que le pregunte una cosa. Cuando se aprovechó de su buena suerte de esta manera, ¿observó si la parte delantera de sus muslos estaba verdaderamente cerca de las nalgas de la dama? Hablando en plata, detective, a menos que tuviera usted una polla de sesenta centímetros, ¿su cuerpo no hubiera estado presionando contra el de ella la mayor parte del tiempo con el propósito de mantener la penetración?

El corazón me da un vuelco y mi madre aparta la mirada, indignada, creo, por el hecho de que el coronel y yo (precisamente su hijo) hayamos metido la pata de esta manera. Chanya es la única que permanece impertérrita. A petición de Vikorn traduzco el interrogatorio hasta el momento. Para mi asombro, él también permanece impasible y responde con una sonrisa paternal y amistosa. Debería añadir que, desde la llegada de la CIA, se ha mantenido en el papel de esa idea que tiene todo *farang* del poli tercermundista desaliñado, corrupto, incompetente y ni mucho menos talentoso que apenas capta vagamente lo que se dice y que ya hace rato que ha perdido el hilo. Ha incorporado un leve temblor en su mano izquierda —un sutil complemento, hecho con mucho arte— y tiene una botella medio vacía de Mekong en una mesa próxima a su silla. Esta mañana no se ha afeitado; la incipiente barba gris refleja muy bien la luz. En otras palabras, unos cuantos toques hábiles y el maestro se ha transformado, un logro asombroso si uno tiene en cuenta que, en realidad, ya es un poli tercermundista decadente y con mala pinta, pero de un orden totalmente distinto. Cualquier idiota puede hacer el papel de su contrario, pero interpretar un personaje que apenas se diferencia de la persona que eres en realidad, bueno, eso demuestra un verdadero talento, en mi humilde opinión. Bright lo ha estado ignorando con un desprecio exagerado. Esto es exactamente lo que se esperaba de nosotros. Hudson de momento tiene cuidado de que su lenguaje corporal no lo defina. Bright sigue adelante de una forma implacable, su voz se alza a través de toda la gama de triunfalismo y encuentra su equilibrio en un grito excitado.

—Cualquier mujer que decida castrarlo desde esa posición, aunque tenga los músculos de un levantador de pesos olímpico, hubiera tenido que cortarle primero uno de los muslos, ¿no es verdad? —Por si acaso no está siendo lo bastante explícito para mi pobre entendimiento, se levanta, dobla la declaración de Chanya, supongo que para representar el cuchillo, se inclina hacia delante y echa la mano hacia atrás un par de veces—. Es la única posición en la que un hombre no ha de temer ningún ataque —añade con una sonrisa de triunfo—, ni siquiera aunque la dama tenga acceso a una espada de samurái —y se sienta.

Se lo traduzco a Vikorn, que ha estado observando la actuación con ojos brillantes y que, para asombro de todo el mundo menos de Chanya, se echa a reír y aplaude con torpeza unas cuantas veces. Bright está seriamente desconcertado.

—Por favor, diles a nuestros colegas norteamericanos lo inteligentes que me parecen —me ordena Vikorn y su mano izquierda tiembla cuando va a coger la botella de whisky. En cuanto lo he hecho, veo que Hudson ha decidido por fin interesarse en Vikorn y se lo queda mirando fijamente durante los minutos siguientes—. Se dieron cuenta inmediatamente de es-

235

te evidente fallo, la primera vez que lo leyeron, estoy seguro. —Un sorbo de su tembloroso vaso—. ¿En qué estábamos pensando al presentar una declaración tan propia de principiantes? ¿Cómo se puede pretender engañar a la CIA?

Lo traduzco. Ahora Bright se ha perdido y mira a Hudson, que no le quita el ojo de encima a Vikorn.

—Pero ¿qué íbamos a hacer, caballeros? —Vikorn alza las manos en un gesto de impotencia, como un viejo impotente atrapado en algo que le viene grande—. Chanya, querida, cuéntales exactamente lo que pasó.

Chanya me mira con recato.

—¿Hablo en inglés o en tailandés? La verdad es que mi inglés no es muy bueno.

No me han advertido sobre este nuevo rumbo de las cosas y no sé qué se supone que debo responder.

—Tu inglés es bueno —digo con irritación. Ella me ofrece una de sus sonrisas. Yo me indigno conmigo mismo por derretirme y devolverle la sonrisa. Habla en tailandés, yo traduzco.

—Siempre quise decir la verdad sobre lo que le ocurrió a Mitch, pero recibí instrucciones estrictas de mantener la boca cerrada por motivos de seguridad.

—Eso es absolutamente correcto —corrobora Vikorn.

—En cuanto salimos de este bar aquella noche, Mitch tuvo la seguridad de que nos seguían.

—¡Oh, no! —exclama Bright cuando traduzco, al tiempo que entierra la cabeza en sus manos y la mueve de un lado a otro—. No serían dos hombres con unas largas barbas negras, ¿no?

—Cállate —le dice Hudson, y le hace un gesto con la cabeza a Chanya para que prosiga.

—No les vi las barbas hasta después, en ese momento sólo los vio Mitch. Dijo que ya lo habían seguido anteriormente, en Songai Kolok, que estaba seguro de que lo habían desenmascarado y que tal vez pesara sobre él alguna especie de *fatwa*.

—No puedo creer que estén intentando…

—¿Quieres callarte? —por parte de Hudson. Una mirada de «ya me las pagarás» por parte de Bright.

—Pensamos en escaparnos, pero Mitch dijo que no serviría de nada. Lo peor sería que nos alcanzaran en la calle. Estaba seguro de que no llevarían pistolas. Creyó que en la habitación de su hotel podría manejarlos. —Bright se queda mirando con incredulidad, sujetándose la cabeza con grandes aspavientos y meneándola de un lado a otro.

Hudson interrumpe mirando a Chanya.

—De acuerdo, ya me hago a la idea. Volvieron a su hotel, ellos irrumpieron armados al menos con un cuchillo, lo rajaron y le cortaron la polla. Usted se ve envuelta en la batalla, pero nadie quiere hacerle daño, de modo que acaba llena de sangre, pero ilesa. Digamos que todo esto es un dato conocido. ¿Por qué diablos tuvo que inventarse esta declaración?

Traduzco para Vikorn, que retoma la historia.

—Piensen en ello, caballeros. ¿Qué ha estado diciendo su Gobierno sobre el riesgo contra la seguridad que suponen los fanáticos islamistas aquí en Tailandia? ¿Y qué es lo que le ha hecho ya a nuestro turismo? ¿Cuánto peor puede ir si se informa de una genuina atrocidad terrorista aquí mismo, en Bangkok? No estoy cualificado para encargarme yo solo de algo así. Tuve que dirigirme a las más altas esferas gubernamentales, al jefe de defensa nacional.

Hudson suspira.

—¿Me está diciendo que le pidieron que lo encubriera?

—Sí. ¿Qué otra cosa iban a decir? Toda la historia dependía del testimonio de una puta.

Una pausa.

—¿Es todo lo que tienen?

—Bueno, ahí está el cuchillo, el arma homicida.

Ahora Bright está con la boca abierta, pero los finos labios de Hudson se han separado sólo un poco.

—Bien. Íbamos a preguntarle al respecto. ¿La tienen aquí para enseñárnosla?

—Está en el frigorífico —dice Chanya, y se levanta para traerla. Está cuidadosamente protegida dentro de una bolsa de plástico que Hudson sostiene en alto hacia la luz. Parece estar lidiando con una sonrisa cuando se la entrega a Bright, quien también la sostiene en alto hacia la luz. Menea la cabeza y se la devuelve.

—Todavía no me lo trago. Encontraron unos crespos cabellos negros para colocarlos ahí, vale. ¿Y qué demuestra eso?

—¿Alguna otra cosa? —le pregunta Hudson a Chanya.

—Bueno, Mitch peleó con mucha valentía y en un momento dado logró arrebatarles el cuchillo.

—¿Ah, sí?

—Sí, y cuando uno de ellos intentó agarrarlo, le cortó dos dedos antes de que volvieran a dominarlo.

Ahora la mirada de Hudson se queda fija, la sonrisa ha desaparecido de su boca, pero hay una sutil diferencia en la forma en que la mira.

—Guardó los dedos, ¿verdad? ¿En el frigorífico, por un casual?

Chanya camina hacia el frigorífico, regresa con otra bolsa de plástico y se la entrega. Bright intenta seguir a Hudson, pero éste no revela nada en absoluto. Examina los dedos congelados de la bolsa y a continuación se los pasa a Bright.

—Y cuando mandemos el cuchillo y los dedos al laboratorio, nos confirmarán que algunas de las huellas del cuchillo son de estos dedos, ¿verdad?

—Estoy segura de ello.

—Así que encontraron unos dedos y unos cuantos pelos de una barba negra; ¿no irá a…?

Esta vez a Hudson le basta con mirarlo fijamente. Al fin y al cabo las cosas han dado un giro inesperado y Bright ya no está tan seguro de su cinismo. Cierra la boca y se reclina en su asiento con los muslos separados: «Muy bien, chico listo, tú llevas la voz cantante, pero si la cagas será tu funeral».

Hudson se pone de pie y me hace señas para que me reúna con él en la barra del bar. En un susurro:

—Por favor, dígale a su coronel que venga. —Le hago señas al coronel, que en este preciso momento se está sirviendo otra copa. Vikorn se reúne con nosotros y se inclina hacia delante con las manos en la parte baja de la espalda. Hudson dice—: Pregúntele sólo una cosa, por favor. Si tuviéramos que hacer una apuesta en cuanto a que estos cabellos y dedos resultarán tener un ADN que la CIA confirmará que es de un conocido terrorista islámico, tal vez de uno que murió recientemente…, si tuviéramos que abrir las apuestas, ¿cuánto se jugaría?

—Tres millones de dólares exactamente —dice Vikorn alegremente, olvidándose del dolor de espalda—. ¿Quiere que lo hagamos?

—No —responde Hudson con lentitud—, no disponemos de tanto dinero. Y menos teniendo las de perder. —Me hace un gesto con la cabeza, sorprendentemente amistoso.

—¿Qué va a hacer con su colega? —le pregunto con mi tono más educado. Él no da más respuesta que una sutil alteración de sus músculos faciales. No soy ningún experto en cifrado, pero creo que esa cara podría traducirse como: Bright tampoco quiere pasarse el resto de su carrera haciendo trabajo de campo. Yo digo, en voz baja—: ¿Serviría de algo un vídeo?

Es un verdadero profesional, entiende lo que quiero decir con una velocidad de alivio y menea la cabeza.

—Guárdelo de reserva.

—Es de los que aprietan la mandíbula en la recta final —informo, todavía profundamente sobrecogido por los detallados conocimientos de mi madre sobre el desenfreno masculino.

Aparece una breve sonrisa burlona en torno a la boca de Hudson que la disciplina profesional borra rápidamente.

—Ella lo supo con sólo mirarlo, ¿verdad?

Tengo la sensación de que Hudson regresará.

—Bueno —dice Hudson en voz mas alta, indicándole a Bright que se levante—, naturalmente, esta prueba es algo que no podemos permitirnos el lujo de obviar. Al mismo tiempo, nuestro Gobierno es muy consciente del daño económico que Tailandia podría sufrir si un asunto como éste sale en las noticias. —Una mirada a Bright—. Francamente, esto va a tardar un tiempo en solucionarse, habrá reuniones de alto nivel, se verá involucrada la Seguridad Nacional, irá a la Junta de Jefes de Estado Mayor y probablemente llegue al presidente. Cualquier oficial relacionado con ello atraerá la atención. —Una sonrisa—. Es de esperar que de una forma positiva.

Bright asiente con actitud pensativa. Tal vez merezca llamarse así, puesto que su cambio de postura es instantáneo y muy convincente. Le estrecha la mano a Chanya, llama «señora» tanto a ella como a mi madre y, en general, va dando muestras de cortesía, incluso de gratitud, mientras se dirige a la puerta.

En cuanto se han ido me encaro con Vikorn:

—Has echado la culpa a los musulmanes, podrías desencadenar una guerra.

239

Él menea la cabeza.

—No seas infantil, Sonchai. Tomé en consideración tu delicado corazoncito y acusé a los indonesios, ninguno de tus nuevos amigos de Songai Kolok está implicado. Deberías estar contento.

Cuando llamo a Mustafá le hago la misma observación.

—Pero culpó a los musulmanes —replica él, y cuelga.

Capítulo 30

*P*or si acaso no lo has entendido, *farang,* eso fue el fin del Argumento Principal (la tapadera, acuérdate…, pero no te preocupes, siento que se avecina el Colofón). Vikorn, por supuesto, no esperaba que creyeran su cuento chino, pero, como todos sabemos, ésa no es la manera de actuar de la industria de la inteligencia. La fe es para los niños que cantan en la iglesia, lo que tú necesitas (por lo visto) es una distracción atrayente y fantásticamente complicada que hará totalmente imposible que nadie llegue a ninguna conclusión en ningún sentido, pero que al mismo tiempo se presentará como vehículo para un ascenso (no hace falta que te lo explique, *farang,* creo que fuisteis vosotros los que inventasteis este juego, ¿no?). Supongo que Chanya estará a salvo durante un par de décadas mientras ellos reflexionan sobre el asunto. ¿Vikorn no te deja sin habla a veces?

En consecuencia la cosa está un poco floja por aquí, pero en este preciso momento me fascina bastante la hogareña atmósfera familiar que se ha ido desarrollando en el club esta última semana, gracias a Hudson y a Bright.

Primero Bright. Nat informa a mi madre, quien a su vez me informa a mí, que la verdad es que es bastante buen chico. El desafío de Nat a su virilidad le abrió un buen agujero en su ego, y con el subsiguiente raudal de luz tenemos ahora una imagen totalmente nueva del querido Steve, que se desmoronó inmediatamente después del coito en la tercera cita y confesó que no es el gran patriota duro y caricaturesco que aparenta ser («¿Ah no?», exclamó Nat con una expresión de asombro; «No», admitió él en un tono que reconocía que a algunos les sería difícil de creer); *au contraire,* como solía decir Truffaut, el pobre jovencito está completamente resentido a raíz de un divorcio particularmente desagradable en el que ella hizo las habituales acusaciones infundadas de malos tratos, con el único objetivo de quedarse con la casa, el coche, la cuenta bancaria y la plena custodia de su hija pequeña, sobre la que él sólo tiene derecho a visitas supervisadas.

Observamos mientras pasó por un periodo esquizofrénico en el que no estaba en absoluto seguro de si debía mantener las apariencias o no (o para quién tenía que mantenerlas; yo mismo fui obsequiado con un pavoneo de testosterona y con un triste y mustio desánimo en el intervalo de una hora), pero me alegra informar de que, gracias a la terapia tailandesa, no tardó ni una semana en regresar a la familia de los humanos y ahora llega cada noche a las ocho en punto, paga la tarifa de Nat y se la lleva al piso de arriba donde ella lo recompensa con un orgasmo que incluye todos los accesorios (la oímos desde el bar si apagamos el equipo de música; Bright lo sabe, por supuesto, porque Hudson se lo dijo, pero, como mi país y mis mujeres lo han curado del orgullo desmedido, el querido muchacho reaparece tras su cópula heroica con nada menos que una radiante sonrisa agradecida en sus angulares rasgos nórdicos). Nat me pidió que le preguntara a Vikorn cuánto cobran actualmente los espías norteamericanos.

242

Sin embargo, Hudson, por supuesto, es harina de otro costal. Hablo de múltiples capas (y múltiples facetas). Aquí tengo que ser humilde y admitir que no conozco a ningún asiático que día tras día pueda mantener en el aire una columna de bolas de billar engrasadas como hace él..., ni que quisiera hacerlo. Los *farang* son líderes mundiales en lo relativo a las más sutiles cuestiones de los abusos mentales hacia uno mismo. Él lo hace todo de una manera reservada y sin soltar prenda, por supuesto, cosa que supuso un reto para mi madre, cuyo cortejo ha sido tan discreto —y reservado— que nadie sabe si ya lo han hecho..., ni siquiera si la está cortejando o no (Nong se vuelve tímida, cosa rara en ella, cuando le pregunto sobre el tema, que para mí es más que puramente teórico si tenemos en cuenta lo poco que falta para la visita de Superman. No me extrañaría que utilizara a Hudson para volver a ponerse en forma para papá… o viceversa, todo depende de las condiciones en las que esté papá tras todos estos años; todavía no ha reanudado su dieta, lo cual es una pista de algún tipo, sin duda, aunque indescifrable en el momento en el que escribo). No, mi madre no ha sido de ninguna utilidad en el estudio de Hudson y he tenido que basarme en lo que he podido deducir de los escasos y breves momentos en los que ha bajado la guardia. A ver si tú puedes sacar algo en claro, *farang*. Hudson:

Una vez se animó al oír a Wan y Pat hablar en su lengua materna, el laosiano.

Dirigió una mirada que no era ni negativa ni sentenciosa cuando, una noche en el bar, uno de los viejales mostró sin querer una gran bolsa de hachís.

Ha creído necesario entrevistar a Vikorn en varias ocasiones sin la presencia de Bright ni de ningún intérprete, lo cual parece haber dejado tanto a él como a Vikorn de buen humor.

Tiene cincuenta y seis años.

Se incorporó a la CIA con poco más de veinte años y fue destinado a Laos tras graduarse en la academia.

¡Ah! Hay un sexto punto. Una noche, en un momento en que el bar estaba tranquilo y yo comprobaba en vano el correo electrónico por si Superman había dado señales de vida, se inclinó por encima de mi hombro.

—¿Quieres que hagamos un trato? Te contaré algo que has de saber si tú intercedes por mí con tu madre.

—Que te jodan. No soy el proxeneta de mi madre.

—Perdona, no es eso lo que quería decir. Yo la admiro, la respeto. Ella me hace sentir un cosquilleo en lugares que creía muertos. De modo que te lo explicaré de todas formas. Escucha. ¿Tú crees realmente que Mitch Turner se pasaba el día sentado sin hacer nada en Songai Kolok y sin hacer ninguna contribución a nuestra gloriosa Agencia?

—Me lo estuve preguntando.

—Pues claro que sí, eres un poli de primera, con tu propio y peculiar estilo. Así que piénsalo. ¿Qué tienen en común todos los miembros del mundo secreto? Somos unos cotillas compulsivos, eso es. ¿Y con quién podemos cotillear? Sólo los unos con los otros. La acreditación de seguridad puede llegar a ser un coñazo. No tienes ni idea de la absoluta basura que es gran parte de lo que se denomina servicio de inteligencia. Actualmente, con el cifrado y el correo electrónico, un tipo que tenga los requisitos de seguridad autorizada de Mitch Turner puede escuchar todas las malditas trivialidades que nuestros micrófonos ocultos y agentes captan por toda Asia. Una mujer norteamericana asaltada en el Nepal, un yanqui estúpido que se mete en una pelea en el centro de Tokio, un niño estadounidense raptado en Shangai, cosas que no deberían formar parte de nuestro trabajo, pero que aún así aparecen por nuestras pantallas.

—¿Turner se sentaba a leer esa mierda? No parece propio de él.

—No tenía elección. Pasar la información por la criba formaba parte de su trabajo. Tendría que dar su opinión sobre todo aquello: si era valioso o no y, en caso de que lo fuera, ¿con cuántos asteriscos? En conjunto el juego es básicamente tan estúpido como eso. Debido a la necesidad de la autorización de seguridad hay tipos con doctorado haciendo cosas que no supondrían un desafío ni para un colegial. —Empieza a esbozar esa sonrisa suya—. Drogas también, por supuesto. Seguimos teniendo que hacer un montón de trabajo de narcóticos, los de la DEA son unos idiotas.

Me lo quedo mirando fijamente, pues no tengo ni la más remota idea de adónde quiere ir a parar.

Se inclina un poco más.

—¿Qué demonios crees que hacía ella mientras él se ponía hasta el culo con el opio que le traía? Lo único que necesitaba era su clave de acceso y es probable que él mismo le facilitara el número estando drogado, el opio hace esas cosas…, ves el mundo desde una perspectiva totalmente distinta, con una diferencia de ciento ochenta grados. Sí, he tenido mis momentos. —Dejo de darle al ratón—. Es una mujer muy inteligente. Tal vez sea su hermana la que tenga una mente académica, pero en cuanto a inteligencia extraordinaria en el sentido callejero, Chanya posee la mejor que he visto nunca. —Deja que la sonrisa se extienda un poco más—. Intercede por mí y te contaré más cosas.

—No me importa.

Una risita, a la vez que me agarra del hombro de manera masculina.

—Eres un pésimo mentiroso y me gustas por ello.

Con la CIA aparentemente de mi lado, aprovecho la oportunidad para hacer esa pregunta que nunca parece querer desaparecer:

—¿Te dice algo el nombre de Don Buri? —Él pone una convincente cara de perplejidad y dice que no con la cabeza.

Más tarde, aquella misma noche, cuando Hudson ya se ha ido y el bar está casi vacío, aparece Su de una de las habitaciones del piso de arriba con algo en la mano.

—¿Sabes qué es esto? —pregunta Su mientras rebusca algo en su bolso cuando ya estoy medio fuera del bar. Vuelvo a entrar al instante y me pongo a sudar de excitación y alivio puesto que se trata nada menos que del Sony Micro Vault supersecreto. Te preguntabas por él, ¿verdad, *farang*? Te decías: ¿dónde está ese maldito Micro Vault sobre el que tanto alboroto armó hace capítulos y capítulos? Si es que existe, seguro que era una señal vial. Bueno, la embarazosa verdad es que perdí esa maldita cosa y la he estado buscando por todas partes desde entonces. Hudson y Bright, cómo no, han estado dándome la lata constantemente y a diario (ñigui, ñigui, ñigui: «¿lo ha encontrado ya? No: típico, el poli idiota tercermundista ha perdido el Micro Vault»), pero, por pura vergüenza, no iba a dejar constancia de ello. Prácticamente he puesto el club patas arriba y ahora la más holgazana de nuestras putas lo sostiene en la palma de su mano.

—Hace un par de horas el cliente se me estaba follando con tanta fuerza en la habitación número cinco que tuve que sujetarme al colchón y salió esta cosa y se cayó. Pensé que tal vez vibraría, pero no.

—No —digo al tiempo que lo cojo y me voy tras la barra—, no vibra.

—¿Entonces qué es?

—Es un Sony Micro Vault.

—Ah.

Se inclina hacia mí mientras yo lo encajo en el ordenador y hago doble clic conteniendo la respiración. Su y yo intercambiamos una mirada atónita.

—Es la espalda de un hombre —explica ella, basándose en su gran experiencia.

—Ya lo veo.

—Muy musculoso, un buen cuerpo, la verdad. ¿Qué son esas líneas verdes?

—Es una especie de rejilla.

Hago clic una y otra vez, pero lo cierto es que no hay nada más.

Capítulo 31

Una noche, después del toque de queda de las dos de la madrugada, en el bar ya no hay nadie aparte de Hudson y de mí. Él está más bebido de lo que nunca lo he visto, aunque más o menos mantiene el control. Está sentado en un taburete y empieza a hablar como si continuara una conversación, probablemente consigo mismo.

—¿Libertad? ¿Qué clase de estúpida tirita multiusos es eso? —Con mirada suplicante—: Lo que quiero decir es, ¿qué estamos vendiendo exactamente? La religión oficial de Occidente es nada menos que el dinero. Le rogamos a cada minuto mientras estamos despiertos y vamos a procurar que hasta el último ser humano de la Tierra se arrodille con nosotros, maldita sea. Todas las guerras son guerras religiosas. —Una pausa—. ¿Quieres saber por qué a mi edad sigo todavía aquí? Estoy a apenas unos cuantos centenares de kilómetros de donde me hallaba hace treinta años en Laos. Mira, económicamente no he progresado en absoluto, profesionalmente no mucho y nada desde el punto de vista romántico, ni siquiera desde el punto de vista geográfico. ¿Por qué sigo aquí?

Me encojo de hombros.

—Por la misma razón por la que no pudieron regresar los otros tipos. Por todo el sudeste de Asia hay norteamericanos que nunca vuelven a casa. Sencillamente no podemos. Porque cuando miramos a los ojos de vuestra gente vemos algo, llámalo como quieras. ¿Alma? ¿La mente humana antes de la fragmentación? ¿Algo sagrado que por lo general nosotros los *farang* amputamos como si de amígdalas se tratara porque no comprendemos su función? Quizá sea vuestro condenado budismo. Pero vemos algo. Ahora dime una cosa, detective, cuando miras a los ojos a un *farang*, ¿qué ves?

Como no respondo, él se ríe por lo bajo.

—Ya, lo que yo pensaba.

Tres días después de esta conversación todo cambió. Hudson y Bright llegaron al bar aquella noche con aspecto apesadumbrado. Pidieron un par de cervezas y se las llevaron a una mesa del rincón donde se quedaron susurrando juntos. Finalmente, Hudson se acercó a la barra con su noticia.

—El jueguecito de tu coronel funcionó demasiado bien. Tal vez sea una especie de genio. Bueno, ya veremos. Van a mandar al Jefe.

Capítulo 32

$\mathcal{M}$e han llamado para que acuda a comisaría y estoy en la parte trasera de una motocicleta escuchando a Pisit, que está buscando camorra respecto a una estrella de cine de Hollywood que encabezó una campaña para evitar que una fábrica del norte de Tailandia empleara a niños menores de edad. Presionó a cierto minorista de ropa deportiva que canceló sus pedidos a la fábrica y ésta tuvo que cerrar. Ahora los padres de los niños que acaban de quedarse sin empleo tienen que vender a sus hijas como esclavas sexuales en Malasia debido a la pérdida de ingresos tras lo de la fábrica:

«Cualquier persona que tenga información sobre esos algoritmos del idioma inglés que hacen que sus hablantes tengan tantas pretensiones de superioridad moral, o incluso sobre la psicopatología de las cruzadas en general, que me haga una llamada al *soon nung nung soon soon nung nung soon soon.*»

Cuando nos aproximamos a la comisaría me quito los auriculares. Había un no sé qué en el tono de Vikorn cuando anoche me habló de esta reunión. Parece ser que ha llegado otro más de la CIA, se supone que para hacerse el duro. La presunta relación con Al Qaeda ha hecho que a Langley se le haga la boca agua. Hoy las cosas no pintan bien.

Es una mujer alta, de más de metro ochenta, delgada y con porte militar, de unos cuarenta y tantos años hermosos y sanos, aunque su rostro y su cuello sufren ese aspecto demacrado característico de los que tienen el vicio de correr. Lleva el cabello muy corto, gris y en punta: me pregunto si compartirá barbero con Hudson. No gasta tiempo ni dinero en cosmética y su higiénico olor incluye referencias al ácido carbólico. El traje es de un color gris hierro con unos pantalones anchos. Estamos en el despacho de Vikorn, pero podría ser perfectamente el suyo.

Vikorn, apagado, ha dejado que tome el control, al menos de momento. Una mujer era lo último que se esperaba (pero creo que está ideando un plan). Ella no saca las manos de los bolsillos de sus pantalones y mientras habla va andando de un lado a otro con aspecto meditabundo. Tiene ese aire de superioridad contenida de viejo bibliotecario con acceso a catálogos secretos. Hudson está sentado con incomodidad, tal vez incluso con resentimiento. A Bright no lo han invitado. Nadie interrumpe. Yo traduzco para Vikorn en un susurro para que ella no pierda el hilo de sus pensamientos. La han entrenado para sonreír frecuente e inexplicablemente, ¿quizás en el mismo curso donde aprendió combate sin armas?

—Se trata de una información muy seria. Detective, quiero darle las gracias a usted y a su coronel por proporcionarnos estas pruebas. Esto es un nuevo rumbo para Al Qaeda, y es un rumbo sorprendente. Nunca hemos visto un tema de castración, pero tiene mucho sentido desde su punto de vista —hace una pausa, frunce el ceño con nerviosismo y continúa hablando— y por supuesto podría haber un tema de venganza por el fracaso en Abu Ghraib. ¿Cuál es la idea de Norteamérica que tiene el resto del mundo, especialmente el mundo musulmán en vías de desarrollo? Como una especie de caricatura de Superman, de un superhombre, con énfasis en lo de hombre, una sociedad excesivamente masculina obsesionada con su poder y su virilidad. Si empiezan a cortar nuestros órganos masculinos, eso mandará uno de esos toscos y potentes mensajes que los jóvenes, los ignorantes y los fanáticos tienen tendencia a abrazar. De hecho, los emperadores de la dinastía Ching utilizaron exactamente la misma técnica de intimidación y siempre les cortaban los testículos a los prisioneros de guerra, cosa que ciertamente acabó con la moral del enemigo. Es inteligente. Muy inteligente. No podemos dejar que quede sin respuesta.

Hudson suelta un gruñido. Ella hace una pausa, apoya el culo contra la pared y, con frialdad pero con compañerismo, le hace un gesto con la cabeza a Hudson antes de volverse hacia mí.

—¿Lo ha traducido todo? ¿Voy demasiado rápido? Lamento no hablar tailandés. Mis únicas lenguas extranjeras son el árabe estándar, el español y el ruso.

Le transmito la pregunta a Vikorn, que la mira a los ojos por primera vez y luego vuelve a mirarme a mí.

—Pregúntale en qué punto de la escala salarial del ejército norteamericano se encuentra.

Ante esta pregunta típicamente tercermundista, ella corresponde con una sonrisa condescendiente.

—Dígale a su coronel que no estoy en el ejército.

—Ya sé que no está en el jodido ejército —replica Vikorn—, pero les pagan según la misma escala. ¿Cuál es su rango equivalente? En Laos nunca dejaban de hablar de eso. ¿Ha sobrepasado las categorías de oficial técnico, está en la escala de oficiales o no?

Ella le dirige una mirada glacial a Hudson.

—Es más rápido limitarse a responder a la pregunta —le aconseja Hudson con la vista clavada en el suelo.

—Ya no funciona así —me explica ella. Hablando más despacio y con una deliberación aún más minuciosa, añade—: Su coronel hace referencia a treinta años atrás cuando la Agencia llevaba a cabo una guerra secreta, de modo que la escala salarial era más o menos equivalente a la del ejército. Actualmente suelen pagarnos de acuerdo con el Programa General del Gobierno Federal.

—Muy bien, el PG —dice Vikorn mientras rebusca en el cajón de su mesa—, en cualquier caso la categoría de paga del ejército se basa en él. ¿Qué rango tiene? —Saca una hoja de papel y la examina.

Ella asimila este ataque encubierto sin esfuerzo, tal como un boxeador profesional podría encajar el puñetazo de un aficionado, y enarca las cejas mirando a Hudson como un hombre sobre el terreno capaz de comprender a los campesinos locales.

—No le ha gustado la forma en que caminabas de un lado a otro de su oficina. Está comprobando que entiendes las reglas del oficio. Será mejor que le des lo que quiere.

—Ya veo —dice ella con un firme movimiento de la cabeza—. Puede decirle que estoy en la categoría once si eso sirve de algo.

Lo traduzco. Vikorn lo coteja con su hoja de papel.

—¿Qué grado?

—Categoría once, grado uno. —Unas arrugas horizontales le aparecen en la parte superior de la frente mientras él localiza con los dedos su posición en la escala—. Pero el PG puede resultar engañoso —añade, tratando de asumir el control mientras finge ayudar, de acuerdo con el manual—. Se perciben extras por destino, riesgo, este tipo de cosas.

Vikorn mira a Hudson con las cejas enarcadas.

—Categoría ocho, grado diez —confiesa Hudson.

—Así pues, ella parte de una base de 42.976 dólares antes del destino, en tanto que él parte de 41.808 dólares…, apenas si hay diferencia. —Vikorn sonríe abiertamente.

Cuando lo traduzco, ella menea la cabeza y luego cierra los ojos para imponerse paciencia. Con voz sonámbula (podría ser que el tema significara mucho para ella a pesar de su espectacular irrelevancia):

—Se está llevando a cabo una campaña para cambiar todo el bloque, orientarlo más hacia los resultados, hacerlo más competitivo, más parecido al funcionamiento del sector privado.

—Sin embargo, hay mucha resistencia a los cambios propuestos —comenta Hudson—, el informe BENS no es muy popular.

—¿Lo has leído de cabo a rabo?

—Sí, hay algunos retos prácticos, por ejemplo, ¿cómo evalúas resultados en la colectividad de los servicios de inteligencia? Los mayores éxitos son cosas que no salieron mal. ¿Cómo vas a reconocerle ningún mérito a eso?

Ella menea la cabeza.

—Es un problema.

—Ya lo ven —dice Vikorn cuando yo acabo de traducir—, nada ha cambiado. En Laos no dejaban de quejarse por lo mismo, hasta que aprendieron a hacer tratos con el Kuomintang y los hmong, pero obtenían sólo un diez por ciento por llevar la droga en sus aviones de transporte de Air America, cosa que a los hmong les pareció fantástica considerando lo que solían llevarse los chinos chiu chao, los vietnamitas y los franceses. Fue el incremento de ingresos gracias a la CIA lo que permitió a los hmong seguir luchando tanto tiempo como lo hicieron. Ésa fue una de sus operaciones más exitosas. El capitalismo en su máxima expresión. La verdad es que fue la única operación con éxito en ese teatro. —Yo traduzco.

Ella sonríe con una elegancia glacial.

—Demos por sentado los excesos de Laos, me gustaría volver al asunto que nos ocupa. ¿El coronel tiene alguna pregunta al respecto?

—Pregúntale si Mitch Turner era el verdadero nombre del fallecido.

Tras una pausa:

—Era uno de sus nombres.

Vikorn sonríe y asiente con la cabeza.

—Ahora pregúntale quién era.

Lenta, deliberada, educadamente:

—Es confidencial.

Vikorn vuelve a asentir. Un silencio inexplicable. Ella se vuelve hacia Hudson.

—La gente puede ser muy sutil en esta parte del mundo —explica Hudson—. Acaba de señalar que en su orden de cosas, que podría llamarse capitalismo feudal o *realpolitik* dependiendo del punto de vista de cada uno, ambos somos esclavos mal pagados que él podría comprar veinte veces sin apenas notarlo y que llevan a cabo una investigación sobre la muerte de alguien que probablemente entró en el país con un nombre falso y que, a efectos de la investigación policial, podría incluso no haber existido. En otras palabras, puede que no tengamos mucha influencia.

Debo admirar la distendida adaptación a la situación sobre el terreno por parte de la mujer: coge una silla, la acerca a la mesa de Vikorn y se sienta. Se inclina hacia delante con media sonrisa:

—Mitch Turner era uno de los nombres utilizados por un agente encubierto no oficial, un NOC, que fue destinado al sur de este país, asesinado en una habitación de hotel y que de alguna forma encontró el detective aquí presente. Yo no lo conocía. —Una mirada dirigida a Hudson.

—Yo tampoco, era demasiado nuevo, me hablaron de él

mientras me encontraba en Estados Unidos. Se suponía que iba a verlo por primera vez la semana en que murió.

—Por lo que he podido entender era un oficial inteligente, tal vez demasiado, hay comentarios en su expediente que sugieren que podría haber sido mejor empleado en temas de investigación. Su resistencia al alcohol era nula, lo cual podía suponer un riesgo de seguridad y una tendencia a confundir sus tapaderas. Me han mandado aquí no porque lo asesinaran sino por la relación con Al Qaeda que su coronel demostró con tanta efectividad con esos dedos y los pelos negros.

—¿Confundía sus tapaderas? No lo sabía —dice Hudson.

—Me temo que sí —se dirige a mí, como si yo tuviera alguna importancia (pero al menos hablo inglés)—. Es un riesgo de la profesión, sobre todo para personas con un sentido de la identidad precario. Si utilizas una tapadera durante mucho tiempo, te conviertes en ella. Existen algunos trabajos de investigación sobre el tema. En ocasiones una tapadera anterior se inmiscuye en la actual, al fin y al cabo la identidad no es más que una repetición de detonantes culturales. También sufría una disfunción de su vida personal, pero eso les ocurre a todos los NOC. Ansían tener intimidad, pero ¿cómo se puede tener intimidad si uno es un secreto de Estado? Algunos de los sacrificios que exigimos son demasiado para nuestros agentes menos equilibrados. Y además tenía rachas intermitentes de fervor religioso, lo cual no ayudaba. Por lo que yo sé lo contratamos por su japonés y su elevado cociente intelectual, pero no iba a llegar a ninguna parte en la Agencia. Estaba considerado como un lastre en potencia y como un candidato a la jubilación anticipada. Lo mejor que se puede decir de él es que tenía una mente demasiado abierta, era un intelectual, un liberal nato que probablemente se unió a nosotros como parte de una romántica búsqueda de sí mismo. Hablando extraoficialmente, su muerte a manos de Al Qaeda es más importante que él. ¿Podemos volver a ello ahora?

—Por supuesto —responde Vikorn con una sonrisa condescendiente.

La mujer de la CIA —me dijo que se llama Elizabeth Hatch, pero ¿quién sabe?— asiente con la cabeza como para decir «gracias».

—Al Qaeda mató a Mitch Turner porque sabían quién era, pero no tenemos constancia de que se pusiera en contacto con ellos. Sus pocos intentos de alistarse allí abajo parecen haber sido en vano. ¿Estamos considerando un secuestro o un intento de reclutamiento que salió mal? ¿O un sincero intento de unirse a ellos que no creyeron? Estábamos escuchando sus comunicaciones. Atravesaba una crisis personal. Necesitamos saber qué estaba pensando, cuáles eran sus verdaderas intenciones, minuto a minuto. Usted es la única persona con la que contamos que tal vez nos sirva de ayuda. Y luego está esto.

Con una tranquilidad maravillosa se saca una fotografía del bolsillo y me la muestra. Me sobresalto, se la enseño a Vikorn que también se sobresalta. Es la foto del cadáver de Mitch Turner, tomada después de que le dieran la vuelta y en la que se ve claramente la masa sanguinolenta de carne sin piel allí donde alguien lo había despellejado.

Ella ha jugado su baza con considerable sutileza, sin un solo toque de triunfalismo. En un tono neutro y gélido:

—No me pregunten cómo la he conseguido y yo no preguntaré por qué la han ocultado. —Mira la foto con curiosidad—. No sé por qué lo hicieron exactamente. La verdad es que complica bastante todo el asunto, ¿no? —Me hace un gesto con la cabeza—. Tal vez sea suficiente por ahora. Es usted nuestro hombre en campaña, creo que pronto hará falta que vuelva al sur. ¿Será posible tener un informe escrito esta vez? Si a su coronel no le importa, me gustaría que me informara a mí directamente.

—¿Tengo que hacerlo? —le pregunto a Vikorn.

Él asiente con renuencia.

—Es un trato. Han prometido dejar en paz a Chanya siempre y cuando colaboremos.

Aquella noche, antes de meterme en la cama, me fumo un pedazo de porro, me arrodillo ante la imagen de Buda que tengo en un estante en mi tugurio y me tomo el propósito de contactar con mi hermano de alma muerto, Pichai. Los rituales personales de todo el mundo están plagados de manías y talismanes adaptados a cada uno y en los que no voy a entrar. Si dejamos de lado toda la paja, mi llamado a la superior perspicacia forense de Pichai podría traducirse como: «¿Y qué coño hago ahora?».

Efectivamente, aquella noche viene a mí irradiando su habitual brillo dorado. Estamos juntos en lo alto de una montaña sobre la que las nubes pasan a una velocidad asombrosa. La intensa energía de este lugar crea un ruido cósmico de fondo. Pichai señala una formación de nubes que inmediatamente toman la forma de media luna de un gigantesco pez picudo saltando sobre una ola. Pichai está tratando de decirme algo con urgencia, pero su voz queda ahogada por el rugido del universo...

A la mañana siguiente hago que Chanya se ponga delante de mí, desnuda de cintura para arriba, en uno de nuestros picaderos del piso de arriba. No me resisto a la tentación de tocar su pecho izquierdo sobre el que está ese delfín particularmente elegante en un salto continuo.

—¿Dónde te lo hiciste?

Ella menea la cabeza con petulancia.

—No voy a decírtelo.

Le froto el pezón entre mi pulgar e índice como si fuera dinero, lo cual hace que se hinche bajo el delfín.

—Es un trabajo fantástico.

Me aparta de un empujón.

—¡Piérdete!

—Si no averiguo quién mató realmente a Mitch Turner esos tarados empezarán otra guerra.

—¡Piérdete he dicho!

Bueno, tal vez no fuera el delfín de Chanya lo que Pichai tenía en la mente. Quizá ni siquiera fuera un delfín, pero es la única pista que tengo.

SEXTA PARTE

Tatuaje

Capítulo 33

$\mathcal{H}$oy me aburro con Pisit y cambio a nuestra emisora pública donde el renombrado y sumamente reverendo Phra Titapika da una conferencia sobre el Origen Dependiente. No es del gusto de todo el mundo, de acuerdo (no es precisamente el programa más popular de Tailandia), pero la doctrina es fundamental en el budismo. Verás, querido lector (hablando francamente y sin ninguna intención de ofender), tú eres una destartalada colección de coincidencias que se mantienen unidas aferrándose de un modo desesperado e irracional, no hay ningún centro, todo depende de todo lo demás, tu cuerpo depende del entorno, tus pensamientos dependen de la basura que venga flotando desde los medios de comunicación, tus emociones pertenecen en gran parte al extremo reptil de tu ADN, tu intelecto es un ordenador químico que no puede sumar tropecientos con la misma rapidez que una calculadora de bolsillo e incluso tu mejor lado es una parte superficial de una programación social que se vendrá abajo en cuanto tu esposa se marche con los niños y el dinero de la cuenta conjunta, o en cuanto la economía empiece a fallar y te echen del trabajo, o en cuanto te recluten en la guerra de algún idiota, o en cuanto te den la noticia de tu tumor cerebral. Llamar «yo» a este amorfo cúmulo de vanidad, desesperación y lástima por uno mismo, no solamente es el colmo del orgullo desmedido, sino que también es una prueba (si es que hacía falta alguna) de que por encima de todo somos una especie engañosa (estamos en trance desde el nacimiento hasta la muerte). Pinchas el globo y, ¿qué obtienes? El vacío. No somos sólo nosotros, esta doctrina radical se aplica a todo el mundo sensible. En una etiqueta adhesiva: «el miedo a dejarse ir evita que puedas desprenderte del miedo a dejarte ir». He aquí al bueno de Phra que hoy está en buena forma:

—Fijaos en un caracol, por ejemplo, considerad qué perturbadora, desmesurada y egocéntrica pasión lo llevó a ese estado. ¿Podéis ver la ira de un caracol? ¿La frustración de una cucaracha? ¿El ego de una hormiga? Si podéis, es que estáis cerca de la iluminación.

Como he dicho, no es del gusto de todo el mundo. Ahora que lo pienso, creo que prefiero a Pisit, pero Phra tiene razón en una cosa: da dos pasos en el divino arte de la meditación budista y te encontrarás en un planeta que ya no reconocerás. Las necesidades y los temores que tú considerabas algo básico de tu ser resulta que no son más que un virus en tu *software* (incluso la certeza de la muerte se matiza). Allí no encontrarás ningún significado.

¿Dónde lo encuentras entonces? ¡Ah!

Volvamos al caso.

«¿Dónde esconde una hoja un hombre inteligente?», preguntó una vez el gran Sherlock Holmes. En un bosque, por supuesto. ¿Dónde empieza a buscar un detective inteligente a un tatuador con talento y un ojo de acuarelista zen? En Songai Kolok no, eso seguro. Soi 39, en Sukhumvit podría ser una apuesta mejor. Los clubes son todos japoneses. Puesto que aquí todavía disfrutamos de la libertad de expresión, los letreros de la puerta explicitan la política de la dirección de no permitir la entrada a los que no son japoneses. Me visto de domingo (son las nueve y media de un viernes por la noche) y bajo paseando por la calle hasta que llego a un elaborado altar de Buda engalanado con caléndulas. Alzo las manos en un *wai* y en silencio le pido que me guíe.

Paseo calle arriba y calle abajo unas cuantas veces intentando conseguir el máximo vacío y luego, guiado por nada en absoluto (siempre es la fuente más fiable), llamo a una puerta de color escarlata. Se abre una portezuela, una *mamasan* tailandesa demasiado arreglada pone cara de pocos amigos, le explico el motivo por el que tanto a ella como a su jefe les conviene dejarme entrar. Se inclina a acceder.

En cuestión de minutos me encuentro en uno de esos decorados híbridos tan queridos por la industria pornográfica: mazmorra de Sade, formaciones rocosas de papel maché (con cadenas de plástico) de Disney, disfraces de geisha (para serte sincero, nuestras chicas no los visten tan bien, las restricciones tienden a molestarlas) y putas de Isaan. Me conducen discretamente a la parte trasera del club donde observo con discreción los varios estados de apasionada desnudez tanto de los clientes como de las chicas que están en los bancos que hay por allí.

La chica encadenada a la roca de papel maché (un dragón acecha en un agujero cercano) está totalmente desnuda e intenta disimular su aburrimiento mientras la azotan y le vierten cera caliente en los pechos. Me sonríe con un rostro serenamente incapaz de libertinaje alguno (mañana venderá mangos en un puesto del mercado exactamente con la misma sonrisa alegre) y con la mirada me pregunta si la quiero. Estoy a punto de hacerle una seña diciendo que no cuando me fijo en la serpiente enroscada en torno a su ombligo. El club es sombrío, demasiado sombrío para examinar una serpiente de tal calidad. Convencido de que no soy el primero que lo solicita, pido iluminación. La *mamasan* me complace con una linterna (Hitachi, de batería recargable). Más de cerca y sin necesidad de una lupa confirmo mis más profundas sospechas forenses: es una serpiente de gran calidad con escamas verde esmeralda de tonos abigarrados, una lengua bífida de tinta azul que viola su ombligo y unas alas extraordinariamente diseñadas (no esas enormes cosas toscas con las que se ve lidiar a san Jorge, sino los delicados y diáfanos propulsores del mito oriental: sé que aquí tengo algo). Exijo que liberen a la damisela de sus cadenas inmediatamente.

En cuanto confirmo que estoy dispuesto a pagar, la chica, que se llama Dao, se desliza fuera de sus cadenas sin necesidad de ayuda. No reconoce el imperativo social de ponerse algo de ropa ahora que estamos sentados en un banco acolchado en el extremo más alejado del club, no muy alejado de otros bancos con otros cuerpos en perpetuo movimiento. Está claro que la *mamasan* estará más contenta si llevo a cabo mi interrogatorio mientras cumplo al menos con los movimientos de la seducción y Dao me rescata de mi moderación profesional tomándome la mano derecha y colocándola sobre su pecho izquierdo donde suavemente le quito los trocitos de cera. Ella

261

comprueba mi polla para ver si su cuerpo está teniendo el habitual efecto comercialmente deseable sobre mi cuerpo (sin comentarios) en tanto que yo le susurro líricamente mi pregunta al oído derecho: ¿En qué lugar de Tailandia le hicieron un tatuaje tan maravilloso como aquél?

Ella sonríe agradecida, como si le hubiera hecho un cumplido sobre su vestido nuevo, y revela que hay otro. Cuando se arrodilla en el banco y se vuelve de espaldas a mí, veo que un par de dragones (hechos suavemente con considerable humor, con apenas más sustancia que las nubes, obras maestras de la habilidad del artista corporal..., si tuviera que tener dragones compitiendo por mis partes íntimas sin duda elegiría éstos) luchan por la posesión del premio oscuro.

—Fantástico —confirmo, y ella se sienta alegremente a horcajadas sobre mí y me pone la mano directamente sobre su vagina que, según me informa, por si acaso yo no lo había notado, está completamente mojada.

—Pero ¿y los tatuajes?

—Acaríciame y dime lo que quieres que haga. Trabajo mucho mejor cuando estoy caliente.

Cuando el contacto directo se hace de esta manera, una señal primigenia (afrontémoslo) se envía a todas las partes del sistema nervioso masculino. Es todo un esfuerzo arrancar la conciencia de la entrepierna y empujarla un poco más arriba por la espina dorsal.

—De acuerdo, puedes follarme aquí si quieres, el jefe es un japonés rico, le unta la mano a la policía. Podemos hacer lo que quieras.

—Pero ¿y el tatuaje?

—Pregúntamelo mientras lo hacemos. Me has puesto muy caliente.

—No puedo..., soy tímido.

—¡Ah! ¿Quieres llevarme a algún sitio?

—No. Yo..., no se me levanta.

—¿Bromeas? Este rabo está durísimo.

—Me gusta fingir.

Decepcionada:

—Vaya.

—Hagamos los movimientos y ya está. Así.

—¿Qué te excita?

—Si me hablaras de los tatuajes, sería estupendo. Te pagaré lo mismo que si lo estuviéramos haciendo.

—¿Los tatuajes, eh? Y ni siquiera eres japonés. Un cliente me los hizo hacer —me confiesa al oído al tiempo que ejercita la pelvis con un movimiento felino que me gusta bastante—. Era japonés, claro. Decía que le gustaba mi cuerpo, pero que estaba demasiado desnuda sin tatuajes. Dijo que me desearía mucho más si me los hacía y que entonces me pagaría el doble, de manera que dije que de acuerdo. Funcionó. Sin los tatuajes apenas duraba más de un par de minutos y con ellos podía seguir eternamente. Cada vez que se cansaba me hacía poner de pie para poder estudiarlos de nuevo y ponerse caliente. Dijo que eran lo mejor que había visto fuera de Japón, el tipo que lo hizo era un maestro.

—¿Cómo se llamaba?

—¿Te gusta el dragón que me lame el coño por detrás?

—Mucho.

—Con ése tardó siglos, tuvo que venir cada día durante una semana, primero lo esbozó o algo parecido y luego le puso el color. Tuvo que tener mucho cuidado, ya sabes, para evitar que se infectara.

—¿Te dolió?

—No mucho. Utilizaba unas agujas largas de bambú para las que tenía un nombre especial. Yo estaba aterrorizada, pero la verdad es que fue muy suave. Me excitaba de una manera extraña.

—¿Cómo se llamaba?

—¿El cliente?

—No, el tatuador.

—No me acuerdo. ¿Ishy no sé qué? ¿Ikishy? ¿Witakashi? O tal vez fuera Yamamoto, la verdad es que no me acuerdo. ¿Puedes decir unas cuantas guarradas? Estoy perdiendo la concentración.

—¿Cómo se llamaba el cliente?

—Honda, quizás. O Toshiba.

—De acuerdo, no quieres decírmelo, está bien.

—Son las normas. Di guarradas, ¿quieres?

¿Que diga guarradas? Por extraño que parezca si se tiene

en cuenta mi vocación, éste no es un arte que haya tenido ocasión de dominar. Es más, desde mi encarnación en la gran Universidad Budista de Nalanda, el sexo siempre me ha aceptado de una manera extraña. Con el debido respeto, *farang*, debo decir que has malgastado los últimos dos mil años con tu rara tendencia a reprimirlo. Ése no fue nunca el propósito del celibato, no señor, *au contraire*, se trata de la sublimación. Alimentas el fuego, lo conviertes en un calor insoportable, en un caldero hirviendo de intensidad inaguantable y luego dejas que te lleve a través de las chacras todo el camino hasta los mil lotos con pétalos en la cabeza. En este punto siempre pienso en las matemáticas, en las matemáticas budistas, claro está. En Nalanda sólo tardé cinco cortas vidas en abrirme camino desde vaciar el orinal con lo Intocable hasta ser el discípulo favorito del abad. Con las hordas mongoles gritando a las puertas y masacrando monjes por toda la India, cinco de nosotros trabajamos serenamente para devolverle al cero su dignidad prevédica como símbolo numérico del nirvana (es el número de *om*, si eso sirve de algo); como tal, no sólo representa la Nada (un descubrimiento bastante obvio que a duras penas merece todo el mérito que los árabes exigen por robárnoslo), sino también el Todo y, naturalmente, todos los diferentes matices de valor entre esos dos extremos. Mi descubrimiento fue que cuando estaba atrapado en una ecuación, por así decirlo, ésta cambiaba constantemente de valor, resolviendo así el problema y recreándolo a la velocidad del pensamiento.

Puede que las matemáticas trascendentales no sean de mucha utilidad para el presupuesto doméstico, pero siguen siendo la esencia de la narrativa.

—¿Qué estabas susurrando? —quiere saber Dao.

—Nada. Todo.

—¿Eres un romántico? Hace siglos que no tengo un cliente romántico. ¿Te gustaría tenerme junto con otra chica? ¿Estás casado? Podríais turnaros para dominarme.

—No estoy casado.

—O con otro hombre, eso me gusta, podéis aprovecharos de mí con vuestras dos pollas al mismo tiempo. No costaría el doble…, digamos que un cincuenta por ciento más que por uno solo.

—¿Tiene una tienda?

—¿Quién?

—El tatuador.

—No, siempre acudía al piso de mi cliente…, tenía algo especial, ¿sabes?, no habría tenido una tienda.

—¿Qué tenía de especial?

—¿Qué piensas ahora mismo?

—Om.

—¿Es el nombre de tu mujer?

—Te he dicho que no estoy casado. ¿Tatuó a alguna de las otras chicas?

—No. Era como algo especial para mi cliente. Todos los demás hombres japoneses sintieron envidia cuando vieron mis tatuajes, pero él no quiso decirles quién los hizo. Te han excitado mucho, ¿verdad?

—Bueno…

—Ya verás, llévame al otro banco y podrás mirarlos en el espejo.

¿Por qué tengo la sensación de que ya ha hecho esto antes? Observo con celo forense que cuando mueve las nalgas los dos dragones, que ahora están a plena vista gracias al espejo, realizan una especie de danza, una sístole y diástole, una clara referencia a la inhalación y a la exhalación del cosmos.

Dao, sin aliento, se me quita poco a poco de encima.

—Mírame, estoy sudando. Me tienes como loca y tú ni siquiera te has bajado la bragueta.

—Lo siento, me estaba sublimando. Siéntate en mi rodilla para que pueda volver a observar el dragón de tu vientre. De verdad que me gustaría tener uno como éste. Es asombroso cómo mantiene su integridad incluso cuando estás doblada.

—¿Quieres que intente encontrarlo?

—¿Podrías? ¿Sabes por dónde empezar?

—El cliente se fue con otra chica, una que se llama Du y que va por el Rose Garden. Oí que le hizo hacer un tatuaje del mismo tipo. Aunque eso fue antes que se ocupara de mí, la dejó porque cumplió treinta y siete. A esos *japos* no les gustan las viejas.

—¿Al menos recordarás cómo eran sus tatuajes?

—¿Los del tatuador? Oh, sí, es fácil. No llevaba ningún tatuaje en las manos, la cara o los pies. El resto, bueno, ya sabes, todo el cuerpo. Era como una tira de cómic andante, no quedaba ninguna parte de él sin colorear. Le gustaba trabajar sólo con unos pantalones cortos, de modo que lo vi todo. Entonces un día le pregunté si podía verlo desnudo y se bajó los pantalones. La superficie de su cuerpo era tinta en un noventa por ciento, te lo aseguro.

—¿La polla también?

—Sobre todo. Me dijo que cuando estaba dura podías ver una famosa batalla naval japonesa con los norteamericanos, pero yo sólo la vi pequeña y arrugada. No la tenía muy grande. Le dije que podía tenerme por dos mil baths si quería y que no se lo diría a mi cliente, pero me dijo que no le gustaban las mujeres de ese modo. Yo sólo quería ver la batalla naval.

—¿Es gay?

—Eso no me lo dijo. Sólo dijo que no lo hacía con mujeres. Ya sabes lo raros que pueden llegar a ser los *japos*.

—¿Alguna otra cosa?

—Tartamudeaba de un modo terrible. Al principio pensé que no tenía ni idea de tailandés, pero entonces me di cuenta de que lo dominaba, aparte del tartamudeo. Parecía increíblemente tímido, como si hubiera estado trabajando en la jungla toda su vida y no supiera cómo relacionarse con la gente.

Capítulo 34

*R*ose Garden: aquí las mujeres trabajan todas por su cuenta. Dirías que los semianalfabetos propietarios del bar daban muestras de la clase de previsión comercial por la que rezan los licenciados en Empresariales: decidieron permitir que las mujeres solas se pasaran el día y parte de la noche sentadas junto a la barra o a las mesas por el precio de un único café o de un zumo de naranja. Los típicos libros de viajes advertían debidamente de un pequeño ejército de prostitutas sin peculio, sin escrúpulos —tampoco eran todas jóvenes—, que no estaban disciplinadas por empleadores ni por proxenetas, a las que no se podía localizar y que no rendían cuentas a nadie, por si el cliente se despertaba en mitad de la noche en su habitación de hotel para encontrarse con que tanto la mujer como su cartera habían desaparecido. Naturalmente, el resultado fue un ejército un tanto más numeroso de curiosos *farang* que gastaban mucho dinero en bebidas para ellos y para las mujeres, en su ferviente deseo por descubrir lo poco escrupulosas que eran realmente esas chicas. Al cabo de un par de años el resultado fue una empresa cooperativa de gran éxito situada en un barracón parecido a un granero en el que los propietarios no derrocharon precisamente en decoración, aunque el altar de Buda es uno de los más grandes de la industria del entretenimiento.

He aquí a Salee, que se abre camino hacia mí por entre la densa fauna de hombres de edades comprendidas entre los cuarenta y el infinito, pasando entre apretones junto a mujeres espectacularmente bien arregladas con esa ropa de diseño falsificada por la que tu país está tan histéricamente disgustado (en el karma de la porquería los falsos no se distinguen de los originales). Los Creedence Clearwater Revival tocan *Have you ever seen the rain,* que sólo se oye débilmente contra el gran coro de apareamiento que suena por todas partes. Al mirar por este palpitante mercado global me fijo en que cada vez van saliendo más mujeres de las puertas. Automáticamente ponen su encanto en alerta máxima mientras se abren camino por entre la multitud. No obstante, Salee lleva aquí unas cuantas horas y se ha desanimado un poco. Trabaja por su cuenta desde que mi madre la echó el año pasado por emborracharse de forma escandalosa y bailar desnuda en la barra antes de desmayarse en uno de los bancos. Al igual que todos los grandes propietarios de un bar, mi madre tiene una veta puritana.

—¿Qué tal va el negocio? —le pregunto con una sonrisa y automáticamente pido un tequila doble.

Salee pone mala cara y se lo bebe de un solo trago.

—Me hago vieja, Sonchai. Este mes cumpliré veintinueve. Estas chicas más jóvenes están haciendo dos, tres y en ocasiones cuatro trabajos cada noche, eso son unos ciento cincuenta dólares americanos más o menos por acostarse durante veinte minutos cuatro veces cada noche. La cuestión es que no son como las de mi generación. No hacen un trabajo y luego van a emborracharse con sus amigos en un bar tailandés, ellas regresan aquí una y otra vez, de modo que cada chica puede dar cuenta de cuatro clientes. No son prostitutas, son jóvenes empresarias y están arrasando. Algunas tienen páginas web, el cliente les manda un correo electrónico y se reúnen con él en el aeropuerto, tienen todo el negocio en el bolsillo. No dejan nada para el resto de nosotras. No es justo.

—¿Quieres que le pida a Nong que vuelva a contratarte? Lo hará si se lo digo.

Pido otro tequila doble que ella se bebe rápidamente. Menea la cabeza:

—No, francamente, hizo bien en echarme. Estoy en esa edad en la que no voy a poder llevarme bien con ningún *papasan* ni ninguna *mamasan,* ¿sabes? La verdad es que cuando cumples los treinta necesitas trabajar por tu cuenta. No se trata únicamente de las arrugas alrededor de los ojos ni de la manera en que te empiezan a colgar las tetas, es el modo de comportarte. Hasta el cliente más estúpido capta el mensaje: ésta no es una chica, es una mujer. Y ellos vienen en busca de chicas.

—¿Cuánto hace que no tienes un cliente?

Una sonrisa avergonzada.

—Desde esta tarde —se ríe—. Pero eso no hace más que probar lo que digo. No puedo competir con las más jóvenes, de modo que tengo que venir aquí a mediodía, cuando ellas todavía duermen.

—¿Vienen muchos asiáticos últimamente? No veo a muchos.

Me escudriña rápidamente el rostro, pero decide no preguntar:

—Unos cuantos. De vez en cuando viene algún coreano y de un tiempo a esta parte vienen dos vietnamitas, unos tipos grandotes con toneladas de músculo, supongo que son medio americanos, de la guerra. Estuvieron aquí antes y se llevaron a dos de las chicas, quizá hayan vuelto ya.

—¿Ningún japonés?

—Muy, muy pocos. Suelen ir a los clubes japoneses de Soi 39..., pero ¿por qué te estoy contando esto?

—Estoy buscando a un japonés fuera de lo corriente, de unos treinta o treinta y cinco años, un tatuador. —Se encoge de hombros—. Tartamudea, pero habla tailandés. Probablemente sea un verdadero solitario.

Vuelve a encogerse de hombros.

—No soy la persona más idónea a quien preguntar, no les gusto a los asiáticos..., mira, soy alta para un tailandés. Ya conoces la regla de oro.

—Siempre hay que ser más pequeña que el cliente.

—¿Quieres que le pregunte a Tuk? Es menuda y los asiáticos la adoran. Creo que hace algún japonés de vez en cuando. Aunque no sé si ahora mismo estará con un cliente o no.

Le paso a Salee un billete de cien bahts con disimulo, ella me aprieta la mano y baja deslizándose del taburete. Pido otro tequila doble y lo dejo en la barra mientras espero a que vuelva. A izquierda y derecha hay mujeres sentadas en los taburetes, pero están con clientes a los que han empezado a cautivar con expertas caricias en la entrepierna, como Vikorn pescando.

269

La multitud es tan compacta que Salee ha desaparecido en menos de un minuto. Cuando no reaparece, supongo que se ha distraído con algún cliente y empiezo a buscar un contacto mejor con la mirada, de pronto dos manos me hacen cosquillas por detrás. Salee está ahí sonriendo con su amiga Tuk. Pido otro tequila para Tuk, que se lo bebe de un trago sincronizada con Salee.

—Un tatuador japonés —vuelvo a explicar— que tartamudea. Tal vez uno de esos nipones que no pueden hablar con la gente…, del tipo alta tecnología, ¿sabes?

Tuk quiere ayudar de verdad. Frunce el ceño al concentrarse.

—¿Un tatuador? ¿Él lleva tatuajes?

—En todo el cuerpo excepto en la cara, manos y pies.

—¿En la polla también?

—No quiero alejarme del tema —explico, y pido más tequila.

—No sé si me excitaría o no —cavila Salee—. Pero al menos deben de entrarte ganas de ponerla dura para poder ver el dibujo. Debe de ser parecido a un videojuego.

Me termino la cerveza y pido otra. El alcohol debe de haber aflojado algo en mi cerebro, que finalmente se acuerda de cómo ser indirecto.

—¿Conoces a una chica llamada Dao? Está en el gremio.

—Conozco a una docena.

—Tiene unos tatuajes muy poco corrientes: unos dragones sobre el ombligo y dos en el trasero.

Tuk se me queda mirando fijamente.

—¡Dao! Sí, ya lo creo que la conozco, antes compartía habitación con ella…, éramos cinco, por lo que estábamos un poco apretadas y la veía desnudarse cada noche. Eran unos tatuajes asombrosos. Algunas chicas querían hacerse lo mismo, pero ella no decía quién se los había hecho. Estaba saliendo con un cliente japonés que hizo que se los hiciera. Después le pagó el doble, 400 bahts por un rato y 800 por toda la noche.

—¿Viste alguna vez a ese cliente?

—No. Era todo muy secreto. Creo que trabajaba aquí en Krung Thep, ¿sabes?, y es probable que tuviera esposa y también hijos.

De pronto Salee empieza a hablar rápidamente en isaan, el

idioma del extremo nordeste, más próximo al laosiano que al tailandés. Soy incapaz de seguirla y observo mientras que el rostro de Tuk se ilumina y ambas prorrumpen en una risa tonta. Cuando paran, se me quedan mirando y empiezan a reírse otra vez.

—Perdona —dice Salee—. Es un poco embarazoso. Tú ya conoces el gremio, Sonchai, sabes que las profesionales se vuelven locas de vez en cuando…, locas de verdad, ¿sabes?

Se está andando con remilgos e intento discernir lo que quiere decir.

—No te sigo.

—Seguro que sí. Debes de haberlo visto miles de veces, una chica se cansa de ser la esclava sexual y de vez en cuando quiere un esclavo sexual para ella. Las pasadas navidades Tuk y yo ganamos mucho dinero con unos alemanes gordos que eran bastante dominantes, además de feos, y decidimos derrocharlo con un par de hermosos chicos tailandeses de los bares gays de los alrededores de Surawong. Fue para compensar y recuperar lo nuestro, ya sabes cómo va, ¿no?

Tuk retoma la historia.

—Fuimos a unos cinco bares antes de encontrar a un par de chicos que nos gustaran. Nos los llevamos a nuestra habitación y los compartimos, fumamos un poco de *yaa baa* para que funcionaran toda la noche y que valiera la pena habernos gastado el dinero, pero eso no es lo que tú quieres saber. Mientras recorríamos los bares homosexuales vimos un montón de tatuajes…

—Y en uno de los bares había unas cuantas japonesas ricas y lo más extraño era que parecían gustarles los tatuajes tanto como a los hombres japoneses. Lo que quiero decir es que son una gente muy artística, ¿no es cierto? Al igual que nosotras, las mujeres estaban allí para alquilarse una polla, pero querían tatuajes…

—Sobre todo en el pijo.

—Por lo que en ese bar en concreto celebraban como una especie de exposición de tatuajes.

—Y el ganador fue un *japo* de unos treinta y cinco años. No dejaban de pronunciar la palabra *donburi, donburi*, que pensábamos que tenía algo que ver con *buri*, ya sabes, cigarrillos,

271

pero resultó que *donburi* significa «tatuaje de todo el cuerpo» en japonés.

Me froto la barbilla y me la quedo mirando.

—¿Eso significa?

—Sí, y ganó el concurso…, la verdad es que eran unos tatuajes magníficos…, pero no se fue con ninguna de las mujeres, dijo que no estaba a la venta, que sólo había venido a exponer sus tatuajes.

Capítulo 35

*L*lamémosle Ishy. No importa cómo lo encontré... Sí, visité la mayoría de bares para homosexuales de los alrededores de Surawong, pero sólo descubrí su rastro frío, por así decirlo. Por lo visto el japonés de los tatuajes impresionantes y el aún más perturbador tartamudeo no era otra cosa que un extrovertido hombre intermitente que utilizaba los bares como escaparate; no vendía carne, sólo su arte. Y helo aquí en un restaurante japonés en Soi 39. No querrás que te haga una lista de todos los eslabones de la cadena —todos los tenderos, putas, propietarios de bares, gorilas, polis corruptos, las *mamasan*, guardias de seguridad— que me han llevado hasta aquí.

Has visto restaurantes como éste en las películas sobre mafiosos *yakuza*: iluminación suave, reservados de madera oscura, sake tibio en diminutas jarras de piedra, una reservada y susurrada embriaguez en la cual los hermanos de alma comparten verdades masculinas, camareras con delantales de volantes que se agachan para hacer una reverencia (cuando probablemente deberían inclinarse: son tailandesas); es permisible perder el conocimiento envenenado por el alcohol, pero hablar en voz alta no. Él se hallaba sentado solo en un reservado frente a una pinta del mejor sake de la renombrada destilería de Koshino Kagiro. Su tartamudeo, si bien era terrible cuando iba sobrio, se desvanecía cuando el tibio alcohol nublaba su mente, dando paso a una apasionada locuacidad. De acuerdo con la tradición *yakuza* del honor y de la iniciación, tiene cortadas las últimas falanges de los meñiques de ambas manos. Se limitó a gruñir cuando me senté frente a él en el reservado, como si de algún modo mi llegada fuera inevitable, y pidió un segundo plato, estableciendo así que podía compartir sus cajas bentos con *sashimi*, rabirrubia, dorada y tempura de gambas. Pidió sopa de miso para mí, me miró a los ojos con una especie de hostilidad impersonal y a continuación dijo:

—Pon el salmón en el arroz, vierte un poco de té verde por encima, un poco de miso y algas nori desmenuzadas.

Por extraño que parezca, es un tipo alto y bien parecido cuyas dotes sociales han resultado irrevocablemente dañadas por su genialidad gráfica. ¿Cómo va a permitirse uno el lujo de charlar sobre temas triviales cuando con su ojo interno ve grandes epopeyas en las suaves superficies de la carne de su compañero? Cuando se ofreció a hacerme un Buda Sonriente, de tamaño natural, en la espalda de manera gratuita si me sometía a esas agujas de *tebori* de treinta centímetros de largo en lugar de a una pistola para tatuar occidental, empecé a comprender su defecto en el habla. Cuando ambos estábamos ya bastante borrachos, nos fuimos del reservado a los taburetes de la barra.

274

Cuando no estaba metido de lleno en la tinta y en el arte corporal, que él denominaba *horimono*, su conversación desembocaba en el tema de las bandas *yakuza* de Tokio y de Kioto, historias que en mi opinión poseían el sadismo y el gigantismo de una cosmología ajena. De golpe y porrazo dio la impresión de que estaba compartiendo su autobiografía. También en este caso el *horimono* era lo único que importaba. ¿Cómo persuadir a un matón, a un luchador de sumo fracasado (digamos) con un cociente intelectual que no supera la temperatura ambiente, de que en realidad no necesita esa fea daga azul hecha en añil que va de la rodilla hasta la entrepierna en ambos muslos, sino más bien un sinuoso y elegante rosal en el que cada pétalo es una obra maestra del detalle? La verdad es que las ciudades del Japón de Ishy están repletas de degolladores que al atardecer salen a raudales del metro (a todos los cuales les falta al menos un meñique), maestros de la mutilación, la intimidación y el asesinato, de los cuales él pudo salvar a unos cuantos de los tópicos degradantes de su oficio, y no sin riesgo de su propia vida. No obstante, su fama fue creciendo: en Japón hasta los matones tienen cultura. Los jefes mafiosos solicitaban sus servicios; comía y bebía en renombrados clubes masculinos famosamente discretos donde unas consumadas geishas lo entretenían a él y a sus clientes; en ocasiones le pedían que les hiciera un tatuaje elegante a las mujeres en la parte baja de la espalda o en el estómago. Teniendo suficiente sake en su interior era capaz de vencer sus inhibiciones y tratar de iluminar las aburridas mentes de los padrinos *yakuza*: su arte no era una rama del grafitismo (por el que sentía una pertinaz aversión), sino que formaba parte de la gran tradición del dibujo a tinta de Hokusai y sus predecesores.

Una noche cargada de karma convenció al gigantón del padrino Tsukuba para que se quitara una M16 que tenía en ambos antebrazos y se pusiera una vista del monte Fuji, con nieve y todo. De acuerdo, Tsukuba estaba extremadamente borracho, e Ishy también.

—Hazlo ahora —exigió Tsukuba.

—¿Dónde lo quieres? —preguntó el artista.

—En la frente —gritó el don, cosa que provocó un coro de admiración por su osadía. Al día siguiente, sobrio, Ishy supo que había llegado el momento de abandonar su tierra natal por su propio bien. Un mafioso muy poderoso con un luminoso dibujo del monte Fuji en la frente clamaba por su sangre. El destino más natural para una persona de su profesión hubiera sido Hong Kong, Singapur, Los Ángeles, San Francisco…, motivo por el cual no eligió ninguno de esos lugares puesto que lo más probable era que Tsukuba lo buscara allí, ¿no? Bangkok era el lugar indicado para esconderse, con su pequeña y discreta comunidad japonesa y las incontables prostitutas hambrientas de tatuajes. Intentaba no llamar la atención, rara vez trabajaba en su casa y sólo aceptaba encargos de clientes de confianza (empresarios japoneses en su mayoría que parecían pasar gran parte de su tiempo de vigilia soñando con eróticos *horimono* con los que adornar a sus chicas favoritas después de haber agotado prácticamente los espacios vacíos que les ofrecían los cuerpos de sus esposas). No obstante, de vez en cuando, el artista que había en él ansiaba un mayor reconocimiento. La mayor parte del trabajo de su propio cuerpo se lo había hecho él mismo, pero desde el principio había sabido que su destino era el *donburi*: el tatuaje de todo el cuerpo. Incluso allí donde sus agujas de *tebori* no podían llegar, creó unos planos detallados para que un aprendiz de confianza los siguiera. El resultado fue un tapete magníficamente integrado en el que los temas dominantes en su vida se entretejían y se exploraban como melodías en un concierto de Mozart: el monte Fuji, un portátil Toshiba, una geisha con traje de ceremonia, el primer ciclomotor Honda, un plato de *kobe beef*, el almirante Yamamoto con uniforme de gala, cinco samuráis borrachos con la armadura tradicional, todas las posiciones para la cópula recomendadas por el *Kama Sutra*, etcétera. Empezó a dejarse ver en los bares de ambiente de Bangkok sólo para exhibir su trabajo.

Borrachos los dos después de más botellas de sake de las que recuerdo, finalmente Ishy se desabrocha la camisa y se la quita. El *donburi* es como una camiseta de seda de una calidad fantástica, con una sutil sinfonía de colores compuesta en una minuciosa estructura piramidal que, si no me equivoco, es una referencia clara a Cézanne. Todas las camareras tailandesas se acercaron para admirarlo.

276

—Te puedes quitar el resto de la ropa —le dice una de ellas—, no parecerá que vayas desnudo.

Así lo hizo y allí estaba, aunque me abstuve de estudiarlo con demasiada atención por miedo a que me interpretara mal. No obstante, las chicas fueron menos inhibidas y una de ellas le masajeó el miembro para poder —explicó ella— apreciar mejor su arte. Su pene totalmente tumescente proporcionaba una única y muy japonesa perspectiva de la batalla de Midway.

Ishy, que parecía sentirse más cómodo en su piel de diseño, sirvió más sake y compartió su vida interior.

—Yo era uno de ésos, ¿sabes?

Para entonces ya me había dado cuenta de que gran parte de su conversación suponía la clarividencia por parte del que escuchaba.

—¿Alta tecnología desde el principio?

—La verdad es que nunca supe hablar con la gente…, me sigue resultando extraño, debido a lo cual tartamudeo tanto. A la edad de cuatro años empecé a jugar con una calculadora de bolsillo. Cuando llegaron los primeros ordenadores personales supe por qué me había encarnado en esta época. Al cabo de un tiempo no podía salir de mi dormitorio. Mi madre me dejaba comida en la puerta, mientras que mi padre me hacía llegar libros. Una vez hicieron venir a un médico para que me examinara. Dijo que estaba chiflado. No había cura, la mitad de mi generación tenía el mismo problema. Un día mi padre dejó un libro con ilustraciones de *horimono* junto con algunos grabados de Hokusai…, ya no sabía qué hacer conmigo. —Ishy hace una pausa para engullir sake—. Fue algo parecido a una experiencia religiosa. De hecho, fue una experiencia religiosa. Le pedí a mi padre más libros de arte y, sobre todo, más *horimono*. Él me complació con prácticamente toda una biblioteca. Por encima de todos los demás, el gran Hokusai se alzaba ante mí ataviado con su gigantesco talento. Incluso ahora puedo esbozar una copia perfecta de todos y cada uno de los grabados *ukiyo-e* y me conozco cada pincelada de *The breaking wave* como otro podría recordar la letra de una canción favorita.

Ishy hace una pausa para beber más sake y destina un momento a mirar curiosamente a una de las camareras que se ha traído a una amiga de la cocina y que, agachada delante de él, le estimula el miembro una vez más.

—Fue como si estuviera recordando una vida anterior. Experimenté directamente la emoción de las primeras estampas sobre madera: ser capaz de realizar grabados ilimitados, ¡vaya un adelanto! ¡Y la genialidad de Moronobu al ver que el *ukiyo-e* era el tema perfecto! Seguí el *ukiyo-e* desde estos inicios, a través de Masanobu, Harunobu, Utamaro, Hiroshinge y en última instancia a través del incomparable Hokusai. Sin embargo, al igual que cualquier buen aprendiz, percibí la debilidad de mi maestro. No, ésa es una palabra demasiado fuerte, digamos que toda generación debe reinterpretar la realidad de la manera más apropiada para ella. Ésta es la era de la inmediatez, ¿no es así? ¿Cuántos niños pueden distraer su atención el tiempo suficiente para visitar siquiera un museo o galería de arte, y no digamos ya para meditar sobre las maravillas que hay allí? Pero un Hokusai grabado de manera indeleble en el tejido de tu propia piel, eso sí que habla del siglo XXI, y supe que eso sí que sería capaz de apreciarlo hasta el más soso de los japoneses, incluso un mafioso. En cuanto pude me mudé a un apartamento microscópico de Shinbashi, la vieja zona roja de

Tokio. Fue exactamente como llegar a casa. —Se dirige a la camarera—: Sólo tienes que ponerla dura, querida, no tienes que hacer que me corra.

—Es asombroso.

—Gracias. Otra botella, por favor.

Confieso que no pude resistirme a mirar mientras que, repentinamente privados de cuidados y atenciones, los grandes barcos de guerra se hundieron en la flacidez. Son las cinco menos diez de la madrugada y el japonés encargado del bar, sobrecogido al parecer por Ishy y sus tatuajes, ha dejado que nos quedemos después de haber cerrado la puerta principal, pero ahora las camareras van con vaqueros y camiseta. Han agotado la fuerza y la capacidad de asombrar del *donburi* de Ishy y están listas para irse a casa a dormir. Yo mismo no puedo pensar con claridad, si no nunca hubiera metido la pata de esa manera que todavía me obsesiona mientras escribo esto.

—Mitch Turner —farfullé, a duras penas capaz de permanecer en mi taburete. El nombre penetró lentamente en la cabeza borracha de Ishy, se hizo la luz, me miró horrorizado y a continuación se deslizó del taburete hasta el suelo. Quise echarle una mano, pero yo también me caí. El encargado me ayudó a meterme en un taxi y le di órdenes para que cuidara de Ishy y que averiguara su dirección rebuscando en sus bolsillos si era necesario. Me había pasado una semana dándole duro a las piernas para encontrarlo, no quería perderlo. Pero me temo que mis instrucciones perdieron mucha de su claridad original con el alcohol que me trababa la lengua. Había sido una noche extraordinaria. Necesitaba perder el conocimiento.

A eso de las diez de la mañana me despierto, presa del pánico, de un coma etílico. En mi sueño Pichai ha acudido a mí de nuevo: «¿Por qué no arrestaste al donburi?».

Mirando a la oscuridad cósmica con unos ojos como platos: «Me emborrachó. Creo que fueron los tatuajes. ¿Quién demonios es?».

La voz de Pichai cruje, como ocurre con una conexión por satélite defectuosa: «Renegado… *naga* con forma humana… Nalanda… hace tiempo… tatuajes… magia poderosa… prueba con un señuelo; mantenlo vigilado…».

Tengo la cabeza a punto de estallar con la peor resaca que

recuerdo y llamo al restaurante japonés desde la cama. Sólo está de servicio el personal de limpieza. Utilizo la Voz Intimidadora y convenzo a la mujer que contesta al teléfono para que me dé el número del domicilio del jefe. Cuando lo llamo, niega conocer a nadie llamado Ishy. No, nunca ha visto a un japonés que coincida con esa descripción tan estrafalaria, ¿estoy seguro de que no me he equivocado de restaurante?

Capítulo 36

*A*hora me encuentras en la modalidad familiar, *farang*, sentado frente al monitor del ordenador en mi cafetería favorita con Internet y hago avanzar varias entradas de la versión *online* de la *Enciclopedia Británica*. No es necesario que te sientas inferior, yo tampoco sé qué diablos es el *ukiyo-e*. Ahí va: «Éstos representaban aspectos del ámbito del entretenimiento (llamado de manera eufemística: el mundo flotante) de Edo (actual Tokio) y otros centros urbanos. Los temas comunes incluían cortesanas y prostitutas famosas, actores *kabuki* y escenas bien conocidas de obras *kabuki*, así como arte erótico. Los artistas del *ukiyo-e* fueron los primeros en explotar el medio de los grabados en madera».

La coincidencia se me antoja casi grotescamente literaria. Ahora Vikorn me llama al móvil. Me emplaza en la comisaría, donde me acompañan hasta su despacho. Hudson está allí, con unos ojos un tanto desorbitados, andando de un lado a otro de la habitación. La impresión de una mente desentrañando es bastante fuerte. O, para ser más precisos, el alienígena que lleva dentro se está haciendo claramente con el poder. Sospecho que es de Andrómeda, aunque no soy un experto.

—¿Algún avance? —pregunta Hudson.

Cuento una larga historia de tatuajes y putas, una noche de borrachera con el aprendiz póstumo de Hokusai y el efecto que el nombre de Mitch Turner pareció tener, aunque en aquellas circunstancias era difícil estar seguro.

—Necesito la conexión islámica —dice Hudson furioso mirando fijamente a Vikorn—. Esa zorra nos va a tener agarrados por las pelotas si descubre ese viajecito tuyo a Indonesia —traga saliva—. También quiero ese jodido portátil.

Es difícil interpretar a Vikorn en este momento. ¿Está realmente intimidado por Hudson o se limita a ser atento? Mi intuición descarta ambas posibilidades. Aquí pasa algo, hay algún drama oculto desde hace tiempo, algo que se remonta a antes de que yo naciera. Vietnam, Laos: ¿cuál es aquí mi karma? ¿Mi padre? Es inquietantemente fácil ver a Hudson como la fuente de la semilla que se convirtió en mí, aun cuando no sea Mike Smith. Cuando Hudson vuelve su mirada hacia mí, Vikorn clava sus ojos en él de una manera que no he visto nunca.

—Olvídate de los jodidos tatuajes —dice Hudson—. Olvida toda la conexión japonesa, es una pista falsa. Sigue el rastro islámico. «No hay más victoria que la de Alá.» —Vacila un momento y luego recita lo que me imagino que son las palabras originales del Corán en árabe. Para mí su acento es impecable; se deleita en los tonos guturales. A la defensiva (al ver la cara que pongo)—: Soy un buen norteamericano, tengo derecho a mi esquizofrenia.

Camina por la habitación. Vuelve a acercarse a la ventana, mira hacia fuera, empieza a hablar con esa voz narrativa que podría pertenecer a otro hombre, o al menos a una versión anterior de éste. Hay metal pesado en los medios tonos.

—La mayoría de las personas no permanecen mucho tiempo en la Agencia. Es como cualquier otro trabajo en Estados Unidos, los norteamericanos se impacientan, se aburren, enfurecidos porque sus talentos no son debidamente apreciados. Avanzamos. Sí, avanzamos…, cambiamos la vista cada diez minutos y durante un tiempo puedes convencerte de que has escapado a la rutina. Pero no para siempre. Tras cierto momento concreto de tu vida empiezas a mirar atrás. Distingues un patrón. Algo inquietante, maniaco, coartado, torturado y repetitivo. Ese patrón es lo que tú eres, lo que tu cultura ha hecho de ti. Pero no es motivo para rendirse. No es motivo para convertirse en un Mitch Turner. No es motivo para cambiar de bando. Tienes que seguir al pie del cañón, para bien o para mal. ¿Cómo vas a saber nunca lo equivocado que estás, cómo vas a aprender la lección de tu vida si no eres más que una pluma a merced del viento? Tienes que absorberlo todo, no hay otra manera.

Vuelve a tomar asiento como si no hubiera ocurrido nada fuera de lo normal.

—Quiero que vuelvas al sur. Deja de joder por ahí con *japos* chiflados y putas locas de Bangkok. Quédate allí un mes, un año si es necesario. —Se pasa la mano por el pelo corto y en punta como para imponerse paciencia—. Y quiero ese puto portátil. —Otra pausa, y luego—: Antes de que lo consiga ella.

Levanto la vista hacia Vikorn, que asiente con la cabeza.

Pero la verdad es que no quiero volver al sur para dar palos de ciego. Una breve plegaria a Buda me va muy bien. Todavía no he terminado de clavar el incienso en la caja de arena cuando mi móvil empieza a vibrar.

Capítulo 37

—*E*stá tal y como lo encontré cuando vine esta mañana —susurra Nat, con la voz ronca a causa del horror, compartiendo una mirada desorbitada con Lek (con quien tuve que hablar muy seriamente para que saliera de la cama; se disculpa en el taxi, los estrógenos le están alterando el organismo, está empezando a sentirse deprimido aun cuando sus pechos incipientes apenas se notan)—. Me quedaba con él todos los fines de semana. Me dio una llave —me la enseña.

Nos hallamos en un apartamento alquilado de dos habitaciones en Soi 22, Sukhumvit. Stephen Bright tenía un cuerpo hermoso, cuya juventud y textura nervuda son todavía aparentes a pesar de que su organización interna ya ha fallado. En este preciso momento las paredes de las células se están viniendo abajo, las bacterias hurgan en zonas antes prohibidas, la amalgama ha perdido toda su integridad. La entidad que representó el papel de Bright durante veintisiete años se siente francamente aliviada al deshacerse de su prisión química, y mientras escribo se lo está pasando mucho mejor en una galaxia más dulce y amable. Él hizo todo lo que pudo para evitar otra muerte prematura y violenta, pero, habiendo cumplido con lo que consideraba su deber, ahora está deseando un largo periodo de descanso y esparcimiento. No ha rechazado del todo nuestro sistema solar, pero probablemente opte por Venus para su próxima visita. No obstante, mirándolo con ojos terrestres, su cuerpo, menos el pene (desechado en una papelera barata), con un enorme tajo abierto en el vientre y unos tubos color púrpura que cuelgan como racimos de uvas…, bueno, ¿qué puedo decir?, es un desastre. Esta vez soy yo el que le da la vuelta al cadáver. Sí, me temo que sí.

Lek se tapa la boca, intercambia otra mirada muy femenina de terror mortal con Nat y a continuación encuentra una alfombra en la que arrodillarse para hacerle un *wai* al Buda. Al verlo, Nat se une a él inmediatamente (aquí no es la muerte sino el muerto lo que hace que se te caigan las pelotas verdes por las perneras del pantalón: créeme, no hay nada más deprimente que tener a un fantasma aferrado a tu espalda de por vida). Espero mientras ellos dos, con las palmas pegadas en elevados *wai*, se inoculan silenciosamente con una potente mezcla de magia, superstición y budismo personalizado. Nat es la primera en levantarse, seguida de Lek, quien no puede resistirse a dirigir una segunda mirada al interior de la papelera. Se lleva la mano a la entrepierna de forma involuntaria (yo mismo me he resistido a este acto reflejo, pero por los pelos). Nat le lee el pensamiento.

—En tu caso es diferente, utilizarán un anestésico y, de todas formas, tú no lo necesitas.

—Siempre lo he odiado —asiente Lek—, pero estoy acostumbrado a él, ¿sabes?

Observo a Nat con detenimiento. El horror es genuino. El dolor también. Cruza su mirada con la mía.

—Hace un par de noches Stephen Bright me propuso matrimonio. Creí que por fin había tenido suerte. Me refiero a que era un chico serio y creo que me quería de verdad. Había sufrido mucho, ¿sabes?, y siempre era muy agradecido cuando hacíamos el amor. Decía que era una amante muy generosa. La verdad es que yo no hacía nada que no hiciera con otros clientes, pero él siempre estaba muy agradecido —rompe a llorar.

—¿Su espalda?

Ella se estremece.

—Eso fue culpa mía. Tengo este rollo con los tatuajes, ya sabes, y no dejé de preguntarle si no le gustaría hacerse algo en la espalda. Él dijo que lo consideraría y luego una noche me sorprendió con uno. Le iba desde los hombros hasta la parte baja de la espalda. No se parecía en nada a lo que yo me esperaba, pero era asombroso, de primerísima calidad.

—¿Te dijo quién se lo hizo?

—Dijo que era un japonés que la comunidad de los servicios de inteligencia conocía. Es lo único que dijo.

He decidido pasar por encima de Hudson, no por desconfianza —su compromiso con lo que no tiene sentido es sin duda irreprochable—, sino porque no creo que pueda soportar su árabe en este momento. En comparación, la mujer de la CIA parece un oasis de cordura.

—¿Diga?

—Soy yo, el detective Jitpleecheep.

—¿Sí, detective?

—Será mejor que venga —le doy la dirección y luego le digo a Nat que se lleve a Lek de vuelta al club. Ella lo rodea con el brazo en un gesto fraternal, lo estrecha contra ella.

—La verdad es que no sé si voy a hacerlo —gime Lek mientras se marchan—, tal vez sólo use cinta adhesiva, ¿no? Muchos bailarines lo hacen.

—¿De verdad quieres ser mitad y mitad toda tu vida? —le pregunta Nat con dulzura en la puerta.

—No.

Llega la mujer de la CIA… con Hudson. La observo mientras ella mira fijamente durante varios minutos el cadáver de Bright; si no fuera una profesional avezada describiría la sucesión de expresiones de su rostro como emanadas de una intensa lascivia. Al final recobra la compostura; es como ver vestirse a alguien tras una orgía:

—Mirad, le han cortado el pene, tal como sospechábamos que harían. Y fijaos en la espalda.

Hudson y yo seguimos sus indicaciones. Apenas hay diferencia entre Mitch Turner y él en este sentido, le han arrancado toda la capa exterior de la piel desde los hombros a la parte baja de la espalda, dejando que rezume la grasa subcutánea.

—Bueno, al menos no hace falta que un detective de homicidios nos diga que las dos muertes están relacionadas. —Mira a Hudson—. Pero los que asesinaron a Mitch Turner murieron en esa explosión en Indonesia, ¿estoy en lo cierto? De manera que esto está extraordinariamente coordinado, planeado desde un punto central, una atrocidad de alto nivel de Al Qaeda: unos asesinos distintos copiando el primer asesinato, como una demostración de identidad colectiva. La intención es intimidar a todos los norteamericanos en todas partes —se muerde el labio inferior—. Esto es gordo. Mucho más gordo de lo que yo creía. Es la psicología del terrorismo afinada hasta un insólito nivel de sofisticación. Si esto se hace público, los norteamericanos tendrán más miedo que nunca de viajar al extranjero. Si este tipo de asesinatos se pone de manifiesto en Estados Unidos, estoy segura de que antes o después toda la mentalidad norteamericana estará chantajeada. Es brillante, es malvado… —Dirigiéndose a mí—: ¿Algún pelo negro rizado? Quiero, en este apartamento, la mejor investigación forense que puedas conseguir; si necesitas algún tipo de apoyo adicional, como por ejemplo un equipo para extraer huellas dactilares de la carne o un análisis de muestras de fibras microscópicas, házmelo saber, haré que embarquen lo que necesites con algunos agentes cualificados en el próximo avión. —Mira a Hudson con curiosidad—. ¡Um! La verdad es que esto empieza a parecerse a la guerra.

Hudson se pone tenso al oír esta santa palabra.

Una hora más tarde Vikorn y yo estamos juntos en el apartamento de Bright. La situación, así como el cadáver, ha empezado a provocarme dolor de cabeza.

—No veo ninguna salida —le digo.

Es raro lo impasible que está Vikorn.

—No pasa nada, todavía me quedan unos cuantos pelos de ésos. Dedos no, por desgracia.

—¿Estás loco? Esos pelos pertenecen a un terrorista al que se sabe que mataron antes del asesinato. Descubrirás todo el chanchullo.

Él menea la cabeza ante mi torpeza, al tiempo que se saca del bolsillo un sobre de correo aéreo. Lo rasga para abrirlo y empieza a sacudirlo por la habitación. Unos pelos rizados caen como nieve negra.

—Nunca los entenderás. Obsequia a los entregados *farang* con pruebas contradictorias y utilizarán su infinita ingenuidad para dejarse engañar aún más.

Capítulo 38

*E*lizabeth Hatch me ha convocado, por la noche, para una reunión privada y aquí estoy, en la parte trasera de un taxi de camino al Sheraton de Sukhumvit. En un atasco en el cruce entre Silom y Rama IV, frente al parque Lumpini, el conductor y yo escuchamos a Pisit, que se ha pasado el día criticando tras haber tomado conciencia, finalmente, de la injusticia que supone que el Gobierno haya ordenado a la policía que mate salvajemente a unos dos mil presuntos traficantes de droga por cuestiones de cupo. El problema, tal y como lo ve Pisit: ¿cómo sabemos que cualquiera de estas personas tuvo algo que ver con el tráfico de drogas, para empezar? ¿No están los juicios para eso? ¿Y no es una extraña coincidencia que todos sean traficantes de poca monta, si es que lo son? ¿Una ofensiva contra el tráfico de drogas no debería incluir al menos a los cerebros de las operaciones? Ha encontrado a un oficial retirado de la División para la Supresión del Crimen a quien entrevistar.

Pisit	¿Por qué no hay ningún *jao por*, ningún cerebro, incluido en la matanza?
Ex poli	Perdone que se lo diga, pero ésa no es una pregunta muy inteligente. Si fuera posible matar únicamente a los *jao por*, sus enemigos lo hubieran hecho hace siglos. Por definición, es muy difícil matar a los *jao por*.
Pisit	¿De modo que el Gobierno ha tomado la decisión ejecutiva de matar a los que no son *jao por* y acabar con el delito de la manera más fácil?
Ex poli	Es lógico, ¿no?

PISIT	¿No podríamos llevar la lógica un poco más allá y hacer que los polis maten a gente que no tenga absolutamente ninguna relación con el delito?
EX POLI	¿Intenta hacerse el listo?
PISIT	No.
EX POLI	(tras un silencio meditabundo) Lo cierto es que es probable que sea eso exactamente lo que está pasando. Al fin y al cabo lo único que hace falta es que parezca una medida enérgica, en realidad, no importa a quién mates finalmente.
PISIT	¿Quiere decir que es un Gobierno que manipula la información al estilo tailandés?
EX POLI	Podría decirlo así.

Me resulta curioso que la CIA haya elegido una hora como las nueve de la noche para verme. Más interesante aún es la manera en que ella va vestida: un espléndido traje pantalón azul marino de Versace con una blusa blanca de encaje. Me impresiona el hecho de que en sus muñecas bailen unos brazaletes de pelo de elefante y se haya teñido discretamente el cabello, ahora un par de tonos más oscuro. Quizás el lápiz de labios —carmesí de efecto húmedo aplicado en una fina capa— la delata, junto con un evocador perfume de Kenzo. ¿Hay un solo oficial de la CIA que no vaya a reencarnarse en un camaleón?

—Siento la necesidad de tener una experiencia sobre el terreno —explica cuando se reúne conmigo en el vestíbulo—. Uno tiene que resistirse al aislamiento en un caso como éste.

—¿Bailar?

Una breve mirada:

—¿Es lo que recomiendas?

—¿Tailandia tradicional?

—Puede que no.

Sigo su rastro de insinuaciones desde las chicas en biquini que bailan en torno a postes de aluminio en Nana Plaza, pasando por las que van en *topless* en el Firehouse de Sow Cowboy, las que van desnudas en el Purple Pussycat, también en Cowboy, hasta que finalmente llegamos a los bares situados en el piso de arriba en Pat Pong. En este club está todo oscuro aparte del foco de luz donde la estrella del espectáculo lleva a cabo su actuación.

He visto el espectáculo de la banana demasiadas veces para que no me aburra. Elizabeth Hatch está fascinada. De pronto dice, en un susurro, como si quisiera crear un vínculo conmigo o tal vez recompensarme por consentirla esta noche:

—Una bomba en este sitio será el único mensaje que les hará falta: si apoyáis a Norteamérica, arruinaremos vuestra economía. No tenéis agentes de los servicios secretos ni fuerzas de seguridad para proteger vuestro país y nosotros tampoco podemos protegeros. Entonces, ¿qué clase de aliado somos? —Una débil sonrisa de lástima seguida por un tono de voz más mojigato—: ¿Eso son cuchillas de afeitar de verdad? Leí algo al respecto en una de las guías, pero no me lo creí. ¿Cómo demonios hace eso sin cortarse en jirones?

—Es un secreto comercial. ¿Quieres que le diga a la *mamasan* que venga?

—Deja que termine. Tiene un cuerpo muy hermoso.

Discretamente le hago señas a la *mamasan* para que se acerque y le susurro en tailandés mientras la CIA estudia el espectáculo. Aunque nos encontremos en Pat Pong no todas las chicas zigzaguean y quiero a Elizabeth Hatch de mi lado. No obstante, la *mamasan* sugiere una cifra a la que pocas chicas dirían que no. Se lo digo a la CIA, que asiente con la cabeza. Cuando la muchacha termina su actuación veo que la *mamasan* habla con ella, percibo la brillante mirada de curiosidad que le dirige a Elizabeth, la sonrisa seductora. Elizabeth le devuelve la sonrisa de modo temerario. En cuanto se ha vestido, la chica se acerca a nosotros, se sienta al lado de Elizabeth y apoya la cabeza en el hombro de la CIA.

Yo digo:

—¿Qué te parece si me voy?

En un tono lleno de lujuria:

—Sólo pregúntale, si no te importa, si hay algo que no haga.

Un breve diálogo en tailandés entre la chica y yo.

—No, no hay nada que no haga. No le hagas daño.

Ella vuelve la cabeza de golpe para mirarme.

—¿Dices eso porque soy norteamericana, porque soy mujer o porque soy gay?

—Siempre les digo eso mismo a los hombres —respondo con una sonrisa.

Salimos los tres juntos, busco un taxi a Elizabeth y la veo desaparecer en la parte trasera con su trofeo. Ya se alejan cuando de pronto hace parar al taxista y baja la ventanilla. Me hace señas y cuando me he acercado lo suficiente me coge del brazo:

—Te lo agradezco. Confieso que no me siento orgullosa de lo que estoy haciendo —una pausa—. Necesito aire.

Sonrío:

—Lo comprendo.

Mientras vuelve a subir la ventanilla:

—No es lo que hago habitualmente.

La chica, a su lado, ahora vestida con una blusa escotada de seda de color negro y una falda corta blanca que deja al descubierto sus largas piernas morenas, me dirige una mirada interrogante: «¿Algún problema?». Digo que no con la cabeza. No hay ningún problema, sólo es otro *farang* desesperado, hambriento de vida, que resulta que es mujer y gay. El taxi se aleja.

Es la una y cuarto de la madrugada, lo cual quiere decir que faltan cuarenta y cinco minutos para el toque de queda. La calle es un hormiguero de cuerpos ya medio unidos de camino a los hoteles de los alrededores. Hay unas cuantas mujeres occidentales con chicas del lugar, pero la inmensa mayoría del comercio es heterosexual. No obstante, Pat Pong se encuentra a tan sólo un par de minutos a pie de los bares gays del otro extremo de Surawong. En el Club Grand Finale el formato es muy parecido al de Pat Pong, excepto que los que salen al escenario son todos hombres. La mayoría de ellos, en calzoncillos, tienen entre poco menos y poco más de veinte años, pero hay unos cuantos que son mayores, más duros, más fuertes. Y hay tatuajes por todas partes.

Cruzo la calle hacia una puerta negra de estilo gótico tachonada de clavos que constituye la casi discreta entrada al No Name Bar, un lugar tan buscado y exclusivo que nunca necesita hacer publicidad. Tampoco puedes entrar sencillamente sin presentarte. No obstante, hasta un niño de la calle conoce la fórmula, y el tatuado y fornido portero me deja pasar.

Los asientos que rodean el escenario, cómo no, están ocupados por una buena proporción de traseros femeninos, la mayoría de ellos japoneses, aunque hay unas cuantas prostitutas tailandesas que han salido de noche de chicas. El resto de clientes son varones gays de raza blanca. Los del escenario van todos desnudos y son cuidadosamente seleccionados por su juventud y belleza, por sus posturas testosterónicas, por la dimensión de sus pollas o por la calidad de sus decoraciones.

Resulta que llego justo a tiempo de ver la última actuación. Se atenúa la luz de la sala, en el equipo de música suena *Nights in white satin* y una figura con máscara negra de verdugo salta al escenario; todo el mundo, especialmente las mujeres japonesas, se queda boquiabierto ante la calidad de los tatuajes que brillan intensamente bajo el foco. Llegan un chico y una chica desnudos que se arrodillan y le tocan el miembro. En seguida, mientras la evocadora e inquietante banda sonora alcanza el punto culminante, la batalla de Midway surge de la flacidez como por arte de magia. No tengo ni idea de si me ha visto o no, pero aunque así sea, ambos sabemos que eso no cambia nada.

Abandono el club al cabo de diez minutos de haber entrado. Estoy de nuevo en Pat Pong y la calle está tan repleta de refugiados del toque de queda que cuesta andar por ella. Me detengo frente a la entrada de uno de los bares para sacar el móvil y apretar un número con marcación automática.

—Si te doy mi corazón, ¿me darás tú el tuyo? —pregunto.

—Si vas a morir, no.

—Tenemos que detenerlo. Lo sabes, ¿no?

Una larga pausa.

—No es fácil. ¿Qué quieres hacer?

—Vivir contigo. Dormir contigo.

Con vacilación:

—¿Y eso servirá?

Tengo el corazón en un puño:

—Vale la pena intentarlo, ¿no crees?

Un gruñido, luego cuelga el teléfono.

Capítulo 39

*C*reo que es intrínseco a tu disparatada moralidad, *farang*, que cuando un hombre y una mujer que se dedican a hacer cumplir la ley se ven obligados a fingir, por razones estratégicas (digamos en una operación de vigilancia con señuelo), que son amantes, deben tener mucho cuidado de evitar que sus falsos abrazos se transformen en una auténtica cópula, ¿correcto?

Bueno, pues a la mierda con eso. Chanya y yo, en nuestro diminuto nido de amor de Soi 39, que es lo mejor que puedo permitirme en esta parte tan cara de la ciudad, fornicamos como conejos. No solamente es bella, sino también generosa. ¿Quién soy yo para no amarla? Tal vez no sea responsable de su extraordinaria belleza, pero esa simpatía táctil, esa tierna preocupación que se expresa en suaves roces, dulces caricias, amabilidad premeditada…, todo eso proviene de su alma y yo hubiera tenido que ser de piedra. No obstante, exhibir nuestra pasión de un extremo a otro de la *soi* forma parte del trabajo, sobre todo por la noche cuando los clubes japoneses están abiertos y las *mamasan* están de servicio en la puerta, controlando la calle. Durante el día nuestras obligaciones son más prácticas.

Es un pequeño apartamento tradicional, lo cual quiere decir que las abluciones se llevan a cabo por gentileza de una gran tina de agua que hay fuera en el patio, donde también hay un hornillo de gas con dos quemadores… ¡Ah, sí! Y un único armario desvencijado. No hay cama, de modo que compré un par de futones que tenemos colocados uno al lado del otro. La quiero más por las mañanas cuando, todavía adormilada, se pone de lado para recibirme por detrás. ¿O acaso la quiero más por la noche cuando está caliente? ¿O es cuando se está lavando en el patio con el *sarong* puesto para ocultar su cuerpo a las miradas de los vecinos? No me lo preguntes. El amor es una forma de locura que invade todo tu ser. También se ve bastante incrementado por el hecho de saber que uno tiene muchas posibilidades de morir antes de terminar la semana. No dejamos que se nos descarguen los móviles y yo compruebo cada día la Red en el cibercafé del barrio. Día tras día, noche tras noche y sigue sin haber ninguna noticia, ningún ataque. ¿Quizá nos estamos volviendo displicentes? Cuando recuerdo que soy un poli, intento obtener información relevante. Por regla general ella me complace encantada, pero con muchos recortes. Su versión de la segunda mitad de su relación con Mitch Turner es como la historia de Otelo sin una sola mención a Yago.

Chanya había regresado a Tailandia cuando el mundo estaba hipnotizado por dos torres de oficinas que se derrumbaban una y otra vez en las pantallas de televisión. Contaba con más de cien mil dólares y ninguna intención de volver a vender su cuerpo jamás. Tenía veintinueve años y en cualquier caso ya era un poco mayor para el oficio. Hizo construir una casa nueva para sus padres, los estableció con una veintena de búfalos que dedicaron a la cría —mucho mejor sin duda que la dura tarea del cultivo del arroz—, mandó a sus dos hermanos menores a las mejores escuelas que se podían pagar con dinero en Tailandia, y ya había enviado con orgullo a su inteligente hermana a un curso de biología en la Universidad de Chulalongkorn. No le quedó mucho dinero una vez pagadas todas las facturas, pero entonces no necesitaba gran cosa. En algún momento hacia el final de su estancia en Washington, acuciada por la añoranza y las dudas sobre sí misma, había decidido restablecer el equilibrio kármico provocado por su indecoroso oficio dedicando su vida a Buda. Iba a ser una *maichee*, una monja budista. Era la reina de su pueblo, un ídolo para sus padres, casi una figura divina para cualquiera que supiera algo sobre la Tailandia rural.

Chanya hizo todo lo que pudo para compensar los años perdidos pasando todo el tiempo que le era posible con sus progenitores, sobre todo con su padre, un budista devoto al que siempre había estado muy unida.

293

—No necesitar nada es el éxtasis —le dijo a Chanya. Ella sabía que, para él, los medicamentos *farang* que le proporcionarían otra década sobre la Tierra tenían sus pros y sus contras; reportaban más obligación que alegría. Él no entendía el propósito de alargar su vida artificialmente; se tomaba las medicinas por educación, para hacerla feliz. Ella compró una motocicleta Honda y lo llevaba casi cada mañana al *wat* a salmodiar, llena de envidia por la inocencia de su padre y jurando que de alguna manera recuperaría la suya.

Cuando no iba al *wat* se despertaba antes del alba para observar a su prima, a quien conocía casi desde que nació. Jiap era de la misma edad que Chanya e igual de hermosa, pero nunca se había sentido tentada por el dinero o la ambición. Vivía en la zona eterna de la agricultura de subsistencia; Chanya observaba cómo aquella mujer de veintinueve años y madre de tres hijos conducía a los búfalos por los arrozales entre la neblina del amanecer mientras les cantaba en voz baja a los animales en el dialecto de Isaan, exactamente como ella había hecho cuando ambas eran niñas, y con la misma alegría ingrávida. La distancia ya no es geográfica; lo que separa a Chanya de Jiap no es el tiempo, ni los kilómetros, sino una invisible barrera de cristal. En Norteamérica, por lo general, Chanya se había sentido tranquila y libre en comparación con la gente que conoció; aquí se sentía apesadumbrada, decadente, perdida.

No obstante, la melancolía no podía permanecer mucho tiempo sobre sus hombros y durante el resto del día unas fuerzas totalmente distintas parecían invadir su mente. En particular estaba el pequeño problema que en aquel lugar nadie se atrevía a mencionar, de modo que había sido necesario que una delegación de un complejo vecino viniera a explicárselo una tarde. Bueno, no era lo que se dice un problema. En realidad era algo bastante positivo. Los delegados, sin ninguna duda, eran partidarios del aspecto más mundano de la mente tailandesa.

Tranquilamente y con una exasperante renuencia a ir al grano, le explicaron a Chanya lo inteligente que llegaba a ser su hermana. Era sistemáticamente la primera de la clase y poseía esa pequeña cosa adicional que era algo más que mera inteligencia y que definitivamente se trataba de inspiración de Buda. Seguro que, con un poco de ayuda aquí y allá, un poco de patrocinio, podía aprobar en la Facultad de Medicina tailandesa sin ningún problema. Pero, seamos realistas...

Cansada de ver cómo se andaban con rodeos, Chanya terminó la frase: ¿la Facultad de Medicina tailandesa precisamente? Todos los mejores médicos del país hablaban inglés con fluidez porque habían estudiado en Estados Unidos o en el Reino Unido. Haría falta dinero, una suma exorbitante, pero piensa en lo que supondría para el país el hecho de contar con una mujer tailandesa de origen miserable que entendiera las necesidades médicas de los pobres y que poseyera la mejor educación médica del mundo. También sería de ayuda para la posición social de las mujeres.

Chanya comprendía perfectamente lo que estaban pensando los aldeanos más experimentados porque ella misma todavía pensaba así de vez en cuando: todavía le quedaban un par de buenos años durante los que podría ganar más dinero del que la mayoría de tailandeses pueden llegar a imaginar. Después de eso ya no iba a haber más oportunidades. Al menos no las habría para una chica inculta de Surin, sobre todo para una ex prostituta.

Chanya hizo cuentas. No quería marcharse otra vez de Tailandia, pero calculó que le bastaría con lo que había ahorrado y quizás otro año más en el gremio en Bangkok. ¿Qué importaba otro año más en el orden de las cosas, especialmente si hacía méritos convirtiendo a su hermana en una doctora de primera categoría? Se convenció de que Buda lo aprobaría y creía que podía probarlo matemáticamente. Utilizó una calculadora y la aritmética fue más o menos como sigue: una media de tres hombres por semana durante diez años es igual a 1.560, lo cual, a un ritmo de dos polvos por cliente (uno por la noche y uno a la mañana siguiente, para ponerlo de buen humor y que dejara propina) da 3.120 unidades de karma negativo. Para conseguir un karma neutro su hermana tendría que efectuar un número igual de curas de problemas medios o graves, cosa que Chanya suponía que podría lograr en un año o una cosa así. En otras palabras, a cambio de patrocinar a su hermana, Buda la liberaría de las consecuencias kármicas de su oficio en cuestión de un año después de que su hermana se sacara el título.

295

No obstante, iba a tomarse su tiempo. Norteamérica la había dejado más agotada de lo que era consciente. Quería relajarse, al estilo tailandés.

Gracias a la advertencia de Mitch había abandonado Norteamérica con tanta prisa que él no había atinado en preguntarle su dirección. Tampoco tenía su número de teléfono porque el móvil que tenía allí no funcionaba fuera de Estados Unidos. De haberlo querido hubiera podido cerrarle la puerta a Mitch para siempre. Incluso con su acceso a las fuentes de la CIA no era probable que la hubiese encontrado en Tailandia. Y eso era precisamente lo que pretendía hacer: romper, para siempre, con él y con su aterradora (y deliciosa) locura.

No obstante, al pasar de Occidente a Oriente hay un cambio de ritmo que puede resultar desconcertante. En su pueblo las tardes eran largas y calurosas y a nadie se le ocurría nunca hacer nada que no fuera dormir, jugar a la carta más alta o beber *moonshine* (por algo la llamaban la Aldea del Elefante Durmiente). Incluso a su prima Jiap le gustaba jugar para ganar unos peniques y beber cerveza fría. En su empeño por acumular riqueza Chanya había adquirido un poco de la religión de la determinación («cada noche haces una selección —solía predicar el Mitch sobrio— de todas las cosas que tienes que hacer mañana y al final del día la revisas, ¿cuánto has avanzado en la consecución de tu meta?»), lo cual se traduce inmediatamente en impaciencia cuando te trasladas a otro país. Si se hubiera esperado un par de meses, la impaciencia se hubiera desvanecido en seguida y se hubiera vuelto a adaptar a los ritmos primarios de su querido hogar. Pero la propia aldea, a no más de diez minutos en moto, contaba con un cibercafé.

Era uno de esos típicos comercios chinos con vivienda cuya propietaria era una mujer que, además de dedicarse a los horóscopos, a los filtros de amor y a los consejos comerciales basados en la astrología, también lavaba ropa para llegar a fin de mes y había adquirido de algún modo unos cuantos ordenadores portátiles conectados a Internet. Chanya sabía que en infinidad de servidores (Yahoo, Hotmail, MSN) era posible abrir una cuenta de correo gratuita. A través de ellos no había manera de que Mitch pudiera determinar dónde se encontraba.

Entonces no lo reconoció, pero en retrospectiva se da cuenta de que Mitch, con todos sus problemas, es lo más parecido a un verdadero amante que había tenido nunca (Thanee era maravilloso, por supuesto, pero con él era una *mia noi*, no una diosa). Ella no sabe cuánto ama a Mitch Turner, pero esa pasión suya, ahora lo ve, es inmensamente adictiva. Se siente como si le hubieran amputado brutalmente algo esencial en su vida. Hay algo que le carcome constantemente el corazón, una sensación nueva y bastante extraña en su caso.

El primer mensaje que manda a su dirección de Internet del trabajo es una obra maestra de la timidez:

Hola, ¿cómo estás?

Él responde en cuestión de minutos desde una cuenta de correo privada:

¿Chanya? ¡Oh, Dios mío! ¿Dónde has estado? ¡Me he estado volviendo completamente loco! He rezado cada día desde que te fuiste, ahora voy a la iglesia todas las mañanas y todas las tardes, me siento en los últimos bancos y cuando no rezo, lloro. Chanya, no puedo vivir sin ti. Sé que estoy jodido, cariño, entendí mal la religión, estoy totalmente desconectado de todo, soy un hipócrita en mi trabajo y aquí todo el puto sistema es un desastre, todo esto ya lo sé, pero para mí la única salida eres tú. Lo único que he aprendido estas últimas semanas es una cosa: que sólo tú puedes salvarme. Tengo que estar contigo. Haré todo lo que quieras. Tú puedes hacer lo que quieras. Puedes continuar prostituyéndote si es lo que te hace falta. Viviremos en Tailandia. ¿Dónde estás? Mira, sé que puedo obtener un destino en algún lugar del país. Todo este asunto del Trade Center nos ha pillado totalmente desprevenidos. Hay tipos al frente de departamentos que seguirían cualquier indicio, especialmente si proviene de alguien que conoce Asia. Lo único que tengo que hacer es decir que estoy dispuesto a vivir en algún lugar de la frontera tailandesa donde haya musulmanes, recabar información, comprobar hacia dónde van las barbas... Puedo estar ahí quizá dentro de un mes a lo sumo, proba-

blemente antes. Todo el mundo quiere ganar puntos con lo del
11-S y mandar a alguien como yo a un destino en el extranjero
en tierras musulmanas queda muy bien en sus registros. Dame
un número de teléfono, amor mío. Por favor.

Al poco tiempo Chanya responde:

¿No podemos limitarnos a hablar a través de la Red?

Y él:

Tienes que darme tu número. Ayer hablé con mi jefe, le dije
que estaba dispuesto a irme allí y prácticamente se arrodilló para darme las gracias. Ahora, a cambio, tú tienes que mandarme al
menos tu número de teléfono. Por favor, Chanya, aquí me estoy
muriendo. P. D.: Anoche vi *Los Simpson* por ti. Homer se convirtió en la mascota oficial del equipo de béisbol de los Isótopos de
Springfield…, fue un buen episodio.

Al igual que al principio de su relación, ella se siente atraí-
da por una fuerza misteriosa. ¿Quizá sea esa legendaria
energía que se supone que tienen los norteamericanos? O tal
vez sólo sea el puro narcisismo femenino de siempre, no
puedes evitar sentirte halagada cuando un hombre te quiere
tanto que está dispuesto a dejar Washington para vivir en un
estercolero del Tercer Mundo sólo para estar en el mismo
país que tú. Ella le manda el número de móvil que tiene en
Tailandia. Después de eso fue una llamada, y otra, y otra. A
juzgar por las horas en las que la llamaba, era un verdadero
insomne y tomaba la precaución de beberse un vaso de vino
antes de hacerlo, de ese modo ella quedaba protegida de esa
faceta triste, sermoneadora y seria. Borracho, hasta por teléfono la mata de risa. De golpe y porrazo esas largas tardes
calurosas, aletargantes y aburridas se ven salpicadas por la
risa visceral de ella.

Al cabo de unas semanas la llama desde una ciudad de la
que ella sólo ha oído hablar vagamente, situada justo en el otro
extremo de Tailandia, en la frontera malasia, un lugar llamado
Songai Kolok. Ella nunca había estado allí, pero sabía que era

una ciudad burdel que ofrecía servicios a los musulmanes que acudían a montones desde la puritana Malasia. En la industria de la carne la élite de Bangkok tenía tendencia a mirar por encima del hombro a esas mujeres.

Ella cuelga el móvil después de esa primera llamada desde Songai Kolok en un extraño estado de ánimo. De momento ha sido una larga risa telefónica, una hilarante inyección de ingenio norteamericano, pasión, energía y optimismo sin un ápice de actitud posesiva, impertinencia, hipocresía, sermoneo o intolerancia. Ella tenía al norteamericano tal como éste se había anunciado, pero dudaba que pudiera mantener su actitud cara a cara. A pesar de sus ruegos ella tarda más de un mes en hacer esa primera visita al sur. Sigue negándose a darle su dirección en Tailandia. Él todavía no sabe su apellido.

Va a buscarla a la estación de autobuses de Songai Kolok y ella se da cuenta inmediatamente de que algo va mal. Es primera hora de la mañana (ha viajado de noche) y él no ha bebido. Su faceta perturbadora, hirviente, resentida y fragmentada es la que controla su charla mientras le lleva la bolsa, pero hay algo más. Ha perdido peso y tiene un aspecto enfermizo. Songai Kolok no le está sentando nada bien. En su conversación en el taxi de vuelta a su apartamento se le escapa lo mucho que lo odia. Lisa y llanamente, está sufriendo una grave conmoción cultural. El único país asiático que ha visitado (el único país que ha visitado fuera de Estados Unidos, punto) es Japón, que fue una especie de choque cultural a la inversa: los nipones les daban mil vueltas a Estados Unidos en cuanto a las minucias diarias, habían conseguido algo que era casi imposible, combinar una antigua cultura con los hipermodernos aparatitos de alta tecnología. En Japón todo era mejor que en Norteamérica, la comida, la higiene, la vida nocturna, las mujeres, los tatuajes…, sobre todo los tatuajes. En comparación Songai Kolok era, bueno, como un escusado tercermundista.

Desde la ventana de su apartamento señala la comisaría de policía con los cientos de chozas de las prostitutas apoyadas contra el muro que la cercaba.

—¿Ves eso? Las observo todas las noches. —La mira a los

ojos con agresividad—. ¡Las observo todas las noches!

¿Y qué? Quizá ni él mismo esté seguro, pero a ella se le hiela el corazón cuando le enseña su pequeño telescopio.

—Siempre ponen buena cara y sonríen. Es tan… ¡Diablos! No lo sé.

—¿Qué pasa, Mitch? ¿Cuál es el problema?

Menea la cabeza.

—¿Cómo pueden hacerlo? ¿Por qué no están en el infierno? ¿Cómo pueden hacerlo sin más, como si tomaran una ducha o algo así y después se acabó, como si no hubiera pasado nada? Como si fueran buenos amigos que se hacen un favor, dinero para ella, una mamada y un polvo para él, ¿no? Es como, como… No sé.

Durante el trayecto desde Surin ella había cambiado de autobús en Bangkok, donde entró un momento en un supermercado, pensando en él. Saca una botella de vino tinto californiano, uno de los favoritos de Mitch. Él frunce el ceño al verla, pero le da un sacacorchos para que la abra. Ella encuentra un par de vasos en la cocina, le sirve un trago generoso y lo mira mientras bebe. Espera para ver si la magia todavía funciona. Al principio parece que no, él continúa maldiciendo a los jóvenes indecentes dominados por la carne que se congregan todas las noches alrededor de las chozas, pero poco a poco su humor se altera. Sus ojos se iluminan con un brillo ligeramente insano, pero preferible a la depresión. De pronto está sonriendo abiertamente.

Se arrodilla delante de ella cuando Chanya se sienta en su sofá:

—Soy un condenado hipócrita, ¿verdad?

—Sí.

—Me pongo a pontificar y ¿qué es lo único que quiero ahora mismo más que nada en el mundo?

—Follarte el culo de una puta tailandesa.

Una mirada escandalizada y luego una risa.

—¡Dios mío, Chanya! ¿Qué me pasa? ¿Qué es eso a lo que no puedo enfrentarme?

Ella no dice: «la realidad». A decir verdad se está poniendo muy caliente. Han pasado casi cinco meses desde la última vez que practicó el sexo con alguien y ha recordado la extraordinaria resistencia que tiene este hombre cuando ha bebido. Deja que la desnude.

Después de su habitual representación de dominio rompe a llorar.

—¡Estoy tan jodido, cariño! Lo siento. Tal vez sea un error, no quiero verme torturándote otra vez. Tal vez no soy más que un jodido bicho raro que no tiene remedio, ¿no?

Ella hunde una mano entre su cabello y no contesta.

En aquella primera visita se quedó con él tres noches y empezó a entender lo que le había ocurrido. La mente de Mitch pasa por el mismo ciclo que en Washington con una diferencia esencial. En D.C. su trabajo tenía el efecto de concentrar sus talentos y le proporcionaba algo que mordisquear una hora tras otra; cierto, dejó el trabajo y se preparó para su cambio de personalidad en un estado un tanto deprimido, pero todavía con la sensación de que había llegado a alguna parte, de haber logrado algo, de haber progresado. En otras palabras, en Washington tenía un propósito y para un norteamericano no existe un dios mayor. Allí en Songai Kolok no tenía ningún propósito, la excusa que le había dado a su jefe para estar allí era falsa, como se hizo evidente tras el primer día. Con su agudeza se dio cuenta de que esta ciudad burdel era mucho más inmune al fanatismo musulmán por la buena razón de que estaba dominada por musulmanes decadentes que sabían cómo ocuparse de las barbas problemáticas. De modo que noche tras noche observa las chozas. Éste se ha convertido en su propósito. ¡Es tan palmario! Los polis, con el uniforme completo, vienen de vez en cuando para hablar con las chicas, charlar y reír un poco, beberse una o dos cervezas, y los clientes vienen y hablan con las chicas y también con los polis y todo el mundo está de fiesta o algo así. No parece haber culpabilidad de ningún tipo. Los chicos musulmanes son extrañamente respetuosos y educados con las chicas, y en cuanto a ellas…, bueno, nunca dirías que vivían en el nivel más bajo de una sociedad feudal, no daban la impresión de tener ningún tipo de complejo de inferioridad. De hecho parecían mucho más felices que las típicas esclavas de la profesión. Pensándolo bien, parecían mucho más felices que cual-

301

quiera de las personas que conocía, tanto en Estados Unidos como en Japón. No daba la impresión de que su alegría fuera forzada o tensa, en absoluto.

Para un espíritu menor esto no hubiera supuesto ninguna conmoción, pero Mitch, hay que reconocerlo, vio el significado. Esos chicos eran islámicos, eran el equivalente a los cristianos devotos con casquete y bigote, pero aun así pecaban y se quedaban tan panchos y no parecían notar el efecto que estaban teniendo sobre sus almas inmortales. «¿Qué estaba pasando aquí?»

Chanya, veterana de ese eterno campo de batalla llamado la mente occidental, proporcionó la respuesta.

—Ninguno de ellos es importante, Mitch.

Él la miró con un parpadeo. ¡Maldición!, era cierto, a ninguno de ellos, ni siquiera a esos jóvenes aguerridos, se les había ocurrido pensar que eran lo menos importante en el orden de las cosas. Pero claro, ahí es donde se equivocaban, ése era el error que cometía la gente primitiva porque todavía no habían recibido el gran regalo del ego.

Un cambio de expresión: Todo cambiará con el tiempo, por supuesto, e incluso Songai Kolok empezará a parecer y a actuar como una ciudad del Primer Mundo en cuanto le llegue la iluminación a un mundo permanentemente desagradecido y se barra toda la inmundicia… debajo de la alfombra. Aunque mientras tanto, todo lo que es morboso e inmoral parece crecer. A través de su telescopio ha visto aparecer cinco nuevas casuchas desde que está allí. ¡Ésta sí que es una ciudad en auge, por el amor de Dios! Hay un auge del sexo. Sexo musulmán, nada menos. Y nadie está haciendo una mierda al respecto.

Chanya ha estado observando la angustia que cruzaba y volvía a cruzar por su rostro. Ahora ella dice algo que seguramente debe de ser la síntesis de todo lo que ha intuido sobre él, sobre Occidente, sobre los hombres blancos:

—Si no te atormentaras, no cambiaría nada, ¿verdad?

La idea de que, aparte de la innecesaria tortura que él mismo se inflige, no existe ninguna diferencia entre él y esos musulmanes calientes ni entre, llegados a esto, las putas y los polis, es literalmente demasiado para él. Al fin y al cabo, Occidente es más que nada una estructura de humo y espejos; pero es pre-

302

cisamente a las personas que más se juegan en él —hombres como Mitch— a las que les resulta más difícil de digerir esa verdad bastante obvia. Él se refugió en la vanidad, estudió su cuerpo en el espejo y murmuró sobre el tatuaje que tenía pensado hacerse.

Así pues, ella abrió una botella de vino, le pasó un vaso, esperó a que esa cosa crucial que tenía dentro empezara a relajarse, pudiera olvidarse del propósito y se riera de sí mismo. No obstante, el propósito se hallaba tan arraigado que sólo el alcohol podía liberarlo de él. Al menos era la única cura que había encontrado hasta el momento. El problema: cuando pasaban los efectos, parecía hacer la melancolía aún más melancólica. Y otra cosa más. Era la primera vez que Mitch I y Mitch II habitaban su cuerpo simultáneamente, golpeando su mente de un extremo a otro de la cancha de tenis interna. Ella no tenía modo de saber que, de hecho, esto es una progresión significativa en las fases de la psicosis. A su estilo tailandés, ella no puede evitar ver el lado divertido. Con la mejor de las intenciones parece haber desmantelado un tanto a este hombretón musculoso, inteligente e increíblemente importante. Pero ¿cómo podía haber imaginado lo frágil que era?

303

No obstante, su visita le hizo bien, de ello no había duda. Incluso cuando estaba sobrio en la estación de autobuses despidiéndose de ella, su piel tenía una luz más saludable y sus ojos un brillo más lúcido. Pero Chanya no estaba segura de cuándo volvería. No quiso prometerle nada y por una vez fue lo bastante hombre como para aceptarlo. Fue capaz de mantener esta disciplina más o menos durante el mismo espacio de tiempo que ella tardó en llegar a casa. Cuando bajaba del autobús, el móvil empezó a sonar dentro del bolso.

Así fueron las cosas. Lo que ella más temía se estaba convirtiendo en realidad. Mitch llamaba cada día. Si no contestaba al teléfono, Chanya se sentía culpable y tenía miedo de lo que pudiera estar pasando en su cabeza (al fin y al cabo ella era la razón por la que, de entrada, él se encontraba en aquella sórdida ciudad). Cuando contestaba, él la seducía con su humor y entonces, cuando ella ya se había fundido, él se ponía desagradable, le exigía que fuera a verle o que le diera su dirección para poder ir a visitarla.

Chanya, veterana de un millar de hombres, tenía tan poca experiencia en cuanto a líos amorosos que sintió la necesidad de recurrir a la sabiduría antigua. La vieja bruja del cibercafé parecía capaz de leerle el pensamiento sin que hiciera falta darle muchas explicaciones. Chanya le dijo que lo que necesitaba no era un filtro de amor, sino quizás algo que lo calmara. Era un *farang*, admitió, con esa excitable psicología *farang* que sencillamente no puede aceptar la vida tal y como viene. ¿Por qué era de esa manera? Estaba claro que quería volverla norteamericana, colonizarla en otras palabras, como si fuera un país atrasado que precisa desarrollarse. Le volvía loco que ella se resistiera a sus intentos de invasión psíquica. Peor aún, no se podía ocultar el hecho de que ella poseía una mente mejor que la suya. Chanya apenas había recibido educación, claro, pero podía leer sus estados de ánimo excesivamente simplificados como si de un libro ilustrado se tratara, aunque al mismo tiempo él no parecía comprenderla en absoluto. A decir verdad, no le interesaba en lo más mínimo saber quién era ella. Es comprensible, no quería concentrarse en la manera en que se ganaba la vida. Pero eso también era ridículo. Si su trabajo le suponía un problema tan grande, ¿por qué había ido hasta el otro extremo del mundo para estar con ella? Era típico de él, una mente absolutamente dividida. Atraído fatalmente por aquello que detestaba, o que creía detestar, empujado a transformarla en aquello que creía que quería, pero que en realidad odiaba. En cuanto la hubiera convertido en una norteamericana, se sentiría aburrido y asqueado, por supuesto. Era cristiano, añadió ella.

La vieja bruja no sabía nada sobre cristianos, pero sí que sabía un par de cosas sobre los locos, ya fueran *farang* o no. Para la gente de su generación que vivía en esa parte de Tailandia próxima a la frontera con Camboya había un remedio seguro que, en su ignorancia, los *farang* habían empujado a la clandestinidad. En sus tiempos, si tenías la gripe, sufrías depresiones, necesitabas un anestésico o sencillamente querías mejorar tu sopa casera, la naturaleza te proporcionaba todo lo requerido en la forma de la adormidera. Le aconsejó que probara echándole un poco de opio en el vino o en la comida. Que una vez empezara a apreciarlo le enseñase a fumarlo. Nunca nadie había hecho daño a nadie colocado de opio, y no había resaca, no se daban esos desagradables cambios de humor que provoca el alcohol. La vieja bruja había estado casada con un alcohólico violento y sostenía que todo licor fermentado era una abominación que tendría que ser ilegal. En su local estaba prohibido todo tipo de alcohol, incluso la cerveza. Le vendió a Chanya unos cuantos gramos de opio y una pipa. Le enseñó cómo preparar la pipa y también cómo preparar el opio si quería metérselo en el vino sin que se diera cuenta. La siguiente vez que Mitch la llamó, ella accedió a verlo de nuevo al cabo de una semana.

Se hacía difícil decir si ese hombre sin afeitar que la recibió exhausto y con cara de sueño supuso una mejora o todo lo contrario. Chanya quedó horrorizada por el deterioro que había experimentado en tan poco espacio de tiempo, pero al menos no empezó fastidiándola. Al contrario, parecía arrepentido, cosa que no era nada habitual en él.

Confesó que se había tomado un par de píldoras de *yaa baa* la noche anterior. Al cabo de una hora estaba tan aterrorizado por los efectos de la metanfetamina (violentas fantasías paranoicas, un fuerte impulso de saltar por la ventana) que compró una botella de whisky tailandés barato y se la bebió toda. Probablemente el whisky lo salvó porque lo había hecho vomitar. La metanfetamina y el alcohol no se mezclan, le dijo ella. Podía haberse matado fácilmente. Él responde encogiéndose de hombros con indiferencia y con una sonrisa un tanto enajenada. Esa mañana no se ha cepillado los dientes, lo cual es increíble para un norteamericano. Estaban sucios y le olía el aliento.

—¿Y qué? Ya me siento muerto igualmente. Tú me estás destruyendo. No sé cómo lo haces, ni por qué lo haces. ¿Sabes por qué me estás haciendo esto, Chanya? ¿Es porque odias a los norteamericanos? ¿Estás confabulada con nuestros enemigos?

Ella se lleva la mano a la boca.

—¡Mitch! —Y añade—: Me voy.

—No, no, por favor, cariño, no quería decir nada con esto, era sólo una broma, ¿sabes?, fingía estar paranoico, una broma norteamericana, no la entenderías. Quédate, por favor, quédate. Si te marchas, me mataré, lo juro.

305

Estaba de rodillas y aferrado fuertemente a sus piernas, como si éstas lo salvaran del desastre. Ella pensó en el opio que llevaba en el bolso.

—Tómate un vaso de vino, Mitch. Cálmate. Esto es una locura. ¿Crees que he venido hasta aquí para estar con un loco?

Ella lo miró mientras se bebía el vino mezclado con opio, preguntándose si, en efecto, lo estaba destruyendo. Al fin y al cabo, ¿no fue ella la que le enseñó a beber? Y ahora añadía el opio. Bueno, tal vez fuera un recurso a corto plazo, pero la atmósfera del pequeño piso era tan claustrofóbica, la locura de sus ojos tan aterradora, que cualquier cosa supondría una mejora. Se dijo que lo que estaba haciendo era administrar ayuda médica de urgencia. Y quizá salvar su propia piel. Puede que este *farang* estuviera deshecho, pero seguía teniendo un cuerpo formidablemente poderoso.

Capítulo 40

$\mathcal{V}$amos, *farang*, admítelo, siempre has querido probar un poco de opio, ¿verdad? Sólo una vez, por supuesto, para ver qué tal, ¿no? Naturalmente sin familiares cercanos alrededor, probablemente ni siquiera con ningún miembro de tu grupo de iguales, que tal vez le fuera con el cuento al jefe, justo cuando estaban pensando en ti para un ascenso, pero ¿y si tuvieras la oportunidad de experimentar (ya sabes) durante unas pequeñas vacaciones privadas que tú y tu pareja acordarais que podías tomarte en solitario para encontrarte a ti mismo y hallar el sentido de tu vida durante tu crisis de los cuarenta (o tu crisis postadolescente, o tu crisis de los treinta y tantos) quizás en algún exótico país extranjero de algún lugar del sudeste de Asia? Opio, solamente la palabra ya seduce, ¿no es cierto? Es tan atrayente, tan literario, tan especial, tan raro actualmente.

En el norte, cerca de la frontera con Laos y Birmania, se llevan a cabo las rutas del opio, aunque no las llaman así, claro está. La palabra es: aventura. Tienes un recorrido en elefante a través de la jungla, la balsa de bambú en el río, toda la ganja que puedas fumar y un par de noches muy especiales en una de esas endebles casuchas de bambú que ves tantas veces en las películas sobre el Vietnam, compartiendo una o diez pipas con los pintorescos hombres y mujeres de las tribus de las montañas (cuyos hijos, por razones que se escapan a la historia, se saben toda la letra de la canción *Frère Jacques* y es probable que la canten a grito pelado a la menor provocación). ¿Y por qué no? No es tan adictivo como la televisión y tampoco contamina más la mente que ésta. Durante siglos el hombre blanco fue un traficante apasionado e incluso se enzarzó en guerras justificadas para llevar a cabo su deber sagrado de aliviar la carga de la existencia a los ingentes millones de asiáticos con una droga que ya se consideraba peligrosa para el hombre blanco (¿te suena, Philip Morris?). Hoy en día es más rentable recetar tranquilizantes o entretenimiento doméstico... Piénsalo.

Había un toque de frialdad tailandesa (quizá repugnante para ti, *farang*, pero que de algún modo a mí me resulta encantadora) en la manera en que Chanya observó su reacción al opio. Primero le sube a la cabeza el alcohol, con el efecto habitual. Cambia de humor, bromea con ella y empieza a desnudarla. Toman juntos la ducha ritual (él la llama «putahigiene») y el cuerpo de Chanya provoca la magia de siempre. No hay duda al respecto, en estos momentos él literalmente la adora. Ella no puede calificarlo cínicamente como simple lujuria, tal es la veneración de sus susurros de amor, la gratitud ante el alivio que su apareamiento supondrá para su mente febril, el genuino sobrecogimiento ante su belleza, sobre todo cuando sonríe. ¿Qué mujer no estaría impresionada? Es algo embriagador, mejor que en las películas y en apariencia auténtico.

Cuando desliza su muslo musculoso por encima del cuerpo de Chanya dispuesto a montarla, suelta un lento y prolongado gruñido de satisfacción, como un hombre que finalmente ha roto la maldición de toda una vida. Su pierna derecha pesa sobre la de ella, que nota la progresiva relajación de sus músculos. Se abren como flores, uno a uno, abandonando su demente energía, ese desesperado aferramiento que el Buda identificó como la fuente de todo karma y por lo tanto de todo sufrimiento. Ella está tan sorprendida e impresionada (la vieja bruja realmente sabía un par de cosas al menos) que lo único que quiere es quedarse allí tumbada, como si también hubiera tomado opio. Supone tal alivio experimentar cómo este enorme tornado masculino se abandona por fin, que la catarsis es tanto por parte suya como por la de él. Así yacen unos diez minutos, como poco, mientras él mira fijamente las volutas del oído derecho de Chanya y ella escucha la relajada y profunda respiración de una mente que ha curado temporalmente sus terribles heridas. La paz ha vuelto a ordenar sus atormentados rasgos.

Resulta difícil exagerar el efecto que este momento tiene en ella: de golpe y porrazo la expresión del rostro de Mitch es normal, humana. Durante más de un año había supuesto que este extraño gigante era un ser —un *farang*— constituido de forma distinta a cualquier persona que hubiera conocido nunca. Ahora está siendo testigo de una transformación en la cual él vuelve a la familia humana, con la inevitable implicación de que todo lo ocurrido anteriormente era una forma de locura, una ilusión de *farang* que no lleva a ninguna parte, una prueba andante de la imposibilidad de crecer de toda una sociedad. Chanya está anonadada. Finalmente consigue empujar suavemente su pierna para sacársela de encima y lo deja boca arriba. Él la retiene un momento y la mira fijamente a los ojos sin ver nada.

—Marge —susurra.

—Sí, Homer —responde ella haciendo todo lo posible por imitar el personaje de los dibujos a pesar de su acento tailandés.

La más imperceptible de las risas y se enzarza en un enigmático rompecabezas que ella no puede seguir. Le pone una almohada debajo de la cabeza, ella se envuelve con una toalla y lo deja allí. Mitch vuelve en sí al cabo de ocho horas sintiéndose deliciosamente fresco y con un humor de lo más sereno.

—Opio —le dijo ella—. Te puse opio en el vino.

La noticia no minó su serenidad en absoluto. Tal y como había predicho la vieja bruja, le pidió más.

Capítulo 41

¡*Q*ué típico de un *farang* encontrar un lugar agradable en la vida y echarlo a perder con sus excesos! En la época dorada del opio un caballero fumador se imponía el límite de un par de pipas por la noche y podía llegar a los cien años, llevando a cabo sus tareas diarias con satisfacción y con la seguridad de que por la noche en su diván le esperaba una exótica licencia de lo mundano (¡sabe Buda de dónde sacaste la idea de que la pura monotonía de la mente obsesionada con los inventarios es normal y saludable, *farang*!). Nadie creía que la adormidera fuera la respuesta a los problemas de la vida; todo el mundo lo entendía simplemente como un receso en el interminable funcionamiento de la mente; nadie esperaba pasarse el día colocado.

Chanya hizo varias visitas a Mitch después de su debut con el opio. La droga casi la sustituyó a ella como su principal foco de atención y siempre quería más. Se convirtió en un experto utilizando la pipa y ella se acostumbró a sus ojos nublados y a sus miradas fijas a media distancia. Lo mejor era su gran ternura y gratitud. Desde las profundidades de la serenidad era un amante y esposo perfecto, aunque su vida sexual se redujo en intensidad. Probablemente eso tampoco fuera nada malo. A ella le gustaban los largos silencios satisfechos durante los cuales la obsesión *farang* que llenaba el espacio con ruido se vio reemplazada por… gloriosa nada.

En cada una de las visitas le trajo más opio, pero con el alma caída a los pies. La vieja bruja se estaba alarmando ante la cantidad que estaba consumiendo el *farang*. Ella no se consideraba una traficante, sencillamente proporcionaba a las personas que lo necesitaban la tradicional cura de hierbas que formaba parte de su cultura. Iba con su papel de vieja bruja del pueblo. Al final le advirtió a Chanya que no le iba a vender más. Lo último que necesitaba era que algún departamento antidrogas *farang* se le echara encima, o que los policías locales le exigieran una tajada. Chanya estaba decidida a decirle a Mitch que tendría que dejarlo porque no podía conseguirle más droga. No obstante, por una vez, el destino pareció intervenir a su favor.

En su siguiente visita Mitch le contó una extraña historia que, en retrospectiva, se da cuenta de que lo afectó profundamente, aunque era imposible decir cuánto había de cierto y cuánto de fantasía; él al menos parecía creérselo.

Una noche de hacía cosa de una semana, al volver a su apartamento de uno de sus interminables merodeos por la pequeña ciudad que ahora conoce como la palma de su mano, mete la llave en la cerradura y se encuentra con que está abierta. La verdad es que en cierto modo había llegado a tal punto de despiste con las varias drogas de las que abusaba que, para empezar, no tenía la seguridad de haberla cerrado. No obstante, al entrar, un par de manos lo empujan hacia el salón y cierran la puerta tras él sin hacer ruido.

La escena que se presenta ante él se asemeja tan exactamente a su peor pesadilla que por un momento se queda totalmente paralizado de miedo. Los dos jóvenes que lo sujetan por los brazos tienen aspecto de robustos malayos con casquete. Sentado en el suelo hay una especie de imán con una larga barba gris, una túnica musulmana y un casquete muy ornamentado. Sentados en torno a él hay unos quince hombres, la mayoría de mediana edad, todos con casquete, que sin duda son discípulos del imán sagrado. Los dos jóvenes lo obligan a sentarse en el suelo, mirando al imán.

Tras la primera oleada de una paranoia totalmente devastadora que le dificultaba la respiración, su entrenamiento resurge hasta el extremo de que recorre al grupo con la mirada para comprobar si llevan armas. No ve ninguna y la verdad es que los dos jóvenes guardias van desarmados. Después de pasarse décadas levantando pesos, Mitch tiene unos músculos tan desarrollados que probablemente podría someter a los jóvenes y escaparse. Está claro que esta idea no les ha pasado por alto a las mentes del imán y de su grupo, que hacen unos gestos con las palmas de las manos que parecen pedirle que se quede sentado. Él evalúa rápidamente la situación. Si este grupo tenía intención de matarlo, podrían hacerlo donde quisieran. Si escapaba de la habitación, no les costaría mucho asesinarlo antes de que pudiera llegar al aeropuerto de Hat Yai, antes de que pudiera abandonar la Tailandia musulmana, en otras palabras. Tiene los nervios un tanto destrozados por el opio y el espid, pero se controla lo suficiente para permanecer sentado. Incluso intenta prepararse para morir. Profundamente arraigada entre sus más sagradas promesas está la de, como mínimo, morir como un norteamericano valiente, aunque su vida no haya sido ni mucho menos perfecta. «Al menos eso sí puedes hacerlo», dice para sus adentros por encima del violento latido de su corazón.

No obstante, el imán no contribuye a mejorar mucho su autoestima, puesto que parece intuir la intensidad del terror de Mitch y sonríe de una forma un tanto condescendiente, como si estuviera frente a un niño asustado. Los demás hombres de mediana edad, entre los cuales Mitch reconoce al menos a algunos como respetables e influyentes ciudadanos de Songai Kolok, muchos de los cuales son prósperos hoteleros, también hacen gestos tranquilizadores con las manos. Cuando queda claro que Mitch no va a salir corriendo hacia la puerta, uno de los jóvenes malayos toma asiento respetuosamente junto al imán.

—Por favor, perdónenos, señor Turner —empieza a decir el imán—. Me temo que si lo hubiéramos abordado de cualquier otra forma, habríamos despertado la atención de ciertos intereses y su vida habría estado en peligro, por no mencionar la nuestra. Señor Turner, estamos aquí para ayudarle a seguir con vida. Nosotros no le haremos ningún daño, pero nuestra advertencia no carece de un interés personal, como verá. —Un carraspeo y un extraño gesto que arderá en la memoria de Mitch Turner: el imán tiene la costumbre de realizar un movimiento curvo y horizontal con la mano, como si acariciara a un gato—. Señor Turner, sabemos que trabaja para la CIA, que está aquí para espiar a los musulmanes, especialmente a los fanáticos de Indonesia y Malasia que pudieran formar parte de Al Qaeda o de alguna otra organización terrorista. Créame, señor Turner, no es que no estemos de acuerdo con la causa, en absoluto, pero no lo estamos con la manera en que su país actúa. —Alza la mano en un gesto apaciguador—. Pero no importa, no estamos aquí para convertirlo, sólo para intentar ayudarlo. Señor Turner, ¿de verdad cree que su presencia ha pasado desapercibida en todo el mundo musulmán del sudeste de Asia? Nadie se cree su tapadera de que trabaja para una empresa de telecomunicaciones, claro, y por supuesto su identidad, incluso su fotografía, se ha difundido a través de las redes musulmanas. ¿Cuántos jóvenes fanáticos cree usted que estarían encantados de liquidarlo con una explosión suicida? Tres grupos indonesios distintos se han puesto en contacto con nosotros, dos grupos con base en Malasia y un par de jóvenes musulmanes tailandeses que están furiosos por su provocativa presencia aquí. Usted es un hombre inteligente, señor Turner, brillante incluso, de modo que no es necesario que explique las ventajas que obtendría su élite gobernante de una guerra permanente con el islam. Petróleo y armas, señor Turner. Norteamérica es mucho más fácil de gobernar y de explotar cuando está en guerra, ¿no es así? En efecto, el mundo es mucho más fácil de explotar cuando está en guerra —otra pausa—. Permítame que le cite a un norteamericano muy inteligente: «América es un gigante, pero deformado». Sí, señor Turner, ustedes no son los únicos que pueden espiar los secretos del mundo electrónico…, no olvide que la mayor parte de sus componentes están fabricados al otro lado de la frontera, en Malasia.

313

Una prolongada pausa. Mitch Turner está intentando asimilarlo: ¿qué demonios está pasando aquí? La cita era de un correo electrónico que le había mandado a un amigo íntimo de Estados Unidos.

El imán continúa hablando:

—No queremos la guerra, señor Turner. Nosotros somos ciudadanos tailandeses y nos alegramos de serlo. No obstante, también somos musulmanes y quizá no hace falta que le diga lo implacables que pueden llegar a ser los budistas tailandeses cuando tienen la sensación de que la integridad del reino está amenazada, ¿no? Si lo asesinan aquí en el sur, señor Turner, los gritos de Washington se oirán por todo el mundo. El Gobierno tailandés, que ya tiene planes de emergencia para confinar a los musulmanes en campamentos si la seguridad empeora, se verá sometido a una presión enorme. Eso por supuesto sería el principio del fin, no solamente para nosotros sino para la paz en el sudeste de Asia. Pero no creo que a su Gobierno le importe demasiado. —Una corta pausa—. Queremos que se vaya de Songai Kolok, señor Turner. Si no quiere irse para salvar su propio pellejo, hágalo por nosotros. Creo que es cristiano, ¿no es verdad? Quizá sepa lo mucho que el Islam venera a Cristo, ¿no? Entonces, por el amor de Dios, váyase. —Mira intensamente a los ojos de Mitch Turner—. Persiga su pulsión de muerte en algún otro lugar, señor Turner, de ese modo tal vez sea usted la única víctima en lugar de serlo medio mundo.

Y habiendo dicho esto el imán se levantó y recorrió la estancia con gran dignidad; los demás le siguieron. Se detuvo en la puerta:

—Señor Turner, hay muchos problemas en relación con Occidente, pero puede que haya uno por encima de todos los demás que destruya la civilización. Hablo de su incapacidad para concebir que podrían estar equivocados.

Ahora Mitch Turner está solo. Abajo, en las chozas que rodean la comisaría de policía, la noche está muy animada. Mitch Turner está temblando del susto. Camina de un extremo a otro del piso mientras la cabeza le da vueltas y tarda más de cinco minutos en darse cuenta de que en su mesa de centro hay un paquete liado con un cuidado envoltorio verde y dorado, coronado por un lazo del mismo color. A tenor de las circunstancias no era probable que se tratara de una bomba trampa, pero tiene los nervios tan alterados que las manos le fallan una y otra vez mientras lo abre. En su interior: una bola de opio negro y viscoso, mucho más grande que cualquiera de las que Chanya le ha traído nunca.

«Él sabía que tengo una pulsión de muerte, lo vio», dice Mitch Turner entre dientes mientras se prepara la pipa.

Capítulo 42

Chanya no podía creer el mal cariz que estaban tomando las cosas. Mitch Turner era un adicto al opio y todo era culpa suya.

Un encogimiento de hombros tailandés. El karma era el karma. Quizá no debería haberlo iniciado en la droga, pero ese tipo de comportamiento obsesivo, convertido en una peligrosa adicción, tenía sus propios antecedentes, ella no podía considerarse responsable del todo, ni mucho menos. Había actuado con la mejor de las intenciones, pero, tal y como decían los budistas, el único favor verdadero que puedes hacerle a otro ser es ayudarlo en su camino hacia el nirvana. Todo lo demás es mera indulgencia. Y tenía la sensación de que había llegado el momento de poner fin a su propia indulgencia. En cualquier caso ya había tomado la decisión de venir a trabajar para nosotros.

Con la simplicidad de una tailandesa en apuros se cambia la tarjeta SIM del teléfono móvil y deja de responder a los correos electrónicos de Mitch. Con la determinación de un norteamericano atrapado por una obsesión, él la encuentra al cabo de unos cuantos meses en el Old Man's Club.

Chanya no tenía nada en contra del bar de mi madre, pero, francamente, era un coñazo volver a ese sórdido modo de pensar justo cuando crees que has escapado. Tampoco tenía nada en contra de los clientes, en toda su larga trayectoria profesional no se había topado con más de cinco o seis que le dieron problemas, y sabía cómo ocuparse de ellos. Era más que nada la humillación. Tener veintinueve años no era lo mismo que tener diecinueve, sencillamente. No podías tomártelo a broma como si se tratara de un juego que practicas mientras esperas

convertirte en un adulto. Siempre que podía evitaba las fela-
ciones. Aunque no tenía más remedio que poner al mal tiempo
buena cara. Una puta triste es una puta en bancarrota. Los
clientes vienen a que los alegres, por norma general ya tienen
sus propios problemas, ¿por qué si no iban a contratar carne?
Bajo la superficie se trata de un mundo triste y perdido, tal como dijo el Buda: hay sufrimiento. Casi no se lo creía cuando lo
vio allí sentado en el Old Man's Club aquella noche.

Ella ya había estado con un cliente y tenía derecho a irse a
casa si lo deseaba, pero estaba trabajando a todo gas. No obstante, en aquel momento se lo estaba tomando con calma y
acababa de salir de una de las habitaciones del piso de arriba,
donde había estado descansando durante media hora, y para
entonces el meditabundo *farang* ya estaba sentado en su esquina mientras que el resto de las chicas no le hacían ni caso.
Al llegar al pie de la escalera cruza la mirada conmigo y hace
que parezca que está siguiendo una indicación mía para que
vaya a sentarse con él. Ella hace uso de todo su poder de auto-
control, no porque importe especialmente que este cliente sea
su amante, sino porque al igual que todos los tailandeses, detesta cualquier tipo de escena en público. Agradece el hecho
de que Mitch comprenda lo suficiente sobre Asia para respetar
eso. La verdad es que ella está impresionada por su aspecto. Parece mucho más sano y mentalmente más entero que la última
vez que lo vio.

Su manera de acercarse a ella esa noche es completamente
nueva. Ya no se basa en el humor descabellado para seducirla,
sino que es evidente que quiere impresionarla con su sobriedad. Por lo visto puede beberse un par de cervezas sin perder el
control. Se hace el Impasible con un éxito considerable. Admite que se siente solo y que la echa muchísimo de menos, pero
estrictamente dentro de los parámetros de la cordura. Quiere
volver a intentarlo, demostrarle que no está chiflado, que la cosa puede funcionar. Hay un enorme encanto en el modo humilde en que le dice el buen aspecto que tiene, lo profundamente enamorado que está de ella y se ofrece a pagar su tarifa.

Ha alquilado una habitación en un hotel razonablemente
limpio a un corto paseo de distancia del bar. Se van cogidos de
la mano y de camino al hotel ella le pregunta cómo se las arre-

gla para sobrellevar el choque cultural, el aburrimiento, la carencia de propósito allí abajo, en Songai Kolok, donde, francamente, hasta ella se sentía sola.

—Basta —le digo—. No puedo soportar más tus mentiras.

317

Capítulo 43

—¿ *D*e qué mentiras hablas?

Se ha sobresaltado. Su narración parecía funcionar muy bien. Quizá hasta ella misma había empezado a creérsela, ¿no?

—Mentiras por omisión. El tatuaje, cariño. Tienes que hablarme de ello.

Ella respira profundamente.

—¿Ah sí? —Estudia mi rostro con una antigua pregunta en la mente: «¿Puede aguantarlo?»—. Está bien.

Resulta difícil decir qué ocurrió primero, si el interés de Mitch por el islam o su decisión de poner en práctica finalmente la idea de un gran tatuaje. De algún modo ambas cosas parecían ser producto del mismo impulso desesperado. En aquel preciso momento su conversación había empezado a carecer de coherencia. Recordándolo todo lo mejor que puede, parece ser que el espía de la CIA se había hecho amigo del mismo imán que le advirtió que los fanáticos radicales eran una amenaza para su vida. El recuerdo que Chanya tiene de su conversación con él es vívido aunque parcial, como las intensas pero inexplicables imágenes de un sueño de opio, que bien podría ser, puesto que en aquellos momentos Mitch casi nunca salía de su habitación sin haberse fumado al menos una pipa.

El imán vive fuera de la ciudad, en una modesta casa de madera sobre pilotes en medio de una verde y exuberante hondonada, de esas que sus hermanos árabes asocian con el Paraíso. Un pozo cartesiano que cuenta con la larga viga transversal de épocas anteriores une la tierra y el cielo. Allí no hay cables eléctricos ni telefónicos; éste es un oasis que la utilidad no ha profanado. Enclavado más profundamente en la hondonada y a no más de cinco minutos andando de casa del clérigo: una mezquita tan linda que bien podría haberla creado un dibujante de historietas. El alcance de la cúpula no es mayor que el de una casa grande y el minarete menos amedrentador que una antena de radio. En su primera visita, Mitch se encuentra en el centro de un pequeño grupo de guardaespaldas, uno de los cuales habla con una sirvienta que informa que el reverenciado clérigo está orando, pero que lo atenderá a su debido tiempo. Toma asiento en una estera con las piernas cruzadas, bebe té dulce de menta, dialoga sobre temas triviales con los guardias que, convencidos al parecer por la intuición de que es inofensivo, no lo cachean. Entonces empiezan a llegar unos hombres totalmente distintos. Llevan barba, visten las largas túnicas y los casquetes de los clérigos musulmanes y no le hacen ni el más mínimo caso.

Cinco hombres bastante mayores y de barba canosa llegan ahora con el porte digno de unos magos zoroástricos, cada uno de ellos con la espalda más recta que el último. Todos descienden hacia el suelo y cruzan las piernas bajo sus largas túnicas con la soltura de los iluminados, recuperando la compostura con un suspiro y cerrando los ojos. Se comunican mediante unos breves murmullos ininteligibles y no le prestan atención. Por fin llega el anfitrión. Tiene toda la guarnición propia de un esteta, incluyendo los rasgos delgados y adustos, la larga barba gris, la espalda recta, el talante devoto…, pero hay una energía especial en sus gestos, un brillo en sus ojos negros como el carbón. Un joven traduce las palabras del imán para Mitch:

—Estábamos hablando del gran Abu'l Walid Muhammad Ibn Rushd, ¿verdad? —El imán se pone bien la túnica con un gesto suave. Su voz no es más que un susurro cargado de fuerza—. ¿Continuamos con nuestro estudio?

—Si Dios quiere —murmuran los demás.

Mitch se da cuenta de que ha dado con un seminario de eruditos en el que se examinan y discuten las palabras de un antiguo clérigo. Mitch se queda cautivado. No obstante, decide esperar fuera de la casa hasta que termine el seminario. Con toda la gracia de la que es capaz se pone de pie, hace una reve-

319

rencia y un *wai* y abandona la estancia. Teme que sus pasos en las escaleras de madera que llevan hasta el sendero que conduce al pozo sean el ruido más fuerte en este valle tranquilo.

Espera junto al pozo. Está a punto de anochecer, por lo que el imán irá a rezar a la mezquita antes de tener tiempo para Mitch. Él observa mientras salen todos de la casa en tropel, el imán recorre el corto camino hacia la mezquita y desaparece en su interior en el preciso momento en el que la canción del muecín parece elevarse desde la hierba hasta los cielos. El sol se pone, sale la luna: un cuarto creciente increíblemente grande y brillante se cierne caprichosamente por encima de una palmera. No le sorprendió que el imán poseyera el poder mágico para acercarse sigilosamente por detrás. Mitch se da la vuelta al oír un carraspeo y allí está, apoyado en el lado opuesto del pozo.

El imán habla con voz queda en un inglés formal y con acento, libre de las restricciones del contexto:

—Cuando Hollywood haga películas en las que los héroes no sean norteamericanos habrá paz en la Tierra. Según alguien llamado Ibn Qutaiba, en los jardines del Indostán cultivaban cierto rosal cuyos pétalos eran de un carmesí intenso y llevaban escrito el texto en caracteres árabes del famoso versículo del Corán: «No hay más divinidad que Dios y Mahoma es el profeta de Dios».

—Entiendo —dice Mitch arrastrando las palabras como un hombre bajo un hechizo.

—¿Eso es todo? ¿Ése era su islam? —le pregunto a Chanya mientras yacemos desnudos uno al lado del otro en nuestra pobre casucha, escuchando los ruidos de la noche.

—Es todo lo que recuerdo. Llegados a este punto fue bastante incoherente.

—¿Y el tatuaje?

El *horimono* era otra cuestión, una que requería ciertas decisiones bastante concretas. Chanya lo ve como el equivalente masculino de un implante en los pechos: la revolucionaria modificación que seguramente le cambiará el destino a uno. Lo único que sabe sobre el origen del tatuador es que surgió de los contactos japoneses de Mitch Turner. Como agente encubierto no oficial en Tokio, Turner había ido creando una red de contactos con los que mantenía relación. Como ocurre con frecuencia en el negocio del espionaje, un buen número de dichos contactos están asociados con los bajos fondos, que es lo mismo que decir las mafias *yakuza*. De vez en cuando el cotilleo del correo electrónico todavía se hace eco de recuerdos del comiquísimo exilio de un tatuador maniaco que una noche se emborrachó con un padrino *yakuza* y tatuó un dibujo del monte Fuji en la frente del mafioso. Se creía que el tatuador se ocultaba en Bangkok. La leyenda confirma que era un maestro en su arte, un genio en el seno de la gloriosa tradición de los artistas del grabado sobre madera de antaño, pero que andaba mal de dinero, ávido de trabajo y que estaba poco menos que chiflado. Valiéndose de unas técnicas conocidas por todos los espías, Mitch lo localiza sin dificultad.

El tatuador japonés viene a pasar una semana en la habitación de invitados de Mitch, en Songai Kolok. Chanya y él se caen mal desde el primer momento. A ella le da asco el meñique de la mano izquierda al que le falta una falange. Cuando él se queda en pantalón corto para trabajar, Chanya se da cuenta de que está compartiendo piso con un monstruo.

Al principio él no le habla y ella se lo toma como el colmo de la mala educación y como una expresión de desprecio hacia las de su gremio. Más adelante comprende que el hombre es patológicamente tímido a causa de su tartamudeo. Mitch y él se arriman a un grueso montón de dibujos que el tatuador ha hecho para que el espía norteamericano los considere, y hablan en un rápido japonés. Parece ser que las instrucciones de Mitch son muy específicas. El *horimono* tiene que ser un único trabajo gigantesco que le cubra toda la espalda, desde los hombros hasta las caderas. La mano derecha de Ishy trabaja con tanta rapidez que se hace borrosa y es capaz de crear unos elegantes bocetos a la velocidad del rayo. Chanya no había visto nunca a un hombre contagiado de la pasión por el arte. No le ofende el hecho de que el japonés no lance ni una sola mirada lujuriosa a su cuerpo. Aunque ha decidido odiarlo, respeta su fanática concentración. Observa embelesada la primera vez que abre una caja alargada lacada en negro, más o menos de las dimen-

321

siones de algo en lo que llevarías una flauta. Chanya se pregunta si este hombre trató alguna vez el cuerpo de una mujer con la reverencia que muestra por sus *tebori*, esas largas y pulidas agujas de bambú de treinta centímetros que utiliza para tatuar.

Después de los esbozos en papel, vino el concienzudo trabajo en el ordenador. Ishy trajo una cámara digital y un Sony Micro Vault. El *software* que tenía le permitía aplicar una rejilla en la foto de la espalda de Mitch Turner, con lo cual podía trazar todos los pinchazos de las agujas con precisión. A todo eso siguió la minuciosa transferencia de la rejilla a la espalda del norteamericano, luego un bosquejo general del trabajo utilizando una pistola occidental para tatuar. Cuando por fin está listo, Ishy mezcla su tinta en otra máquina que se sacude de una forma rara. El apartamento se llena del indescriptible olor de la tinta *sumi* y ella decide que no es ni agradable ni desagradable, sino exclusivamente japonés. Mitch aguanta con estoicismo la primera penetración profunda de su piel, tumbado en la cama con Ishy sentado por encima de él, utilizando todo el peso de su cuerpo tras la *tebori*, que el tatuador maneja como si fuera un largo cincel.

Ahora surge un problema. Mitch, que está sobrio, tiene dificultades para mantenerse quieto durante horas enteras. Puede soportar el dolor, pero no el aburrimiento. Ishy se va irritando cada vez más. No tolerará que la impaciencia de un norteamericano eche a perder su obra maestra. Se presenta una solución evidente. Mitch se fumará unas cuantas pipas de opio antes de cada sesión, lo cual lo mantendrá felizmente comatoso durante casi ocho horas. El tatuador está encantado. Su concentración es tal, que fácilmente puede trabajar casi sin interrupción durante las ocho horas enteras. Lo que creía que sería un trabajo de dos semanas puede realizarse en una, siempre y cuando Mitch esté colocado.

A Chanya no se le permite la entrada en la habitación, que ahora es el estudio de un artista, mientras Ishy trabaja. Su obligación es mantener una botella de sake caliente en todo momento, pues es el único sustento que el artista tolerará mientras lleva a cabo su labor. Por último, la divierte la manera en que el tatuador sale del dormitorio cada dos horas, se dirige hacia la botella de sake y regresa a la habitación sin ni siquiera percatarse de su existencia. Ella ha empezado a comprender que no es tanto una cuestión de malos modales como del comportamiento de una cosa salvaje, un morador de la jungla electrónica que nunca se ha socializado. Un día, para probar su teoría, ella está de pie en la cocina desnuda de cintura para arriba y el artista sale del dormitorio, toma unos tragos de sake y vuelve a su trabajo, deteniéndose en la puerta únicamente para comentar que su desnudez se beneficiaría con un *horimono*... ¿Tal vez un delfín azul sobre su pecho izquierdo?

—Los delfines son viejos —dice Chanya con desdén cuando él reaparece. Él suelta un gruñido, pero cuando vuelve a salir del dormitorio trae un esbozo del delfín más hermoso que ella haya visto nunca. Las proporciones concuerdan perfectamente con los encantos de la joven. Ahora, entre las largas sesiones con Mitch, Chanya se sienta en una silla e Ishy trabaja en su pecho. Ella está asombrada por la suavidad de su tacto, avergonzada por la hinchazón de sus pezones, cautivada por este misil teledirigido de firme concentración. Chanya no ha caído en la cuenta de lo erótica que puede llegar a ser la pasión masculina cuando se alza por encima del nivel del sexo. O lo engañosa. Se encuentra exagerando un poco el dolor. Él le ordena que coloque una mano envolviendo el pecho por debajo para mantenerlo firme.

—No te duele tanto. Las tetas no son tan sensibles excepto cerca del pezón. Son tejido adiposo en su mayor parte.

A finales de semana el tatuaje de Mitch está terminado y Chanya e Ishy se han convertido en amantes. ¿Qué se puede decir? Las preferencias sexuales de las prostitutas pueden ser excéntricas, yo lo sé mejor que nadie. Ella se avergüenza de sí misma, se avergüenza de traicionar a Mitch de esta forma pero ¿qué puede hacer? Mitch es prisionero de un millón de reglas y normas, la mayoría de ellas contradictorias; Ishy es una cosa salvaje que no conoce ninguna regla, ni siquiera de conversación. En términos de puro atractivo sexual no hay comparación. Y luego está el *donburi*, ese escandaloso e indeleble desafío al universo. La piel maltratada y profanada que a principios de semana la había horrorizado, al término de la misma ejerce sobre ella una atracción fascinadora. Como amante es extraordinariamente felino y los destellos de vivo color cuando él rinde un silencioso homenaje a su cuerpo siguen ardiendo en su mente mucho después de que él la haya dejado. Sueña cada noche con gigantescos y suntuosamente decorados *nagas*: dioses serpiente que poseen una sensualidad casi insoportable. Cada día, cuando vuelven a copular, ella piensa en el norteamericano que yace en trance en la otra habitación, exactamente como si Ishy y ella fueran los protagonistas de sus sueños eróticos de opio.

Por primera vez tiene en su interior el equilibrio de la pasión. Cuando Ishy regresa a Bangkok ella suspira por él. Se convence a sí misma de que la necesita, de que sólo ella con su sabiduría callejera y su invencible resistencia puede salvar a este hombre-niño perdido que va dando tumbos por la vida bajo la carga de un talento colosal. Pero él no responde a sus mensajes de texto ni a sus correos electrónicos. Es una primicia. Nunca se le había ocurrido que cuando por fin se enamorara de esta manera de un hombre podría ser que él no respondiera. Pasa por las manidas etapas de volcánico anhelo, furia, un gruñido en las tripas, una sensación de pérdida de poder, una convicción de que la ausencia de respuesta está relacionada con el hecho de aproximarse a su tercera década y/o con su desagradable profesión.

El último intento de ponerse en contacto con su amado consiste en un mensaje de texto de los que él prefiere: «Xk cño no mllmas?». No hay respuesta electrónica, pero al cabo de unos días llega un sobre con una única hoja de papel. Hay una sola frase, escrita con la más elegante tradición de la caligrafía tailandesa:

Porque no soy digno de ti.

Además de la hoja de papel, Ishy ha incluido la última falange del meñique que le queda. A ella le pasa por alto la astuta referencia a cierto impresionista holandés, pero el mensaje no. Ahora se siente avergonzada por otro motivo. Le parece que su pasión es de lo más burguesa comparada con la de él. Este gran artista sacrificaría sus manos por ella. Lo único que ha hecho ha sido anhelar y quejarse. Escribe frenéticamente el mensaje en su móvil, libera su corazón de todas sus ataduras y recurre al vocabulario de la extravagancia oriental:

Chanya: «Daría los2ojos x verte otravz».

Ishy: «Nsbes lo k dices».

Chanya: «Nme importa. Tkiero».

De un modo claramente remiso, Ishy accede a verla en Bangkok, no en su casa, que sigue siendo misteriosamente anónima, sino en un bar de Sukhumvit. Ella encuentra su actitud incomprensible, y por lo tanto aún más atrayente, llega pronto, se bebe tres tequilas para calmar los nervios y no tiene ni idea de qué hacer con el enorme gruñido del estómago cuando el tímido genio entra en el bar andando con torpeza, pide sake y se sienta a su lado. ¿Qué puede pasarle? Sus ojos arden de deseo por ella, pero se niega a llevarla a su apartamento. Intenta explicarlo, pero tartamudea más que nunca y sus palabras son del todo incomprensibles. Hasta que no se ha tomado tres botellas de sake ella no empieza a entender lo que dice, pero para entonces ya están ambos demasiado calientes para las palabras.

—Conozco un hotel en la esquina donde alquilan habitaciones a tiempo reducido —le confía ella.

—No tengo dinero.

Con impaciencia:

—No te preocupes, ya pago yo.

En la habitación llena de espejos y cargada con la obscenidad de una silla de ginecólogo dispuesto a servir las perversiones que se le requieran, ella hace que se tumbe en la cama y con su cuerpo perfecto lo cubre a él y a sus extravagantes tatuajes, lo hace suyo de la manera en que tantos hombres lo han hecho con ella..., o lo han intentado. Ahora, por primera vez en la vida entiende a los hombres y su necesidad de poseer de forma total a través del acto sexual (finalmente entiende a Mitch).

No recuerda durante cuánto tiempo hicieron el amor, pareció durar toda la tarde. De vez en cuando manda que les traigan sake tibio para él, cerveza fría para ella. Da la impresión de que

325

están satisfaciendo un hambre acumulada a lo largo de varias vidas. Cuando por fin su pasión empieza a consumirse encienden el televisor, que automáticamente pone un vídeo de porno duro. Al fin, saciados, él, lo bastante borracho como para perder el tartamudeo, habla mientras yacen tumbados boca arriba, mirando sus cuerpos en el espejo del techo. Lo que ella ve allí es una mujer que yace desnuda junto a un extraterrestre. No sabe por qué encuentra consuelo en esta yuxtaposición, para ella igual que para él no hay ninguna sociedad de seres humanos a la que merezca la pena pertenecer, sólo hay una rasgada telaraña de hipocresía que es mejor evitar.

Ishy se explica: Sólo a través de su trabajo puede escapar un momento de su terrible sensación de ineptitud, producto del problema que toda la vida ha tenido con la gente. Pero ¿qué ocurre cuando no hay trabajo, como es a menudo el caso? Si está sin trabajar durante más de un día, empieza a sufrir una tortura mental de lo más insoportable, una sensación de asfixia… o peor aún, de aniquilación. Su propia existencia se ve eclipsada sin ningún tipo de consideración por la gente que charla alegremente, por el mero atisbo de esa camaradería natural a la que los tailandeses —sobre todo nuestras mujeres— son propensos. El cotorreo de dos ancianas puede hacer que sea presa de una furia celosa (es capaz de sentir envidia provocada por el mutuo acicalamiento de sus gatos). Su sensación de aislamiento es de una magnitud que ningún ser humano debería soportar. Experimenta la aberrante necesidad de tatuar a todo el mundo que tiene a su alrededor para que así lleven la prueba de su existencia durante todo el camino hasta la tumba. Tras más de dos días sin trabajo su mente se ve inundada de fantasías violentas. En el interior de su cráneo, justo encima de los ojos, se desarrollan unas historietas de extremo sadismo, asesinato y muerte. Sólo hay una actividad que por su intensidad puede reemplazar el consuelo de la creatividad.

—¿Y cuál es? —pregunta Chanya, temiendo la respuesta.

—El juego.

—¿El juego? —Casi suelta una risita. Se había imaginado algo mucho peor.

Pero cuando Ishy lo explica se da cuenta de que no es un vi-

cio que deba tomarse a la ligera. La razón por la que habla tan
bien el tailandés, al menos yendo borracho, es que invirtió la
mayor parte de su tiempo y dinero en combates de boxeo, pe-
leas de gallos, carreras de caballos, incluso carreras de cucarachas en ciudades de cartón, bajo los puentes, entre los marginados de la ciudad. Para financiar su vicio pidió préstamos a
usureros que siempre provenían de Chiu Chow, concretamen-
te de la zona de Swatow, al sur de Shangai, lugar que durante
miles de años ha albergado a los más grandes financieros y
matones de los países de la costa del Pacífico. Su vida cuelga
permanentemente de un hilo mientras hace lo que puede para
saldar la deuda de un gánster sediento de sangre pidiéndole dinero a otro. Actualmente debe nada menos que un millón de
dólares norteamericanos, la mayor parte pagaderos a unos financieros japoneses que lo salvaron de ser mutilado a manos
de los de Chiu Chow, no sin antes garantizar la aceptación de
un contrato particularmente oneroso.

—¿Y qué dice el contrato?

—No preguntes —contesta él—. No preguntes.

Aunque está dominada por la pasión, ella comprende a lo
que se refiere. En Tailandia todo el mundo ha oído hablar de los
usureros de Chiu Chow, y duda que los japoneses sean mucho
más humanos. Si descubrían que tenía un amor en su vida, ella
se convertiría en una influencia, le harían a ella lo que creyeran necesario para sacarle más dinero a Ishy. En su alocado intento por salvar su mente había hipotecado su vida.

—No solamente mi vida —replica Ishy con una mueca irónica en sus labios.

Desesperada, Chanya se encuentra discutiendo exactamente igual que un hombre:

—Pero podemos seguir haciendo esto de vez en cuando, en-
contrarnos en algún lugar seguro, ir a un hotel, estar juntos
unas horas, ¿no?

Ishy menea la cabeza en señal de negación. Los que lo seguían eran implacables y sumamente buenos en lo que hacían.
No podía arriesgarse. Sencillamente no podía soportar la idea
de lo que le harían a ella. Las medidas que había tomado ese día
para no dejar rastro eran rebuscadas hasta el punto de lo barro-
co, pero aun así no podía permitirse sentirse seguro. Eran los

327

últimos momentos que pasarían juntos. Él está resuelto, su decisión es inquebrantable. Se irá a la tumba con el consuelo de que al menos logró protegerla a ella.

Chanya me está mirando con los astutos ojos de una mujer que ha experimentado todos los matices de los celos masculinos. Yo me paso la lengua por los labios, trago saliva para remediar la sequedad de garganta.

—Está bien —digo con voz ronca—. Está bien.

—¿Qué piensas? ¿Qué pasa por tu interior ahora mismo?

—La verdad es que estoy pensando en Mitch Turner.

Capítulo 44

$\mathcal{M}$e sorprende la frecuencia con la que yo pienso en él (quienquiera que fuera). No tenía verdadera malicia, ni una sola vez utilizó esos músculos formidables con ira, incluso sus feroces palabras en momentos de furia con la mujer que amaba eran más que nada una expresión de desconcierto: ¿cómo es que, a todo esto, se había enamorado de una chica como ésa? Pienso en él, principalmente, porque él quiere que lo haga. Anoche lo vi como una figura de Superman, atrapado en un cubo de mortal kriptonita, incapaz de utilizar su fuerza porque no osa tocar las paredes. Pero resultó que eso no era más que una reflexión de mis propios prejuicios. Al cabo de un segundo era un tipo modesto vestido con camiseta y vaqueros que sonríe dulcemente ante mi locura. «¡Has vuelto!», exclamé. Se subió la camiseta y se dio la vuelta: un rectángulo con forma de marco de fotografía dentro del cual habían unas palabras extranjeras escritas en un código que nunca pude descifrar. Él se encogió de hombros: ya no le importaba, simplemente intentaba ayudarme con el caso.

Vuelvo a estar en la parte de atrás de una motocicleta y escucho por los auriculares el programa de entrevistas de Pisit, mientras zigzagueamos por entre el estático tráfico de los que van y vienen del trabajo (coches, autobuses y camiones son los únicos objetos que no están sujetos a la ley del constante movimiento en esta ciudad budista). Chanya estaba profundamente dormida en nuestra guarida de amor cuando la dejé para responder a la llamada de Vikorn: otro T808. Al final el viejo parece estar preocupado por algo.

Bueno, Pisit se está cebando con la historia del abad de Nonthaburi que tenía más de cien millones de bahts en su cuenta corriente cuando lo mataron a tiros la semana pasada. Lee la corta biografía del monje muerto que aparece en *The Nation*: «gracias a su inteligencia y a su conocimiento de la magia ascendió rápidamente en la *sangha* y fue nombrado abad con treinta y siete años».

PISIT   (dirigiéndose al portavoz de la *sangha*) ¿Es habitual que los monjes ambiciosos utilicen la magia como ayuda para ascender?

PORTAVOZ Por desgracia, la meditación acarrea muchos poderes que son vulnerables al abuso.

PISIT   ¿Quiere decir como la lluvia púrpura? ¿O cientos de millones de bahts?

PORTAVOZ El budismo lleva dos mil quinientos años luchando contra la hechicería. Por norma general tenemos una excelente tasa de éxitos, pero todavía se nos escapan algunos bellacos.

PISIT   En este caso la magia parece haber funcionado a través del medio mundano de las drogas y del sexo. Se rumorea que el abad fue asesinado porque traicionó a cierto general del ejército.

Portavoz La brujería lleva consigo un cuantioso precio kármico.

PISIT   Casi todos los tailandeses aprenden a meditar con poco más de veinte años. ¿Cuánta brujería cree que generamos en este reino? Lo que quiero decir es: ¿cuántas de nuestras figuras más prominentes en los negocios y en la política han llegado a donde están hoy en día utilizando poderes oscuros?

PORTAVOZ No contamos con estadísticas.

PISIT   Pero ¿si tuviera que aventurarse a adivinarlo?

PORTAVOZ Todas ellas.

Esta feliz mañana el destino es una magnífica mansión que da a Soi 22, en Sukhumvit. Vikorn está sentado en la cocina flirteando con una atractiva mujer tailandesa de unos veinticinco años en tanto que un cadáver espera en el salón. La san-

330

gre ha inundado los capilares del rostro de mi coronel, que ha adquirido una sonrisa obscena. Presenta a su acompañante como Nok. Por la forma que adopta su boca al hablarme me doy cuenta de que ya han concertado una cita.

—Será mejor que se lo digas tú misma —dice Vikorn. Con una mueca absolutamente desagradable dirigida a ella—: No quiero poner palabras en tu boca.

—Trabajo aquí de criada —dice Nok al tiempo que se levanta y me conduce fuera de la cocina—. Cuando llegué esta mañana, lo encontré así. Naturalmente llamé a la policía y acudió el coronel Vikorn en persona.

El japonés de mediana edad está desnudo sobre el suelo pulido de madera de pino en medio de un lago color escarlata que se ha extendido como una lenta inundación por la madera sellada. Vikorn entra tan campante mientras estoy llevando a cabo un somero examen del cuerpo. Le falta la última falange del dedo meñique de la mano izquierda, una herida muy antigua. Cruzo la mirada con Vikorn cuando le doy la vuelta.

Vikorn menea la cabeza:

—Tendrás que poner fin a esto. Haz lo que tengas que hacer. No lo arrestes, dispárale mientras intenta escapar. Esto tiene que terminar. —Se encoge de hombros—. Al menos esta víctima no es norteamericana, de modo que no tenemos que llamar a la CIA.

—¿No vas a decírselo?

—Me he quedado sin pelos.

Me vuelvo hacia Nok:

—Por favor, cuéntame lo que sepas.

—Vine a trabajar aquí hace un año —explica Nok—. Me contrató su esposa, una mujer japonesa con un problema de personalidad. Me refiero a que nunca dejaba de quejarse. Era muy maniática con la casa —un gesto con la mano—: Todo esto es cosa suya.

Me tomo un instante para echar un vistazo a mi alrededor. El lugar no podía ser más japonés: mamparas deslizantes de papel translúcido, una pequeña alberca asimétrica en el centro de la habitación (en la que flota un pene cortado) rodeada de guijarros, bonsáis en recipientes vidriados de color beis y papel de color natural cuidadosamente arrugado en las paredes.

—Tuve que aprenderme los nombres de todas las cosas en japonés. Tardé siglos con ella criticándome continuamente…, todo tenía que estar inmaculado. Entonces, justo cuando lo tenía todo perfecto, abandonó a su marido y corrió de vuelta a Japón, dijo que no podía soportar Tailandia, que éramos todos primitivos, sucios y repugnantes. Los nipones son más racistas que nosotros.

—¿Cuándo se fue?

—Hará unos dos meses. A él no pareció preocuparle demasiado, se traía a alguna prostituta de vez en cuando.

—¿Dormías con él?

Con firmeza:

—No. Me lo pidió un par de veces, pero le dije que no era de ésas.

—¿Y si te hubiera ofrecido algo respetable, como la posición de *mia noi*?

—Bueno, no lo hizo. Sólo quería un polvo barato y no iba a pagar más que lo que pagaba por sus otras mujeres, de manera que dije que no.

—¿Nunca lo viste desnudo?

—No.

—¿Nunca le viste la espalda sin camisa?

—No.

—¿Tenía algún enemigo que tú sepas?

Vikorn está de pie mirando el cadáver con el ceño fruncido.

—Olvídalo —me dice—. Este tipo era el presidente de la Sociedad Tailandesa-japonesa para la Reforestación y el Embellecimiento de Isaan.

Yo estaba inclinado sobre el cuerpo. Ahora me enderezo para mirarlo fijamente. Él se encoge de hombros.

—No me preguntes, no tengo ni la más remota idea.

—Zinna va a pensar que estás detrás de esto.

—Ya lo sé. Es una de esas horribles coincidencias. —No parece estar demasiado preocupado por Zinna—. No sé qué relación hay, no lo sé, de verdad. Esto no tiene nada que ver conmigo. ¿Qué importa el porqué si sabemos el quién?

Vikorn y yo intercambiamos un gesto de asentimiento con la cabeza.

—El equipo forense llegará dentro de un minuto. Tengo

unos asuntos urgentes en el otro extremo de la ciudad —le explico a la criada mientras me dirijo hacia la puerta. En la calle tomo un taxi motocicleta para volver con Chanya. De camino, al final oigo que mi móvil emite un pitido para avisarme de un mensaje de texto:

«La tienen. Quieren su tatuaje.»

Capítulo 45

*E*n nuestro nido de amor resuenan los fantasmas de los susurros de pasión. Estoy demasiado deshecho para moverme. Clavado en el sitio, experimento un vacío en mi pecho que se expande y que me dificulta la respiración. Por mi mente cruzan imágenes de su probable mutilación. La amaba mucho antes de saber qué rostro tenía o cómo se llamaba. Soy la conciencia atrapada en una pipa. ¿Hay alguna necesidad de explicarlo? Nunca quise nada antes de que ella iluminara mi vida. Ahora no puedo volver a esa monotonía previa a Chanya, a esa rutina de sombras (ni siquiera el Buda reluce como ella). No le temo a nada excepto a perderla. Apenas tengo voluntad para mirar el nuevo mensaje de texto de mi móvil: «Ven, trae un millón de dólares norteamericanos en billetes que no tengan una numeración correlativa. Ayúdame a salvarla». El mensaje termina con una dirección del otro extremo de la ciudad, justo frente a Kaosan Road. Llamo a Vikorn. Un millón de dólares norteamericanos es una suma extrañamente modesta dadas las circunstancias, mandará a alguien con el dinero inmediatamente.

—¿Quieres un equipo? Podríamos volar el edificio.

—¿Y matarla también a ella?

Vikorn suelta un gruñido.

—Hazlo a tu manera. Si pierdes la pelea, voy a venir con un pelotón de asalto y ella tendrá que correr el riesgo. ¡Jodidos chiu chow!

El dinero, metido de cualquier manera en una bolsa de plástico, llega en compañía de un joven agente de policía que, a juzgar por el aspecto de su rostro, ha sido debidamente aterrorizado por Vikorn.

Las calles están bloqueadas con el habitual atasco que se extiende por todo el camino hasta Sukhumvit; ni siquiera se puede entrar en las *sois* laterales donde el tráfico no puede incorporarse a la riada principal. La serenidad me es esquiva. No puedo meditar. Soy otra criatura indefensa igual que todas las demás criaturas, desde las hormigas hasta los Einstein, azotado por el karma. Cuando llegamos al otro lado de la ciudad tengo los nervios de punta, los ojos desorbitados y la mano con la que sujeto el dinero me tiembla violentamente. Tengo la cabeza llena de imágenes, en absoluto budistas de lo que les haré si han empezado con ella. Al mismo tiempo, como un principiante cualquiera, intento sobornar al Buda. Para cuando doblamos la esquina de Kaosan Road ya voy por tres cabezas de cerdo y mil huevos. Por lo que recuerdo, ni siquiera el nacimiento fue tan estresante.

Bueno, no hay nada como el Buda cuando se trata de un anticlímax. La casa es una vieja estructura de teca sobre pilotes, al antiguo estilo tailandés. Todavía quedan algunas en la zona de Kaosan, la mayoría de las cuales se han convertido en casas de huéspedes para los *farang* hambrientos de nostalgia. No está bien conservada, casi parece estar abandonada y los exuberantes hierbajos y otras pertinaces malezas se amontonan en lo que otrora debía de haber sido un jardín tropical. En la pared más próxima a la portezuela de entrada hay un triste letrero en tailandés, inglés y japonés: Tatuajes. Todos los postigos de las ventanas están cerrados. Aparcado fuera en la calle: un enorme BMW de color gris metalizado con un conductor que espera. Al llamar a la puerta, ésta se abre inmediatamente y un chino bien vestido de poco más de treinta años me contempla un momento, deja que su mirada se pose en la bolsa de plástico, hace una ligera reverencia y me deja entrar. Cierra la puerta cuidadosamente tras él y señala la puerta interior que da a la gran habitación que ocupa todo el primer piso.

Por toda iluminación hay unos haces de luz en forma de cuchillo que penetran por los postigos de teca y que trazan unas brillantes figuras alargadas en el suelo y en los muebles. Un poco de luz penetra en la penumbra de las paredes que veo que, ahora que mis pupilas se han dilatado, están hasta repletas de cuadros, dibujos geométricos, fotografías grotescamente ampliadas de cuerpos tatuados tanto masculinos como femeninos, la mayoría de ellos totalmente desnudos, excepto por la tinta. Las paredes son tan extraordinarias que eclipsan totalmente a los humanos sentados bajo ellas. Creo que la choza de Gauguin en Tahití era como esto. Aquí, en este viejo y gran espacio el tatuador ha dejado que su imaginación se desboque. ¡Y qué imaginación! Las influencias van desde el gran Hokusai pasando por Hieronymus Bosch, Warhol, Van Gogh y Picasso hasta los grafitos del metro de Tokio. El arte de Ishy es ecléctico como una urraca, pero, de algún modo, en ese enorme amontonamiento de forma y de color, ha conseguido una coherencia terrible. Las paredes son una extensión de sus propios tatuajes: el extraordinario, intenso, absorbente y en última instancia incomprensible producto de un genio salvaje obligado a decir, a riesgo de volverse loco: «Soy».

Cuando mis ojos se posan en la hundida mesa, me pregunto si no habré entendido mal la situación y me habré topado torpemente con una reunión de negocios. Los siete chinos van vestidos con traje y corbata, aparte de un hombre de unos cuarenta años que quizá sea el jefe negociador y que luce una camisa desabotonada en el cuello, bajo su americana de cachemir. Se ha bajado el suelo para acomodar piernas y pies debajo de la mesa, a la vieja usanza, pero desde el otro lado de la habitación la escena asemeja una congregación de enanos sentados en el suelo en torno a una larga mesa de teca, bajo unas paredes decoradas por un dios loco. Un prolongado haz de luz ilumina a Ishy, que está sentado en la cabecera con una espléndida camisa de lino cuyo cuello desabrochado deja al descubierto una cuña de piel con sus tatuajes y la inevitable botella de sake frente a él. Chanya, con un chal de seda del color del oro, se halla sentada a su lado casi en la oscuridad. Cuando me acerco, me explica refunfuñando:

—Me pusieron un anestésico. No me siento las tetas. —Se las masajea con las dos manos para enfatizar lo que quiere decir. Sin mediar palabra me dirijo hasta la cabecera de la mesa con la bolsa de plástico que le planto delante a Ishy. Todo el mundo se queda mirando la bolsa, pero nadie agarra el dinero. ¿Qué es lo que he interrumpido? Finalmente, Ishy se aclara la garganta. Creo que debe de haber estado bebiendo mucho puesto que no tartamudea.

—Por desgracia ya no es tan sencillo.

—Un error comprensible, no es culpa de nadie —dice entre dientes el chino de la camisa desabotonada al tiempo que me dirige una fugaz y fantasmagórica sonrisa—. Pero de un modo u otro se tiene que aclarar.

Ishy fija en mí su mirada.

—Parece ser que el millón es únicamente en relación con el tatuaje de Chanya. Iban a cortarlo y a curarlo. Imagínate, un millón sólo por ese pequeño delfín. Podría haberme hecho rico si hubiese tenido más tiempo.

—¿Y qué problema hay?

—Suponían que podrían llevarse los otros tatuajes para venderlos en el mercado negro. Ahora hay una gran demanda de mi trabajo, principalmente en Japón, entre los *yakuza* que los utilizan como símbolo de estatus, de la misma forma que los empresarios japoneses guardaban Van Goghs en la caja fuerte y sólo los sacaban cuando querían fanfarronear, ¿sabes? Es muy deprimente para un artista que quiere que se le conozca. Al fin y al cabo, los problemas financieros de Van Gogh han terminado.

—¿Dónde están los otros tatuajes?

—Arriba. Los más recientes todavía se están curando. ¿Sabías que el proceso es idéntico al de la piel de cerdo?

—¿Cuánto tiempo hace que dura este… digamos… negocio?

—Es una larga historia. Se podría decir que Mitch Turner fue el primero. Nunca fue mi intención que se me fuera de las manos de esta manera. La verdad es que no pretendía matar a nadie más que a él. —Hizo un despreocupado gesto con la mano en dirección a Chanya—. No podía tenerla, pero tampoco podía soportar que otro hombre la tuviera. Tú hubieras sido el próximo. Pero si uno va a matar, ¿por qué desaprovechar la oportunidad de sacar un beneficio? He codiciado esa cremosa carne blanca tuya desde la noche en que nos conocimos, sobre todo la de tu espalda.

Ya me había imaginado todo esto, por supuesto. A poco menos de dos metros de la mesa, hablando como uno que gritara hacia el otro lado de un valle, mi voz resonando en la cavernosa estancia, digo:

—¿Y por qué no pueden llevarse los demás tatuajes, curados y no curados?

Ishy menea la cabeza ante mi cerrilidad.

—Porque ya los he hipotecado a los japoneses. A los usureros *yakuza*. Van a mandar a un equipo con un abogado. Llegarán en cualquier momento. Con el italiano. —En respuesta a mi perpleja mirada—: Mi querido amigo, ¿no te esperarías una guerra hoy en día? Llamé a los japoneses con el pleno consentimiento del señor Chu.

—Es correcto —confirma el chino de la camisa desabrochada con una voz monótona—. Todos formamos parte del empresariado mundial. Sería una pena que este pequeño asunto contractual se interpusiera entre nosotros cuando tenemos tantos negocios con nuestros colegas japoneses. Sería impensable que nos limitáramos a llevarnos las obras ahora que somos conscientes de una posible reivindicación anterior y más legítima. Me temo que el señor Ishy tiene demasiado de artista para molestarse con las sutilezas legales. Lo ha hipotecado todo al menos dos veces —una sonrisa afligida—. Ése es el problema.

Ishy abre las manos en un gesto de impotencia y pone cara de culpabilidad. Con repentina impaciencia:

—¿Quieres verlos?

Nos conduce escaleras arriba hacia un pasillo estrecho con dos puertas. La primera da a un dormitorio cuyas paredes están cubiertas con diseños de tatuajes de una variedad de lo más íntima... y pornográfica. Señala una piel pálida que se está curando en una única plancha de madera.

—Pensé que si iba a matar a la gente por su piel, también podía combinarlo con alguna forma de servicio a la comunidad. Éste era un matón *yakuza,* más que nada, aunque de mucho rango, presidente de esa empresa de farsantes que está obligando a los campesinos a abandonar sus tierras en Isaan para que así ellos puedan plantar palillos de mierda. Fue el que ordenó el asesinato de ese periodista amigo mío, ese tatuaje de la mariposa era uno de los mejores que he hecho. La verdad es que este padrino fue uno de mis primeros clientes aquí. Claro, que quería un jodido samurái en la espalda... En realidad, mi gente tiene un problema con la mitología. En su mayoría los samuráis eran borrachos homosexuales con una vena psicótica, ¡pero no lo digas muy fuerte en Japón! Tuve que ser sutil. Por suerte era demasiado estúpido como para entender el mensaje de su propia piel. No está mal, ¿verdad?

El tatuaje de la piel que hay en la tabla es, de hecho, un triunfo de la sátira sutil. A simple vista ese samurái, con una magnífica armadura y casco, yendo a lomos de un gran semental negro, empuñando su voluptuoso arco, es la viva imagen del guerrero perfecto. Pero si lo observas con más detenimiento ves que con tan sólo unos hábiles toques Ishy ha dicho lo que quería: borracho y gay, no hay duda al respecto, un narcisista bombástico, compuesto y sin novio.

—¿Puedo preguntarte por qué tuviste que cortarles la polla?

Ishy frunce el ceño, se rasca la cabeza y agita el dedo para señalar a Chanya.

—Es por su karma. Se lo hice a Mitch Turner en un arrebato de celos, pero después me di cuenta de que cualquier hombre podía tenerla. Cualquier estúpido de la calle. Sólo tenía que pagar, ¿no es cierto? —Chanya hace una mueca y se queda mirando al suelo—. Hubiera castrado a la ciudad entera por ella. Eso es amor.

339

—Pero los hombres a los que castraste ya estaban muertos, ¿no?

—He dicho que es amor, no que sea lógico. El amor es un lenguaje de símbolos, deberías saberlo.

—¿Por qué tuviste que matar a gente a la que ya habías tatuado? ¿Por qué no matar a cualquiera en la calle y tatuarlo después?

Él dice que no con la cabeza con aire de gravedad.

—Es una receta para la mediocridad. Para empezar, la tinta tiene que penetrar muy por debajo de la superficie para poder obtener esa calidad de color y sombra. En segundo lugar, no has comprendido el modo de comportarse del mercado. No vendo solamente tatuajes, al mismo tiempo vendo un asesinato. La gente quiere ese *frisson*, la distinción de poseer la piel decorada de un hombre asesinado, la misma piel que llevaba cuando estaba vivo, antes de ser talado como un árbol a efectos artísticos. Es el equivalente civilizado a coleccionar cabezas reducidas. —Le da un trago a la botella de sake que se ha traído—. También vendo mala reputación, claro está. Cuando esto salga a la luz, el precio de mi trabajo se multiplicará por cien. —Con aire meditabundo—: ¿Qué es el asesinato si no el suicidio de un extrovertido? Al fin y al cabo todos formamos parte de la familia humana y sólo los asesinos experimentan la insoportable pasión del verdadero amor.

El hombre de la camisa desabotonada mueve la cabeza en señal de asentimiento.

La habitación de al lado sólo contiene dos tapices, ambos cubiertos con una tela de seda. Ishy destapa el primero.

—Un caso triste, este joven espía de la CIA. Era lo que quería, quedó muy contento con él. Supongo que era todo lo que esperaba de la vida…, pero al final terminó con una puta tailandesa. —El tatuaje inspira una profunda tristeza en cualquiera que conociera a Stephen Bright: una joven de raza blanca con una larga cabellera rubia mece a un bebé según la tradición de la Virgen con el niño. La mera simplicidad de los trazos (quizás Ishy quisiera expresar algo, pues es un pelín demasiado simple) lo hace aún más conmovedor.

—Es genial —me encuentro diciendo después de tragar saliva.

—Pero no es tan bueno como éste —declara Ishy al tiempo que descubre la segunda obra, más grande. Chanya suelta un grito ahogado al ver una imagen familiar en una situación nueva. Yo también suelto un grito ahogado, al igual que el hombre de la camisa desabrochada. Hasta sus matones están impresionados—. Mitch Turner —explica Ishy—. Fue idea suya, algo que sacó de un libro o de un sueño de opio o de algún hechizo del que era víctima. Claro que insistí en mi propia interpretación.

Sin embargo, por una vez Ishy ha mantenido una férrea disciplina, lo cual constituye una gran parte de la magia. Una verde enredadera asombrosamente tupida y viril llena todo el tatuaje de una manera tan vívida que parece crecer en el muro del que cuelga. Las rosas no están representadas con tanta intensidad y apenas no son más que una idea de último momento en color escarlata que realza las hojas, cada una de las cuales, aun la más diminuta de ellas, lleva la leyenda escrita con sangre: «No hay más divinidad que Dios y Mahoma es el profeta de Dios».

Chanya prorrumpe en unos sollozos histéricos y entonces oímos unos golpes educados que llaman a la puerta.

Capítulo 46

*H*emos vuelto todos a la amplia habitación de abajo. Han pasado horas. El hombre de la camisa con el cuello abierto habla japonés con fluidez y las negociaciones han proseguido en ese idioma con los recién llegados, una banda de japoneses un tanto musculosos vestidos con traje negro, a todos los cuales les falta al menos un meñique. Están alineados en una de las paredes, en tanto que los matones de Chiu Chow lo están en la otra. Cada uno de los guerreros marca al que tiene enfrente, en tanto que Chanya y yo estamos sentados sobre unos cojines en el suelo. Ishy, el jefe negociador japonés y el hombre de la camisa desabotonada se hallan sentados a la larga mesa bebiendo sake. Están completamente borrachos e Ishy se ha desabrochado casi toda la camisa, tal vez para exhibir intencionadamente a su héroe el almirante Yamamoto que mira con severidad por entre los pliegues del lino. El italiano, un tipo delgado y adusto con la cabeza cubierta de rizos oscuros, viste una camisa de manga corta de color negro, unos vaqueros y unas pantuflas sin calcetines. Está agachado en una esquina de la habitación con la espalda apoyada en la pared. Ishy ha explicado, no sin cierto desdén, que es un restaurador de obras de arte que ha llegado en avión desde Roma.

Por lo visto los japoneses no quieren correr ningún riesgo («puede quitar un micrón de pintura de una obra maestra de quinientos años de antigüedad», informó Ishy). Parece ser que al menos uno de los matones japoneses también es cirujano. El buen humor de Ishy es inexplicable dadas las circunstancias. Con cada minuto que pasa está más alegre. Finalmente hay una pausa en las intensas deliberaciones.

—Han decidido el punto principal —me grita Ishy—, ahora sólo están discutiendo los detalles. Los derechos, la comercialización, ese tipo de cosas.

Al mismo tiempo Chanya, que ha entendido más que yo gracias a que aprendió un poco de japonés durante el ejercicio de su profesión, se ha derrumbado con otro gran torrente de lágrimas y con frecuencia se toma un momento para mirar fijamente a Ishy con recelo, con unos ojos como platos que reflejan horror e incredulidad. Cuando el italiano y el cirujano japonés se acercan a nosotros, ella se agarra los pechos en actitud posesiva.

Sin embargo, pasan por nuestro lado al tiempo que Ishy se saca la camisa y luego el resto de la ropa.

—Los *yakuza* son muy humanos —explica mientras el cirujano se saca una jeringuilla de un bolsillo y una pequeña ampolla de otro. Extrae la jeringuilla del envoltorio higiénico, le quita el capuchón protector a la aguja y la clava en la ampolla—. Dijeron que podía morir primero. Yo dije que no, quiero presidir la extracción de mi obra maestra. Si este espagueti hace un solo movimiento en falso lo voy a maldecir durante toda la eternidad. —Menea la cabeza y mira a Chanya—. No te preocupes, amor mío, pagaré por todo, ya no hay nada de que preocuparse. De este modo puedes conservar tus tetas. —Hace una pausa mientras uno de sus compatriotas le ata un pañuelo blanco con negros caracteres japoneses alrededor de la cabeza, a la usanza de los kamikazes. Observa mientras el cirujano le inyecta en el brazo—. Es una de esas drogas cerebrales, podré seguir todo el proceso sin sentir dolor, como una gran niebla de conciencia que mira mi exfoliación por encima del hombro. Yo lo veo como un triunfo personal; como la serpiente que soy estoy mudando la piel, el ego y la vida para alabar a Buda y por el amor de los hombres…, después de todo por lo que he pasado creo que es heroico. Aunque puede que no queráis presenciar esto, ¿no? Sois libres de marcharos. Les dije que no diríais nada a nadie.

Le digo a Chanya que nos larguemos de allí mientras aún podamos, aunque esos hombres no parecen suponer ningún peligro para ella y la verdad es que más o menos la han ignorado desde que cerraron su trato. ¿La estoy protegiendo o existe algún otro motivo? ¿Quizá me avergüence de mi curiosidad morbosa? ¿Quizá no quiero que ella vea lo fascinado que estoy por lo que va a ocurrir a continuación (quizá soy yo el que no quiero ver lo fascinada que podría estar ella)? La llevo hasta la puerta, le doy un beso y la empujo para que se vaya. Cuando regreso, la droga ya está surtiendo efecto, Ishy está perdiendo el control de sus piernas. El cirujano ladra unas órdenes en japonés e inmediatamente cinco hombres rodean al artista y lo depositan suavemente encima de la larga mesa. Ya ha perdido el control de todo su cuerpo, ya no hay conexión entre su mente y sus nervios, pero la luz permanece en esos ojos que no parpadean. Me encantaría saber qué está pensando.

Siguiendo las indicaciones del italiano, el cirujano realiza unos hábiles cortes con un escalpelo desde las axilas hasta las caderas y a lo largo de la parte inferior de los brazos. Realiza unas leves incisiones circulares en los tobillos, en las muñecas y en toda la longitud del pene. A una velocidad asombrosa, con la ayuda del italiano y de otro hombre, lo despellejan. Al igual que con cualquier obra maestra, el italiano enrolla cuidadosamente la piel para llevarla arriba a que se cure. Todos los demás lo siguen y me dejan solo en la cavernosa habitación donde la obra de vivos colores de Ishy reluce en las paredes en tanto que él, finalmente desnudo, preside de manera inescrutable su propia y lenta muerte.

343

SÉPTIMA PARTE

Plan C

Capítulo 47

—*B*ueno, hemos recibido los últimos resultados oficiales del laboratorio —dice Elizabeth Hatch con su estilo desapasionado e hipercontrolado. No obstante, me lanza una mirada levemente avergonzada (yo tengo mis propios espías: me ha dicho un pajarito que anoche volvió a salir de gira y acabó con la misma chica... Esto podría ser amor... Tengo la sensación de que volverá)—. Parece ser que el ADN del caso de Stephen Bright y del de Mitch Turner es idéntico. El único problema es que, según nuestra base de datos, dicho ADN pertenece al terrorista Achmad Yona, que resultó muerto en la explosión de Samalanga, en Indonesia, semanas antes de que muriera Bright.

—De manera que mató a Mitch Turner, murió en la explosión y volvió para matar a Stephen —dice Hudson.

No estoy del todo convencido de que su intención sea irónica. La conversación, en la suite que la CIA tiene en el Sheraton, posee ese carácter surrealista que tienen los ensayos. Estos dos oficiales rellenarán cada uno su propio informe, por supuesto; esto es una sesión práctica.

—Así pues, las posibilidades se reducen. Primero, Achmad Yona no tiene nada que ver con ninguno de los asesinatos. Repartió pelos de su barba y dos de sus dedos entre sus colegas para dejar pistas falsas y/o aumentar su reputación. Segundo, Yona es el autor de las dos muertes y la prueba del ADN encontrada en la bomba de Indonesia fue colocada para inculparlo.

—La manera de manejar esta situación —declara Hudson al tiempo que endereza la espalda (se ha transformado milagrosamente en Guerrero de Papel de Primera Clase)— es restándole importancia a lo de Indonesia. En la explosión encontraron ADN que le pertenece, muy bien, ¿y qué? Quemaron todos los demás restos antes de que pudiéramos tener acceso a ellos, de modo que no sabemos con seguridad qué encontraron realmente, si es que encontraron algo. No podemos fiarnos de que los indonesios jueguen totalmente limpio con nosotros. Al fin y al cabo son musulmanes, en el fondo no son del todo contrarios a la causa radical.

—Eso es —asiente Elizabeth—. Nos las ingeniaremos para que lo de Indonesia sea un comentario al margen.

—Ésa es la manera de llevarlo —afirma de Hudson.

De pronto ambos recuerdan mi presencia.

—Bueno, te hemos traído porque queríamos estar seguros de que todos estamos en el mismo barco —dice Elizabeth con una sonrisa—. ¿Algo de lo que hemos dicho hasta ahora se contradice con tu interpretación de lo que pasó?

Cansado de mentir por Vikorn y súbitamente acosado por una imagen de Mustafá y de su padre, experimento una compulsión insensata, liberadora y profundamente budista a decir la verdad.

—En realidad, a Mitch Turner y a Stephen Bright los mató un japonés loco, un tatuador con un terrible problema de personalidad que lo confesó todo antes de morir. Los asesinatos no tienen nada que ver con Al Qaeda.

Siento algo más que curiosidad por el efecto que este bombazo tendrá en estos dos profesionales. Lo cual sólo sirve para demostrar que no soy tan inteligente; tendría que haber recordado que los *farang* habitan en un universo paralelo. Durante un momento ambos se ven aquejados de sordera colectiva. ¿O acaso están avergonzados? Desde luego los polis del Tercer Mundo salimos con unas estupideces de lo más ridículo.

—Vaya, eso es fantástico —dice Elizabeth tras un largo momento en el que ninguno de los dos me mira a los ojos—, podemos dar parte de que la policía local está de acuerdo con nuestro informe inicial. —Me lanza una de sus miradas de bibliotecaria con aires de superioridad mientras yo me dirijo hacia la salida—. Sé que su coronel también lo ve como nosotros.

Cuando vuelvo la vista desde la puerta, Hudson musita una explicación en tono de disculpa:

—Estado Mayor General 11.

Υ

El Sheraton se halla a tan sólo un paseo de nuestro primitivo nido de amor. Es probable que a estas alturas ya debiéramos habernos mudado, Chanya y yo, pero ambos nos hemos acostumbrado a ser lo que somos en realidad: un par de campesinos tercermundistas aferrándose a un momento dulce, prefiriendo la calidad de vida al nivel de vida. Los dos le tenemos un cariño especial al gran abrevadero del patio donde nos lavamos el uno al otro como si fuéramos elefantes. Ella también tiene que cocinar en el patio y yo me he aficionado a observar cómo echa el chile con la mano de mortero y el almirez, vestida únicamente con un *sarong*. Un par de cervezas, algún que otro porro, los sonidos de la calle por la noche mientras nos acurrucamos bajo el ventilador, ¿qué más puede pedir un hombre en su sano juicio?

Bueno, sólo hay un gigantesco cabo suelto que me preocupa. Aguardo el momento; acabamos de hacer el amor y Chanya, que se ha transformado en una esposa tailandesa tradicional, va a buscar la cerveza al refrigerador. Carraspeo. Ella me mira. Ladeo la cabeza imitando un interrogante de la manera más afectada posible. Ella es demasiado lista como para no entenderlo. Deja la botella junto a mi brazo, se va a hurgar en una de las bolsas que dejó tiradas en una esquina de la habitación y vuelve con un IBM ThinkPad último modelo. Abro unos ojos como platos cuando ella lo pone en marcha de forma experta, conecta el módem a nuestra línea telefónica y teclea un código.

En un tono dulce:

—¿Cuál es tu pregunta exactamente?

Me quedo mirando la pantalla mientras el Windows XP Edition extiende su intenso brillo azulado y esos estúpidos iconos de Windows se propagan como un virus.

—Vikorn. ¿Por qué mostró tanto interés en protegerte justo después de la muerte de Mitch? Nunca lo he visto así antes. Hasta voló a Indonesia. ¿Te acostaste con él?

Ella pone mala cara.

—Pues claro que no. Sólo lo aterrorizaba el hecho de que si la CIA me interrogaba, yo descubriera el pastel y Zinna lo hiciera salir corriendo de la ciudad.

—¿De dónde sacaste esto? —Le doy unos golpecitos al IBM.

—Mitch lo depositó en una caja fuerte del hotel en el que se alojaba cuando Ishy lo mató. Me llevé la llave cuando abandoné la habitación porque sabía que tendría algo de opio en la caja de seguridad. Me llevé el ThinkPad al mismo tiempo.

—Será mejor que me digas lo que ocurrió en realidad, por si acaso tengo que inventarme algo para la CIA.

—Claro —replica al tiempo que le da a las teclas. Ahora hemos salido de Windows para entrar en una seria advertencia de que el Gobierno de Estados Unidos, de forma sistemática, dará caza y destrozará la vida de cualquiera y todo aquel que entre en esta base de datos supersecreta sin autorización.

»Las cosas son así —dice Chanya.

El escenario es el apartamento de Mitch en Songai Kolok en la primera época, bastante tiempo antes de que llegara Ishy para complicarles la vida, un día sobre las tres de la tarde. Después de observar cómo Mitch se sumía en el paraíso del opio, cosa que supuso un alivio puesto que se había mostrado particularmente tenso en esta visita, Chanya se entretuvo trabajando, tan alegremente, por el piso. No había duda, su relación tenía algo muy especial, sobre todo cuando el Tornado Blanco se hallaba profundamente opiado. Estaba completamente desnudo en la cama y a ella le gustaba tener la mejor perspectiva de su cuerpo. Una vez, malvadamente, le colocó una toalla de algodón sobre la cabeza y se imaginó cómo habría sido su rostro si éste hubiese reflejado la belleza de su cuerpo. Encontró una diminuta bandera norteamericana en uno de sus cajones y se la metió en la mano, entreteniéndose un poco en conseguir que el puño se cerrara. Por curiosidad probó a toquetearle el pene; en el tejido eréctil no había dragones grabados.

Al cabo de un rato se aburre y, admitiendo que no le hubiera importado si él hubiera dicho una o dos palabras, o que simplemente hubiera movido un dedo, se pasea por la habitación que Mitch utiliza como despacho. Aquel día, cuando Chanya había llegado, él se había mostrado especialmente voraz por el opio que le traía y se había fumado una pipa en cuanto ella le entregó el viscoso paquete negro. Con las prisas se había olvi-

dado de apagar su portátil, en cuya pantalla oscilaba un salvapantallas particularmente trivial. No obstante, un mero movimiento del ratón la llevó directamente al muy cacareado mundo secreto, puesto que también había olvidado desconectarse
de Internet.

La cosa resultó igual de aburrida que el salvapantallas. Una
charla aparentemente sin sentido sobre cotilleos internacionales llegaba a través del incesante correo electrónico: mujer
norteamericana a punto de ser violada en la plaza Durban de
Katmandú; una banda de adolescentes norteamericanos traficantes de cannabis interceptada en Singapur; China toma medidas enérgicas contra un empresario norteamericano porque
está logrando demasiados beneficios y ahora se le acusa de ser
un espía (en realidad sí que estaba espiando, confiaba el correo
electrónico), se recomienda la indignación del Departamento
de Estado. Chivatazo para la DEA: se cree que un gran cargamento de heroína se aleja del triángulo dorado hacia Udon
Thani. Obviamente destinado a Bangkok.

Ahora se le ha despertado el interés y le sigue el rastro a la
secuencia de mensajes retrospectivamente. Equipos de relevos
de la CIA, del FBI y de la DEA, la aduana tailandesa y la policía
antidrogas tailandesa se estaban riendo mientras seguían en secreto el cargamento desde el norte de Laos hasta el otro lado de
la frontera en Tailandia; al igual que una bola de nieve, cuanto
más rodaba, a más delincuentes atrapaba. El plan era esperar a
que el cargamento llegara a Bangkok y así poder descubrir al
cerebro de la operación. No obstante, mientras ella está mirando, ellos pierden el cargamento. En las afueras de Krung Thep la
camioneta, seguida a escondidas por un automóvil grande (uno
de esos todoterreno japoneses tan queridos por las agencias gubernamentales extranjeras), desaparece sin que se sepa cómo.
Suspiros, gruñidos y quejidos en el correo electrónico. Los norteamericanos sospechaban que los tailandeses les estaban haciendo una jugarreta. Lo mismo pensaban la mayoría de los tailandeses, a quienes se les hacía la boca agua al pensar en la
probable cuantía del soborno que alguien había obtenido. Uno
de los diálogos en tiempo real revela lo siguiente:

—Creemos que vuelve a ser el general Zinna.

—¿En serio?

351

—Sí, en serio.

—¿De verdad crees que era él?

—Sí, eso es lo que creo, que era él, sí.

—¿No sabes si lo era?

—No, no lo sé.

—¿Podría haber sido otra persona?

—Sí, podría. Pero no lo era.

—¿Cómo lo sabes?

—No lo sé. Lo sé y ya está.

—¿Cómo un presentimiento o algo así?

—Como un presentimiento, pero no un verdadero presentimiento. Una especie de…

—¿Qué?

—Una especie de falso presentimiento.

—¿Qué es un falso presentimiento?

—Como un presentimiento que no lo es. Yo los tengo de vez en cuando.

—Nunca había oído hablar de un falso presentimiento. Me supone un problema conceptual.

352

—Lo entiendo.

—Bueno, yendo al grano, ¿ahora tienes uno?

—Sí. Ahora mismo. Era él, sí.

—¿Zinna?

—Sí, Zinna.

—Estoy loco de puto aburrimiento. ¿Tú no?

—Si no estuviera, digamos, catatónico de aburrimiento no estaría hablando así contigo. Tú eres mi último enlace con la humanidad. Es como si fuera el capitán de la nave espacial de esa canción de David Bowie de hace tiempo, ¿sabes? Hace miles de años me lanzaron al ciberespacio y eso es todo lo que sé…, si no fuera por esta leve y tenue conexión contigo, ahora mismo sería como un cero a la izquierda…, una sombra. Supongo que es lo único que soy. Soy como uno de esos niños japoneses que sólo pueden comunicarse por medio de ordenadores.

—Necesitas echar un polvo.

—O fumar un poco de mierda.

—Sí. Eso es bastante divertido.

Υ

Chanya vio una cura intermitente para el aburrimiento futuro: aquella conversación norteamericana sin rostros tenía algo cálido y hogareño, le recordaba a las personas que se habían portado bien con ella en Estados Unidos. Daba la casualidad de que Mitch estaba saliendo lentamente de su trance, aunque todavía le faltaba bastante para la sobriedad. Levantó la vista hacia ella cuando entró en el dormitorio, pero sus ojos volvieron a fijarse rápidamente en el techo.

—Marge, lo he visto, Marge.

Chanya, con su mejor imitación de Marge Simpson:

—¿Qué has visto, Homer?

Con gran entusiasmo:

—He visto el principio del mundo, Marge.

—¿De verdad?

—Sí. —Alicaído—: Luego vi el final.

—¿La Compañía volvió a mandar mensajes?

—Sí. Así es como he visto el principio y el fin del mundo, Marge. La Compañía lo sabe todo.

—Homer, cariño, recuérdame otra vez el código secreto para acceder a los mensajes cifrados de la Compañía en la Red, ¿quieres?

—AQ8260136574X-Hallifax diecinueve (minúscula) Oklahoma veinte-2 BALLENA AZUL (todo mayúsculas) Amerika stop 783.

353

Capítulo 48

$\mathcal{A}$quel día, tras separarse de él, Chanya pensó en el cargamento de heroína que había desaparecido y en Zinna. En menos que canta un gallo ideó un plan. Compró una calculadora grande que pudiera manejar más de veinte dígitos en la pantalla, pero el aparato ni siquiera se aproximó a la hora de decirle la espectacular mejora que estaba a punto de experimentar su karma.

«No hay suficientes ceros en el mundo. Esta vez Chanya va a ascender a las estrellas.»

Apenas puede creer que haya tenido una idea tan brillante, ni las enormes oleadas de alivio que la invaden. Ya se siente limpia y durante el viaje experimenta unos agradables y repetidos estremecimientos, los mismos que los libros asocian con la primera experiencia real de *samadhi*; tu mente no puede comprender el alivio: al principio tiene enormes dificultades para admitir que la vida, por fin, es una experiencia extática, contrariamente a todas las noticias recibidas hasta el momento.

Se tapa la boca para sofocar la risa de júbilo, no deja de sonreír de forma poco apropiada y de vez en cuando no puede reprimir un sollozo. Esto era la salvación, un gran momento. Esto era exactamente lo que enseñaba el Buda: actuabas con total desinterés, incluso jugándote la vida, seguro de que estás siguiendo el Camino exactamente como se te ha presentado en el contexto de tu karma, aprovechando las oportunidades de liberar a todos los seres vivos de las cadenas de la existencia. Comprendió esa famosa anécdota de Buda como si le estuviera ocurriendo a ella en este preciso momento: fresas silvestres que nunca habían sido tan sabrosas. Prometió solemnemente que, aunque todavía no fuera monja, seguiría volviendo, una vida tras otra y hasta el fin de los tiempos, para ayudar y curar. Sobre todo para curar. Al igual que Juana de Arco, era una chica que de pronto estaba segura de su conexión con el otro mundo. El único problema era encontrar al *jao por* adecuado a quien venderle el plan.

No obstante, tal y como suele ocurrir con los complots presuntuosos para mejorar tu karma, la idea no tardó en depreciarse en la mente de Chanya. Se preguntaba si no habría pasado demasiado tiempo a solas con ese loco de Mitch: ¿cómo iba a esperar una chica insignificante, una puta, lograr algo así?

Sin embargo, el tremendo golpe que para ella supuso la manera en que murió provocó un cambio sísmico en su estado de ánimo. Mitch y ella ya estaban desnudos, a punto de hacer el amor, cuando irrumpió Ishy con ese enorme cuchillo militar y el rostro crispado por unos celos insanos. Ocurrió muy rápido. Ella todavía estaba tumbada al lado del norteamericano cuando Ishy saltó sobre él, le clavó el cuchillo en el vientre y lo rasgó empujando la hoja hacia arriba, luego la obligó a mirar mientras le cortaba el pene, lo sostuvo frente al rostro de Chanya y lo tiró sobre la mesita de noche. Ishy el Artista había quedado totalmente eclipsado por Ishy el Monstruo. En la ira del tatuador había incluso cierta rectitud: un rostro que desbordaba autojustificación mientras sostenía en alto el miembro cercenado. Allí había una mente torturada que había rendido el último atisbo de resistencia a su demonio. La verdad es que lo que allí estaba era el demonio en su forma más pura. Las facciones de Chanya expresaban una absoluta repugnancia: no tenía miedo de morir. Estaba claro que Ishy lo había entendido mal. Para ella eso nunca podría ser una expresión de amor. Más enfurecido todavía, agarró el teléfono y estiró el cable hasta que el aparato estuvo lo bastante cerca para que ella pudiera utilizarlo: «vamos, venga, llama a la poli», parecía decir con su semblante.

Pero ella miró hacia otro lado. No se atrevió; su humillación era completa. Hubiera dejado que Ishy la matara sin que-

355

jarse, pero la idea de pasarse el resto de su vida en una cárcel tailandesa era más de lo que podía afrontar (era una puta y la antigua amante de Ishy y naturalmente los polis la acusarían a ella también).

Con una expresión de desprecio, Ishy le dio la vuelta al norteamericano y de forma experta empezó a quitarle el tatuaje utilizando el cuchillo. A su lado, en la cama, Mitch emitió sus últimos quejidos: ella observó cómo se iba apagando la luz de su mirada, que estaba clavada en ella con infinita tristeza.

El rostro de Ishy era una caricatura espantosa, como algo salido de la demonología japonesa. Enrolló el tatuaje cuidadosamente con las dos manos y lo colocó en una bolsa de plástico que arrojó sobre la mesa. Volvió a coger el cuchillo, sujetó el pecho derecho de Chanya para inspeccionarlo y con la punta de la hoja trazó el contorno del delfín; a continuación tiró bruscamente el cuchillo en la cama y se marchó.

Surge el horror y los espasmos invaden su cuerpo. Se obliga a bajar de la cama, se tambalea por la habitación como si estuviera borracha hasta que encuentra la pipa de Mitch y fuma un poco de opio antes de lograr controlarse lo suficiente para marcharse. Un poco colocada por la droga (penetrando en el mundo de símbolos del fumador), coge la rosa que ha dejado al entrar en la habitación, la pone en una jarra de plástico que llena de agua en el baño, coloca la jarra en la mesita de noche, al otro extremo de donde está el pene. De alguna manera, estos dos iconos ahora se compensan.

No tiene ningún lugar adonde ir, aparte de a nuestro bar. Al salir ve la llave de la caja fuerte del hotel donde esperaba que Mitch hubiera guardado más opio. No pensó en el IBM ThinkPad hasta que lo vio allí en la caja al día siguiente. Sobornó al recepcionista del hotel para que mantuviera la boca cerrada.

Cuando empezó a disiparse el sueño del opio, su lugar fue ocupado por una nube de culpabilidad; el terror a la clase de karma que su relación con este crimen atroz podría implicar (no había duda de que este asesinato era un resultado directo de su lujuria hacia Ishy, ¿no?) produjo en su alma una lucha colosal que parecía tener lugar en la zona del vientre. Poco a poco empezó a asumir de nuevo la soberanía sobre su mente.

Adoptó una máscara de despreocupación, pero su vida interior era todo lo contrario: enfrentada al infierno, halló fuerzas para un último intento desesperado de enmendar las cosas; estaba dispuesta a arriesgarlo todo. Retomó su plan y acudió a Vikorn con él. La intensidad de la defensa de Chanya, junto a los beneficios políticos desde el punto de vista de Vikorn —y la oportunidad de vengarse por fin de Zinna— por una vez superaron la avaricia del viejo. Sí, renunciaría a todos los beneficios si ella utilizaba el portátil de la CIA de la manera que sugería. Él organizaría personalmente el robo en cuanto se conocieran las coordenadas del próximo cargamento del general Zinna. Su única condición: que él se quedaría con el derecho a ponerle nombre al gran proyecto de Chanya.

La cosa resultó ser increíblemente sencilla. Ella estudió la cháchara de la CIA en el correo electrónico de la línea cifrada hasta que apareció el nombre de Zinna junto a la información sobre el volumen, la dirección y el probable destino de su nuevo cargamento. Llamó a Vikorn, le dijo dónde se hallaba el alijo de droga en aquellos momentos según la información de la CIA y estuvo atenta al correo electrónico mientras Vikorn realizaba su jugada. Con una tropa de polis vestidos de paisano a las órdenes personales de Vikorn, la operación encubierta funcionó con la exactitud de un reloj. La suerte quiso que el alijo consistiera en una enorme cantidad de heroína recién procesada a partir de un opio birmano de excelente calidad, refinado, para lograr una pureza profesional en los laboratorios situados en el noroeste, en la tierra de nadie donde la tribu de los karen llevaba más de cincuenta años guerreando con los birmanos (según lo que se dice en la calle, Zinna ya no toca la morfina). Utilizando su propia red, Vikorn pudo vender el alijo al por mayor en cuestión de días y utilizó la pasta para realizar el proyecto de Chanya, que ahora el coronel asumió con entusiasmo. Naturalmente, no hubo ningún aparente grito de indignación por parte de Zinna y de momento sólo podía permanecer en un estado de enmudecida erupción. Una vez se hubiera llevado completamente a cabo el plan de Chanya, por supuesto, no habría ninguna duda en cuanto a quién robó la

357

droga o lo que hizo con ella. Eso le venía muy bien a Vikorn, que tenía ganas de un poco de venganza delante de las narices de su enemigo.

Chanya me llama la atención y señala la conversación que recorre la pantalla:

—Lo último que sabemos de ese cargamento de Zinna es que lo robó la policía.

—¿Ah sí?

—Sí, los rumores apuntan a su enemigo acérrimo, el coronel Vikorn.

—¿Me tomas el pelo?

—No, hay un montón de pruebas anecdóticas.

—¿Como cuáles?

—Como que están abriendo el suelo en un gran emplazamiento situado a las afueras de Surin para construir un enorme hospital general.

—No lo entiendo.

—Se va a llamar: Coronel Vikorn Memorial Hospital.

—Vale. Ahora lo entiendo.

Miro a Chanya fijamente.

—¿Un hospital?

Ella saca una calculadora grande, me muestra la rapidez con la que su karma negativo se verá eclipsado por el número de operaciones para salvar vidas que realizará el hospital. En menos de un mes después de que el hospital esté totalmente en funcionamiento, ella estará libre de todo pecado.

Me he quedado boquiabierto.

—¿Eras tú la que tenía el plan C y no Manny?

—¿Quién?

—La teniente Manhatsirikit. —Ella me mira sin comprender—. ¿Te dio Vikorn los cien mil dólares de recompensa que prometía a cualquiera que lograra fastidiar a Zinna? —No es una pregunta desinteresada; ya hace más de una semana que no utilizamos anticonceptivos.

—Se los regalé a una organización benéfica que ayuda a las prostitutas a rehabilitarse. Quiero un karma limpio, no quiero dinero sucio.

¿De modo que es mejor budista que yo? Bueno, al menos le veo el lado divertido.

—¿De qué te ríes? —Me golpea con fuerza, un buen puñetazo en el brazo—. Crees que no soy más que una puta supersticiosa, idiota y medio analfabeta, ¿verdad?

Me estoy riendo tanto que no puedo responder.

Capítulo 49

Chanya y yo estamos colocando los huevos y demás ofrendas en la parte trasera del taxi. En tanto que halagada por el hecho de que yo la considerara digna de cinco cabezas de cerdo (fue mi última oferta), no aprecia la gastronomía que, entre unas cosas y otras, nos llevó toda la noche (¿alguna vez te has enfrentado a los problemas logísticos de hervir mil huevos sobre dos quemadores de gas? Tendrás suerte si te caben más de un par de docenas en la cacerola…, piensa en ello).

Compartimos el asiento trasero con la quinta cabeza, que no cabe en el maletero, y le decimos al conductor que nos lleve al Wat Sathon. Es un templo de poder que se encuentra a unos sesenta y cinco kilómetros de Bangkok y que sólo frecuentan tailandeses (una fábrica mágica sin lujos, famosa por su capacidad de fructificar a los infecundos, resucitar a los impotentes, sanar a los tullidos y proporcionar números de lotería ganadores a los verdaderos creyentes, por no mencionar la excelencia de los puestos de comida cocinada que lo rodean). El conductor pone un poco de animado pop rural tailandés en su equipo de música.

Al llegar transportamos los huevos y cabezas, caléndulas, guirnaldas de flor de loto, frutas y verduras hasta el templo, que está abarrotado de clientes satisfechos como nosotros, ansiosos por saldar sus deudas (yo calcularía que aproximadamente hay unas ciento cincuenta cabezas de cerdo en total y que los huevos cocidos pueden contarse por decenas de miles); los sacamos para ponerlos bajo el escrutinio de los Budas de Pie, Caminante y Sentado que pueblan la plataforma elevada. Chanya y yo prendemos incienso, sostenemos los manojos contra la frente en profundos *wai*, damos las gracias por seguir vivos y enamorados (debes valorar cada minuto) y luego abrimos los paquetes de pan de oro. Hay que ser diestro. Los practicantes menores acaban con el frágil pan de oro desintegrado por los dedos y las caras, pero Chanya y yo logramos pegarlo en el sitio deseado todas las veces. Ella prefiere el grande y gordo Buda Sonriente, en tanto que yo tengo debilidad por el Buda Caminante con la Mano Izquierda Alzada (que quiere decir: «No tengas miedo»). No obstante, poco a poco nos abrimos camino entre todos ellos y al pasar les cubrimos la cabeza y las extremidades con el oro, asegurándonos de no dejarnos a ninguno. Regresamos al suelo para arrodillarnos, hacer un *wai* y orar (creo que ella reza por tener una hija, yo rezo para que ella no me deje… ¡Qué patético!). Ahora ha llegado el momento para los puestos de comida cocinada y los mejillones fritos con chile (la verdad es que aquí es donde los hacen mejor), *miang kham* sobre una hoja de lechuga con hebras de coco, *laap pet* (ensalada de pato picante) y unas cuantas cervezas.

De vuelta en el taxi, en un atasco en las afueras de Krung Thep, le pido al conductor que sintonice *Rod Tit FM*. Pisit está entrevistando a un famoso abad de uno de nuestros monasterios de la selva.

361

PISIT (al abad) Cuanto más pienso en Tailandia, más me enloquece. Quiero decir que me vuelve completamente loco, demente, chalado.

ABAD ¿Debido a nuestros abrumadores problemas?

PISIT Sí, nuestros abrumadores problemas, exactamente.

ABAD ¿Cuáles son los problemas que más le abruman?

PISIT Todos.

ABAD Perdone, pero ¿de verdad se está expresando con exactitud? ¿No es más preciso decir que no son los problemas los que resultan abrumadores, que al fin y al cabo sólo son problemas que hay allí afuera en algún sitio, sino las dificultades para resolverlos?

PISIT (con resignación) Si así lo prefiere. Sí, las dificultades para resolverlos.

ABAD (con satisfacción) ¡Ah! Entonces el budismo puede ayudarle. Al principio pensaba que no podía, pero ahora me complace decir que sí puede.

PISIT ¿Sí?

ABAD Bueno, es muy sencillo, no son los problemas del país
los que lo abruman, sino su convencimiento egotista de
que puede jugar un papel decisivo en su resolución.

Pisit suelta un grito, luego se hace el silencio.

Un *kalpa, farang* (si todavía te lo estás preguntando): Imagina una montaña consistente en un sólido cubo de roca de una
legua de longitud, de ancho y de alto. Si uno lo frotara con un
pedazo de tela una vez cada cien años, el tiempo que tardaría en
erosionar una montaña como ésa no sería tan largo como la
duración de un *kalpa*.

Pichai: anoche por fin admitió que todo el caso había sido una
treta por parte del Innombrable para que le fuera posible reencarnarse en la matriz de Chanya utilizando mi semilla. «Ella es la
mejor estirpe de todo el planeta», explicó él. «¿No hay nada que
quieras de mí?», pregunté, pero él desapareció con un *pop*.

¡Últimas noticias!: está previsto que Superman llegue dentro de dos días (de vez en cuando siento un nudo en el estómago y Nong ha reanudado su dieta; hemos comprado medio ki-
lo de hierba adicional y un poco de opio, por si acaso sigue con
el estilo de vida del Vietnam: Nong dice que con los *farang* que
están de reposo y recuperación nunca se sabe).

Lek sigue tragando estrógenos y dándome un comunicado
diario en relación con la medida de sus pechos (que todavía es
modesta y disimulable en el momento de escribir esto). No
obstante, no acaba de decidirse a hacerse la operación completa: quizá no sea tan malo ser mitad y mitad, ¿no?

«Conciencia atrapada en una pipa»: la condición humana, la
pipa es el cuerpo.

Nirvana: miramos el mundo y sólo vemos una colección de símbolos caseros cargados de polvo. Conservamos los que encajan mejor con nuestros prejuicios del momento y el resto los tiramos. La distracción nos distrae de la distracción. No ocurre nada. No ha ocurrido nada. No ocurrirá nada. El vacío es el desafío final, la identidad es para los imbéciles. Dice el Buda: «Todo significado se hace realidad, el universo es nirvánico».

Sé generoso y agradecido (y honrado cuando no lo eres), la humanidad vive en el cruce de caminos más transitado de los siete mil universos, soy tuyo en *dhama*, Sonchai Jitpleecheep (no hay final y por lo tanto no hay ningún punto)

Nota del autor

Bangkok es una de las ciudades más grandes del mundo, y como cualquiera de ellas, tiene barrios llenos de luces rojas, barrios chinos, cuyas historias, de vez en cuando, van a parar a las páginas de las novelas. La industria del sexo en Tailandia es más pequeña, en relación con la población, que en muchos otros países. Lo que sucede es que probablemente los tailandeses están menos cohibidos en todo lo que tiene que ver con este tema. La mayoría de los turistas del reino disfrutan de unas maravillosas vacaciones sin percibir la más mínima prueba de toda esa vulgaridad. En realidad, gran parte de los tailandeses siguen de un modo estricto el código de conducta budista.

Respecto al argumento, estoy en condiciones de decir que no he encontrado indicios de corrupción policial en Tailandia, aunque los medios locales especulan sobre ello casi todos los días.

Este libro utiliza el tipo Aldus, que toma su nombre

del vanguardista impresor del Renacimiento

italiano, Aldus Manutius. Hermann Zapf

diseñó el tipo Aldus para la imprenta

Stempel en 1954, como una réplica

más ligera y elegante del

popular tipo

Palatino

* * *

* *

*

Bangkok Tattoo se acabó de imprimir en

un día de verano de 2005, en los

talleres de Industria Gráfica

Domingo, calle Industria, 1

Sant Joan Despí

(Barcelona)

* * *

* *

*